THOMAS ERLE

DAS LIED DER WÄCHTER

DAS ERWACHEN

THOMAS ERLE

DAS LIED DER WÄCHTER

ROMAN

DAS ERWACHEN

GMEINER SPANNUNG

Bisherige Veröffentlichungen im Gmeiner-Verlag:
Mörderisches Freiburg (2018), Hochburg (2017), Höllsteig (2015),
66 Lieblingsplätze in Freiburg und in der Region (2015), Blutkapelle (2014)
Teufelskanzel (2013)

Personen und Handlung sind frei erfunden.
Ähnlichkeiten mit lebenden oder toten Personen
sind rein zufällig und nicht beabsichtigt.

Im Ehnried 5, 88605 Meßkirch
Telefon 07575/2095-0
info@gmeiner-verlag.de

1. Auflage 2018

Lektorat: Claudia Senghaas, Kirchardt
Herstellung: Mirjam Hecht
Umschlaggestaltung: U.O.R.G. Lutz Eberle, Stuttgart
unter Verwendung eines Fotos von: © julianpictures / fotolia.com
Druck: GGP Media GmbH, Pößneck
Printed in Germany
ISBN 978-3-8392-2337-6

In den Wäldern sind Dinge,
über die nachzudenken
man jahrelang im Moos liegen könnte.

Franz Kafka

KAPITEL 1

»Wie fühlst du dich?«

»Super!«

Martin wartete einen Moment, bis Nadja zu ihm aufgeschlossen hatte. Der Aufstieg hatte ihr die Röte in die Wangen getrieben. Sie verschnaufte und strich sich eine Locke aus der Stirn.

»Vor allem bei einem solchen Ausblick.«

Martin musste seiner Frau recht geben. Der Schwarzwald zeigte sich an diesem Spätsommermorgen von seiner besten Seite. Die Sonne hatte das Wipfelmeer der Tannen und Fichten mit silbrigem Grau überzogen. Die wenigen Laubbäume bildeten leuchtende Tupfer in Gelb, Orange, Rot und Braun. Rasch stieg die Sonne im Osten nach oben und vertrieb im Zastlertal zu ihren Füßen die Schatten der Nacht. Der Gipfel des Schauinsland leuchtete in warmem Gelb. Im Norden erahnte man den Rosskopf.

»Es sieht ganz so aus, als hätten wir heute Alpensicht. Das wäre die Krönung. Und es ist wirklich nicht zu viel für dich?«

Nadja lächelte. Seit der Schwangerschaft und der Geburt ihres ersten Kindes war Martin rührend um sie besorgt. Ihr Mann, der sich als gefragter IT-Techniker im täglichen Arbeitskampf abrackerte, zeigte sich von einer Seite, die er nur allzu oft verborgen gehalten hatte. Der kleine Felix hatte ihn vollkommen bezaubert.

»Keine Sorge. Ich genieße es. Ich bin dir dankbar, dass du uns das ermöglicht hast.«

Martin nickte. Er wusste, wie viel es seiner Frau bedeutete. Aber auch er hatte die gemeinsamen Wanderungen während Nadjas Schwangerschaft und in den Wochen nach der Geburt vermisst. Schon bald würde es kalt werden, und Tage wie heute würde es für einige Monate nicht mehr geben. Er hatte alles vorbereitet. Es war nicht leicht gewesen, doch dieses Mal hatte er in der Firma auf seinem Resturlaub bestanden. Felix war inzwischen fast ein halbes Jahr alt, sodass Nadja bereit war, ihn wenigstens für einen Tag in die Obhut seiner Schwägerin zu geben.

Die Tour, die er ausgesucht hatte, führte nicht nur über die schönsten Wege im Schwarzwald, sondern bot auch die Möglichkeit zur Variation. Als Ziel hatte er Menzenschwand ausgewählt, wo sein Onkel ein hübsches Bauernhaus mit einer kleinen Pension besaß. Dort konnten sie übernachten und am nächsten Morgen nach Freiburg zurückfahren. Falls Nadja sich zu viel zugemutet hatte, gab es mehrere Möglichkeiten, die Tour unterwegs abzubrechen und mit Taxi und Bus vorzeitig nach Hause zu gelangen.

Nadja umarmte ihren Mann und küsste ihn. »Du bist ein Schatz«, raunte sie. »Ich bin froh, dass es dich gibt!« Für einen langen Moment verschmolzen beide zu einer Einheit.

Plötzlich fuhr Nadja zurück.

»Was ist? Hat dich etwas gestochen?« Martin drückte sie wieder an sich.

»Hast du es nicht gespürt? Dieses Zittern?«

Martin lachte. »Natürlich, mein Schatz. Wenn wir uns küssen …«

»Nein, das meine ich nicht.« Sie ging einen Schritt zur Seite und lauschte. Irgendwo im Wald hinter ihnen krächzte eine heisere Vogelstimme.

»Was soll denn sein? Ich …«

Ein leises Summen ertönte, das in Sekundenschnelle von Westen zu ihnen herandrang und zu einem dumpfen Grollen anwuchs.

»Da war es wieder! Hast du es auch gespürt?«

Martin stand still. Dann nickte er.

»Seltsam. Was könnte das sein?« Nadja trat zu ihrem Mann und fasste ihn an der Hand.

»Ich weiß es nicht. Ein Flugzeug vielleicht. Oder ein Güterzug, unten in der Rheinebene. Bei Westwind kann der Schall ziemlich weit getragen werden.« Er hob den Kopf. »Sieh mal.«

Nadja folgte seinem Blick. In die Baumkronen über ihnen war Bewegung gekommen. Die Wedel der riesigen Tannen schwangen hin und her, als habe ein Riese an ihrem Stamm gerüttelt. Wenige Sekunden später war alles wie zuvor. Die Äste hingen träge in der Stille des Waldes.

»Das war kein Zug.« Nadja schüttelte langsam den Kopf. »Mir ist das unheimlich. Ich will weitergehen. Am besten nach Hause. Felix …«

»Unserem Sohn geht es gut. Glaub mir, er ist bei Veronika bestens versorgt.«

»Trotzdem. Lass uns wieder umkehren. Ich habe kein gutes Gefühl.«

»Jetzt schon? Aber du hattest dich doch so auf diesen Tag gefreut!«

»Es tut mir leid. Ich weiß, dass du dich so sehr dafür eingesetzt hast, mir das möglich zu machen. Aber wir holen das nach, ich verspreche es.«

Martin konnte seine Enttäuschung nicht verbergen. Trotzdem kannte er seine Frau so gut, dass er wusste, dass es keinen Sinn haben würde, sie umzustimmen. »Ich habe eine Idee. Ein Kompromissvorschlag. Wir kürzen das Ganze ab. Kein Herzogenhorn. Kein Menzenschwand.«

Nadja hob den Kopf. Mit dieser prompten Reaktion hatte sie nicht gerechnet.

»Auch wenn Onkel und Tante enttäuscht sein werden. Dafür besuchen wir sie am nächsten Wochenende. Mit Felix.«

Über Nadjas Gesicht huschte ein Lächeln. »So machen wir es.« Sie nickte. »Das läuft uns alles nicht davon. Ich gedulde mich lieber, als dass ich den Rest des Tages mit einem komischen Gefühl herumlaufe.« Sie streifte ihren Rucksack vom Rücken, zog eine Trinkflasche heraus und nahm mehrere kleine Schlucke. »Kräutertee ist doch das Beste beim Bergwandern.«

Sie trank erneut und bot die Flasche Martin an. Er hatte ebenfalls seinen Rucksack abgenommen und riss zwei Müsliriegel auf. »Pfirsich-Maracuja oder Walnuss-Mandel?«

»Fruchtig, das weißt du doch!« Nadja nahm den rötlichen, klebrigen Riegel und biss hinein.

»Und was ist der Kompromiss?«

»Welcher Kompromiss?«

»Der Haken an der Sache.« Nadja war sich sicher, dass Martin noch eine Idee in der Hinterhand hatte. »Bei einem Kompromiss stimmt man dem anderen zu, erwartet aber ein Entgegenkommen. Also?«

Martin schmunzelte. »Dir entgeht aber auch gar nichts.« Er kaute ruhig auf seinem Riegel weiter. »Ich habe mir Folgendes gedacht. Wir gehen von hier aus nicht gleich zurück …«

»Aber …«

»… sondern steigen einfach weiter hoch. Die Entfernung nach oben ist etwa genau so weit wie zurück zur Bushaltestelle. Am Feldbergpass steigen wir in den Bus nach Bärental und fahren mit dem Zug zurück nach Freiburg. Wenn alles klappt, sind wir am frühen Nachmittag wieder zu Hause. Vom Zastlertal aus gibt es um diese Zeit sowieso keine Verbindungen. Wir müssten uns ein Taxi aus Kirchzarten bestellen. Das dauert auch seine Zeit. Und teuer ist es außerdem.«

Nadja antwortete nicht. Nüchtern betrachtet hatte Martin recht. Der Vorschlag klang gut. Außerdem kam es letztlich nicht auf eine Stunde mehr oder weniger an.

»Na schön«, sagte sie schließlich. »Das hört sich vernünftig an.« Sie setzte sich auf sein Knie und legte den Kopf an seine Brust. »Ich will dich ja nicht nerven. Aber das von vorhin … Ich habe einfach ein ungutes Gefühl.«

»Reden wir nicht mehr davon.« Martin küsste sie auf den Hals. »Außer …«

»Außer?« Nadja richtete sich auf und sah ihn an. »Nun sag schon, wo ist der Haken?«

Martin lächelte. »Wir gehen nicht den großen Bogen auf dem Hauptweg am Seebuck vorbei. Wir nehmen den Alpinen Pfad. Der ist zwar steiler und anspruchsvoller, aber um einiges wilder. Und romantischer.«

Nadjas Augen leuchteten. »Der Alpine Pfad! Aber der ist doch schon seit Jahren aufgegeben. Kommt man da überhaupt noch durch?«

»Das werden wir sehen. Ein Kollege war im Sommer oben. Er hat geschwärmt von der Natur und der tollen Aussicht.« Er stand auf, zog seinen Rucksack fest und warf ihn sich über die Schulter. »Einer der Zugänge ist nicht weit von hier. Vielleicht sind wir sogar schneller oben als auf dem Hauptweg.« Er sah zu, wie Nadja sich nun gleichfalls abmarschbereit machte. »Natürlich nur, wenn du dir das zutraust. Ich meine, als schwache Frau, ängstlich, zaghaft, wenig belastbar.« Im nächsten Moment duckte er sich unter einem Hagel von trockenen Fichtenzapfen, Holzstückchen und kleinen Steinen. Kichernd und feixend stapften sie hintereinander den Weg entlang.

*

Martin bog den schweren Fichtenwedel zur Seite und wartete, bis Nadja die Engstelle passiert hatte. Eine Dreiviertelstunde, nachdem sie in den ehemaligen Bergwanderweg eingestiegen waren, regten sich leise Zweifel, ob die Entscheidung richtig war. Bis vor ein paar Jahren war der schmale Pfad noch der Geheimtipp für all diejenigen gewesen, die das Abenteuer vor der Haustür gesucht hatten. Vor drei Jahren war Martin zum letzten Mal hier gewesen. Doch seitdem die Forstverwaltung im Rahmen eines Renaturierungsprogramms entschieden hatte, den Weg nicht mehr zu pflegen, hatte sich vieles verändert. Schon der Einstieg war gänzlich zugewuchert und kaum noch zu finden, zumal die Hinweistäfelchen des Schwarzwaldvereins abmontiert waren.

Der ehemalige Pfad war kaum noch zu erkennen. Hohes, feuchtes Gras wechselte mit weit ausladenden Büschen, die sich ungehindert breitgemacht hatten. Von oben war Geröll abgerutscht, Steine und Felsbrocken in allen Größen erschwerten das Durchkommen ebenso wie heruntergebrochene armdicke Äste. Schon zweimal hatten sie über umgestürzte Bäume klettern müssen. Steine und Felsen waren mit Flechten überzogen. Überall wucherte Moos und Farn, altes Laub hatte sich an manchen Stellen knietief angehäuft. In den tief herabhängenden Zweigen bizarrer Eschen spannten sich Spinnennetze.

»Aber es ist nicht mehr weit.«

Nadja nickte tapfer. Ihre Begeisterung über den romantischen Abstecher, wie Martin es genannt hatte, hielt sich in Grenzen. Ihre Oberschenkel brannten von der ungewohnten Anstrengung. Ihr linker Fuß schmerzte. Immer wieder wischte sie sich den Schweiß aus der Stirn.

Doch sie hatte sich fest vorgenommen, sich nichts anmerken zu lassen. Sie war froh, dass er einverstanden war, den Tag abzukürzen. Es passte einfach nicht, ihm die letzten Stunden durch ihr Gejammer zu verderben.

»Höchstens noch eine halbe Stunde, schätze ich«, meinte Martin, so als ob er ihre Gedanken erraten hätte. »Die Treppe, der Felsen, dann noch ein paar Meter und wir haben es geschafft.«

Martin klang optimistischer, als er es war. Natürlich hatte er bemerkt, wie Nadja sich mühte. Doch noch mehr bereitete ihm der Felsen Kopfzerbrechen. Vor ein paar Jahren war ein Teil des Hanges oberhalb des Pfades heruntergebrochen, und einer der größten Brocken war mitten auf dem Weg liegen geblieben. Irgendjemand hatte ein Seil angebracht, um die gefährliche Stelle zu überwinden. Martin hatte Sorge, ob es das Seil noch gab. Auf keinen Fall wollte er Nadja unnötig in Gefahr bringen. Ihm wurde mulmig bei dem Gedanken, den ganzen Weg wieder zurückzumüssen.

Martin sah besorgt, wie Nadja erneut stehen blieb. Wir müssen mehr Pausen machen, dachte er. Doch seine Frau machte keinerlei Anstalten, sich auf einen der vielen Holzstümpfe zu setzen.

Stattdessen deutete sie nach Westen. »Hör doch mal.«

Martin wandte den Kopf und folgte ihrer Hand. Durch die dicht beieinanderstehenden Fichtenstämme sah er auf die gegenüberliegende Bergkuppe. Toter Mann nannte man den Bergrücken, der sich vor ihnen erhob. Martin wusste, dass der Gipfel weit über Tausend Meter hoch war. Trotzdem blieb er in der Aufmerksamkeit der Touristen stets hinter dem weitaus bekannteren großen Bruder, dem Feldberg, zurück.

Martin lauschte nun ebenfalls. »Ich höre nichts. Was meinst du?

Nadja blieb unbewegt stehen. »Da, schon wieder. Es donnert.«

Jetzt hatte Martin es auch gehört. Ein schwaches, aber deutlich wahrnehmbares Grollen wehte von der Rheinebene herauf. Er hob den Kopf und sah nach oben. Durch den schmalen Streifen zwischen den Wipfeln schien blauer Himmel herunter. Doch das hatte nichts zu bedeuten. Martin war erfahren genug zu wissen, dass das Wetter im Hochschwarzwald innerhalb kürzester Zeit umschlagen konnte. Allen Vorhersagen zum Trotz.

»Du hast recht. Da braut sich etwas zusammen.«

»Ein Gewitter?«

»Kann schon sein. Wir sollten uns beeilen.«

An manchen Stellen wurde es jetzt so abschüssig, dass Nadja unwillkürlich Martins Hand griff. Wieder hörten sie das Donnern, dieses Mal deutlich lauter und kräftiger. Wind kam auf. Wieder und wieder sah Martin nach oben. Immer noch war keine Wolke zu sehen. Trotzdem hatte er den Eindruck, dass das Sommerblau seine Farbe verlor. Es verblasste, wurde dunkler und verlor sich in ein rötliches Grau. Es wurde kühler.

Am Fuß der Treppe, die vor langer Zeit zur Unterstützung der Wanderer angelegt worden war, blieb Nadja stehen.

»Wir dürfen jetzt nicht Halt machen.« Martin bemühte sich, sich seine Sorge nicht anmerken zu lassen. »Wir sollten so schnell wie möglich den Hauptweg erreichen. Wenn das Unwetter losgeht, kann es äußerst ungemütlich werden.«

»Nur für einen Moment. Bitte!« Nadja atmete schwer. Sie stützte sich an die Felswand zu ihrer Linken, in der die Stufen grob hineingehauen waren. Die letzten Minuten hatte sie nur mühsam mithalten können. Sie spürte jetzt deutlich, dass sie ihre gewohnte Kondition durch die Schwangerschaft und Felix' Geburt noch nicht wieder erreicht hatte.

Martin nahm den Rucksack herunter und zog die wasserdichte Jacke heraus. »Wir sollten uns bereit machen. Es kann jede Minute losgehen.« Er half Nadja, die nun ebenfalls ihren Regenschutz herausholte. Die weit ausladenden Ponchos hatten weite Kapuzen und reichten auf dem Rücken über das Gepäck bis fast auf den Boden.

»Die Hobbits im Zauberwald.« Martin versuchte seine Frau aufzumuntern. »Die Elbenmäntel verleihen magische Kräfte!« Trotz ihrer Erschöpfung huschte ein Lächeln über Nadjas Gesicht.

Er holte einen Riegel aus seiner Jackentasche, riss ihn auf und streckte ihn ihr entgegen. »Noch ein Bissen Kraftnahrung?«

Nadja schüttelte den Kopf. »Nein, jetzt nicht. Gehen wir weiter.« Sie wusste von früheren Touren, dass sie selbst bei Müdigkeit nicht zu lange stehen bleiben durfte. Langsam setzte sie Schritt für Schritt auf die welligen Steinstufen.

Martin folgte dicht dahinter. Oben würde er wieder die Führung übernehmen. Er durfte sie nicht überfordern, aber allzu langsam sollten sie nicht sein.

Als sie die oberste Stufe erreicht hatten, fielen die ersten Regentropfen. Schon Sekunden später setzte ein heftiger Gewitterregen ein. Rasch wurde der Weg nass und rutschig. Jeder Schritt erforderte jetzt ihre Aufmerksamkeit.

*

Der Pfad fiel nun leicht ab. Hinter einem Felsvorsprung lag ein umgestürzter Baum, der talwärts von einer mächtigen Fichte gehalten wurde. Vorsichtig zwängten sie sich durch das Gestrüpp der Äste. Direkt dahinter kreuzte ein Bach ihren Weg.

»Schau, dort drüben!« Martin deutete auf die gegenüberliegende Hangseite. Etwa 50 Meter vor ihnen lag der riesige Felsbrocken. Der Pfad wurde an dieser Stelle unterbrochen und führte erst dahinter weiter den Hang entlang. »Wir haben Glück, das Seil ist noch da!« Martin fiel ein Stein vom Herzen. Ohne die Steighilfe wäre es bei diesem Wetter unmöglich gewesen, an dem glatten und vor Nässe silbrig glänzenden Felsen vorbeizukommen.

»Erstmal müssen wir über das Wasser kommen, ohne dass unsere Füße nass werden.« Nadja stand etwas ratlos am Rande des Baches, der durch den Regen zu einem kleinen Wasserfall angeschwollen war. »Den Steg gibt es nicht mehr.« Sie deutete auf ein paar Balkenreste, die am Hang unterhalb im Gebüsch hingen. Lediglich ein einfaches Brett lag noch über dem Weg.

»Das geht schon. Ich helfe dir.« Martin tastete sich vorwärts, bis er mit beiden Füßen festen Halt gefunden hatte. »Nicht auf das Brett treten, das ist zu riskant. Versuche, die flachen Steine zu erwischen.« Er drehte sich um. »Ich stehe gut. Gib mir die Hand, ich ziehe dich rüber.«

Er streckte den Arm aus. Nadja ging zögernd vorwärts, bis sie mit den Wanderschuhen knöcheltief im Wasser stand. Sie tastete nach seinen Fingern.

»Ein bisschen noch!« Martin beugte sich zur Seite, so weit er konnte, und bekam ihre Hand zu fassen.

»Auf drei! Eins – zwei …«

Plötzlich geschah alles sehr schnell. Das Donnern schien direkt aus den Tiefen des Berges zu kommen. Aus dem Dunkel der Bäume flatterte ein schwarzer Schatten und flog um Haaresbreite über Nadjas Kapuze. Sie stieß einen Schreckensschrei aus. Unwillkürlich drehte sie sich zur Seite. Sie taumelte, trat auf das Brett, rutschte aus und stampfte vergeblich mit den Füßen. Martin spürte, wie ihre feuchten Finger sich voneinander lösten. Er konnte sie nicht mehr halten. Nadja verlor endgültig das Gleichgewicht. Im nächsten Augenblick rutschte sie in einer Wolke prasselnder Steine den Hang hinunter und war aus Martins Blick verschwunden.

Nur mit äußerster Mühe gelang es ihm, die Balance zu halten. Instinktiv lehnte er sich mit seinem ganzen Gewicht zum Hang hin. Ein Schwall eiskalten Bergwassers lief ihm über das Gesicht. Er erschrak, prustete und beugte sich zur Seite. Wieder traf ihn eine Ladung Wasser. Verzweifelt griff er mit der freien Hand um sich. Seine Finger fanden eine Baumwurzel, die schräg über ihm aus dem Hang ragte. Gleichzeitig fanden auch seine Füße wieder Tritt. Vorsichtig zog er sich ein Stück nach oben, bis er endlich auf der anderen Seite des Baches wieder auf dem Weg stand.

Er spürte, wie sein Herz bis zum Hals klopfte. Doch es gab keine Zeit zum Ausruhen. Er beugte sich nach vorn.

»Nadja!«, schrie er. »Nadja, wo bist du?«

Keine Antwort. Nur der Regen rauschte. Weit unten hörte er ein paar Steine poltern. Martin beugte sich über den Abhang, so weit er konnte. Wieder rief er. Erneut keine Antwort.

Er sah sich etwas genauer um. Direkt an der Absturzstelle nach unten zu klettern schien unmöglich. Der Hang fiel extrem steil ab, und außer den Fichtenstämmen gab es nichts, wo er sich hätte festhalten können. Wenn er nur wüsste, was mit Nadja war! Wenn sie Glück hatte, war ihr Sturz weiter unten abgefangen worden. Wenn nicht … Martin wagte kaum daran zu denken. Er balancierte über den Wasserfall und ging ein paar Schritte auf dem Weg zurück. Doch hier war es noch schwieriger etwas zu erkennen. Ein dichtes Gestrüpp von wilden Stechpalmen wuchs direkt unterhalb des Pfades. Vereinzelt leuchteten rote Früchte hervor.

Martin ging in die andere Richtung. Er folgte dem Pfad, der hier zum Berg hin eine ausladende Biegung beschrieb. Als er kurz vor dem Felsen stand, rief er erneut.

»Nadja! Nadja, hörst du mich?«

Keine Antwort. Plötzlich sah er etwas, das sein Herz schneller schlagen ließ. Schräg vor ihm, wenig unterhalb des Weges war es Martin, als ob er etwas Rotes hervorschimmern sah. Nadjas Wanderjacke!

»Nadja! Ich bin hier!«

Noch immer übertönte der Regen jede Antwort. Doch das Rot bewegte sich. Nadjas Sturz war aufgefangen worden. Sie lebte!

Er musste unbedingt zu ihr. Martins Blick wanderte den Hang entlang. Die Stelle, von der Nadja das Zeichen gab, war nur wenig unterhalb des Weges. Direkt über ihr verdeckte ein riesiger Holunder den Blick nach unten. Er musste den Sturz abgefangen haben. Links und rechts davon fiel der Hang steil ab.

Martin überlegte fieberhaft. Sein Blick fiel auf den Felsen, der sich als Hindernis in den Weg stellte. Das Seil! Es schien intakt, und vor allem war es lang genug, dass es bis zu ihr hinunterreichen konnte.

Die Leine lief durch mehrere Stahlösen, die in den Fels hineingeschlagen worden waren. An beiden Enden war es mit jeweils einer Metallmanschette fest an Haken verankert. Martin öffnete seinen Rucksack und nahm sein Schweizermesser heraus. Dann begann er hastig, die Enden durchzuschneiden.

Er brauchte eine Weile, bis er beides geschafft hatte. Vorsichtig zog er das Seil aus den Ösen heraus. Es war etwa acht Meter lang. Wind und Wetter hatten ihm über die Jahre zugesetzt, doch es sah unversehrt aus.

Zurück an der Absturzstelle hatte er Glück. Direkt am Rand wuchs talabwärts ein Bergahorn, auf den er zunächst nicht geachtet hatte. Er war noch nicht alt, doch sein Stamm war dick genug, dass er ihn mit beiden Händen gerade umfassen konnte. Martin schlang das Seil um das Holz und befestigte es mit einem doppelten Knoten. Das andere Ende band er sich um die Hüfte. Ein paar Mal zog er heftig. Es schien zu halten.

Martin war kein Bergsteiger, doch er hatte schon öfter zugesehen, wie sich die Sportler an den Kletterfelsen im Schwarzwald abseilten. Gesicht zum Hang, Füße dagegenstemmen, langsam Seil geben. Nicht zu schnell werden.

Rasch hatte er den Holunder erreicht, an dessen kräftigen Ästen er sich zusätzlich festhalten konnte.

»Nadja«, rief er, »ich komme!«

Durch das dichte Blattwerk sah er seine Frau. Nadja lag seltsam verkrümmt halb auf der Seite, halb auf ihrem Rucksack. Mit der rechten Hand hielt sie sich an einem Wurzelstrunk fest, das linke Bein war weit abgespreizt.

»Martin!« Sie stöhnte, als sie ihn sah. Ihre Stimme klang matt.

Martin schlang das Seil um einen Fichtenstamm, dann beugte er sich zu ihr.

»Mein Fuß! Ich kann meinen Fuß nicht bewegen!«, stieß sie mit schmerzverzerrtem Gesicht hervor.

Jetzt sah Martin, dass ihr Fußknöchel und die Wade zwischen zwei ineinander verkeilt liegenden Ästen festgeklemmt waren. Zusätzlich drückte sie das Gewicht ihres Körpers nach unten, sodass sie sich kaum bewegen konnte. Doch sie hatte Riesenglück gehabt. Direkt unter dem Holunder gab es einen kleinen Vorsprung im Hang, der ihren Sturz aufgehalten hatte. Zusätzlich hatten sie ein dickes Moospolster und reichlich altes Laub womöglich vor Schlimmerem bewahrt.

»Ganz ruhig«, sagte Martin. »Vielleicht ist das Bein gebrochen.«

Martin fand gerade genug Platz, dass er sich hinter sie stellen konnte. Er suchte, bis er mit beiden Füßen festen Halt gefunden hatte. Dann griff er mit den Armen unter ihre Schultern und richtete ihren Oberkörper auf. Nadja stöhnte.

»Jetzt der Fuß. Langsam!«

Durch die Entlastung kam Nadja in die Stellung, in der sie sich mitbewegen konnte. Vorsichtig zog sie das Bein heraus.

Sie schloss die Augen und atmete heftig. Martin sah, dass sie starke Schmerzen hatte. Er küsste sie auf die Stirn. Dann beugte er sich herunter zu ihrem Fuß. »Lass mal sehen.« Rasch löste er die Schnürsenkel von Nadjas linkem Wanderstiefel. Er bog den steifen Schaft auseinander, so weit er konnte.

Nadja verzog das Gesicht. »Aua, das tut weh!«, stieß sie hervor, als er vorsichtig daran zog.

Martin hörte sofort auf. »Verstaucht, verrenkt, gebrochen. Ich denke, du lässt den Schuh am besten an. So hast du wenigstens Halt. Die Schmerzen musst du eben aushalten, bis Hilfe kommt.«

Er kramte sein Mobiltelefon aus der Brusttasche und tippte die 112, die Nummer der Bergwacht. Er wartete einen Moment, dann versuchte er es erneut. Trotz ihrer Schmerzen zeichnete sich ein mühevolles Lächeln auf Nadjas Gesicht ab. »Glaubst du tatsächlich, dass es hier ein Handynetz gibt?«

Martin versuchte es ein drittes Mal. Dann fluchte er und steckte das Gerät wieder ein.

»Das ging schon hinten im Zastlertal nicht mehr«, meinte Nadja. »Ich wollte meine Schwester noch einmal anrufen, ehe wir loslaufen. Wegen Felix. Er braucht unbedingt etwas Fencheltee in sein Milchfläschchen, damit es mit dem Bäuerchen besser klappt. Veronika ist immer so vergesslich.«

Martin sagte nichts. Insgeheim war er froh, dass Nadja nichts Schlimmeres passiert war und sie sich mehr Sorgen um ihren Sohn machte als um sich selbst. Trotzdem konnte er nicht untätig bleiben. Er musste es weiter versuchen.

»Gib mir dein Handy«, sagte er. »Vielleicht geht es ja bei dir.« Nach mehreren vergeblichen Versuchen gab er es auf.

»Ich dachte, zumindest der Notruf geht immer.« Nadja sah jetzt sehr sorgenvoll aus.

»Eigentlich schon. Wenn der Provider ausfällt, loggt sich die Nummer einfach in ein anderes Netz ein. Das nächste, das zur Verfügung steht. Eine sehr sinnvolle Sache.« Er verzog den Mund. »Wenn es allerdings überhaupt kein Netz gibt, nützt das auch nichts.« Er wandte sich um und sah prüfend den Hang hinauf. »Ich könnte hochklettern und es ein Stück weiter oben versuchen. Oder gleich zur nächsten Hütte laufen und Hilfe holen. Das kann nicht allzu weit sein.«

Nadja sah ihn erschreckt an. »Das tust du nicht. Lass mich nicht alleine hier. Bitte nicht! Außerdem ist es bei diesem Wetter viel zu gefährlich. Schau doch mal hin!«

Die Wolken hatten alle ihre Schleusen geöffnet. Der Regen strömte schwer und breit vom Himmel. Schon nach wenigen Metern verlor sich der Blick in den grauen Wassermassen. Inzwischen gab selbst der große Holunder keinen Schutz mehr. Es war dunkler und merklich kühler geworden. Immer noch donnerte es heftig in kurzen Abständen. Die Blitze konnten sie nicht sehen, doch machte das unregelmäßige Flackern zwischen den Bäumen das Ganze noch unheimlicher.

»Ich fürchte, du hast recht. Wir müssen warten, bis das Schlimmste vorüber ist.« Er sah auf die Armbanduhr. »Es ist ja erst zwölf. Zeit genug. Ewig kann es ja nicht so weitergehen.« Er löste das Seil von seiner Hüfte, dann zog er es durch die Tragegurte der beiden Rucksäcke. Das Ende band er Nadja unter die Schultern.

»Und du?«

»Es wird schon gehen.« Er half Nadja in eine einigermaßen bequeme Stellung, sodass sie sich mit dem Rücken an den Fels lehnen konnte. Am Ende kauerte er sich daneben und zog den Poncho fest um sich. Nadja schmiegte sich an ihren Mann. Es tat gut, die Nähe des anderen zu spüren.

Eine Weile saßen sie und hingen ihren Gedanken nach. Es regnete unaufhörlich weiter. Von irgendwoher hörte man das Krachen und Splittern herabstürzender Äste.

»Dieser Vogel«, begann Nadja nach einer Weile, »hast du gesehen, wie der kam?«

»Als du dich so erschrocken hast?«

»Das kam so plötzlich. Irgendwie unheimlich. Ich hatte das Gefühl, ich müsse mich schützen.«

»Vor einem Vogel?«

Ein besonders heftiger Donnerschlag zerriss die Luft. Mittlerweile hatten sie den Eindruck, dass das Gewitter überall war und sie mittendrin.

»Das war nicht alles. Ich hatte das Gefühl, das war …« Nadja drückte sich noch enger an ihn. »Ich weiß nicht, wie ich es ausdrücken soll. So als ob er direkt auf mich zukam. Mit Absicht.«

»Mit Absicht?« Martin schüttelte den Kopf. »Jetzt übertreibst du aber. Klar, das war knapp. Aber so etwas kommt vor. Der Vogel hat sich wahrscheinlich noch mehr erschrocken als du«, beruhigte er sie. »Sein Vorteil ist, dass er fliegen kann, während du dich mit der Schwerkraft hast auseinandersetzen müssen.« Martin versuchte, seine Frau mit einem Scherz aus ihren grüblerischen Gedanken zu lösen. »Und wie man sieht, hast du verloren«, grinste er.

Doch Nadja blieb ernst. »Wenn es überhaupt ein Vogel war«, sagte sie langsam.

»Es war ein ganz normaler schwarzer Vogel. Wahrscheinlich eine Krähe. Oder ein Auerhahn.« Er sah sie an. »Selbst wenn es ein abgerissener Tannenwedel war. Oder ein davonfliegendes Eichhörnchennest. Ganz egal. Lass es gut sein. Versuche lieber, dich etwas auszuruhen. Vielleicht wird dein Fuß sogar besser, sodass wir zusammen hochsteigen können. Wenn das Unwetter vorbei ist.« Er tastete mit seinem Arm unter ihren Poncho und drückte sie fest an sich. »Es wird schon alles gut werden.«

*

Ein lautes Krächzen schreckte Martin hoch. Er blinzelte. Immer noch goss es in Strömen. Er war tatsächlich eingenickt. Sein Arm war eingeschlafen. Nadja hatte den Kopf an seine Schulter gelegt und atmete ruhig. Martin bewegte sich vorsichtig, doch es reichte, um Nadja aufzuwecken.

»Was ist?« Erschrocken sah sie um sich. »Wo …«

Martin richtete sich ein wenig mehr auf. »Es regnet immer noch.«

»Habe ich geschlafen?«

»Sieht so aus.«

Auch Nadja streckte sich. »Ich bin ganz steif. Mir tut das Kreuz weh.«

»Und der Fuß?«

Sie zog langsam das Bein und streckte es wieder. »Geht so. Ich kann meine Zehen bewegen.«

»Soll ich dir den Schuh ausziehen?«

»Nein, lieber nicht. Es fühlt sich immer noch dick an.«

Martin sah ihr an, dass sie immer noch Schmerzen hatte. »Ich schlage vor, wir warten noch ein wenig. Vielleicht lässt das Wetter ja nach.«

»Glaubst du, sie suchen nach uns?«

Martin schüttelte den Kopf. »Schön wär's. Aber außer deiner Schwester weiß niemand, dass wir hier oben sind. Und schon gar nicht auf dem Alpinen Steig. Normalerweise gäbe es immerhin die Chance, dass ein paar Wanderer vorbeikommen. Aber heute …«

»Ich habe Vroni versprochen, spätestens über Mittag anzurufen.« Sie sah auf die Uhr. »Jetzt ist es halb drei. Sie wird sich Sorgen machen. Ob es Felix gut geht?«

»Mach dir keine Gedanken. Veronika schafft das schon.« Er versuchte ein Lächeln. »Bei der ausführlichen To-do-Liste, die du ihr gemacht hast.«

»Lach du nur. Es war unverantwortlich. Wir hätten besser zu Hause bleiben sollen.«

Martin stemmte sich auf die Knie, dann griff er nach dem Seil und löste es.

»Was hast du vor?«

»Ich klettere jetzt hoch und suche eine Stelle, wo ich Empfang habe. Das kann ja nicht allzu schwierig sein. Ich rufe die Bergwacht, und spätestens in einer Stunde sitzen wir bei einer Tasse Tee im Haus der Natur auf dem Feldberg. Und Veronika kann ich auch gleich anrufen.«

»Aber das ist gefährlich! Wenn dir etwas passiert!«

»Ich pass schon auf.« Martin streifte den Poncho ab, um mehr Bewegungsfreiheit zu bekommen. Mit der linken Hand schlang er sich das Seil um den Arm, mit der rechten griff er in das Geäst des Holunders über sich. Mit einem kräftigen Ruck gelang es ihm, sein Bein über einen der Äste zu schwingen. Der Busch schwankte beängstigend, aber er hielt. Martin sah nach oben. Von hier aus kam ihm der Hang nicht so bedrohlich vor wie von oben. Es gab mehrere Wurzeln, Baumschößlinge und Grasbüschel, an denen er sich festhalten konnte.

Mit dreien sichern, mit einem suchen. Seltsam, dass ihm die goldene Kletterregel gerade jetzt einfiel. Vor ein paar Wochen hatte er einen Fernsehbericht über Freeclimber gesehen, die ohne Sicherung die aberwitzigsten Hindernisse überwanden. Aber leichtsinnig waren sie nie.

Es geht immer erst weiter, wenn ich mit Hand oder Fuß eine sichere Stelle gefunden habe. Martin zwang sich zur Ruhe. Trotz der Kälte brach ihm der Schweiß aus allen Poren. Er hatte zwar immer noch das Seil am Arm. Aber er konnte nicht sicher sein, ob das Holz halten würde. Wenn er abrutschte und stürzte konnte es sein, dass er Nadja mit sich riss.

Langsam. Nicht nach unten schauen. Im Fernsehen hatte alles so leicht ausgesehen, spielerisch. Jetzt rächte es sich, dass er den Sommer über so wenig Sport getrieben hatte. Seine Arme begannen zu zittern. Die Finger schmerzten. Doch zum Glück war es nicht weit. Mit letzter Kraftanstrengung zog er sich nach oben.

Ein paar Sekunden blieb er völlig entkräftet mitten auf dem Weg liegen. Eine Weile rang er nach Luft, ehe er aufstehen konnte. Dann beugte er sich nach vorn. »Alles klar! Ich bin oben! Ich laufe jetzt los!«

Er zog das Handy aus der Tasche und stolperte vorwärts, den Blick auf das Display gerichtet. Doch der Balken, der normalerweise die Netzstärke anzeigte, bewegte sich nicht. Er war noch nicht einmal zu sehen. Martin lief weiter. Alle paar Meter hielt er an und fuhr mit ausgestrecktem Arm in alle Richtungen.

Nichts.

Er tippte die 112 ein und lauschte. Nicht einmal das Freizeichen war zu hören. Ob das Telefon zu viel Wasser abbekommen hatte? Die Anzeige war wie eingefroren. Das Einzige, was er in dem Grau sah, waren ein paar blasse Zahlen. Die Uhrzeit. Es war genau zwölf Uhr.

Martin fluchte. Warum war er nicht auf die Idee gekommen, auch Nadjas Mobiltelefon mitzunehmen? Und noch einmal hinunter und wieder hochklettern würde er kaum schaffen.

Er streifte den Ärmel seiner Jacke hoch. Zwölf Uhr. Seltsam. Seine Funkuhr, die ihm Nadja im letzten Jahr zu Weihnachten geschenkt hatte, war zur selben Zeit stehen geblieben wie das Handy. Doch das bedeutete auch, dass die Zeit bereits vor ihrem Ruhenickerchen, als er das letzte Mal auf die Uhr gesehen hatte, nicht gestimmt hatte.

Er sah nach oben. In dem dunklen Grau fand er keinen Anhaltspunkt, wie spät es war. Es konnte Nachmittag sein, ebenso gut aber auch kurz vor Einbruch der Nacht.

Martins Gedanken rasten. Sollte er weitergehen, bis er jemanden fand, der ihm helfen konnte? Die Nacht zusammen auf dem schmalen Hangvorsprung verbringen und am nächsten Tag einen neuen Versuch starten? Er zermarterte sein Gehirn und versuchte, sich an verschiedene Bergtouren in der Vergangenheit zu erinnern. Plötzlich kam ihm die Idee. Die Thoma-Hütte! Damals war er mit ein paar Freunden hochgestiegen, und auch damals waren sie von einem plötzlichen Wettersturz überrascht worden. Es war kein Vergleich zu dem, was heute tobte. Doch sie waren heilfroh gewesen, in der Schutzhütte Unterschlupf zu finden, bis das Schlimmste vorüber war.

So rasch er konnte, eilte er zu der Absturzstelle zurück. »Kein Handyempfang!«, rief er hinunter. »Aber ich weiß jetzt, was wir machen. Ich versuche, dich hochzuziehen. Ich weiß eine Hütte hier in der Nähe.«

Für einen Moment hörte er nichts außer dem unaufhörlichen Rauschen des Regens. Dann vernahm er Nadjas Stimme. »Okay, ich will es versuchen.«

»Zuerst die Rucksäcke!«, rief Martin hinunter. »Der Reihe nach.«

Es dauerte ein paar Sekunden, dann ruckte es am Seil. »Los!«, hörte er.

Martin zog vorsichtig an. Er zwang sich, nichts zu überstürzen. Es war zwar vermutlich schon spät, aber wenn sich das Seil und die Last irgendwo verhedderten, würde es umso mehr Zeit kosten.

Es ging besser, als er befürchtet hatte. Nach ein paar kräftigen Zügen erschien Nadjas feuerroter Rucksack über der Hangkante. Ein paar Minuten lag sein giftgrüner daneben. Martin erinnerte sich daran, als sie sie in dem Freiburger Sportgeschäft gekauft hatten. Der Verkäufer hatte einen fliederfarbenen Partnerlook vorgeschlagen. Doch Martin waren der gute Sitz und die Zweckmäßigkeit wichtiger gewesen. Dazu hatte auch die Farbe gehört. Es konnte überlebenswichtig sein, in unwegsamem Gelände von Weitem gesehen zu werden.

Nachdem er auch den zweiten Rucksack losgebunden hatte, machte er das Seil an einem Baumstumpf fest, der sich nahe an der Kante in den Hang krallte. Mehrere Male zog er fest daran. Als er zufrieden war, knüpfte er eine große Schleife, die ähnlich wie ein Lasso zugezogen werden konnte. Es würde für Nadja nicht angenehm sein, aber das Wichtigste war, dass sie gut gesichert war. Mit ihrem kaputten Fuß würde sie nicht viel helfen können.

»Jetzt du!« Er ließ das Seilende hinunter. »Du musst die Schlaufe um die Schultern legen. Sag, wenn du so weit bist. Und melde dich sofort, wenn etwas nicht klappt.«

Noch einmal prüfte er den Sitz des Seiles am Baum. Dann suchte er eine geeignete Stelle, an der er genügend Halt fand. Er stemmte seine Füße hinter einen Steinbrocken, der ihm fest genug schien. Dann schlang er sich den lockeren Teil des Seils zweimal um Schulter und Arm.

»Fertig!«, hörte er von unten.

Martin schloss die Augen und atmete zweimal tief durch. Dann konzentrierte er sich und zog an.

Nadja hatte eine eher zierliche Statur. Trotzdem kostete es Martin eine ungeheure Kraftanstrengung, als er plötzlich ihr volles Gewicht spürte. Er vergaß alles um sich herum – den unaufhörlich prasselnden Regen, den Wind, die umherfliegenden Aststückchen, sogar den Schmerz, wenn ihn ein Hagelkorn ins Gesicht traf. Das Seil schnitt tief in seine Hand ein, sein Rücken schmerzte, die Waden brannten. Doch er durfte nicht lockerlassen. Eine Nacht auf dem winzigen Felsvorsprung war lebensgefährlich. Er durfte es nicht darauf ankommen lassen.

Martin hätte nicht sagen können, wie lange es dauerte, ehe er Nadjas Poncho auftauchen sah. Bei ihrem Anblick mobilisierte er die letzten Kräfte. Noch ein kleines Stück, dann schlossen sich ihre Finger um seine Hand.

Kurz darauf lagen sich beide völlig erschöpft in den Armen.

»Gott sei Dank«, keuchte er. »Wir haben es geschafft!«

»Du hast es geschafft«, sagte sie. »Ich kam mir völlig hilflos vor. Runterschauen durfte ich schon gar nicht.«

Martin küsste sie auf die Stirn. »Was macht der Fuß? Kannst du auftreten?«

Vorsichtig ging Nadja ein paar Schritte. »Geht so. Weit komme ich nicht. Was hast du vor?«

Martin erklärte mit knappen Worten die Idee mit der Schutzhütte.

Nadja blickte sorgenvoll um sich. Es hatte bereits merklich gedunkelt. »Und du findest den Weg?«

»Klar! Eine halbe Stunde von hier, nicht mehr. Kommt

darauf an, wie rasch wir vorwärtskommen.« Martin gab sich überzeugt. Dabei war er seiner Sache keineswegs sicher. Die Hütte lag etwas abseits im Wald. Wenn sie den Einstieg verpassten, würden sie die Nacht im Wald verbringen müssen. »Zur Not trage ich dich. Wenn ich nur wüsste, wann es dunkel wird.«

Nadja streifte den Ärmel ihrer Jacke hoch und sah auf die Uhr. »Es ist schon nach fünf.«

Martin sah überrascht auf. »Deine Uhr!«

»Was ist damit?«

»Sie ist nicht stehen geblieben!«

Nadja runzelte die Stirn. »Warum sollte sie? Willst du mich auf den Arm nehmen?«

»Nein, im Ernst. Meine geht nicht, die des Handys auch nicht.«

Nadja strich mit den Fingern über das gläserne Zifferblatt. »Das wäre das erste Mal. Vaters gute alte Aufziehuhr hat mich noch nie im Stich gelassen. Das bisschen Regen macht ihr nichts. Wasserdicht bis 30 Meter.«

»Und dein Handy? Geht das?«

Nadja nahm ihr Mobiltelefon heraus und drückte die Sperrtaste. »Es rührt sich nichts. Kein Netz, kein Empfang. Seit 12.« Sie hielt Martin das Display entgegen. »Witzig. Genau um 12 hat es den Geist aufgegeben.«

Martin wusste nicht recht, was er sagen sollte. Das Ganze kam ihm merkwürdig vor. Seltsamer Zufall, dachte er. Alle drei Geräte fallen zur selben Zeit aus. Ob es irgendeine elektrische Entladung in der Atmosphäre gab, von der er nichts mitbekommen hatte? Das würde erklären, warum Nadjas alte Uhr nicht davon betroffen war.

Er behielt seine Gedanken für sich, er wollte Nadja nicht zusätzlich beunruhigen. Außerdem gab es jetzt Wichtigeres.

Er löste das Seil von dem Baumstumpf und band die beiden Rucksäcke fest aneinander, sodass er sie sich über den Rücken werfen konnte.

»Was tust du?«, fragte sie.

»Das siehst du doch. Ich denke, du hast mit deinem Fuß genug zu tun.«

Nadja protestierte nur schwach. Martin sah, dass sie bei jedem Schritt das Gesicht verzog. Es war deutlich, dass sie Mühe hatte, den Fuß voll zu belasten.

»Komm, wir müssen los. Zuerst ein Stück den Weg zurück.«

Sie kamen nur mühsam voran. Von einem normalen Weg konnte keine Rede mehr sein. Der Sturm hatte inzwischen noch mehr Zweige und ein paar armdicke Äste über den schmalen Pfad geworfen. Steine waren aus dem Hang herausgebrochen. Ständig mussten sie Hindernisse überklettern oder vorsichtig daran vorbeibalancieren. In manchen Mulden lagen die Hagelkörner knöcheltief. Der Pfad war so glitschig geworden, dass sie in dauernder Gefahr schwebten, erneut abzurutschen.

Martin geriet rasch ins Schwitzen. Die Last der beiden Rucksäcke drückte schwer auf seinem Rücken. Dazu musste er immer wieder Nadja als Stütze helfen. Er konnte erkennen, dass sie sich nur unter größter Anstrengung vorwärtskämpfte.

*

Als sie endlich die Stelle erreichten, an der sie am Morgen vom Hauptweg abgebogen waren, war es merklich dunkler geworden. Sie hielten an, um zu verschnaufen. Martin deutete nach unten. »Noch ein kleines Stück weiter nach unten«, sagte er. »Dann führt ein Stichweg nach links in den Wald. Dort ist die Hütte.«

Die wenigen Meter bergab verlangten ihnen noch einmal alles ab. Sie hielten sich dicht am Rand des aufgeschlammten Weges und versuchten, wo immer es ging, eine Hand an einem der dünnen Buchenstämmchen zu halten, die dort wuchsen. Nach einer scharfen Biegung öffnete sich der Wald. Vor ihnen lag das Zastlertal. Inzwischen war es fast dunkel geworden. Dichte Wolken hingen über den Berghängen. Ein schmutziges Gelb am Horizont ließ den Sonnenuntergang über der Rheinebene erahnen.

»Herrliche Aussicht.« Martin konnte sich den kurzen ironischen Kommentar nicht verkneifen. »Normalerweise.«

Nadja lehnte sich erschöpft an ihn. Ihr Atem ging schwer. »Ein andermal. Wir haben es bis hierher geschafft. Das ist das Wichtigste.«

»Sollen wir es doch versuchen, bis hinunter abzusteigen? In ein, zwei Stunden könnten wir am Gasthof sein.« Martin versuchte, Optimismus in seine Stimme zu legen. »Irgendwann wird der Weg auch wieder besser.«

Nadja schüttelte den Kopf. »Es geht nicht. Ich kann nicht mehr. Außerdem«, sie deutete mit dem Finger zu den Häusern, die nur schemenhaft zu erkennen waren, »sieh mal genau hin. Fällt dir nichts auf?«

Martin kniff die Augen zusammen. Das Gasthaus und die wenigen umliegenden Bauernhäuser waren kaum zu erkennen. »Ich weiß nicht. Ich sehe fast gar nichts.«

»Eben. Es brennt kein Licht«, seufzte Nadja. »Wahrscheinlich haben sie Ruhetag. Aus einem heißen Tee würde also sowieso nichts.«

»Ich glaube eher, dass dort Stromausfall ist. Sonst wäre wenigstens in einem der Häuser Licht.« Sein Blick wanderte über das Tal. »Bei dem Unwetter würde mich das nicht wundern. Wahrscheinlich ist irgendeine Leitung gestört.« Er nahm Nadjas Hand. »Komm, noch ein paar Schritte.«

Letztlich war Martin froh, dass ihm die Entscheidung abgenommen wurde. Auch er war mit seinen Kräften am Ende. Der Weg ins Tal wäre für beide zur Qual geworden.

Seine Erinnerung hatte ihn nicht getäuscht. Der schmale Stichweg, den sie hinaufstolperten, endete nach etwa 50 Metern. Dort öffnete sich eine Lichtung, in deren Mitte eine Hütte stand. Genau genommen war das Holzhäuschen nicht mehr als ein besserer Heuschober. Es war etwa drei Meter lang und fast ebenso breit, die Wände waren aus roh behauenen Holzbalken gezimmert, das schräge Dach mit Teerpappe verkleidet.

Immerhin gab es eine Tür, vor der ein einfacher Holzriegel lag. Martin stieß die Tür auf und trat ein. Abgestandene Luft und ein muffig-feuchter Geruch kamen ihm entgegen. Der Raum war leer bis auf eine schlichte Holzbank, ein Stuhl und ein notdürftig gezimmerter Tisch. In der Ecke auf dem Boden lag ein Holzklotz mit den spärlichen Resten einer Kerze. Ein Fenster gab es nicht.

Martin wandte sich zu Nadja und bat sie herein. »Willkommen im Hotel Waldesruhe!« Seine Frau wankte an ihm vorbei und ließ sich sofort auf die Bank fallen.

Trotz des Regens ließ Martin die Tür halb offen stehen, sodass wenigstens etwas spärliches Abendlicht hereinkam. Der schlechte Geruch ließ sich dagegen nicht so rasch vertreiben. Martin stellte die beiden Rucksäcke ab und kramte sein Feuerzeug heraus. Nach mehreren Versuchen brachte er eine Flamme hervor und zündete die Kerze an.

»Das wird ja richtig gemütlich!« Das kleine Licht genügte, um den Raum einigermaßen aufzuhellen. Martin schloss die Tür. Sofort wurden die Geräusche des Sturms abgedämpft. »Und jetzt wollen wir vernünftig sein!«

Nadja hatte sich wieder aufgesetzt. Er half ihr, den triefnassen Poncho auszuziehen, ebenso die Jacke. Die Allwetterkleidung hatte die Nässe erstaunlich gut abgehalten. Auch der Inhalt der Rucksäcke war erfreulicherweise trocken geblieben.

Martin fand ein Handtuch und begann, Nadjas Haare trocken zu rubbeln. Dann nahm er ihre Hände und knetete sie so lange, bis die Wärme einigermaßen in die steifen Finger zurückkehrte. Schließlich überzeugte er sie, die verschwitzte Unterwäsche gegen eine frische Garnitur auszutauschen.

»Jetzt zahlt es sich aus, dass wir uns durch das schöne Wetter nicht haben verleiten lassen.« Nadja hatte eine silberne Rettungsfolie um sich gehüllt und sah bereits wieder recht zuversichtlich aus.

Martin nickte zustimmend. Ihre Gewohnheit, bei allen Unternehmungen in den Bergen stets das Nötigste mitzunehmen, zahlte sich aus. »Es ist mir trotzdem rätselhaft, wie es so völlig anders kommen konnte. Natürlich gibt es im Schwarzwald Wetterumschwünge. Aber in dieser Heftigkeit habe ich es noch nie erlebt.«

»Ob das etwas mit dem seltsamen Summen und Grollen von heute Morgen zu tun hat?«

»Schon möglich.« Martin antwortete nur zögerlich. Er konnte sich nicht vorstellen, dass beides miteinander zusammenhing. Wahrscheinlich war alles nur eine Verkettung ungewöhnlicher Witterungsumstände.

Nadja ging nicht weiter darauf ein. »Ein heißer Tee wäre jetzt schön!«

»Tee ist leider aus, meine Dame«, antwortete Martin. »Darf ich Ihnen stattdessen etwas anderes anbieten?« Er nahm ihr Gesicht in die Hände und küsste sie zärtlich.

»Auch nicht schlecht«, lächelte Nadja, als sie sich wieder gelöst hatten. »Da bestelle ich gleich noch eine Portion.«

»Gerne, kommt sofort. Aber wir sollten zuerst einmal nach deinem Fuß schauen.« Er kniete sich vor die Bank auf den Boden und machte sich daran, an beiden Schuhen die Schnürsenkel zu lösen. »Hast du noch Schmerzen?«

»Es geht so. Die letzte Viertelstunde war heftig.« Nadja biss die Zähne zusammen, als Martin ihr behutsam den Stiefel herunterzog. Dann streifte er die Socke ab. Im Kerzenlicht sahen sie, dass der Knöchel rot und geschwollen war.

Martin tastete vorsichtig über die Haut. »Tut das weh?«

»Es tut weh. Aber es sticht nicht. Es ist auszuhalten.«

»Gebrochen scheint nichts zu sein. Ich tippe auf eine Zerrung.« Martin zog ihr jetzt auch den zweiten Stiefel und die Socke aus. »Normalerweise bräuchtest du jetzt eine Eispackung. Oder zumindest kaltes Wasser. Das hilft immer. Aber heute verzichten wir besser darauf.« Er fand ein paar frische Strümpfe im Rucksack und half ihr beim Anziehen. »Die Ruhe wird dir guttun. Vielleicht klingt es über Nacht ab. Und morgen bekommst du einen schönen Verband.«

Mit Hilfe der Rucksäcke, Jacken und Handtücher improvisierte er für Nadja eine Schlafstätte auf der Bank. »Das Bett ist gerichtet, meine Dame. Nur die Matratze ist etwas kräftig.«

Nadja lächelte und streckte sich aus. »Und du?«

»Ich passe auf dich auf. Versuche zu schlafen.« Er zog den Stuhl heran, setzte sich und griff nach ihrer Hand. Schon kurz darauf hörte er, wie sie ruhig und gleichmäßig atmete. Noch eine Weile lauschte er dem Pfeifen und Wimmern um die Hütte, dann fiel auch ihm der Kopf nach vorne, und er nickte ein.

*

In der Luft hing der Geruch der abgebrannten Kerze. Martin erwachte mit einem steifen Hals. Sein Rücken schmerzte, und er fror. Er brauchte eine Weile, bis er sich erinnerte, was es mit dem fremden, dunklen Raum auf sich hatte, in dem er saß.

Seine Augen gewöhnten sich nur langsam an das Dunkel. Durch feine Ritzen im Türrahmen und irgendwo in der Wand fielen winzige Lichtstrahlen herein, gerade so viel, dass er sich orientieren konnte.

Martins Blick fiel auf Nadja. Sie musste vollkommen erschöpft gewesen sein, denn sie lag nahezu in der selben Stellung, in der sie eingeschlafen war. Er stand auf und nahm den inzwischen abgetrockneten Umhang, den er am Tag zuvor an einen Aststumpf an die Wand gehängt hatte, und breitete ihn über seine Frau aus. Ihr Atem stockte für einen Moment, dann schlief sie weiter. Zufrieden nahm Martin den zweiten Poncho und zog ihn sich um die Schultern. Es sah aus, als sei das Ganze noch einmal glimpflich abgelaufen. Kein Husten, kein Schüttelfrost, keine ernsthaften Verletzungen.

Jetzt erst fiel ihm auf, dass es draußen völlig ruhig war. Der Lärm und das Tosen des Unwetters waren verstummt. Die Stille war so intensiv, dass er glaubte, sie mit den Händen greifen zu können.

Das Handy funktionierte immer noch nicht, ebenso wenig Martins Armbanduhr. Die schwachen Reste der Zeitanzeige waren endgültig verblasst. Martin vermutete, dass inzwischen die Akkus erschöpft waren. Oder sie hatten doch zu viel Nässe abbekommen und waren hinüber.

Martin überlegte, wie er Nadja von hier am besten nach Hause bringen konnte. Nach seiner Einschätzung stand die Hütte ziemlich genau auf halbem Weg zwischen Tal und Feldberggipfel. Es kam daher auf das Gleiche heraus, in welche Richtung sie gehen würden. Alles hing von Nadjas Fuß ab. Je nachdem würden sie entscheiden, ob sie besser bergauf oder doch lieber abwärts steigen sollten.

Martin ging zur Tür, hob den Riegel und drückte sie auf. Überrascht stellte er fest, dass sie sich nicht rührte. Er drückte fester, rüttelte – ein klein wenig öffnete sich ein Spalt, durch den Licht hereinkam. Gleichzeitig spürte er einen kalten Lufthauch.

Er lehnte sich mit der Schulter gegen das Türblatt und versuchte es erneut. Zug um Zug gelang es ihm, die Öffnung zu erweitern. Es war, als habe über Nacht jemand ein Hindernis davorgelegt. Vielleicht war ein größerer Ast heruntergefallen und blockierte jetzt den Eingang. Martin drehte sich mit dem Rücken zur Tür, stemmte die Füße in den Boden und drückte, so fest er konnte. Endlich war der Spalt groß genug. Er zwängte sich hindurch ins Freie und blieb fassungslos stehen.

Der Wald, die Bäume, die Lichtung – alles war tief verschneit. Die weiße Pracht lag kniehoch. Auf dem Dach der Hütte lag fast ein halber Meter Schnee. Über dem Weiß lag eine gespenstische Stille. Martin hörte nichts außer seinem Herzschlag. Die Atemluft vor seinem Mund verdichtete sich in kleine weiße Wölkchen. Der Himmel über ihm war dunkelgrau und mit dichten Wolken überzogen. Der Stichweg, durch den sie am Abend hergekommen waren, war kaum noch zu erkennen. Der Sturm hatte vollkommen aufgehört.

Martin schob mit den Füßen so viel Schnee zur Seite, dass er die Tür weiter öffnen konnte. Er ging zurück in die Hütte und holte aus dem Rucksack den Rest ihrer Verpflegung. Er legte jeweils eine Banane und einen Müsliriegel auf den Tisch, dann trat er zu Nadja.

»Frühstück!«, raunte er ihr ins Ohr. »Schinken, Toast, Orangensaft, Frischkäse und ein Vierminutenei. Tee oder Kaffee?«

Nadja blinzelte ihn schlaftrunken an. Dann zog ein Lächeln über ihr Gesicht. Sie streckte die Arme aus und zog ihn zu sich heran. »Und die Zeitung?«, rummelte sie und küsste ihn auf die Nasenspitze. »Wie lange habe ich geschlafen?«

»Den ganzen Herbst über.« Martin verlor auch jetzt nicht seinen Humor. »Inzwischen ist es Winter geworden.«

Nadja bekam große Augen, als sie vor die Tür trat und die Schneemassen sah. »Das ist …« Ihr fehlten die Worte.

»Außergewöhnlich«, ergänzte Martin. »Ich kann mich nicht erinnern, dass es im September geschneit hat. Noch dazu in solchen Mengen. Wir hätten die Skier mitnehmen sollen. Im Tiefschnee durch den Wald, in 20 Minuten wären wir unten.«

Nadja war wie ihr Mann eine ausgezeichnete Skifahrerin. »Schön wär's ja«, meinte sie. »Vielleicht wird es in diesem Winter endlich einmal eine gute Skisaison.«

Sie gingen zurück in die Hütte. »Jetzt essen wir erst einmal, was wir noch haben.« Martin deutete auf den Tisch. »Und dann auf dem schnellsten Weg nach Hause. Ich brauche dringend eine warme Dusche.«

»Und ich freue mich auf Felix.« Nadja schälte eine der Bananen und biss hinein. »Ob er uns vermisst?«

»Das glaube ich kaum. Er wird schlafen. Oder trinken. Oder umgekehrt«, lachte er. »Hoch oder runter, was ist dir lieber?«

»Was meinst du?«

»Wir müssen uns entscheiden, wie wir weitergehen. Wir können versuchen, weiter hoch auf den Seebuck zu steigen. Dann mit dem Sessellift runter und mit dem Bus heim. Wenn der Schnee nicht allzu hoch liegt, schaffen wir es in zwei Stunden bis zur Bergstation.«

»Oder?«

»Oder wir steigen denselben Weg hinunter, den wir gestern Morgen hochgekommen sind. Ins Zastlertal. Ich schätze, das dauert ungefähr genauso lang.«

»Ich fürchte, das wird nicht gehen.« Nadja deutete auf ihren Fuß. Die Rötung war weg, aber die Schwellung war noch deutlich zu erkennen. »Ich kann auftreten, aber es ist anstrengend. Bei Eis und Schnee abwärts ist riskant. Ich glaube, bergauf ist es leichter.«

»Dann ist es entschieden. Wir wollen aufbrechen!« Martin stand auf und begann, die beiden Rucksäcke zu packen. »Im Bergrestaurant wartet eine Riesenportion Spaghetti auf uns!«

»Mit Parmesan!«

*

Eine halbe Stunde später kamen Martin die ersten Zweifel, ob ihre Entscheidung richtig war. Sie kamen deutlich langsamer voran als erhofft. Von einem Wanderweg konnte keine Rede sein. Der Schnee lag an manchen Stellen kniehoch, jeder Schritt war anstrengend. Die Wolken hingen tief und tauchten den Morgen in ein milchiges Licht, das die Konturen verschwimmen ließ. Seit sie die Baumgrenze hinter sich gelassen hatten, mussten sie sich ganz auf Martins Orientierungssinn verlassen. Obwohl er den Weg schon früher gegangen war, blieb er immer wieder stehen und prüfte die Umgebung. Selbst hier in Gipfelnähe bestand die Gefahr, sich zu verlaufen.

Anfangs waren sie nebeneinander gegangen. Doch bald hatten sie gemerkt, dass sie sich leichter taten, wenn einer dem anderen in dessen Spur folgte. Nadjas Fuß begann wieder zu schmerzen, sodass sie öfter eine Pause einlegen mussten.

»Seltsam. So ein Wetter hat es im September noch nie gegeben.« Martin teilte die letzten beiden Riegel in Stücke. »Der Großvater hat manchmal erzählt von den harten Wintern früher im Schwarzwald. Aber das ist lange her. Heute jammern die Skiliftbetreiber und Pensionswirte, dass es viel zu wenig Schnee gibt.«

Nadja stützte sich auf ihn, um zu verschnaufen. Dankbar nahm sie eines der Riegelstückchen und kaute. »Ich weiß nicht. Irgendetwas stimmt nicht«, meinte sie. »Schon gestern hatte ich so ein komisches Gefühl. Das Beben, der Sturm, der Vogel …«

»Jetzt hör aber auf!«, unterbrach sie Martin. »Mach dich bloß nicht verrückt. Das hat alles seine Erklärung. Wir brauchen unsere Konzentration für den Weg.« Er deutete nach vorn. Nach einem längeren ebenen Stück, das nur durch Mulden unterbrochen war, führte der Weg seit einer Viertelstunde wieder stetig an. »Wir müssten bald am Bismarckdenkmal sein. Dann ist es nicht mehr weit bis zum Sessellift. Eigentlich müssten wir ihn schon hören.«

Immer noch war es völlig windstill. Sie lauschten.

»Ich fürchte, sie haben ihn bei dem Wetter heute gar nicht in Betrieb genommen.« Nadja klang enttäuscht. Die Vorstellung, gemütlich in der Panoramagondel ins Tal zu schweben hatte sie ihre letzten Kräfte mobilisieren lassen.

»Und wenn schon.« Martin winkte ab. »Die restlichen paar Meter schaffen wir auch noch.«

Eine Viertelstunde später wurde Nadjas Befürchtung zur Gewissheit. Urplötzlich tauchte vor ihnen die Bergstation des Seebuckliftes aus dem Nebel auf. Das Häuschen, in dem normalerweise ein Aufseher saß und den Ein- und Ausstieg überwachte, stand leer. Auf dem Dach lag ein dickes weißes Polster. Der Wind hatte die Tür mit Schnee halb zugeweht.

»Hier war heute noch niemand«, meinte Martin nach einem Blick in eines der eisverkrusteten Fenster. Die Tür war abgeschlossen. »Schade. Ein bisschen Wärme hätte uns jetzt gutgetan.« Er wischte mit der Hand den Schnee von der

Bank, die an die Seite des Häuschens angebaut war. »Komm, wir setzen uns.«

Erschöpft sank Nadja neben ihm nieder. »Ich bin völlig k.o.«, keuchte sie. »Heute läuft aber auch alles schief.«

Martin musste ihr recht geben. Ihre Lage war trostlos. An normalen Tagen tummelten sich hier Hunderte von Tagesausflüglern und Wanderern. Kindergeschrei und Hundegebell, Vesperrucksäcke und Wasserflaschen. Normalerweise war Martin beim Wandern kein Freund großer Menschenansammlungen. Heute hätte er viel darum gegeben, wenigstens ab und zu jemanden zu treffen.

Stattdessen dichter Nebel und durchdringende Stille. Dort, wo sich bei schönem Wetter ein herrliches Schwarzwaldpanorama mit Blick bis zu den Alpen ausbreitete, reichte das Auge kaum bis zum nächsten Liftpfeiler. Die kräftigen Trägerseile verloren sich bereits nach wenigen Metern im Nichts. Schräg über dem Ausstieg war die Silhouette einer Gondel zu sehen, die regungslos in der Luft hing.

»Schaffst du es noch bis runter?« Besorgt nahm Martin Nadja in den Arm. »Ich könnte hinunterlaufen und für dich den Lift anmachen lassen. Oder ich besorge uns einen Pistenbully«, lachte er. »Immerhin ist dies eine Notsituation.«

Nadja schüttelte müde den Kopf. »Lass mich nicht allein. Es muss gehen. Es wird gehen.« Sie rückte näher an ihn heran. »Außerdem …« Sie zögerte. Ihr Blick wanderte ziellos durch den Nebel. »Ich finde es unheimlich hier. Ich habe Angst.«

»Martin legte den Arm um ihre Schultern. »Keine Sorge. Es wird nichts geschehen, was du nicht willst. Außerdem werden wir …«

Nadja fuhr plötzlich hoch und packte seinen Arm. Ihre Augen waren weit aufgerissen.

»Was ist?«

»Da! Hörst du es?« Sie hob den Kopf und lauschte. »Da war etwas!«

Martin verstummte. »Ich höre nichts«, sagte er nach ein paar Sekunden. »Vielleicht der Wind?« Er deutete zu der Gondel, die wie von Geisterhand bewegt sanft hin und herpendelte. »Oder ein Tier?«

»Nein. Das ist es nicht.« Wieder lauschte Nadja konzentriert. »Hörst du es nicht? Ganz zart. Wie ein ...« Sie stockte abermals, »... ein Singen!«

Martin nickte. »Stimmt. Jetzt höre ich es auch. Da summt irgendetwas.« Im nächsten Augenblick zog ein Lächeln über sein Gesicht. »Der Lift! Sie stellen den Lift an!«

Er stand auf und versuchte, etwas zu erkennen. »Es hört sich an, als ob die Tragseile vibrieren.« Er stieß einen Seufzer aus. »Gott sei Dank! Jetzt brauchen wir nur noch zu warten.«

Er drehte sich um und erschrak. Nadjas Gesicht hatte sich plötzlich verändert. Sie presste beide Hände auf die Ohren. Ihre Augen waren weit aufgerissen.

»Was hast du? Was ist mit dir?«

Nadja war aufgesprungen. Sie wandte den Kopf nach allen Seiten, dann stolperte sie ein paar Schritte vorwärts in den Schnee. Martin eilte ihr nach.

»Nadja, was ist?«

Im selben Moment hörte er es. Das war kein Maschinengeräusch!

Das war auch nicht der Wind, der kaum merklich die Wolken bewegte. Es war ein Ton, wie ihn Martin noch nie zuvor gehört hatte.

Er hielt mitten in der Bewegung inne und lauschte gebannt. Es hörte sich an wie ein leises Singen, das von überall her gleichzeitig zu kommen schien. Ein großer, allumfassender Ton, zusammengesetzt aus allen Höhen und Tiefen. Das Singen hüllte ihn ein, drang in sein Innerstes, sein ganzer Körper begann zu vibrieren. Die Töne füllten ihn aus bis in jeden Winkel, jede Faser, jedes Stück seines Innersten. Martin fühlte sich mit einem Mal so leicht wie nie zuvor in seinem Leben. Ein ungeheures Glücksgefühl stieg in ihm auf, breitete sich aus und hob ihn empor in eine Welt voller Licht und Wärme.

»Martin! Martin, komm zu dir!«

Er öffnete die Augen und sah Nadja vor sich. Im selben Moment erlosch der tausendfache Ton wie eine angestoßene Kerze.

»Ich will weg hier, schnell!«

Martin blinzelte, als sei er aus einem Traum erwacht. »Was war das? Hast du das auch …« Er stockte. Nadja umschlang ihn mit beiden Armen. Sie spürte, wie er zitterte. »Musik. Es war wie – Musik.«

Martin schüttelte langsam den Kopf. »Dabei ist hier nichts. Nur Nebel und Schnee. Und Kälte.« Nur langsam fand er seine Fassung wieder. Er wandte sich um. »Ich glaube, wir sind schon viel zu lange hier draußen. Ich fange an zu halluzinieren. Wenn es Hochsommer wäre, würde ich sagen, ich kriege einen Sonnenstich. Oder so ähnlich.« Er ging ein paar Schritte zur Rückseite des Lifthäuschens und kniff die Augen zusammen. »Wenn man nur etwas sehen könnte! Da vorne müsste eigentlich der Bismarckturm sein.« Er sah angestrengt in den Nebel. »Von dort aus führt normalerweise einer der Wege nach unten.«

»Normalerweise.« Nadja trat neben ihn und fasste ihn an der Hand. Sie war enttäuscht. Von dem Pfad war nichts zu sehen.

»Wir gehen trotzdem hier runter. Es ist sicherer als auf der freien Fläche.« Martin wies mit der ausgestreckten Hand nach vorn. »Wir orientieren uns an den Stützpfeilern und am

Waldrand.« Erst jetzt erkannte Nadja den dunklen Streifen, der sich schemenhaft im Grau abzeichnete.

»Am besten, wir bleiben von jetzt an ganz dicht beieinander. Warte.« Martin nahm das Seil, das er an seinem Rucksack festgebunden hatte, und band es Nadja um die Hüfte. Das andere Ende schlang er sich um den Arm. »Sicherheitshalber. Wir sollten kein Risiko mehr eingehen.«

Vorsichtig tasteten sie sich die ersten Schritte vorwärts. Der Weg, den sie eingeschlagen hatten, war wie erwartet steil und tückisch. Martin, der vorausging, musste jeden Schritt ertasten. Verschneite Felsbrocken, auf denen man ausrutschen, plötzliche Löcher, in denen man umknicken konnte, gab es überall. Sie sprachen jetzt kaum etwas. Der Abstieg erforderte ihre ganze Konzentration. Immer wieder hielt Martin an und half seiner Frau über die schwierigen Stellen hinweg. Ein Sturz wäre hier zwar nicht gefährlich geworden. Doch mit Nadjas Fuß wollte er kein Risiko eingehen.

Sie hielten sich möglichst dicht unter der Seilbahn, deren Trageseile ihnen die Richtung vorgaben. »Eigentlich sieht es toll aus.« Nadja deutete auf die Drahtseile, die nach oben und unten im Dunst versanken. »Wie ein modernes Kunstwerk. Oder eine japanische Tuschfederzeichnung. Schade, dass die Handykameras nicht mehr funktionieren. Ein Bild, wie geschaffen für ein gerahmtes Poster in unserem Wohnzimmer.«

»Stimmt. Es hat etwas Mystisches. Weißt du noch, am Schauinsland, als wir im Februar mit der Gondel hochgefahren sind?«

Nadja nickte. »Stimmt. Da war es ähnlich. Unten im Tal war alles voller Wolken, oben hat die Sonne geschienen. Es war wunderbar, als wir die Grenze durchstoßen hatten.«

»Es gibt schon seltsame Wetterphänomene im Schwarzwald.« Martin bückte sich und klopfte zum wiederholten Mal den Schnee von seinen Hosenbeinen. »Trotzdem. Dieser viele Schnee um diese Zeit ist sehr merkwürdig. Dabei dachte ich, der Klimawandel bringt uns mehr Wärme.«

»Wie weit ist es noch?«, meinte Nadja.

Martin deutete schräg nach oben. »Der dritte Mast. Wir sind bald unten. Verlaufen können wir uns jetzt nicht mehr. Ich schlage vor, wir versuchen, den Rest der Strecke direkt am Waldrand zu gehen. Dort ist vielleicht etwas weniger Schnee.«

Der Sessellift war in diesem Bereich nur wenige Meter von den Bäumen entfernt. Martin wandte sich schräg nach links. Nadja folgte ihm am Seil und versuchte, möglichst genau in seine Fußstapfen zu treten. Kurz bevor Martin unter die tief herabhängenden Zweige einer großen Tanne trat, spürte er, wie sich das Seil straffte.

»Was …?« Er drehte sich um. Nadja stand unbewegt.

»Hörst du es? Das Singen. Da ist es wieder.«

Dieses Mal hörte Martin es sofort. Es war anders als zuvor. Der volle Klang erinnerte ihn an die tiefen Saiten eines Kontrabasses. Das melodische Dröhnen schien von oberhalb des Hanges her zu kommen. Martin reagierte sofort. »Komm, wir sollten hier nicht bleiben«, rief er.

Plötzlich stand das Reh da. Zum Greifen nah sah Martin die feuchten Nüstern, die bebenden Flanken, die klaren schwarzen Augen.

Ihre Begegnung dauerte nur einen winzigen Augenblick, als das Tier auch schon davonsprang. Mit einem mächtigen Satz brach es aus dem verschneiten Strauch hervor, knickte ein, sprang erneut hoch. Die schlanken Beine fanden keinen Halt in der brüchigen Schneedecke. In seinem Schrecken hatte das Reh die falsche Richtung gewählt. Statt in das schützende Dunkel des Waldes stakste es hinaus auf die freie Fläche.

Martin hatte seinen Schrecken rasch überwunden. »Ruhig stehen bleiben«, rief er gedämpft zu Nadja, die immer noch unter dem Liftpfeiler verharrte. »Wir wollen das Tier nicht weiter ängstigen.«

Doch es half nichts. Mühsam stapfte das Reh durch tiefen Schnee. Bei jedem Schritt sanken die Läufe bis zur Hälfte ein. Schon nach wenigen Metern schien das Tier mit seinen Kräften am Ende. Die Bewegungen wurden langsamer, die Glieder gehorchten nicht mehr. Schwer atmend blieb es stehen. Sein Kopf war nach unten geneigt, das Fell glänzte vor Nässe.

Nadja hatte gebannt zugesehen. Das Reh war zum Greifen nah an ihr vorbei geflüchtet. »Schau doch, es blutet!«, rief sie.

Martin ging mit langsamen Schritten zu ihr zurück. »Du hast recht. Wahrscheinlich hat es sich an dem Eis aufgerissen. Wir lassen es jetzt lieber in Ruhe.«

Nadja schüttelte den Kopf. »Kommt überhaupt nicht in Frage! Siehst du nicht, wie es Schmerzen hat? Und Angst? Ich gehe hin zu ihm.«

Das Reh war etwa 20 Meter entfernt. Es regte sich immer noch nicht, selbst als Nadja näher herankam. Doch auch Nadjas Bewegungen wurden plötzlich langsamer. Martin dachte zunächst, dass sie das Tier nicht gänzlich verschrecken wollte. Doch etwas war anders. Nadja bewegte sich, als habe sie plötzlich eine eiserne Rüstung an. Arme und Beine bewegten sich zeitlupenhaft.

Mit einem Mal hielt sie mitten in der Bewegung inne. Sie stand still, wie eine Aufziehpuppe, deren Mechanismus abgelaufen war. Martin beobachtete, wie sie mit größter Mühe den Kopf zu ihm wandte und versuchte, den Arm zu heben, als ob sie ihm ein Zeichen geben wollte. Im nächsten Moment knickte sie um und fiel auf die Seite. Gleichzeitig kam das Singen zurück. Ein leiser Ton zuerst, der immer mehr anschwoll.

Martin wurde von einer seltsamen Mattigkeit ergriffen. Das Singen hüllte ihn ein wie eine weiche, warme Decke.

Hinsetzen.

Augen schließen.

Einschlafen.

»Nein!« Martin gab sich einen Ruck. »Nadja!« Er musste ihr helfen!

Sie lag willenlos auf der Seite und gab keine Antwort. Martin zog sich an dem Seil nach vorn. Seine Beine wurden schwer wie Blei, in seinem Kopf dröhnte es, als würde eine überdimensionale Glocke geschlagen. Jeder weitere Schritt wurde schwerer.

Was war das? So etwas hatte er noch nie erlebt. Er kam sich vor wie in einem Traum, den er als Kind manchmal gehabt hatte und der ihn ebenso hilflos machte wie jetzt. Damals war es, als sei er durch eine zähe Suppe gelaufen, die überall an ihm klebte und ihn immer weiter zu sich herunterzog.

Seine Beine steckten fest wie im Moor. Mit dem letzten Rest seiner Willenskraft drehte er sich um. Mit äußerster Anstrengung hob er den rechten Fuß an, setzte ihn auf, zog den anderen hinterher. Und noch einmal. Und ein drittes Mal. Mit jedem Schritt spürte er, wie seine Kräfte zurückkamen. Erkämpfte sich vorwärts bis zu dem Betonsockel des Liftpfeilers. Schwer atmend lehnte er sich an. Doch er durfte nicht zögern. Martin löste das Seil von seiner Hüfte, schlang es um die Metallverstrebung und verknotete es, so fest es ging. Dann griff er mit beiden Händen zu und zog Nadja mit aller Kraft zu sich her.

Der Blick seiner Frau war glasig, als sie vor ihm im Schnee lag. Ihr Mund war geöffnet, als habe sie die Lähmung mitten im Satz überfallen. Martin zog sie hoch über die Schulter und hielt ihre Arme über seine Brust gekreuzt fest. Meter um Meter stapfte er weiter, bis er endlich wieder den Waldrand erreichte.

Die Anstrengung ließ seinen Kopf dröhnen. Das Brausen in seinem Schädel mischte sich mit dem Singen, dass ihm nun außen und innen vollständig einhüllte. Unter einer dicht verschneiten Eberesche brach er erschöpft zusammen.

Schwer atmend blieb er liegen. Das Summen verklang. Stattdessen ließ ihn Nadjas Wimmern wieder zu sich kommen. Die Starre in ihrem Blick hatte sich gelöst.

»Martin!« Sie sah ihn an. »Das Reh …«

»Sprich nicht weiter. Wie geht es dir? Kannst du dich bewegen? Hast du dir wehgetan?«

Zu Martins Überraschung setzte sich Nadja auf, drehte den Kopf, dann erhob sie sich, als ob nichts geschehen sei. »Ich bin o. k.«, sagte sie. »Das war …« Sie stockte. »Auf einmal konnte ich mich nicht mehr bewegen. Wie bin ich hierhergekommen? Was ist mit dem Reh?«

»Das Seil hat uns zum zweiten Mal gerettet. Ich musste dich herziehen. Das Reh lassen wir besser, wo es ist.«

»Das arme Tier! Wir haben es erschreckt. Sieh nur, es ist immer noch dort!«

Aus der Entfernung war nicht mehr als ein dunkler Fleck im Weiß zu erkennen.

»Wir können nichts tun«, versuchte Martin sie zu beruhigen. »Vielleicht ist es krank. Tollwut oder irgendetwas Ähnliches. Wir sollten sehen, dass wir jetzt von hier wegkommen.« Er band das Seil von der Strebe und schlang es sich erneut um die Hüfte. Dann nahm er seinen Rucksack auf. »Weiter. Wir müssen weiter. Immer der Seilbahn nach.«

Wie schon die Male zuvor versuchte Martin, Nadja gegenüber zuversichtlich zu klingen. Dennoch spürte er, wie die Angst in ihm emporkroch.

»Es ist alles gut. Es gibt für alles eine Erklärung. Es gibt keinen Anlass zur Sorge.« Wieder und wieder sagte er sich die Sätze vor, während er mit Nadja im Schlepptau Schritt für Schritt bergab stieg. Doch die Zweifel blieben. Das Summen. Noch nie in seinem Leben hatte er etwas Ähnliches gehört. Am meisten ängstigte ihn, dass der Gesang keine Ursache zu haben schien. Es ist wie ein lebendiges Wesen, ging es ihm durch den Kopf. Als hätte es ein Eigenleben. Als gehöre es zu etwas, das sich noch nicht entschieden hatte, ob es ihn als Freund oder Gegner betrachtete.

Er schüttelte den Kopf. Du spinnst!, durchfuhr es ihn. Die Anstrengung macht dich verrückt. Es war alles ganz schön viel seit gestern Morgen.

Martin versuchte, sich an seine Vernunft zu klammern. Das Reh – ich habe es aufgeschreckt, es ist im Schnee stecken geblieben. Nadja – sie konnte einfach nicht mehr. Und ich ebenso wenig.

Ich bin müde. Ich will schlafen.

Ich muss weiter. Muss uns heil nach unten bringen …

*

Es war, als sei er aus einem Traum erwacht. Mit einem Mal ließen sie die Wolkendecke hinter sich.

Es war, als seien sie durch ein Tor in eine andere Welt gelangt. Mit einem Mal öffnete sich der Nebel und gab den Blick frei. Direkt vor ihnen ragte das Gebäude der Talstation des Sessellifts empor. Die moderne Metallkonstruktion schimmerte kühl. Wenige Schritte dahinter sahen sie das Kassenhäuschen, den Kiosk und den Eingang zur Skischule. Vor dem Schnellimbiss ragten Bistrotische und rote Plastikstühle aus dem Schnee. Nach links führte ein Schotterweg zum Feldseeabstieg, nach rechts hin begann die Straße. Im trüben Licht ragte der riesenhafte Bau des »Feldberger Hofs« empor, ein Stück weiter duckte sich das »Haus der Natur« an den Ausläufer des Seebuckhanges.

Martin und Nadja stolperten noch ein paar Schritte weiter, ehe sie auf der Wartebank der Bushaltestelle erschöpft nebeneinander niedersanken.

»Siehst du«, sagte Martin, »wir haben es geschafft. Jetzt ist alles gut.«

Nadja nickte. Martin sah, wie ihr Gesicht von der Anstrengung blass geworden war. Ihre Augen flackerten unruhig, ihre Lippen zitterten. Er nahm ihr Gesicht in beide Hände und küsste sie auf die Stirn. »Ich werde dir einen heißen Tee holen!«

Nadja schüttelte den Kopf. Ihr Blick zeigte eine Mischung aus Erschöpfung und Furcht. »Nein!«, stieß sie hervor, »nicht weggehen. Lass mich nicht allein!«

Martin nahm sie in den Arm. So hatte er seine Frau noch nie erlebt. »Ich gehe nicht«, beruhigte er sie. »Wir ruhen uns ein wenig aus, dann gehen wir als Erstes etwas Schönes essen. Viel los scheint heute allerdings nicht zu sein.«

Sein Blick fiel auf die menschenleeren Wege. Nirgends regte sich etwas. Eine seltsame Stille lag über allem.

»Na ja. Ist ja auch kein Wunder bei dem Wetter. Die Kioske scheinen alle geschlossen zu sein. Aber das macht nichts.« Er deutete auf das Hotel. »Zur Not speisen wir fürstlich im ›Feldberger Hof‹.« Er löste den Arm, den er um Nadjas Schulter gelegt hatte, und stand auf.

»Nicht!« Nadja zuckte zusammen und hielt ihn am Arm fest. »Nicht weggehen!«

»Ich will doch nur mal sehen, wann der nächste Bus fährt.« Der Fahrplan hing an einem Pfosten direkt neben dem Wartehäuschen. »Alle 45 Minuten«, las er vor. »Hier steht auch der Zuganschluss von Bärental nach Freiburg. Der nächste kommt – wie spät ist es? Meine Uhr geht immer noch nicht. Wir könnten …«

Er spürte plötzlich, wie sich etwas in seinem Magen zusammenkrampfte. Was er sah, ließ sein Herz stocken.

»Halb zwei«, sagte Nadja. »Wann kommt der nächste?«

»Ich weiß es nicht«, stieß Martin mühsam hervor. »Fällt dir nichts auf?«

Nadja war aufgestanden und neben ihn getreten. »Nichts. Außer dass es hier so still und gottverloren ist wie in einer Kleinstadt am Sonntagmorgen.«

Martin fasste sie am Arm. »Sieh dir das mal an.« Er deutete auf den Weg vor dem Wartehäuschen. »Hier ist nichts. Keine Fußspuren. Keine Autospuren. Hier ist heute noch gar kein Bus gefahren.«

»Was du immer redest!« Jetzt war es Nadja, die beschwichtigte. »Bei dem Schneesturm! Ist doch klar, dass alles zugeschneit ist! Bestimmt kommt demnächst ein Räumfahrzeug. Hier oben sind die doch bestens ausgerüstet.«

Martin schien nicht überzeugt. »Vielleicht hast du recht«, meinte er zögerlich. »Ich denke, unsere Nerven sind arg dünn geworden.« Er gab sich einen Ruck. »Ich habe jetzt endgültig genug. Ich habe Hunger! Ich will mich aufwärmen! Und ich will Menschen um mich herum sehen!« Er griff nach Nadjas Hand. »Wir gehen jetzt direkt ins Hotel und lassen es uns gut gehen. Dort wissen sie sicher auch über die Busse Bescheid. Wenn nicht, nehmen wir uns ein Taxi. Oder einen Schlitten, oder einen Hubschrauber!« Er hatte das Gefühl, sich von den düsteren Gedanken befreien zu müssen. Es würde sich alles klären.

Der Schnee auf der Zufahrtsstraße lag knietief. Ein paar wenige verschneite Autos standen auf dem ehemaligen Parkplatz, der seit dem Bau des riesigen Parkhauses etwas weiter unten nur noch für Hotelgäste genutzt wurde. Obwohl es um die Mittagszeit war, war es frostig kalt. Der Himmel war von bleierner Farbe überzogen, die Sonne hielt sich hinter dichten Wolken verborgen.

Martin warf den Blick zurück zum Seebuck, von wo sie heruntergekommen waren. Der Nebel hatte sich inzwischen etwas zurückgezogen, das untere Drittel des Berghanges war wieder zu sehen. Nach oben hin verloren sich die Lifte, Seilbahnen und Wanderwege in düsterem Grau.

»Seltsam. Ich hätte schon gedacht, dass ein Hotel dieser Güteklasse zumindest die Zufahrt und die Treppen räumt«, meinte Nadja, als sie vor dem Eingang des »Feldberger Hofes« standen. Auch hier war alles dick verschneit. Aus dem Weiß lugten ein paar rot und orange blühende Strauchrosen hervor. Die Zwerge der großen geschnitzten Holzskulptur, die als Treffpunkt für Wanderer und für die Skischule diente, trugen weiße Mützen. Die Laternen zu beiden Seiten der Zufahrt waren ausgeschaltet.

»Meinst du wirklich, wir sollen da rein?« Nadja war skeptisch. »Das kostet doch ein kleines Vermögen.«

»Na und? Heute haben wir uns das verdient!« Martin stieß die riesige Glastür auf, und sie traten ein. Er schüttelte erstaunt den Kopf. »Sind denn heute alle ausgeflogen?« Die riesige Eingangshalle war menschenleer. Kein Licht brannte. Es war vollkommen still. Nicht einmal die übliche Loungemusik war zu hören.

»Ob die vielleicht Betriebsruhe haben?«

»In der Saison?« Martin verzog den Mund. »Kann ich mir nicht vorstellen. Aber merkwürdig ist es schon.« Er trat vor den Empfangsschalter und schlug mit der Hand auf die kleine Messingglocke auf dem Tresen. Der helle Klang wirkte seltsam fremd.

»Es ist kalt hier, findest du nicht?« Nadja stellte den Rucksack ab und rieb die Hände aneinander. »Vielleicht haben sie doch zu! Aber dann wäre doch abgeschlossen gewesen, oder?«

Martin schlug erneut auf die Glocke. Nichts rührte sich. »Es scheint, als hättest du recht«, meinte er. Er drehte einen der Flachbildschirme halb zu sich her. »Die Computer sind auch aus.«

Hinter dem Schalter stand eine der Türen offen. Martin sah hinein. »Keiner da. Alles leer.«

»Was machen wir jetzt?«, fragte Nadja.

Martin kam wieder nach vorn und stellte sich in die Mitte des Foyers. »Hallo!« rief er, so laut er konnte. »Hallo, ist da jemand?«

Das Rufen verlor sich in den Sesseln und Teppichen. Auch jetzt kam keine Antwort.

»Hörst du?« Nadja war zusammengezuckt. »Da ist etwas!«

Ein kaum hörbares Trippeln kam rasch vom hinteren Teil des lang gestreckten Ganges. Unwillkürlich trat Nadja einen Schritt hinter ihren Mann.

Sekunden später stand eine große braune Katze vor ihnen.

»Wenigstens einer, der hier die Stellung hält«, meinte Martin. Die Katze schnurrte und schmiegte sich an Nadjas Hosenbein. Sie miaute.

»Sie hat Hunger«, meinte Nadja, die sich rasch wieder entspannt hatte. »Ich kenne das von unserer Minka von früher.«

»Minka?«

»Meine Eltern hatten auch eine Katze. Mit Minka bin ich sozusagen aufgewachsen. Und immer, wenn sie Hunger hatte, hat sie so geschaut.« Sie beugte sich zu dem Tier hinunter und streichelte das glänzende Fell. »Gibt es hier niemanden, der sich um dich kümmert?« Sie sah Martin an. »Wir sollten nach oben gehen und nachsehen. Irgendwo muss doch jemand sein. Der Hausmeister vielleicht.«

Sie trat an die matt glänzende Aufzugstür, die sich direkt neben dem Treppenaufgang befand, und drückte auf den Pfeil, der nach oben zeigte. Nichts regte sich. »Der Lift ist außer Betrieb. Oder abgeschaltet. Wir müssen die Treppe nehmen.«

Im Obergeschoss liefen sie die Flure entlang. Immer wieder riefen sie laut, doch ohne Erfolg. Die Katze begleitete sie und sprang neben ihnen her. Einige der Zimmertüren standen offen oder waren angelehnt. Nach anfänglichem Zögern gingen Martin und Nadja hinein.

Einige der Betten waren unberührt, andere sahen aus, als seien die Gäste erst vor Kurzem weggegangen. In den Einbauschränken, in den Garderoben und über den Sesseln hingen Jacken, Hemden und Kleider. Auf dem Boden standen Schuhe, in den Bädern war unter den Spiegeln das Übliche aufgereiht. Minka fand eine angebrochene Tafel Schokolade, die sie neugierig beschnupperte.

»Ich verstehe das nicht«, meinte Martin, nachdem sie einige der Zimmer in Augenschein genommen hatten. »Nach Betriebsferien sieht das nicht aus. Aber wo sind die nur alle? Und warum sind die Zimmer nicht abgeschlossen?«

»Vielleicht eine Brandschutzübung? Früher in der Schule hatten wir das manchmal. Wir mussten alles stehen und liegen lassen und möglichst schnell das Gebäude verlassen. Das war immer ein großer Spaß!«, erinnerte sich Nadja.

Martin gab sich einen Ruck. »Für mich hat der Spaß jetzt ein Ende. Ich rufe die Polizei an, ich will wissen, was hier los ist.«

Sie eilten die Treppe hinunter zurück in den Eingangsbereich. Martin trat hinter den Empfangstresen und nahm einen der Telefonhörer ab. Er horchte kurz, dann nahm er einen zweiten. »Nichts. Kein Freizeichen.« Er drückte auf die Lichtschalter an der hinteren Wand. Nichts regte sich. »Kein Licht, kein Lift, kein Telefon. Es scheint kein Strom da zu sein.«

Die Katze war auf den Tisch gesprungen und schritt mit hoch erhobenem Schwanz zwischen den Werbeflyern entlang. Martin ließ sich in einen der einladenden Ledersessel fallen, die umrahmt von den üblichen Kübelgrünpflanzen entlang der Fensterseite der Lobby standen. »Lass uns ein paar Minuten ausruhen. Ehrlich gesagt, bin ich allmählich sauer. Und ich habe Hunger.«

»Mir ist kalt.« Nadja setzte sich neben ihn. »Und ich bin hundemüde. Ich könnte sofort einschlafen.«

Martin schüttelte den Kopf. »Nein. Wir fahren nach Hause. Auf dem schnellsten Weg. Ich habe keine Lust mehr.«

Sie standen auf und schulterten die Rucksäcke. »Wo sollen wir hin?«, fragte Nadja.

»Wir klappern jetzt alle Häuser und Läden ab, bis wir jemanden finden und irgendwo telefonieren können.«

Die Katze folgte ihnen bis zur Tür. Dort blieb sie stehen und sah ihnen nach. »Der ist wohl zu kalt«, meinte Nadja.

Martins Optimismus hielt nicht lange an. Schon nach wenigen Minuten auf der Feldbergstraße wurde offensichtlich, dass auch hier niemand war. Straße, Häuser und ein paar wenige Autos waren in dichtes, dickes Weiß gehüllt. Nirgendwo gab es eine Spur, weder von Fußgängern noch von irgendwelchen Fahrzeugen. Die Eingänge unter den Arkaden der sonst so belebten Ladenzeile waren mit Schnee zugeweht. Die Tische, Bänke und Stühle vor der Pizzeria trugen dicke Schneepolster. Die Werbeaufsteller ragten aus dem Weiß wie kleine Dächer.

»Cappuccino, Latte, Espresso«, las Nadja.

»Schön wär's. Eiskaffee wäre wohl richtiger«, meinte Martin. Er bemühte sich, sich seine Sorge nicht anmerken zu lassen. Ein Traum. Natürlich, es musste ein Traum sein. Ein Traum, aus dem er aufwachen und über den er im Nachhinein lächeln würde.

Inzwischen waren sie bis zum Kreisverkehr gestapft, von dem aus die Besucher zu dem überdimensionalen Parkhaus geleitet wurden. Die Schranken standen offen, der Schnee war bis weit in die Einfahrt geweht. Auch hier sah es so aus, als sei heute noch kein Auto gefahren.

Martin nährte eine leise Hoffnung. Vielleicht war hier in der Nacht und am Morgen tatsächlich ein gewaltiges Unwetter vorübergezogen. Und ehe nicht die Bundesstraße über den Feldbergpass geräumt und die Stromversorgung der Hotels, Restaurants und Geschäfte wiederhergestellt war, hatte man die Stichstraße hoch zum Seebuck kurzerhand abgesperrt.

So musste es gewesen sein. Es würde sich alles aufklären. Ein Kilometer auf der verschneiten Straße bergab. Dann die Bundesstraße. Der Feldbergpass. Menschen. Alles würde sich aufklären.

Eine halbe Stunde später standen sie am Rande des kleinen Ortes.

Der Schnee hatte alles eingehüllt. Straße, Häuser, Leitplanken – alles war unter einer dicken, weißen Decke begraben. Keine Spur, nichts unterbrach die weite gleichmäßige Fläche. Es sah hier nicht anders aus als oben am Hotel. Kein Mensch, nichts regte sich.

Martin spürte, wie die Angst in ihm emporkroch. Es war kein Traum. Irgendetwas ging hier vor. Irgendetwas …

»Schau!«, unterbrach ihn Nadja. Sie hatte ihn am Arm gepackt. Mit schreckerfülltem Blick wies sie den Hang hinauf, den sie heruntergekommen waren. Martin sah es sofort. Der Nebel kroch vom Seebuck herunter, unaufhaltsam, nur noch wenige Hundert Meter entfernt. Aus der Ferne hörte er das Singen, leise, aber deutlich.

Nadja klammerte sich an ihn. Er spürte, wie sie am ganzen Leib zitterte.

»Es kommt«, flüsterte sie.

KAPITEL 2

Als Felix Bühler am späten Freitagnachmittag des 12. April mit seinem Citybike wie gewohnt von der Schule nach Hause fuhr, deutete nichts darauf hin, dass noch vor Ende dieses sonnigen Frühlingstages nichts in seinem Leben mehr so sein würde wie zuvor.

Felix war so guter Laune, wie er es kurz vor seinem 16. Geburtstag nur sein konnte. Der Grund lag jedoch weniger an den ausgedehnten Versuchen seines Physiklehrers Dr. Justus Liebig als an dem Zettel, den ihm Birte während des letzten Nachmittagsunterrichts am Rotteck-Gymnasium zugesteckt hatte.

»Ich komme!« Auf dem Papier hatten nur zwei Worte gestanden. Das genügte. Seine Geburtstagsfeier am Wochenende war gerettet.

Felix nahm mit Schwung die Kurve an der kürzlich neu gestalteten Straßenbahnhaltestelle am Rande der Freiburger Fußgängerzone. Seine Mutter hatte ihm aufgetragen, heute nicht zu spät zu kommen. Es gäbe wegen morgen noch einiges vorzubereiten. Außerdem wollten sie etwas Wichtiges mit ihm besprechen.

Er erinnerte sich, dass sie am Morgen ungewohnt ernst ausgesehen hatte. Doch vielleicht hatte er sich getäuscht. Die wechselnde Wetterlage mit Temperaturschwankungen von acht bis über 20 Grad, wie sie Mitte April im Breisgau üblich waren, machten der sonst so lebensfrohen Frau stets zu schaffen. Bestimmt hatte sie schlecht geschlafen.

Felix überquerte den Leopoldring und bog kurz danach links ab. Auf seinen üblichen Weg durch den Stadtgarten verzichtete er. Er hatte keine Lust, sich durch die Menge der Sonnenanbeter, Skater, Ballspieler und Mütter mit Kindern durchzuschlängeln. Es war immer noch angenehm warm am späten Nachmittag, und das tolle Wetter lockte auch den letzten Stubenhocker ins Freie.

Alles deutete darauf hin, dass die Temperaturen in den nächsten Tagen halten würden. Beste Voraussetzungen für die Fete am Wochenende. Felix hatte die halbe Klasse an den Baggersee eingeladen. Dass Birte nun doch kommen würde, war ein kaum erhofftes Geburtstagsgeschenk.

Auf dem Display seines kleinen Fahrradcomputers sah Felix, dass er noch ein bisschen Zeit hatte. Zeit genug, um einen schnellen Abstecher zu Zweirad-Brändlin zu machen. Seit Wochen kreisten seine Gedanken um den kleinen Laden am Rande des Herdermer Friedhofs.

»Alles fertig«, knurrte der alte Brändlin, gewohnt wortkarg, als Felix kurz darauf im Hinterhof den Meister persönlich antraf. »Patrick muss nur noch die Zündkerze auswechseln.«

Felix' Herz schlug höher, als er die schnittige 125er sah. Brändlins Helfer hatte die Maschine bereits auf Hochglanz gewienert. Das dunkle Azurblau erinnerte an den Himmel Italiens. Der Rückspiegel und die Chromteile spiegelten sich in der Nachmittagssonne. Die Reifen und der Motor waren frisch gewaschen.

Als Felix das Motorrad vor fast einem Jahr zum ersten Mal bei Brändlin auf dem Hof gesehen hatte, war er begeistert. Die oder keine! Er würde dem alten Brändlin ewig dankbar sein, dass er ihm dies ermöglicht hatte. Er hatte einen vernünftigen Preis genannt und, was noch wichtiger war, versprochen, die Maschine für ein Jahr lang nicht weiterzuverkaufen.

Schon am nächsten Tag hatte Felix einen Aushilfsjob gesucht und gefunden. Dreimal in der Woche trug er noch vor der Schule bei jedem Wetter Prospekte aus, spielte den Babysitter in der Nachbarschaft und mähte für die pensionierte Studienrätin, die in einem ähnlichen Haus wie das der

Bühlers ein paar Straßen weiter wohnte, den Rasen. Jeden Euro legte er auf die Seite. Trotz aller Mühen achtete er darauf, dass er in der Schule nicht nachließ. Er wusste, er würde es schaffen! Am Ende hatte er nicht nur den alten Brändlin, sondern auch seine Mutter überzeugt.

Felix konnte sich nur schwer von dem Anblick losreißen. »Morgen hole ich sie ab. Um neun stehe ich vor der Tür!«

Brändlin nickte. Das war ein Junge nach seinem Geschmack. Der wusste, was er wollte! Er hätte ihn am liebsten sofort in die Lehre übernommen. Aber er wusste, dass Felix andere Pläne hatte. Er wollte studieren, Biologie oder Archäologie. Seufzend sah er ihm nach, als er mit kräftigen Tritten mit dem Rad weiterfuhr. »Wird's heute noch?«, raunzte er Patrick an. Dann schlurfte er in sein winziges Büro, um die Übergabepapiere für morgen vorzubereiten.

Die Kastanien in Herdern präsentierten sich in der Nachmittagssonne in einem prächtigen Grün. Überall in den Vorgärten spross und blühte es, die Vögel jubilierten ohne Ende. Von der viel zitierten Frühjahrsmüdigkeit, die von allen möglichen Leuten als Grund für ihre Schlappheit angeführt wurde, spürte Felix nichts. Das monatelange frühe Aufstehen hatte dazu geführt, dass er deutlich fitter war als seine Klassenkameraden, die in den ersten Stunden meist noch übermüdet und unleidig in ihren Stühlen hingen.

Die letzten Meter nach Hause gingen noch einmal steil nach oben und verlangten Felix alles ab. Morgen! Ab morgen würde er den Berg locker mit seiner Azurra, wie er sie heimlich schon getauft hatte, meistern. Er fuhr gerne Fahrrad, aber der Gedanke an die neue Maschine drängte alles andere in den Hintergrund.

Felix schob das Rad in die Garage. Im Haus war es ruhig. Seine Mutter war nirgends zu sehen. Bestimmt war sie ins

Dorf gelaufen, um noch ein paar letzte Einkäufe für morgen zu tätigen.

Felix hängte seine Jacke an die Garderobe, zog die Schuhe aus und goss sich in der Küche aus dem Kühlschrank ein Riesenglas Mangosaft ein. Nach einem ersten kräftigen Schluck füllte er nach, dann stieg er die Holztreppe zu seinem kleinen Zimmer unterm Dach hoch und fuhr als Erstes seinen Rechner hoch.

Endlich nicht mehr auf die Straßenbahn angewiesen sein! Keine langwierigen Wartereien auf dem Bahnhof mehr! Keine Bitten mehr um Abholen in der Nacht, wenn er zusammen mit Freunden abhing!

Längst hatte er jede Menge Touren und Ziele ausgetüftelt. Zu den Baggerseen vor den Toren der Stadt, den Rhein entlangfahren, durch die Weinberge des Kaiserstuhls kurven. Der Sommer versprach wunderbar zu werden.

Und endlich konnte er seiner heimlichen Leidenschaft nachkommen. Seit ihn seine Eltern als Kind zum ersten Mal auf einen Ausflug zur Hochburg mitgenommen hatten, war es um den damals Fünfjährigen geschehen. Die Ruinen der mächtigen Burg hinter Emmendingen hatten in ihm eine Mischung aus Abenteuerlust, Ritterromantik und leiser Scheu ausgelöst, die sich in den letzten Jahren noch verstärkt hatte. Er liebte es, in den alten Gemäuern herumzustreifen und die Kraft der jahrhundertealten Mauern zu spüren. Er stellte sich vor, im Burghof als siegreicher Ritter farbenfrohe Turniere zu bestreiten. Oder einfach als Burgherr von der höchsten Zinne des Bergfrieds aus am Abend den Sonnenuntergang über den Vogesen zu betrachten.

Einmal damit angefangen, hatte Felix begonnen, sich für alles Mögliche aus der Geschichte und der Vergangenheit zu interessieren. Er verpasste keine Doku im Fernsehen, wenn es um das Leben früherer Zeiten ging. Sein halbes Zimmer war vollgestopft mit Büchern und Bildbänden über Burgen, Schlösser, Klöster und mittelalterliche Städte. Über seinem Schreibtisch hing die Reproduktion einer Stadtansicht von Freiburg aus dem 16. Jahrhundert.

Der Monitor vor ihm zeigte den Kartenausschnitt um Freiburg herum. Er schaltete die Hinweise auf Sehenswürdigkeiten ein. Obwohl er schon einige Male dort war, würde die Hochburg sein erstes Ziel sein. Vielleicht konnte er noch am selben Tag zur Landecker Burg hinter Mundingen hochfahren, und nur wenige Kilometer weiter lockte die Ruine in Hecklingen. Und wenn alles gut ging, würde er einen Tagesausflug ins Elsass riskieren. Sein langjähriges Wunschziel, die Hochkönigsburg, war zwar fast 70 Kilometer von Freiburg entfernt. Doch als Ganztagestour sollte es zu schaffen sein, die bei gutem Wetter an den Ausläufern der Vogesen sichtbare Burg auf dem markanten Hügel zu besuchen.

Felix' größter Traum war allerdings selbst mit einem Fahrzeug nicht zu verwirklichen. Zu gerne hätte er sich einmal eines der alten Schwarzwaldklöster angeschaut. St. Trudpert, St. Märgen, St. Peter – alleine die Namen lösten in ihm ganze Bilderwelten vergangener Zeiten aus. Zeiten, als eine Handvoll mutiger Mönche in den damals unzugänglichen Schwarzwald aufbrachen, der Wildnis, den Tieren und den Geschichten über Ungeheuer trotzten und Stück für Stück über Jahrhunderte hinweg das Land besiedelten.

Felix lehnte sich in seinem Stuhl zurück und ließ seine Gedanken schweifen. Seit 16 Jahren war kein Mensch mehr dort gewesen. 16 Jahre seit dem verheerenden Unglück hatte niemand mehr die Todeszone betreten, und es war nicht abzusehen, dass sich das in den kommenden Jahren ändern würde. Die Regierung schätzte die Strahlengefahr immer noch als extrem hoch ein. Der größte Teil des Schwarzwaldes war schon wenige Tage nach der Katastrophe abgeriegelt und mit einem bewachten Sperrzaun gesichert worden. Der massive Ausbau der Befestigungen, die an die deutsch-deutsche Zonengrenze aus dem 20. Jahrhundert erinnerte, ließ darauf schließen, dass die Regierung nicht damit rechnete, dass man das Gebiet in den nächsten Jahrzehnten wieder betreten, geschweige denn bewohnen konnte. Es musste hochspannend und aufregend sein zu erleben, was die Natur in der Zwischenzeit mit dem ehemals bei Touristen beliebten Gebiet gemacht hatte. Vielleicht war aus dem Schwarzwald inzwischen ein echter Nationalpark geworden, wie ihn wenige Jahre vor dem Unglück die damalige Landesregierung eingerichtet hatte. Keinerlei Eingriffe, keinerlei Regulierungen, keine Besucher. Genauso gut konnte es sein, dass die Strahlung Schäden hervorgerufen hatte, die die einst herrlichen Wälder und Berge, die Seen und Täler zu einer trostlosen Wüste werden ließen. Die offiziellen Verlautbarungen waren spärlich. Offenbar wagten sich bis heute nur wenige Wissenschaftler in die Zone. Vielleicht wollte die Regierung auch die Menschen, die am Rande des Schwarzwalds wohnten, nicht unnötig beunruhigen.

Den größten Teil des Nachmittags verbrachte Felix an seinem Schreibtisch. Mit den Hausaufgaben tat er sich heute schwerer als sonst. Die mathematischen Gleichungen tanzten vor seinen Augen herum wie Schnaken an einem Sommerabend. Die Zusammenfassung über die Ereignisse der Französischen Revolution wollte ihm nicht gelingen. Eine seltsame Unruhe hatte ihn befallen. Seine Gedanken wanderten unruhig zu seiner Maschine, von dort zu Birte und schließlich zu seinem Geburtstag. Er hatte das Gefühl, dass morgen ein besonderer Tag sein würde. 16. Fast erwachsen. Der Führerschein. Bald würde das Abitur kommen. Und danach?

Felix klappte seinen Laptop zu, fuhr die Musikanlage hoch und warf sich auf sein Bett. Die fetten Bass-Beats durchschnitten den Raum und seine Gedanken. Die Welt um ihn herum schien sich immer rascher zu ändern. Was nützte es, wenn er jetzt bereits Pläne für seine berufliche Zukunft machte? Noch zwei Jahre Schule, dann vier oder fünf Jahre Studium – eine ewig lange Zeit, in der viel passieren konnte. Ob man dann überhaupt noch einen Archäologen brauchen würde? Einen Biologen, der auf der Wiese nach Käfern und Spinnen suchte? Und was würde mit den Ethnien auf der Erde geschehen? Würden sie der globalisierten Welt standhalten können, bis er, Felix Bühler, mit einem Forschungsauftrag zu ihnen kommen und ihr Leben beobachten und dokumentieren würde?

Es half nichts. Schon seiner Mutter zuliebe musste er zumindest in den nächsten zwei oder drei Jahren das durchziehen, was er sich vorgenommen hatte. Und wer weiß, vielleicht warteten bereits Überraschungen auf ihn, von denen er jetzt noch überhaupt nichts ahnte.

Gegen halb sieben hörte Felix von unten die Haustür schlagen. Seine Mutter war nach Hause gekommen. Tatsächlich hörte er sie schon im Flur rufen: »Felix, bist du da?«

Natürlich wusste sie, dass er zu Hause war. Aber sie musste rufen. Genau wie sie jeden Tag als Erstes die zwei unvermeidlichen Fragen stellte: »Wie war es in der Schule?« und »Hast du Hunger?«

Felix lächelte. Mütter waren so.

»Ja, ich bin oben!«, rief er zurück.

Felix dachte an die vielen aus der Klasse, die sich seit ein, zwei Jahren deutlich von ihren Eltern absetzten. Sie schimpften bei jeder Gelegenheit über die völlig uncoolen »Alten«, die nichts blickten und ständig nervten. Trotzdem ließen sie sich die Wäsche waschen, das Essen kochen und holten sich ihr Taschengeld ab. Irgendwie hatte Felix inmitten der emotionalen Gewitter seines jugendlichen Aufbruchs erkannt, dass die Fürsorge seiner Mutter ein besonderer Ausdruck dessen war, was sie für ihn empfand. Sie würde ihn morgen früh wie seit Jahren mit einer brennenden Kerze in der Hand aufwecken und ihm zum Geburtstag gratulieren. Sie würden zusammen den selbst gebackenen Kuchen zum Frühstück anschneiden, und sie würde mit feuchten Augen zusehen, wie er die Geschenke auspackte. So war es, seit er denken konnte, und es war gut so. Felix spürte, dass jetzt die Jahre begannen, in denen es sich umdrehte. Jetzt war er es, der seiner Mutter damit eine Freude machte, indem er die vertrauten Rituale mitmachte.

In diesem Jahr würden die meisten Geschenke keine Überraschung sein. Er hatte sich Handschuhe und eine gepolsterte Jacke gewünscht, die Grundausstattung für künftige Ausfahrten. Er wusste, dass das Ganze nicht billig war, und er rechnete es seiner Mutter hoch an, dass sie ihn auf diese Weise unterstützte. Für den Helm hatte er schon vor Monaten begonnen, etwas zur Seite zu legen, und der alte Brändlin hatte auch hier eine gute und vor allem finanzierbare Lösung für ihn gefunden.

*

»Felix, kommst du?«

»Ich komme!«

Seine Mutter war direkt in die Küche gegangen und packte die Einkäufe aus. Felix wusste, dass sie sich selbst nach einem langen, anstrengenden Arbeitstag nicht nehmen lassen würde, ihm für morgen eine Geburtstagstorte zu backen. Käse oder Schokolade. Seit er neun Jahre war, stellte sie ihm die immer gleiche Frage. Und er durfte sich aussuchen, ob es einen Käsekuchen oder eine Schokoladentorte geben würde. Inzwischen war er nicht mehr so sehr aus auf Süßes, doch er wollte seiner Mutter die Freude nicht verderben. Selbst als er ihr ansah, dass sie sich lieber auf das Sofa geworfen und ausgeruht hätte.

»Käse.« Er wusste, dass dies für sie weniger Arbeit bedeuten würde. Einmal hatte er ihr seine Hilfe angeboten. Doch sie hatte es kategorisch zurückgewiesen. »Ein Geburtstagskuchen gehört zu den Geschenken«, hatte sie gesagt. »Und Geschenke bekommt man.«

Eine halbe Stunde später war der Teig im Ofen. Felix hatte inzwischen den Abendessenstisch gedeckt.

»Wie war es in der Schule?«

»Wie immer.«

»Wie geht es mit Mathe?« Die besorgte Mutter.

»Es geht.«

Felix spürte, dass ihr etwas auf dem Herzen lag. Sie war schweigsamer als sonst. Normalerweise erzählte sie immer zwei oder drei Geschichten aus ihrem Tagesablauf. Es war ein Ritual, das ihre Verbindung stärkte und das ihr half, die Sorgen des Alltags loszuwerden.

Doch er traute sich nicht zu fragen. Er strich sich ein Brötchen mit Frischkäse, schnitt frischen Schnittlauch klein und streute ihn darüber. »Magst du etwas trinken?« Er hatte die Apfelsaftflasche aufgeschraubt.

Seine Mutter schüttelte den Kopf. »Also …«

Felix goss sein Glas voll und stellte die Flasche zurück. Er trank einen Schluck, dann biss er in das Brötchen. Der Schnittlauch schmeckte scharf.

»Du wirst ja morgen 16 …« Sie brach ab, dachte einen Moment nach, dann holte sie tief Luft und begann erneut. »Dein Vater und ich, ich meine, dein Vater ist nicht …« Ihre Stimme stockte.

Felix erschrak. Sein Vater – was war mit ihm? Er war gestorben, als Felix drei Jahre alt war. Er hatte kaum Erinnerungen an ihn. Ein großer, hagerer, ernst blickender Mann mit dunklen Haaren und weicher Stimme.

»Was ist mit Vater?«

»Dein Vater und ich, wir haben damals …« Ihre Stimme stockte erneut. Felix sah, wie ihr Tränen in die Augen traten. Er stand auf, trat hinter ihren Stuhl und schmiegte sich an sie. Ein paar Atemzüge lang schwiegen beide.

»Hat es etwas mit meinem Geburtstag zu tun?« Er spürte, wie sie sich unter seinen Händen anspannte.

Wieder holte seine Mutter tief Luft. »Dein Vater und ich, wir haben damals, bevor er starb, beschlossen, dir alles zu sagen, wenn du 16 bist. Bis dahin wollten wir …« Sie wandte sich um, stand auf und schloss Felix in die Arme. Ihre Wangen wurden feucht. »Wir wollten dir eine unbeschwerte Kindheit ermöglichen.«

Felix war verwirrt. Was meinte sie damit? Gab es etwas, was er bisher noch nicht wusste? Soweit er sich zurück erinnern konnte, war er stets glücklich gewesen. Auch wenn er ohne Vater aufgewachsen war, so waren er und seine Mutter stets zufrieden gewesen.

Seine Mutter löste sich von ihm. »Komm, wir setzen uns ins Wohnzimmer.«

Als sie nebeneinander auf dem Sofa saßen, begann seine Mutter zu erzählen.

Felix traute seinen Ohren nicht. Sein Herz schlug heftig. Die Worte schnitten sich in seinen Kopf wie spitze Dolche. Über sich spürte er eine dunkle Wolke, die sich rasch auf ihn niedersenkte. Wie durch einen Nebel klangen die Worte zu ihm, die mit einem Schlag seine Welt in Trümmer legten.

»… waren begeisterte Wanderer … hoch in den Schwarzwald … der Tag, an dem das schreckliche Unglück passierte … Verbindung abgebrochen … nie wieder etwas von ihnen gehört …«

Tränen schossen ihm in die Augen. Er konnte nicht sprechen, der Kloß in seinem Hals brachte ihn fast zum Ersticken.

»Ich weiß bis heute nicht, was mit ihnen geschehen ist. Ich habe sie seit jenem Morgen nie wieder gesehen. Wahrscheinlich sind sie …« Sie brach ab und schluchzte. »Felix, glaub mir, wir wollten nur das Beste für dich. Wir fanden es damals richtig so.«

»Das Beste für mich?« Felix sprang auf. »Was ist das Beste für mich?«, schrie er. »Woher willst du wissen, was das Beste für mich ist?« Er packte das Sofakissen und schlug heftig mit der Faust hinein. »Lüge! Alles Lüge! 16 Jahre habe ich mit einer Lüge gelebt!« Er warf das Kissen mit voller Wucht durch das Zimmer.

»Ich habe immer versucht, dir eine gute Mutter zu sein.« Die Stimme klang verhangen und traurig.

»Eine gute Mutter? Du bist nicht meine Mutter! Du bist …« Felix brach ab. Er konnte nicht weitersprechen. Er drehte sich abrupt um und rannte aus dem Zimmer hinaus die Treppe nach oben. Er warf die Tür hinter sich zu und drehte den Schlüssel um. Dann ging er zum Fenster und sah hinaus.

Der vertraute Anblick der Hangstraße mit seinen schmucken Nachbarhäuschen verschwamm vor seinen Augen. Er kam sich vor wie in einem falschen Film. Die Frau, die im Wohnzimmer auf dem Sofa saß und mit der er sein ganzes Leben verbracht hatte, war nicht seine Mutter. Der Mann, der vor über zehn Jahren gestorben war, war nicht sein Vater. Und all das hatte man ihm verschwiegen. Die Welt hatte ihn belogen.

Felix wandte sich ab und lief durch sein Zimmer. Zorn,

Wut und Enttäuschung brodelten in seinem Innern. Er ballte die Fäuste. Er musste irgendetwas tun.

Er zog die CD einer Berliner Metal-Punk-Band heraus und schob sie in den Spieler. Gleichzeitig drehte er den Lautstärkeregler voll auf. Sekunden später erzitterte der Raum von schneidenden Elektrogitarren und wummerndem Bass. Felix stand mitten im Zimmer und breitete die Arme weit aus. Wieder und wieder hämmerten die Beats in seinen Kopf. Doch es half nichts.

Felix zog den Stecker des CD-Spielers aus der Wand, die Musik erstarrte blitzartig. Für einen Moment sah er auf das Kabel in seiner Hand. Dann warf er sich auf sein Bett und weinte.

Wie lange er da lag, wusste er nicht. Es war ihm ohnehin egal. Die Zeit hatte angefangen stillzustehen. Wie im Traum hörte er ein paar Mal seine Mutter an der Tür klopfen. Er antwortete nicht. Er wollte sie nicht sehen.

Nach einer Weile stand er auf. Draußen vor dem Fenster hatte ein leichter Frühlingsregen begonnen. Der Tag neigte sich dem Ende zu, es wurde allmählich dunkel. Felix nahm sein Handy und öffnete die Kontaktliste. Die Namen zogen vor seinem Auge vorbei. Matze, sein Nebensitzer in der Schule, Hans-Peter aus der Klasse über ihm, mit dem er am besten zurechtkam, Lissy aus dem Handballverein und 146 andere. Birte. Vielleicht Birte.

Nein, es ging nicht. Er hatte niemanden, mit dem er reden wollte. Und konnte. Er war allein wie kein anderer Mensch auf der Welt. Und es gab niemanden, der ihn verstehen konnte.

Felix steckte Handy und Geldbeutel ein, schloss seine Zimmertür auf und lief nach unten. Rasch zog er Schuhe an und eine Jacke über, dann verschwand er leise durch die Haustür.

Ohne zu überlegen lief er die Straße hinunter mit raschen Schritten, möglichst schnell weg von diesem Haus, mit dem er nichts mehr zu tun hatte. In der Habsburgerstraße stieg er in die nächste Straßenbahn, die vorbeikam. Er fand einen freien Platz am Ende des letzten Wagens. Er drückte sich in die Ecke, zog die Kapuze seiner Jacke in die Stirn und sah zum Fenster hinaus. Draußen zogen die Lichter der Autos, Geschäfte und Straßenlaternen vorbei. In der Stadtmitte am Bertoldsbrunnen stiegen die meisten Fahrgäste aus. Felix blieb sitzen. Wieder begann es zu regnen. Die Wassertropfen liefen außen an der Scheibe entlang nach unten.

Der Himmel weint. Neulich hatte er in einem Buch eines englischen Schriftstellers diese Zeile gelesen. Sie war nicht neu, sondern fast schon klischeehaft überstrapaziert. Wie konnte der Himmel weinen? Und wozu? Die Tränen kühlten an der eisigen Fensterscheibe des Straßenbahnwagens ab, flossen nach unten und versickerten in den grauen Ritzen des Asphalts. Wen interessierte es, wenn man weinte? Wen interessierte es, wenn es einem schlecht ging?

Irgendwann merkte Felix, dass die Bahn einen längeren Stopp eingelegt hatte. Er sah sich um. Alle Leute waren ausgestiegen, er saß als Einziger noch da. Durch den Regen sah er von Weitem den überdimensionalen Schriftzug und das Logo der Badenmesse. Es war die Endstation, die Vierer würde nun wieder in die Gegenrichtung fahren. Zurück in die Stadt, zurück in die Habsburgerstraße.

Als Felix noch überlegte auszusteigen, setzte sich der Wagen wieder in Bewegung. Felix blieb sitzen bis zum Bahnhof. An der Haltestelle auf der Brücke hatte der übliche Freitagabendverkehr begonnen. Aus den Intercityzügen kamen Reisende mit Rollkoffern und blickten sich suchend nach der nächsten Verbindung um. Die letzten Angestellten und Beschäftigten stiegen übermüdet ein und fuhren nach Hause. Gleichzeitig kamen die ersten Nachtschwärmer aus der Umgegend, die sich auf einen unterhaltsamen Abend in der Stadt vorbereiteten. Nach dem Zungenschlag zu schließen kamen sie vom Kaiserstuhl, aus dem Markgräflerland und aus dem Elztal. Meist waren es Gruppen von jungen Leuten in seinem Alter, die sich lautstark unterhielten. Fast alle hatten etwas zu trinken dabei. Felix sah Wodkaflaschen, Sixpacks mit Bier, Dosen mit Energydrinks.

Felix fühlte sich fremder als zuvor. Er gehörte nicht zu ihnen, sie gehörten nicht zu ihm. Er ließ sich durch das Gewimmel im Bahnhof treiben. In den Auslagen der Bahn lagen billige Prospekte, die für Tagesfahrten nach Hamburg, Dresden oder Lübeck warben. Dem Alltag entfliehen, war die Werbebotschaft. Felix verzog angewidert den Mund. Entfliehen! Was wussten die schon. Es gab kein Entfliehen. Und wenn das Ziel noch so weit entfernt war.

Er drückte sich in einen frei werdenden Wartesessel. Er kam sich vor wie auf einer Insel inmitten tosender Wellen. Sein Kopf fühlte sich matschig an. Immer wieder kam der quälende Gedanke zurück. Warum hatten sie ihn belogen? Warum hatten sie 16 Jahre lang sein Vertrauen missbraucht?

Felix stand auf und drängte sich durch die Reisenden zur Rolltreppe. Er fuhr hinunter in die untere Einkaufspassage. Der Supermarkt hatte durchgehend geöffnet. Felix musste etwas in sich hineinstopfen, er musste die schreckliche Leere füllen. Wahllos griff er in die Regale. Gummibärchen, Schokolade, Kartoffelchips. Vor dem Regal mit dem Alkohol blieb er stehen. Er gehörte nicht zu denen, die sich und der Clique ihre Stärke durch Komasaufen beweisen mussten. Bei Alkohol war er normalerweise eher zurückhaltend. Doch das war ihm jetzt egal. Jede Dröhnung war ihm recht. Er nahm eine

Flasche Wodka und eine Hand voll kleine Fläschchen mit süßem Likör mit. An der Kasse hatte er keine Probleme. Der Verkäufer nahm ungerührt den 20-Euro-Schein und reichte ihm das Wechselgeld. Ob Felix schon 18 war, interessierte hier niemanden.

Vor der Bahnhofshalle blieb Felix stehen und sah sich um. Er suchte einen Platz, an dem er sich ungestört hinsitzen konnte. Doch es war schwierig. Es hatte zu regnen aufgehört. Die Bänke und Mauern waren bevölkert mit fröhlich lärmenden Menschen, sogar auf den Bögen der Blauen Brücke turnten einige herum. Felix drückte die Plastiktasche mit dem Einkauf an sich und stieg hoch zur Straßenbahnhaltestelle. Er fuhr Richtung Innenstadt, dann weiter zu sich nach Hause. Er hatte keine Ahnung, was er tun sollte. Er beschloss, sich in sein Zimmer einzuschließen und nicht mehr herauszukommen.

Als Felix vor der Gartentür des Hauses stand, kam die dunkle Wolke mit aller Macht zurück. Nein, er konnte es nicht. Er konnte nicht wieder in dieses Haus gehen, nicht wieder dieser Frau in die Augen sehen. Nie wieder.

Tränen schossen ihm in die Augen. Der Kloß in seinem Hals ließ ihn fast ersticken. Er wandte sich ab und lenkte seine Schritte bergaufwärts. Auf der Straße war niemand. Aus den Fenstern der Einfamilienhäuschen links und rechts flackerte das blaue Licht der Fernseher.

*

Felix ging bis zum Ende der Straße. Von hier aus führte ein ungeteerter Weg weiter in den Wald. Hinter der letzten Straßenlaterne wurde es schlagartig dunkel. Das wenige Abendlicht drang kaum bis unter die Kronen der Buchen und Eschen.

Felix stolperte vorwärts. Er verspürte nur einen Drang: möglichst weit weg von allem zu sein. Er trat in ein Schlammloch und merkte es nicht. Tief hängende Äste streiften sein Gesicht. Zwischendurch blieb er stehen, riss wahllos die Tüten auf, die er gekauft hatte, und stopfte abwechselnd den Inhalt in sich hinein. Beim ersten Schluck aus der Flasche wurde er von einem Hustenanfall geschüttelt.

Immer weiter zog es ihn vorwärts. Mit einem Mal öffnete sich der Wald zu seiner Linken und gab den Blick auf die Stadt frei. Felix blieb einen Moment stehen, dann bemerkte er eine Bank, die in der Lichtung stand. Er setzte sich und breitete den Inhalt der Einkaufstasche neben sich aus.

Unter ihm lag das abendliche Freiburg, ein schwarzer Samtteppich mit unzähligen Lichtpünktchen, der sich weit ausdehnte. So viele Menschen, schoss es ihm durch den Kopf. Und es gab keinen Einzigen, dem er sich anvertrauen konnte. Er nahm noch einen Schluck, und noch einen. Das feurige Getränk schmeckte scheußlich. Doch das war ihm egal. Wenn ihn nur die Gedanken nicht so quälten.

Es half nicht viel. Stattdessen begannen die Lichter unter ihm auf und nieder zu hüpfen. Sie verschwammen zu einem milchigen Etwas, das sich hin und her bewegte. Die Bank, auf der er saß, begann zu schwanken. Die Flasche entglitt seinen Händen und rollte über den Boden. In seinem Magen begann es zu rumoren. Mühsam stand er auf und hielt sich mit beiden Händen an der Lehne fest. Er drehte sich um, stolperte vorwärts, fiel hin. Der Boden war feucht und klebrig. Mühsam hob er den Kopf, dann stand er wieder auf und ging weiter. Längst war es um ihn herum wieder völlig dunkel geworden. Er taumelte den Weg entlang, stolperte über Steine und stieß sich an Zweigen. Plötzlich spürte er einen heftigen Schlag an der Stirn. Er fiel zu Boden wie ein nasser Sack.

Als er wieder zu sich kam, dröhnte sein Schädel doppelt so stark wie zuvor. Er griff sich mit dem Finger an die Stirn und spürte eine gewaltige Beule. Immer noch war ihm speiübel. Er hielt sich an einem dünnen Baumstamm fest, beugte sich vornüber und übergab sich. Der säuerliche Geruch verstärkte den Reiz zusätzlich. Erneut würgte es ihn. Er suchte ein Taschentuch. Als er keines fand, wischte er sich mit der Hand über den Mund. Er spuckte ein paar Mal. Dann setzte er sich auf einen Baumstumpf und stützte den Kopf in die Hände.

Ob er lange gesessen hatte, oder ob es nur wenige Augenblicke waren, wusste er nicht. Felix spürte, wie die Kälte an ihm emporkroch. Er hob den Kopf. Seine Augen hatten sich an die Dunkelheit gewöhnt. Er sah rings umher weitere Baumstümpfe. Dann fiel sein Blick auf den hohen Zaun. Jetzt erst wusste er, wo er war.

Obwohl der Ort nur wenige Schritte von ihrem Haus entfernt war, war er lange nicht hier gewesen. Als Kind hatte ihm seine Mutter streng verboten, auch nur in die Nähe des Zaunes zu kommen. »Es ist gefährlich«, hatte sie beschwörend gesagt. »Du kannst krank werden oder sogar sterben.« Die Worte hatten ihn verwirrt, weil er sie nicht verstanden hatte. Als er gelernt hatte, was es bedeutete, hatte der Wald längst seine Anziehungskraft verloren. Zumal vor und hinter dem Zaun eine breite Bresche geschlagen war, auf der im Laufe der Jahre Gras, Büsche und sonstiges Niederholz wucherte. Nur der Weg war frei. Spuren von schweren Rädern hatten sich in den Waldboden eingegraben.

Der Zaun. In der Schule hatten sie oft genug erzählt, warum der Großteil des Schwarzwaldes abgeschottet war. Das schreckliche Reaktorunglück hatte die Gegend komplett verseucht und unbegehbar gemacht. Zum Schutze der

Bevölkerung wurde der Zaun nach und nach errichtet. Niemand wusste, wo genau die lebensgefährlichen Zonen lagen.

Felix tastete nach dem schmalen Plastikband, das er um sein linkes Handgelenk trug. Jeder, der am Rande des Schwarzwaldes wohnte, trug ein solches, von der Regierung bereitgestelltes Gerät. Die digitale Anzeige stand an der Grenze zwischen orange und rot. Felix ging ein paar Schritte auf den Zaun zu. Sofort erhöhten sich die Zahlen. Gleichzeitig begann ein leichtes Piepsen, das immer hektischer wurde, je mehr er sich dem Hindernis näherte.

Spätestens jetzt hätte Felix zurückgehen müssen. Stattdessen wanderte sein Blick mit einer Mischung aus Faszination und Abscheu den Zaun entlang. Die Zone des Todes! Sie begann hier, direkt vor seiner Haustür. Sie war ihm zur Selbstverständlichkeit geworden, ihm, den Freiburgern und allen anderen Anwohnern rings um den Schwarzwald. So wie der Todesstreifen, der 40 Jahre lang das westliche und östliche Deutschland getrennt hatte. Er war einfach da – unveränderlich, drei Meter hoch und Hunderte Kilometer lang.

Die Doppelreihen der Stahlstäbe standen so eng aneinander, dass er kaum seine Hand durchstrecken konnte. Mit den Fingerspitzen berührte Felix das Metall. Es war kalt und hart.

Kalt und hart wie die Grenze, die ihn von seinen Eltern trennte. Die Regierung hatte davon gesprochen, dass es keine Überlebenden gegeben habe. Tausende waren damals evakuiert worden, für die wenigen, die es nicht geschafft hatten, bestand keine Hoffnung.

Hoffnung! Dieses Wort keimte plötzlich in Felix auf. Irgendwo hinter diesem Zaun mussten sie sein. Irgendwo in den Bergen, in einem verlassenen Dorf, in einem Bauernhaus, in einer Höhle. Dort warteten sie auf ihn. Warteten, bis er alt genug sein würde, sie zu suchen.

Felix umklammerte mit beiden Händen die Stahlstäbe und rüttelte daran. Das Hindernis bewegte sich keinen Millimeter. Er griff nach oben und sah die Kuppe des Zaunes über sich. Wenn es ihm gelang, sich hochzuziehen, konnte er es schaffen! Er trat ein paar Schritte zurück, nahm Anlauf und sprang so hoch er konnte. Der Aufprall schmerzte, doch die Finger seiner linken Hand fanden Halt. Mit der Rechten griff er über sich, wie ein Bergsteiger in der Steilwand. Seine Füße glitten aus, er spürte, wie er sein Gewicht nicht mehr halten konnte. Im nächsten Moment rutschte er ab und schlug hart auf den Boden auf.

»Halt! Keinen Schritt weiter!«

Das Licht einer kräftigen Stablampe flammte auf. Von irgendwoher hörte Felix ein gefährliches Knurren. Schritte näherten sich.

»Es ist nur ein Junge.«

Der Strahl der Lampe richtete sich auf ihn. Felix hob den Arm, um seine Augen vor dem hellen Licht zu schützen.

»Was machst du hier? Weißt du nicht, dass es gefährlich ist, so nahe an den Zaun zu gehen?«

Felix richtete sich auf. Zwei Männer standen vor ihm. Sie trugen die leichte Schutzkleidung, die für alle Vorschrift war, die sich im nächsten Umkreis der Strahlenzone aufhalten mussten. Der größere der beiden hielt einen Schäferhund an der kurzen Leine. Der Blick des Hundes wechselte von Felix zu seinem Herrn und zurück.

»Ich wollte …« Felix war so überrascht, dass er nicht wusste, was er sagen sollte. Die Patrouille! Er war der Zaunpatrouille in die Hände gelaufen.

Der Mann mit der Lampe trat heran und verzog sein Gesicht. »Alkohol!« Er wandte sich zu seinem Begleiter. »Das sieht mir ganz nach Mutprobe aus. Gibt es noch mehr von deiner Sorte hier?«

Felix sah ihn trotzig an und antwortete nicht. Der Hund schnüffelte an seinem Hosenbein.

Das Licht der Lampe wanderte von Felix den Zaun entlang, über den Weg bis zu der Bank, auf der Felix gesessen hatte. »Sieht nicht so aus.« Er packte Felix am Arm. »Na dann wollen wir mal los. Wo wohnst du?«

Felix antwortete immer noch nicht. Der Schock saß zu tief. Zudem übermannte ihn gerade jetzt wieder eine Welle von Übelkeit. Er würgte und hustete. Der Mann mit dem Hund lachte. »Da hat sich wohl einer zu viel zugemutet.«

Eine Viertelstunde später standen sie vor dem Haus in der Hangstraße und läuteten. Felix' Mutter war erschrocken, als sie ihn sah und die Männer der Patrouille erkannte.

»Was ist passiert? Felix, was ist mit dir? Geht es dir gut?« Zu den Männern gewandt sagte sie: »Hat er etwas angestellt?«

»Wir haben ihn gerade rechtzeitig davor bewahrt.« In knappen Sätzen berichtete der kleinere der beiden, wie sie Felix überrascht hatten. »Zum Glück sind wir eben noch rechtzeitig gekommen. Er kann nur hoffen, dass nichts passiert ist.«

»Was geschieht jetzt mit ihm? Werden sie ihn mitnehmen?«

»Das wird nicht nötig sein. Wir müssen allerdings darauf bestehen, dass er innerhalb der nächsten drei Tage zum Arzt geht. Für alle Fälle.« Der Mann holte ein Papier aus seiner Umhängetasche und schrieb etwas auf. »Hier«, sagte er und reichte ihr das Blatt. »Unterschreiben Sie. Und sorgen Sie dafür, dass das nicht mehr vorkommt. Beim nächsten Mal könnte es ernsthafte Konsequenzen haben. Auch für Sie.«

Die Frau gab das Papier zurück. Ihre Hand zitterte leicht. »Ganz bestimmt nicht«, antwortete sie. »Nicht wahr, Felix?«

*

Das Schiff schwankte beängstigend in den turmhohen Wellen. Über ihm ballten sich dichte, stahlgraue Wolken. Blitze zuckten, der Donner war ohrenbetäubend. Das Steuerrad schwang führerlos hin und her.

Felix stand an der Reling und klammerte sich fest. Er konnte sich nicht bewegen, selbst wenn er es gewollt hätte. Die hoch aufspritzende Gischt trieb ihm salzige Tränen in die Augen. Seine Lippen waren geschwollen und brannten. Sein Magen rumorte heftig, ihm war speiübel und es würgte ihn in der Kehle.

Mit weit aufgerissenen Augen starrte er auf eine riesige Wasserwand, die auf ihn zuwalzte. Er wollte schreien, doch er brachte nur ein mühsames Krächzen zustande. Die grauschwarze Masse näherte sich unaufhörlich. Nur noch wenige Sekunden, und er würde samt dem Schiff verschlungen werden.

Inmitten des tosenden Chaos tauchte plötzlich ein mattes Leuchten auf, das sich rasch verdichtete. Hinter einem bleichen Schimmer wurde ein Gesicht sichtbar. Es war das Antlitz einer Frau. Felix hatte sie noch nie gesehen. Trotzdem spürte er sofort, dass er sie kannte.

Die Augen der Frau sahen ihn traurig und besorgt an. Ihre Lippen öffneten sich zu einem Wort, das Felix nicht hörte. Doch er verstand sofort, was sie meinte. »Felix!« Sie rief ihn mit seinem Namen.

Felix war völlig hingerissen. Er vergaß das schreckliche Wetter um sich herum und sah nur noch das Gesicht der Frau. Ein zweites Mal bewegte sie den Mund.

»Hier! Ich bin hier!« Felix ließ seinen Griff los und streckte die Hände aus. Im selben Moment verlor er den Halt. Eine Welle erfasste ihn, trug ihn meterhoch empor und brach dann über ihm zusammen. Felix verschluckte sich, hustete und schlug wild um sich. Die Gewalten des Meeres zerrten ihn mit sich und warfen ihn hin und her wie einen Spielball. Felix öffnete den Mund, das Salzwasser brannte in seiner Kehle, er musste würgen. Wieder wurde er emporgehoben. Er riss die Augen weit auf. Wieder sah er das Gesicht. Und ein drittes Mal vernahm er deutlich, wie die Frau ihn bei seinem Namen rief. Im nächsten Augenblick bekam er einen gewaltigen Schlag auf den Kopf und verlor das Bewusstsein.

Mit einem Ruck fuhr Felix empor. Heftig rang er nach Luft. Seine Haare waren schweißnass. Er brauchte eine Weile, bis er merkte, dass er in seinem Bett saß. Sein Kopf dröhnte, ihm war schlecht. Mühsam rappelte er sich empor, schlürfte zur Dusche und drehte den Hahn auf. Das warme Wasser ließ ihn allmählich zu sich kommen. Er hatte schlecht geträumt. Die Angst saß ihm immer noch in den Gliedern.

Felix putzte die Zähne, zog sich an und strich zweimal mit der Bürste über seine Haare. Da war noch etwas. Etwas Merkwürdiges. Etwas, das ihm so real erschienen war, wie noch niemals zuvor in einem Traum. Das Gesicht würde er nie vergessen. Eine Nähe und Wärme, wie er sie zuvor nie gespürt hatte.

Als er die Treppe hinunterging, erinnerte er sich, was für ein Tag heute war. Gleichzeitig fiel ihm auf, dass etwas anders war als an den Geburtstagen zuvor. Keine Kerze. Kein Lied.

Vor der Tür zur Küche blieb er einen Moment stehen. Ob seine Mutter sauer auf ihn war?

Seine Mutter. Natürlich war sie seine Mutter. Er wusste nicht, wie er sie anders hätte betrachten sollen. Er hatte sich heftig danebenbenommen. Dabei konnte sie nichts dafür. Sie hatte das getan, was sie für das Richtige hielt. Und es war ihm nicht schlecht gegangen dabei.

Als er in die Küche kam, saß sie am Tisch. Sie hob die Augen, als sie ihn sah, und begrüßte ihn mit einem zaghaften Lächeln. »Alles Gute zum Geburtstag, Felix«, sagte sie leise.

Felix trat zu ihr und schlang die Arme um sie. »Danke. Und wegen gestern …«

»Ist schon gut«, sagte sie. »Setz dich zu mir. Wir wollen frühstücken.« Sie zündete die große Bienenwachskerze an, die an der Stirnseite des Tisches umkränzt mit ein paar kleinen grünen Zweigen stand. »16 Jahre. Ein stolzes Alter. Ab heute musst du selber singen.«

Felix schossen ein paar spontane Gedanken durch den Kopf, als er diese Worte hörte. Doch er hatte keine Lust, sich weiter darauf einzulassen. Viel zu verlockend war das Frühstück, das einladend vor ihm stand. Ein Körbchen mit Sesam-, Mohn- und Laugenbrötchen, dazu eine Stange frisches Baguette vom Wochenmarkt. Der frisch aufgeschnittene Schwarzwälder Schinken roch ebenso verführerisch wie die luftgetrocknete italienische Salami und die verschiedenen französischen Rohmilchkäse. Neben dem Teller stand ein weichgekochtes Ei im Becher, daneben ein Glas frischgepresster Orangensaft. Aus der Kanne duftete es nach Kaffee. Mitten auf dem Tisch stand wie gewohnt die Geburtstagstorte. Käsekuchen.

Felix strich Butter auf ein halbes Mohnbrötchen, dann köpfte er das Ei, gab ein wenig Salz darauf und begann zu essen.

Sie redeten nicht viel. Felix war es recht. Das Ganze war ihm unangenehm. Er spürte, dass er wegen gestern Abend etwas sagen sollte. Doch er fand nicht die richtigen Worte. Ob sie ihm seinen Wutausbruch verzeihen würde? Er hatte sie gekränkt. Ob sie eine Entschuldigung erwartete?

Felix war froh, dass heute Samstag war und er nicht zur Schule musste. Das übliche Geplapper in der Klasse hätte er heute nicht ertragen. Die Geburtstagsfeier morgen? Er würde sie absagen.

»Geht es dir besser heute Morgen?«

Felix nickte tapfer, obwohl sich sein Kopf immer noch anfühlte wie ein Brei aus Wattestäbchen. Er würde nie wieder Alkohol trinken, so viel stand fest.

Felix hoffte, dass sie nicht fragen würde, was er gestern Abend gemacht hatte und warum er hoch zu dem Zaun gelaufen war. Er war froh, dass die Männer der Patrouille ihn so glimpflich hatten davonkommen lassen. Er wusste, dass die Regierung normalerweise sehr streng handelte. Jeder, der unerlaubt in die verbotene Zone einzudringen versuchte, wurde streng bestraft.

An die Gefahren durch die Strahlung hatte er überhaupt nicht gedacht. Dabei wurde immer wieder darauf hingewiesen. Die Strahlung war unberechenbar und konnte sich je nach Jahreszeit und Wetter ändern. Die Schäden waren bekannt. Wie bei der Schockwerbung auf den Zigarettenpackungen brachten die Medien in regelmäßigen Abständen Fotos und Berichte von Betroffenen. Kein schöner Anblick.

Felix strich sich ein zweites Brötchen. Sein Blick fiel auf den kleinen Beistelltisch, der an der Seite stand. Sofort hellten sich seine Gedanken auf. Zwei große und mehrere kleine Päckchen lagen dort. Felix wusste, was darin war. Schließlich hatte er selbst beim Aussuchen geholfen. Seit Tagen freute er sich darauf.

Seine Mutter bemerkte den Blick. »Brändlin hat angerufen. Er hat noch zwei, drei Kleinigkeiten zu erledigen. Um elf kannst du zu ihm kommen.«

Felix sah auf die Uhr. Noch eine Stunde. »Ich werde die Geburtstagsfeier absagen«, sagte er. »Mir ist nicht danach.«

Sie dachte einen Moment nach. Dann hob sie den Kopf. »Wir reden später darüber. Jetzt sollst du erst einmal dein Geburtstagsgeschenk genießen.«

Trotz des verlockenden Angebotes hatte Felix keinen Appetit mehr. Er hatte gerade das Ei ausgelöffelt, als er schon aufstand und begann, das Geschenkpapier zu öffnen. Der Reihe nach legte er die neu erworbenen Schätze auf den Tisch. Eine schwarze Motorradjacke mit roten Einsätzen, ein paar Lederhandschuhe, ein Nierengurt. Und natürlich der Helm, feuerrot mit einem schwarzen Längsstreifen.

»Zieh doch mal an«, sagte sie. Felix schlüpfte in die Jacke und zog den Reißverschluss zu. Sie passte wie angegossen, ebenso der Helm. Er fühlte sich wie ein moderner Ritter.

»Ich muss los«, sagte er, »ich kann auch bei Brändlin warten. Ich nehme alles mit«, sagte er, »es ist ja nur ein paar Straßen weiter.«

»Um eins gibt es Mittagessen«, rief sie ihm hinterher. »Und nimmt den Helm ab!«

Felix hörte es kaum. Schon nach wenigen Schritten begann er zu schwitzen. Obwohl es erst Mitte April war, schien die Sonne heute kräftig von einem wolkenlosen Himmel. Ein perfekter Tag für die erste Ausfahrt!

»Du bist zu früh«, brummte der alte Brändlin, als Felix mit hochrotem Kopf zu ihm in die Werkstatt stürmte. »Du willst doch, dass alles in Ordnung ist.«

»Natürlich«, keuchte Felix. »Ich wollte doch nur …« Seine Augen leuchteten, als er die Maschine sah. Auf dem Lack war kein Kratzer zu sehen, die Chromteile blitzten wie neu.

Brändlin bockte die Maschine vom Seitenständer. Im Laufe seines Lebens hatte er unzählige Fahrzeuge gerichtet und repariert. Für ihn war es jedes Mal, wie wenn er ein Kind ins Leben hinausschickte. Er setzte sich auf den Sattel und griff mit beiden Händen den Lenker. Seine Füße berührten kaum den Boden. Für einen Moment blieb er völlig regungslos sitzen. Es war, als horche er in die Maschine hinein.

»Pass gut auf sie auf, sie wird es dir danken«, brummte er und stieg wieder ab. »Und pass auf dich auf!« Er packte die Maschine wieder auf den Ständer. Felix trat heran und wollte sich daraufsetzen.

»Moment!«, unterbrach ihn Brändlin. »Du hast noch etwas vergessen. Komm mit.«

Felix lief hinter dem Alten her in sein Büro. Brändlin hatte alles vorbereitet. »Fahrzeugbrief. Fahrzeugschein. Wartungsheft. Deinen Führerschein hast du ja wohl dabei.«

Felix klopfte mit der Hand auf seine Brusttasche. »Selbstverständlich!«, strahlte er. »Es kann losgehen!«

Brändlin steckte alles in einen Umschlag und gab ihn Felix. »Hier ist der Ersatzschlüssel. Und ein kleines Geschenk.«

Felix nahm den silbern glänzenden Schlüsselanhänger. »Ein kleines Motorrad!«, rief er. »Wie schön!«

»Auf der Innenseite des Ringes ist meine Telefonnummer. Für alle Fälle. Ich wünsche dir, dass du sie nicht brauchst. Und jetzt ab mit dir!«

Felix klappte den Seitenständer ein, griff den Lenker und schwang sich auf den Sitz. Er holte tief Luft und drehte den Zündschlüssel. Der Motor startete sofort. Kupplung ziehen, ersten Gang einlegen, langsam Gas geben, Kupplung gehen lassen. Die Maschine machte einen Satz nach vorn.

»Nicht so stürmisch! Langsam mit dem Gas!«, rief Brändlin. Er reichte Felix den Helm.

Felix grinste, stülpte den Helm über und schloss den Kinnriemen. »Danke. Danke für alles.« Dann fuhr er los.

Brändlin hatte nicht zu viel versprochen. Die Maschine schnurrte unter ihm wie eine Katze. Gas, Kupplung, Bremse – alles lief bestens.

Felix hatte alle Sorgen vergessen. Es war, als habe er schon jahrelang auf der Maschine gesessen. Er spürte keine Unsicherheit. An den Kreuzungen kuppelte er, bremste und fuhr an, wie er es in der Fahrstunde gelernt hatte. Wie selbstverständlich trieb er im Stadtverkehr mit. Als er endlich weiter draußen war, drehte er voller Genuss das Gas nach oben. In den Kurven lag die Maschine sicher und ohne Wackler.

Schon Wochen zuvor hatte er sich die Strecke für seine erste Ausfahrt ausgemalt. Er fuhr durch die March nach Breisach an den Rhein, beschrieb einen Bogen über Endingen und schlängelte sich durch die kleinen Winzerdörfer hoch zum Texaspass. Als er zusammen mit einigen anderen Bikern auf dem schmalen Parkplatz die Aussicht auf die Weinberge und den Totenkopf bewunderte, überfiel ihn ein Glücksgefühl, wie er es schon lange nicht mehr erlebt hatte. All die Mühen der letzten Monate hatten sich gelohnt. Er war frei! Frei wie ein Vogel in der Luft.

Auf dem Rückweg bog er ab zum Tuniberg, dem »kleinen Bruder« des Kaiserstuhls. Auf einem der schmalen, asphaltierten Wege fuhr er hoch zur Erentrudiskapelle und stellte die Maschine ab. Er ging ein paar Schritte, bis er an die Aussichtsstelle kam. Von hier aus hatte er einen überwältigenden Blick auf die Rheinebene, Freiburg und den Schwarzwald.

Es musste schön sein dort oben. Seine Mutter, die seit gestern seine Tante war, hatte ihm oft davon erzählt, als er noch klein war. Malerische Dörfer, geheimnisvolle Wälder, Flüsse, Seen und Teiche, dazwischen bestens ausgebaute Straßen, die seit 16 Jahren nicht mehr benutzt wurden und dem Verfall anheimgefallen waren.

Seit gestern war dort jedoch für Felix noch mehr. Was war mit seinen Eltern? Hatten sie überlebt? Wohnten sie irgendwo dort oben im Verborgenen? Oder waren sie bereits in den ersten Tagen umgekommen? Hatte ihnen die Strahlung einen langsamen, quälenden Tod beschert?

In der Mittagssonne blitzte aus der Entfernung an manchen Stellen der Zaun auf, der sich am Rande der Berge entlang ringsum zog. Felix wusste, dass es dahinter einige wenige gut abgeschirmte Forschungsstellen und Militärstützpunkte gab. In der Öffentlichkeit wurde kaum darüber gesprochen. Die Freiburger hatten sich ebenso wie die Bewohner der übrigen Städte und Dörfer rund um den Schwarzwald an das Unabänderliche gewöhnt. Es gab nichts, was man tun konnte.

Auf der Fahrt nach Hause hing Felix seinen Gedanken nach. Fast hätte er ein Auto übersehen, das von links auf der Vorfahrtsstraße abgebogen war. Der Fahrer schimpfte und hob drohend den Finger. Felix reagierte nicht und fuhr weiter. Er würde seine Tante nach allem fragen, was sie wusste.

*

»Da gibt es gar nicht so viel«, meinte sie, als sie beim Mittagessen zusammen am Tisch saßen. »Die Informationen über den Schwarzwald sind bis heute spärlich. Ich weiß auch nicht mehr als das, was in der Zeitung steht.«

Felix seufzte. Er hatte gehofft, mehr zu erfahren, als das, was sie in der Schule gelernt hatten. Das verseuchte Gebiet war unzugänglich und musste auf viele Jahre, wenn nicht Jahrhunderte Sperrgebiet bleiben.

»Aber wie es mit meinen Eltern war, das hast du mir noch nicht erzählt!«

Seine Tante stand auf, holte das zweite Stück selbst gebackene Pizza aus dem Ofen und schnitt es in zwei Teile. Thunfisch, Kapern und Artischocken, Felix' Lieblingskombination.

»Wir hatten uns alle vier etwa zur selben Zeit kennen gelernt. Wir waren etwa im selben Alter und verstanden uns gut. Nadja, deine Mutter, und ich waren uns auf Anhieb sympathisch. Sie war eine aktive, lebenslustige junge Frau. Sie lachte gerne und hatte doch eine erstaunliche Ernsthaftigkeit für ihr Alter. Martin und Nadja galten damals als das Traumpaar. Martin war Sportler, spielte Basketball und lief Marathon. Ich erinnere mich, dass die beiden jede freie Minute unterwegs waren.« Sie goss sich Kaffee nach, nahm einen Schluck und fuhr fort. »Du warst ein Wunschkind, Felix. Im Gegensatz zu mir und meinem Mann fühlten sich die beiden keineswegs zu jung, um Eltern zu sein. Als du geboren wurdest, war die Freude groß.«

»Aber sie haben mich allein gelassen«, warf Felix ein.

»So kann man das nicht sehen. Deiner Mutter fiel es außerordentlich schwer, dich auch nur für einen Tag zurückzulassen. Aber ein halbes Jahr nach deiner Geburt war sie nicht mehr zu halten. Sie fühlte sich bereits wieder kräftig genug, um eine ihrer Bergwanderungen zu unternehmen.«

»In den Schwarzwald!«

»Zuvor waren die beiden in den Dolomiten, im Montafon und am Großglockner. Oft waren sie mehrere Tage unterwegs. Zum Wiedereinstieg sollte es eine Schwarzwaldtour sein.«

»Wohin sind sie gegangen?«

»Die Route war so geplant, dass sie nicht lange wegbleiben würden. Sie sind mit dem Bus ins Zastlertal gefahren. Von dort aus wollten sie hoch auf den Feldberg, und wenn Zeit und Kraft noch reichten über das Herzogenhorn nach Menzenschwand.«

»Menzenschwand?«

»Martins Eltern wohnten dort. Das Bauernhaus gehörte seit Generationen ihrer Familie. Martin und Nadja wollten sie kurz besuchen und dann wieder zurückfahren. Falls es zu spät werden würde, hätten sie übernachtet.«

Felix' Handy auf dem Fensterbrett läutete. »Geh ruhig hin«, sagte sie, »bestimmt will dir jemand zum Geburtstag gratulieren.«

»Ich will jetzt nicht«, sagte Felix. »Die rufen auch später noch mal an.« Er nahm einen kleinen Schluck Orangensaft, der vom Frühstück übrig geblieben war. »Sind sie bis Menzenschwand gekommen?«

»Ich weiß es nicht. Ich weiß überhaupt nur sehr wenig, leider. Deine Mutter hat zwei Fläschchen Milch dagelassen, dann sind sie los, sehr früh am Morgen. Vom Zastlertal aus hat deine Mutter noch einmal angerufen. Die Verbindung war schlecht, aber ich konnte alles verstehen. Es ging ihnen gut, und sie freuten sich auf den Aufstieg. Ungefähr eine Stunde später ist es dann passiert. Seither habe ich nichts mehr von ihnen gehört. Es kam kein Anruf mehr. Ich habe es ein paar Mal versucht, sie zu erreichen, aber die Verbindung kam nicht zustande. Später haben sie dann erzählt, dass die Reaktorkatastrophe das Handynetz lahmgelegt hat.«

Felix hatte sein Besteck zur Seite gelegt. Er hörte gebannt zu. »Und sie haben sich nicht mehr gemeldet? Auch nicht am Abend oder am nächsten Tag?«

»Du kannst dir nicht vorstellen, was da los war. Manche haben einen lauten Knall gehört, das war so gegen neun. Die Nachricht von dem Unglück hat sich dann sehr schnell verbreitet. Was dann folgte, war das reinste Chaos. Jeder erzählte etwas anderes. Das KKW sei in die Luft geflogen hieß es, andere sprachen von einem Terrorangriff. Als die Meldungen im Radio kamen und Lautsprecherwagen durch die Straßen fuhren, reagierten die meisten panisch. In kurzer Zeit waren die Straßen verstopft. Die Leute rafften das Nötigste zusammen und versuchten, sich in Sicherheit zu bringen.«

»Gab es nicht einen Notfallplan?«

»Den gab es. Doch niemand kümmerte sich darum.« Sie lachte verächtlich. »Jodtabletten. Das war das einzige, das die Behörden vorbereitet hatten. Aber in dieser Situation dachte niemand an Jodtabletten. In den nächsten Stunden verdichteten sich die Meldungen, dass die ausgetretene Radioaktivität sich in einer großen Wolke sammelte und nach Freiburg und weiter in den Osten Richtung Schwarzwald trieb. Wir haben dich dann eingepackt und sind zur Tante an den Kaiserstuhl gefahren. Die Nordseite schien uns einigermaßen sicher. Dort sind wir einige Zeit geblieben, bis wir mehr wussten. Daraus wurde über ein halbes Jahr, bis für die meisten Gebiete Entwarnung gegeben wurde.«

»Und der Schwarzwald?«

»Tagelang gab es keine konkreten Nachrichten. Dein Onkel und ich waren völlig verzweifelt. Dann haben wir erfahren, dass der Großteil des Schwarzwaldes innerhalb der ersten 24 Stunden evakuiert worden war. Es hatte ein Gewitter gegeben, sodass die Menschen dort oben durch den Niederschlag in tödlicher Gefahr waren.«

Felix spürte, wie sein Herz heftig schlug. »Das heißt …« Er sprach nicht weiter.

»Es wurden dann Listen veröffentlicht, auf denen die Namen derer standen, die gerettet worden waren. Alle paar Tage kamen neue dazu. Nach einer Woche schwand unsere Hoffnung.« Felix sah, dass sie mit den Tränen kämpfte. »Wir wollten es nicht glauben, bis zuletzt.« Sie hielt kurz inne.

»Aber ihr hättet doch …«

»… suchen können. Natürlich. Thomas war fest entschlossen, trotz der Gefahr. Aber dann kam sehr rasch die Absperrung. Zuerst rund um Freiburg, im Markgräflerland und in der Ortenau. Dann der ganze Schwarzwald. Zuerst Straßensperren, dann ein Zaun. Inzwischen ist alles hermetisch abgeriegelt. Keiner kommt hinein, keiner kommt heraus.«

Sie stand auf und räumte das Geschirr zusammen. Felix half ihr beim Abspülen. »Thomas und ich haben uns dann entschieden, dich als unser eigenes Kind zu behalten und großzuziehen. Der Name war derselbe, und in dem allgemeinen Durcheinander achtete niemand so genau auf die Papiere. Wir haben außerdem entschieden, dir alles zu erzählen, wenn du alt genug dafür bist.«

Wieder läutete Felix' Handy. Er sah auf das Display, antwortete jedoch nicht.

»Willst du tatsächlich deine Feier absagen? Deine Freunde sind bestimmt enttäuscht.«

Felix schüttelte den Kopf. »Mir ist überhaupt nicht nach Feiern zumute. Schon gar nicht nach irgendwelchem belanglosen Gerede. Ich kann das nicht.«

»Aber es würde dich ablenken.«

»Ablenken?« Felix runzelte die Stirn. »Ich will keine Ablenkung. Ich brauche keine Ablenkung. Ich war 16 Jahre lang abgelenkt. Damit hat es jetzt ein Ende.« Er räumte die Reste des Essens in den Kühlschrank. »Ich glaube, ich habe viel zu tun.«

Seine Tante lächelte. »Du hast Recht. Ich habe es auch gar nicht anders erwartet. Und ich werde dir helfen, den Anfang zu machen. Komm mit.« Sie ging ins Wohnzimmer und deutete auf das Sofa. »Setz dich, ich will dir etwas zeigen.«

Sie öffnete eine der Schranktüren und nahm etwas heraus. Sie setzte sich Felix gegenüber in einen Sessel und reichte ihm einen Umschlag. »Mach auf.«

Felix' Hände zitterten leicht, als er das Kuvert öffnete und die Fotos herauszog. Es waren drei postkartengroße farbige Computerausdrucke. Als sein Blick auf das oberste fiel, erstarrte er. Es war das Bild einer jungen Frau.

»Deine Mutter. Etwa ein Jahr vor deiner Geburt.«

Felix starrte auf das Bild. Seine Augen begannen zu flackern. Ein Hitzestrom erfasste ihn, sein Atem ging schwer.

»Was ist los? Geht es dir nicht gut?«

»Das ..., das ist ...« Er fühlte, wie sein Innerstes ins Schwanken geriet. Es war, als öffnete sich ein Riss in der Zeit, durch den etwas zu ihm drang, von dem er nicht wusste, was es mit ihm machen würde.

»Felix? Soll ich dir ein Glas Wasser bringen?«

Er atmete tief durch. Dann schüttelte er den Kopf. »Es geht mir gut. Es ist nur ... Ich bin aufgeregt. Das habe ich nicht erwartet.«

Sie stand auf und setzte sich neben ihn. »Schau dir auch die anderen Bilder an. Es sind nur ein paar wenige, wir haben sie ausgedruckt, damit wir nicht immer den Rechner einschalten müssen, wenn wir sie sehen wollen.«

»Wir?«

»Solange dein Vater – ich wollte sagen, dein Onkel – noch gelebt hat, haben wir oft gemeinsam die Erinnerungen an deine Eltern angeschaut. In den letzten Jahren nicht mehr so oft. Ich wollte vermeiden, dass dir die Bilder in die Hände fallen.«

Felix hatte inzwischen seine Fassung wieder gewonnen. Er sah die beiden anderen Bilder an. Eines davon zeigte zwei junge gut gelaunte Paare, etwa Anfang 20. Sie hatten sich in Pose gesetzt wie auf dem Cover einer CD. Alle vier lachten und winkten in die Kamera.

»Am Seepark. Ich erinnere mich noch gut daran. Es ist eines der wenigen Bilder, auf dem wir alle vier zusammen sind. Wir haben uns sehr gut verstanden damals.«

Das dritte Bild zeigte einen Mann und eine Frau. Beide lächelten zufrieden. Der Mann hielt auf seinen Armen ein kleines Kind. Es hatte die Augen leicht geöffnet und sah neugierig in die Kamera.

Felix spürte einen Stich im Herz. Er wusste sofort, wer das war.

»Deine Eltern. Und du.« Sie lachte. »Neugierig warst du immer schon.«

Felix nahm die Fotos und stand auf.

»Was ist?«

»Ich …« Abermals läutete das Handy.

»Kannst du mir einen Gefallen tun? Ruf doch bitte Matze an und sage ihm, ich sei krank. Er solle nicht mehr anrufen, ich hätte ganz plötzlich Fieber bekommen. Und das Fest morgen fällt aus. Wird verschoben. Oder irgendetwas. Matze kennt die ganzen Leute, er soll ihnen Bescheid geben.« Er klickte auf das Adressbuch und schrieb Matzes Telefonnummer auf den Rand einer Zeitung.

»Das mache ich gerne. Aber willst du nicht auch noch die anderen Bilder sehen, die auf dem Rechner?«

Felix war schon halb auf der Treppe. »Jetzt nicht.« Er huschte in sein Zimmer und setzte sich in den Sessel, der am Fenster stand. »Jetzt nicht«, sagte er noch einmal leise. Dann betrachtete er die drei Fotos.

Es gab keinen Zweifel. Die Frau auf dem Foto war dieselbe, die er in der Nacht in seinem Traum gesehen hatte. Es war seine Mutter. Und seine Mutter hatte ihn gerufen!

Das Erlebnis war so stark und real, dass Felix zutiefst ergriffen war. Wie konnte das sein? Er hatte seine Mutter nie zuvor gesehen, außer als Baby. Und jetzt war sie ihm im Traum erschienen, und sie hatten sich erkannt. Gab es eine Kammer in seinem Unterbewusstsein, die sich nach 16 Jahren geöffnet hatte?

Felix hob den Kopf und sah aus dem Fenster. Hinter dem Nachbarhaus waren von Weitem die Bäume auf dem Ausläufer des Schlossbergs zu sehen. Die Nachmittagssonne färbte sie in ein warmes, angenehmes Licht.

Wie konnte die Erinnerung so stark sein? Und vor allem, warum hatte sie seinen Namen gerufen? Felix spürte, dass es noch eine andere Möglichkeit gab. Er erschrak, als er den Gedanken realisierte. Was war, wenn seine Mutter noch lebte? Was war, wenn sie versuchte, mit ihm Kontakt aufzunehmen? Was war, wenn sie in Gefahr schwebte und ihn brauchte?

Felix' Blick wanderte zurück zu dem Bild. Er wusste die Antworten nicht, doch er würde sie herausfinden. Er fuhr seinen Rechner hoch, öffnete die Suchmaschine und tippte den Namen des Kernkraftwerkes ein. Im Moment, als die Seite lud, merkte er, dass es unsinnig war. Fast eine Million Einträge. Er überlegte kurz und fügte dann das Wort »Kernschmelze« dazu. Immer noch zu viele. Auf gut Glück öffnete er einen der Links auf der ersten Seite. Eine Naturschutzorganisation hatte sehr ausführlich und mit vielen Bildern das Unglück dokumentiert. Die Auswirkungen rund um den Standort und im Breisgau nahmen den meisten Platz ein. Eine zweite Webseite war anders aufgebaut, hatte jedoch ähnlichen Inhalt, ebenso eine dritte.

Doch das war es nicht, was Felix suchte. Er versuchte es mit »Schwarzwald«, »Radioaktivität« und »Evakuierung«. Jetzt gab es bereits wesentlich weniger Treffer. Er las sich in einige der Seiten hinein. Im Wesentlichen fand er das bestätigt, was seine Tante erzählt hatte. Bereits innerhalb der ersten Stunden waren die meisten Bewohner des Schwarzwaldes in Sicherheit gebracht worden. Der Autor spekulierte, ob es heute noch Überlebende geben könnte. Doch seine Schlussfolgerungen waren sehr pessimistisch. Das Maß der Strahlung hatte eine derartige Intensität erreicht, dass ihr niemand entgehen konnte. Schutzräume gab es keine, jedenfalls keine, die offiziell bekannt waren. Ein Link führte zu einer Behörde, bei der man auf Antrag Einsicht in die Liste der Evakuierten bekommen konnte. Aus Datenschutzgründen durfte sie nicht online gestellt werden.

Nach ein paar weiteren Versuchen, die Ähnliches erbrachten, lehnte sich Felix in seinem Stuhl zurück. Er spürte, wie die Verzweiflung ihn übermannte. Er fühlte sich hilflos. Was konnte er tun? Wenn er sich selbst auf den Weg machte, und wie auch immer die Absperrung überwand, würde die Strahlung auch ihn treffen. Das Vorhaben wäre glatter Selbstmord.

Er stand auf, nahm die Bilder und setzte sich wieder ans Fenster. Er konnte den Blick nicht von dem Antlitz seiner Mutter lösen. Seine Augen glitten über ihr Gesicht, über ihre Augen, die ihm wach und fröhlich entgegensahen, über die fein geschwungene Nase zu den Lippen, von denen er jeden Moment erwartete, dass sie sich öffneten und wie in seinem Traum seinen Namen riefen.

»Mutter«, sagte er leise. »Habe ich dich schon wieder verloren, kaum dass ich dich gefunden habe?«

Felix öffnete die Augen. Er musste eingenickt sein. Draußen war es bereits dämmrig, die Platanen warfen lange Schatten. Sein Hals schmerzte. Er streckte sich und stand auf. Die Fotos waren auf den Boden gefallen. Er hob sie auf und legte sie auf sein Kopfkissen.

Er hatte Hunger. Tante Veronika saß auf dem Sofa und las in einem Buch. Als sie ihn sah, hob sie kurz den Blick. »Alles erledigt. Ich habe Matze angerufen. Er wird den anderen Bescheid geben.«

»Danke.« Für einen Moment überlegte er, ob er ihr von dem Traum erzählen sollte. Doch er behielt es für sich. Später vielleicht. Es war das erste bewusste Erlebnis, dass er mit seiner Mutter verband. Es gehörte ihm, ihm ganz allein.

»Geht es dir besser?«

Felix brummte etwas Unverständliches. »Eigentlich wollte ich mich noch einmal auf die Maschine schwingen.«

»Es ist schon ziemlich spät. Fahre doch morgen. Bei Tag ist es viel schöner.«

Felix spürte Sorge in ihrer Stimme. Die mütterliche Sorge. Er wusste nicht, ob er sich darüber freuen sollte.

»Außerdem«, fuhr sie fort, »gibt es da noch etwas.«

Felix brach sich ein Stück Baguette vom Vormittag ab und steckte es in den Mund. »Du meinst, die Fotos auf dem Rechner? Stimmt, das machen wir.« Er war gespannt, was ihn noch an Überraschungen erwarten würde.

»Die Fotos? Ja die auch. Aber zuerst habe ich noch etwas für dich.«

»Noch ein Geschenk zum Geburtstag? Damit habe ich nicht gerechnet. Was ist es denn?«

Sie nestelte einen Schlüssel von ihrem Bund und betrachtete ihn für einen Moment. »Ich war mir nicht sicher. Ehrlich gesagt, bin ich es jetzt noch nicht.«

Felix schmunzelte. »Das hört sich ja spannend an.«

»Es ist kein Geschenk. Es ist …« Sie sah ihn an, ihr Blick war ernst. Sie holte tief Luft. »Dein Vater, ich meine dein Onkel, er ist gestorben, als du noch klein warst.«

»Ziemlich klein«, antwortete Felix. »Ich kann mich kaum an ihn erinnern.«

»Du warst gerade einmal drei Jahre alt. Du konntest es damals nicht verstehen, dass er plötzlich nicht mehr da war. Ich habe dir dann erzählt, dass er krank war und von uns gegangen ist. Wir haben später nicht oft darüber gesprochen, ich wollte dich nicht mit meiner Trauer belasten. Als du dann nachgefragt hast, habe ich erklärt, dass er an einem Tumor erkrankt war.«

Felix merkte, wie ihre Stimme einen merkwürdigen Klang nahm. »Stimmt das denn nicht?«

»Einerseits ja, andererseits …«

»Jetzt sage mir aber nicht, dass du mir da auch nicht die Wahrheit gesagt hast«, brauste Felix auf. »Dein eigener Mann! Wie konntest du …«

»Es ist am besten, du siehst selber. Mit dem heutigen Tag sollen alle Unwahrheiten zwischen uns verschwinden.« Sie reichte ihm den Schlüssel. »Hier, nimm.«

»Der sieht aber merkwürdig aus. Wie für ein Spezialschloss.« Felix runzelte unschlüssig die Stirn. »Was ist es?«

»Es ist der Schlüssel zu einem Bankschließfach.«

»Zu einem Bankschließfach? Aber warum denn?« Er lächelte verlegen. »Goldbarren, Schmuck, Aktien?«, versuchte er zu scherzen.

»Ehrlich gesagt, ich weiß es nicht. Kurz vor seinem Tod hat er mir den Schlüssel in die Hand gedrückt. ›Das ist für Felix‹, sagte er, ›gib ihn ihm, wenn du glaubst, dass er alt genug ist.‹ Und ich glaube, dass heute der richtige Tag dafür ist.«

»Was könnte das sein? Ob es etwas mit meinen Eltern zu tun hat?«

»Vielleicht. Aber wie gesagt, ich weiß es nicht.«

»Dann wird es höchste Zeit, es herauszufinden.« Felix stand auf und wandte sich zur Tür.

»Wo willst du hin? Die Banken haben heute zu.«

»Aber ich dachte, an ein Schließfach kommt man jederzeit heran? Am Bahnhof geht das doch auch.«

»Eine Bank ist kein Bahnhof. Außerdem, so viel weiß ich darüber, ist es ein sogenannter doppelt gesicherter Safe. Das bedeutet, du brauchst noch einen zweiten Schlüssel.«

»Einen zweiten Schlüssel? Wo ist der? Wer hat den?«

»Die Bank. Dadurch wird ein Höchstmaß an Sicherheit erreicht.« Sie stand auf und startete ihren Rechner, der im Wohnzimmer stand. »Ich glaube, du hast für heute genug Aufregungen gehabt. Komm, wir schauen ein paar der alten Bilder an.«

Felix war verwirrt. Er konnte sich nicht erklären, was das Ganze bedeutete. Doch es blieb ihm nichts anderes übrig, als bis zum Wochenbeginn zu warten. Seufzend nahm er sich einen Stuhl und setzte sich vor den Bildschirm.

Den Sonntag über fand Felix nicht zur Ruhe. Immer wieder nahm er den Schlüssel zur Hand. Seine Gedanken kreisten darum, was sein Onkel ihm überlassen hatte. Warum diese Geheimniskrämerei? Warum hatte er nicht einmal seiner Frau davon erzählt?

Seine Recherchen über das Kraftwerksunglück und die Evakuierung der Menschen aus dem Schwarzwald brachte ihn kaum weiter. Neben den offiziellen Nachrichten fand er etliche private Webseiten, die mehr ins Detail gingen. Es wurde über die Intensität des radioaktiven Niederschlags spekuliert, ebenso über mögliche Strahlungsfolgen. Das Für und Wider der totalen Absperrung wurde heftig diskutiert. Er fand mehrere Berichte von Überlebenden, die vor 16 Jahren aus dem Schwarzwald weggeschafft worden waren. Die ganze Aktion musste sehr schnell und effektiv gewesen sein. Innerhalb eines Tages waren sämtliche Städte, Dörfer und touristische Einrichtungen geräumt, obwohl es große Schwierigkeiten mit dem Handynetz und der Stromversorgung gegeben hatte.

Felix schwirrte der Kopf. Er hatte Mühe, die Fülle an Informationen zu einem Gesamtbild zusammenzubringen. Gleichzeitig merkte er, wie Enttäuschung und Verzweiflung sich in ihm breitmachten. Wenn er ehrlich sein wollte, waren die Chancen, seine Eltern jemals lebend wiederzusehen, gleich null.

Zum Glück gab es das Motorrad. Das Wetter war zwar nicht sehr einladend, Wolken, Sonne und leichter Nieselregen wechselten sich ab. Doch es war genau das, was Felix jetzt brauchte. Er zog einen Pulli unter die neue Kombi und fuhr los. Hinterm Hauptbahnhof bog er ab in die Basler Landstraße und fuhr Richtung Süden.

Die Maschine lief ohne Murren. Doch dieses Mal wollte sich die rechte Freude nicht einstellen. Mit seinen Gedanken war er nicht bei der Sache. Ein paar Mal verschaltete er sich, in einer Kurve bei Bad Krozingen wäre er um ein Haar von der Fahrbahn abgekommen.

Immer wieder ging sein Blick Richtung Osten, wo sich die Bergketten des Schwarzwalds abzeichneten. Schauinsland, Belchen und der Blauen bei Müllheim waren nur wenige Kilometer entfernt und doch unerreichbar. Wie gerne wäre Felix jetzt mit dem Motorrad eine der früheren Bergstraßen entlanggekurvt.

In Heitersheim bei dem Kreisverkehr mit dem überdimensionalen Kreuz, das an die Verbindung der Gemeinde mit den Maltesern erinnerte, bog er nach links ab. Er wusste, dass er nicht weit kommen würde. Dennoch drängte es ihn, so nahe wie möglich an die verbotene Zone zu gelangen. Vor allem wollte er den Zaun sehen.

Die Abzweigung an der Kreuzung hinter Ballrechten war in Richtung Sulzburg gesperrt. Felix konnte von Weitem die Häuser in dem engen Randtal sehen. Der Kirchturm ragte wie ein Mahnmal in den Himmel. Sulzburg gehörte zu den Orten, die nicht mehr für die Bevölkerung zugänglich waren. Es mussten sich dramatische Szenen abgespielt haben, nicht nur hier, sondern auch bei den Menschen in Gengenbach,

Waldkirch und Kandern. Ehemals blühende Orte wie Badenweiler, Gernsbach und Furtwangen wurden für lange Jahre von der Außenwelt abgeschnitten.

Felix versuchte sich vorzustellen, wie es dort sein würde. Eine Stadt ohne Menschen! Niemand, der die Straßen instand hielt, keiner, der die Pflanzen in den Gärten und Parks pflegte. Die Häuser bereits verfallen. Vielleicht hatten sich Tiere eingenistet. Wenn es überhaupt noch Tiere gab.

Südlich von Staufen folgte der Sperrzaun der Landstraße. Es war einfacher, am Straßenrand zu bauen, als eine Schneise mitten durch das Gelände zu ziehen. Es gab Dörfer wie Laufen oder Britzingen, durch die der Zaun mitten hindurchführte.

In Müllheim fuhr Felix zu einer Tankstelle. »Es zieht ein Wetter auf«, meinte der Kassierer, als er Felix das Wechselgeld reichte. »Hast du noch weit?«

»Geht so«, meinte Felix. Er wäre gerne noch Richtung Süden weitergefahren. Doch der Mann hatte recht. Felix fuhr auf die B3 und lenkte die Maschine Richtung Norden, zurück nach Freiburg. Er hatte keine Lust, den Tag völlig durchnässt zu Ende zu bringen.

Zu Hause zog er sich aus, nahm einen Apfel und verschwand auf sein Zimmer. Er versuchte sich noch eine Weile am Rechner mit seinem neuesten Abenteuerspiel. Doch die rechte Stimmung wollte nicht aufkommen. Nach einer halben Stunde schaltete er das Gerät ab und legte sich aufs Bett. Die Anstrengungen des Tages waren nicht nur für seine Seele spürbar. Nach wenigen Minuten war er fest eingeschlafen.

*

Bereits eine Viertelstunde vor Schalteröffnung stand Felix vor dem Gebäude der Bank in der Innenstadt. Er vergewisserte sich, dass er seinen Ausweis dabei hatte. Dazwischen sah er immer wieder auf die Uhr.

Felix war noch nie hier gewesen. Seine Mutter ging seit Jahren in die Sparkassenfiliale in Herdern. Das meiste regelte sie online. Auch Felix hatte dort ein Konto. In den letzten Monaten hatte er regelmäßig sein Erspartes dorthin getragen.

Er blickte sich unschlüssig um. Dann ging er zum Informationsschalter. Der Bankangestellte sah nur wenig älter aus als er. Er war in einen mattgrauen Anzug gezwängt, dessen Hosen ihm etwas zu weit waren. Krawatte und Frisur saßen dagegen tipptopp.

Auf die Frage nach dem Schließfach nickte er und ließ sich den Ausweis zeigen. Dann rief er über das Haustelefon nach dem zuständigen Mitarbeiter und bedeutete Felix, einen Moment zu warten.

Felix sah sich um. Er stellte sich vor, wie es wäre, wenn er sein ganzes Berufsleben in einer solchen Umgebung verbringen müsste. Immer korrekt gekleidet, immer höflich.

Und es ginge immer um Geld. Er hatte nichts dagegen, gut angezogen und höflich zu sein. Aber dann, wenn er es wollte. Und nicht als Anforderung eines Büroleiters.

»Herr Bühler?« Die Frau, die zu ihm trat, erinnerte ihn an eine Flugbegleiterin. Auch ihre Kleidung hatte etwas Uniformhaftes. Sie lächelte ihn freundlich an. »Marie Berger mein Name. Sie möchten Ihr Schließfach öffnen?« In der höflichen Frage lag gleichzeitig die Antwort.

Felix nickte. Frau Berger bedeutete ihm mitzukommen. Sie durchquerten die Schalterhalle, traten durch eine Glastür in ein kleines Treppenhaus und gingen einige Stufen nach unten. Mit einer Chipkarte öffnete die Frau den Zugang zum Tresorraum. Sie traten ein, die Tür hinter ihnen schloss sich mit einem leisen Klicken. Felix staunte. Entlang der Wände gab es unzählige Schließfächer, die meisten nicht höher als eine Handbreit, ein paar wenige waren doppelt so groß. Alle trugen eine Nummer. Felix wagte kaum sich vorzustellen, welche Reichtümer hier lagerten. Und anderes, von dem niemand etwas wissen sollte.

»Darf ich Sie bitten, jetzt Ihren Schlüssel zu benutzen.« Sie deutete auf das Fach mit der Nummer, die auf seinem Schlüssel eingraviert war.

Felix kam sich vor wie in einer Szene aus einem Agentenfilm der 70er-Jahre. Er drehte den Schlüssel um, danach zog die Dame eine zweite Chipkarte über die Frontseite des Faches. Ein kurzes Summen ertönte, dann schwang das Türchen auf. Die Metallkassette nahm das gesamte Innere ein. Die Dame zog sie heraus und stellte sie auf den Tisch, der in der Mitte des Raumes stand.

»Bitte sehr. Wenn Sie möchten, lasse ich Sie jetzt alleine.« Felix nickte, worauf sie in den Vorraum verschwand.

Felix' Nervosität stieg, als er vor die Metallbox trat. So viele Jahre hatte sie hier gelegen, abgeschlossen und unbenutzt. Sie hatte etwa die Größe eines DIN-A4-Ordners. In der glatt polierten Oberfläche spiegelte sich das Licht der Deckenbeleuchtung. Die Kassette war nicht verschlossen und ließ sich leicht öffnen. Felix atmete tief ein und hob den Deckel.

Er hatte alles Mögliche erwartet. Schmuck, Geld, einen Goldbarren. Vielleicht weitere Fotos. Der hellbraune Umschlag wirkte auf den ersten Blick enttäuschend. Felix nahm ihn heraus und drehte ihn um. Er war zugeklebt, nichts stand darauf. Der Rest der Kassette war leer.

Vorsichtig betastete Felix den Umschlag. Er war gefüttert, das spürte er. Vielleicht etwas Zerbrechliches.

»Kann ich Ihnen weiterhelfen?« Von der Tür kam die Stimme der Bankangestellten.

Felix schreckte auf. »Nein, vielen Dank. Ich glaube, das ist alles.«

Die Dame ließ sich nichts anmerken, als sie den Umschlag in Felix' Hand mit flüchtigem Blick streifte. »Wenn Sie fertig sind, darf ich das Fach wieder sichern?« Felix nickte. Sie schloss die Kassette, schob sie zurück in das Fach und schloss die Frontklappe, die mit einem leisen Klicken einrastete. »Wenn ich Sie dann noch um eine Bestätigung Ihres Besuches bitten dürfte.« Sie reichte ihm einen Kugelschreiber und deutete auf die Unterschriftenzeile des Papiers, das sie vor ihm auf den Tisch legte. »Eine reine Formsache.«

Felix setzte seinen Namen auf das Papier. Sie schob es in eine Mappe, dann bedeutete sie ihm, ihr zurück nach oben zu folgen. »Möchten Sie eine Tasche?« fragte sie. Sie holte aus einer Schublade eine einfache Stofftasche heraus. »Herzlichen Dank für Ihren Besuch. Beehren Sie uns bald wieder.«

Felix beschlich ein merkwürdiges Gefühl, als er mit dem Umschlag in der Tasche aus dem Bankgebäude in die belebte Hauptstraße trat. Er sah sich um, so als ob er beobachtet werden würde. Dies war natürlich Unsinn. Dennoch war er erst beruhigt, als er wieder auf seinem Fahrrad saß.

Dieses Mal fuhr er durch den Stadtgarten. Es war immer noch früh am Morgen. Ein paar Tauben stolzierten über die Kieswege, Mütter mit Kindern zogen zum Spielplatz. Ein paar wenige Bänke waren besetzt. Von irgendwoher tönte das Brummen eines Rasenmähers.

Im hinteren Teil des Stadtparks war es völlig ruhig. Felix stellte das Rad an eine Bank und setzte sich. Er sah sich um. Auf der gegenüberliegenden Seite des kleinen Teiches hatte ein Obdachloser auf der Bank neben sich seine Habseligkeiten ausgebreitet, sein Schlafsack hing über der Lehne. Ein paar Enten paddelten um die steinerne Skulptur ihres berühmten Verwandten, der nach einer Freiburger Stadtlegende die Bevölkerung vor einem bevorstehenden Bombenangriff mit lautem Geschnatter gewarnt hatte.

Felix klappte das Schweizermesser auf, das er letztes Jahr zum Geburtstag bekommen hatte und seither ständig mit sich herumtrug. Vorsichtig schlitzte er den Umschlag an der Seite auf. Er wollte unbedingt wissen, was darin war, ehe er wieder zu seiner Tante nach Hause kam. Nacheinander zog er den Inhalt heraus: einen Plastikordner, eine Hülle mit einer CD, wie sie vor Jahren als Speicher benutzt wurde. Und einen Brief. Der Brief war zugeklebt. Sein Name stand darauf.

In dem kleinen Umschlag befand sich ein Blatt, nichts weiter. Felix' Hände zitterten, als er zu lesen begann.

»*Lieber Felix, wenn du diese Zeilen liest, bin ich nicht mehr bei dir. Gerne hätte ich dir alles selbst mündlich erzählt. Doch das Schicksal wollte es anders. Heute Morgen hat mir der Arzt eröffnet, dass es zu Ende geht. Nur noch ein paar Wochen, ich habe alles versucht, ich habe gekämpft, aber das Unvorstellbare ist stärker. Ich bin zu weit gegangen, jetzt muss ich den Preis dafür bezahlen. Gerne hätte ich dir mehr geholfen. Du bist nun alt genug, um selbst zu entscheiden, wie es weitergeht. Nutze die Aufzeichnungen sorgfältig. Glaube nicht alles, was man dir erzählt. Und sei vorsichtig.*

Deine Tante weiß nicht viel, ich wollte sie nicht unnötig beunruhigen. Trotzdem hat sie mir immer vertraut und mich bei allem unterstützt. Bitte sei nicht so streng zu ihr, wir haben das, was ist, gemeinsam entschieden.

Lieber Felix, ich hinterlasse dir meine Aufzeichnungen, weil ich die Hoffnung nicht aufgegeben habe. In kurzer Zeit sind viele Dinge geschehen. Was ich selbst gesehen und erlebt habe, war so seltsam, dass ich überzeugt davon bin, dass alles möglich ist.

Ich wünsche dir einen kühlen Kopf, ein offenes Herz und viel Mut, egal wie du dich entscheidest. Und ich wünsche dir Glück.«

Felix betrachtete den Namen, der unter den Zeilen stand. Er fühlte sich seltsam berührt. Seinen Onkel hatte er nur verschwommen in Erinnerung. Er war oft fort gewesen und Felix hatte das als so selbstverständlich hingenommen, wie es ein Kind in seinem Alter tut. Nachdem er den Brief gelesen hatte, war es, als ob er zum ersten Mal in seinem Leben mit seinem Onkel gesprochen hätte.

Felix las den Brief ein zweites Mal, dann faltete er ihn zusammen und steckte ihn sorgfältig zurück in den Umschlag. Er verstand nur die Hälfte von dem, was er gelesen hatte. Was meinte sein Onkel damit, wenn er von Hoffnung sprach? Hoffnung worauf? Hoffte er, dass er der tödlichen Krankheit doch noch entkommen konnte? Er würde seine Tante fragen, wie es damals wirklich war. Es kam ihm so vor, als gäbe es um den Tod seines Onkels Dinge, über die er bisher nichts wusste.

Neugierig blätterte er durch den Ordner. Das meiste war zusätzlich in Plastikfolien gesichert. Es gab Computerausdrucke, handschriftliche Notizen, technische Skizzen sowie einige Schwarz-Weiß-Kopien. Es gab Ausschnitte von Landkarten, in die Linien, Pfeile und andere Zeichen eingetragen waren, die Felix nichts sagten. Keine Fotos. Stattdessen ein paar handgefertigte Zeichnungen, die bereits etwas verblasst waren. Die CD-Hülle war nicht beschriftet.

Felix packte alles wieder zusammen, dann schwang er sich auf sein Fahrrad und fuhr nach Hause. In gewisser Weise war er froh, dass er an diesem Vormittag allein war. Seine Tante arbeitete in der Uniklinik und würde erst gegen Abend zurückkommen.

Felix holte sich aus dem Kühlschrank eine Flasche Apfelsaft und goss sich ein großes Glas ein. Dann nahm er das Kuvert und legte den Inhalt auf den Tisch. Den Brief, die CD und den Ordner. Er machte es sich bequem, trank mit zwei tiefen Zügen das halbe Glas leer und öffnete den Ordner.

Die handgeschriebenen Blätter fielen ihm besonders auf. Offenbar hatte sein Onkel vieles in Eile aufgeschrieben. Manches war durchgestrichen oder eingekringelt, es gab Pfeile, die auf andere Textstellen verwiesen. Dazwischen tauchte immer wieder ein Datum auf.

Der erste Eintrag begann 2008. Am 16. Oktober hatte sein Onkel geschrieben: »Es wird gefährlich. Ich weiß nicht, ob ich das noch einmal machen kann. Die Soldaten haben dazugelernt, und sie werden immer brutaler. Reinhold und Maria haben sie erwischt, ich befürchte das Schlimmste. Die Schmerzen im Arm haben deutlich zugenommen. Ich spüre, wie es sich ausbreitet.«

In der Eintragung für den nächsten Tag stand: »Ich werde für Felix alles aufschreiben, was ich weiß und was er wissen muss. Solange ich es noch kann. Am Ende werde ich entscheiden müssen, ob er es auch wirklich bekommt.«

Felix war wie vor den Kopf geschlagen. Es sah so aus, als hielte er eine Art Tagebuch in der Hand. Ein Tagebuch, das für ihn, Felix, bestimmt war! Doch was er bisher gelesen hatte, verwirrte ihn mehr, als es ihm half. Was hatte sein Onkel mit Soldaten zu tun? Was war das Besondere, das er unternommen hatte? Und warum war es gefährlich?

»18. Oktober: Beim Treffen haben wir überlegt, wie wir Reinhold und Maria herausbekommen können. Die Abschottung ist inzwischen nahezu perfekt. Es gab keine vernünftigen Vorschläge. Ich habe wenig Hoffnung.

23. Oktober: Die Markgräfler sind zurück mit schlechten

Nachrichten. Die Sulzburg-Route ist zu gefährlich geworden. Der Eingang ist noch frei, doch dahinter herrscht zu viel Bewegung. Kandern ist inzwischen ganz zu. Es scheint sich etwas zu tun oben.

25. Oktober: Die Jungwölfe werden unruhig. Die meisten sind dafür, sich künftig nur noch auf das E. zu konzentrieren. Das andere ist ihnen zu unsicher. Ich habe mich klar dagegen ausgesprochen. Das Geld können wir gut gebrauchen, aber wenn wir die andere Sache aufgeben, werden die Wölfe irgendwann am Ende sein.

26. Oktober: Hansjörg ist ganz auf meiner Seite. Er kann Andrea nicht aufgeben, und er will es auch nicht. Es tut gut, einen echten Verbündeten zu haben. Auf Hansjörg ist hundertprozentig Verlass.

Zusatz: Ich habe beschlossen, HJ in alles einzuweihen und zu meinem Erben zu machen.«

An dieser Stelle hatte Thomas am Rande des Manuskripts ein großes X im Kreis geschrieben. Felix blätterte weiter, doch konnte er keinen weiteren Hinweis entdecken. Dafür las er die letzten Einträge. Sie waren nur noch bruchstückhaft, die Schrift war dünn und fahrig.

»12. November: Es geht jetzt schneller zu Ende, als ich gedacht hatte. Schon jetzt fällt es mir schwer, den Stift zu halten. Ich scheue mich davor, Veronika alles zu erzählen. Sie ist sehr besorgt um mich. Natürlich hofft sie.

13. November: Nachher komme ich in die Klinik. Ich weiß, was mich erwartet. Habe entschieden, alles in ein Schließfach zu stecken. Zum Glück habe ich den Brief schon vor ein paar Tagen geschrieben. Karten sind aktuell. Felix: Hansjörg Wacker. Schlossberg.«

Die letzten Worte waren nur mühsam zu entziffern, es konnte ebenso gut Wecker oder Schlossburg heißen. Er brauchte eine Pause. Den letzten Teil des Tagebuchs würde er später lesen, es strengte ihn zu sehr an. Außerdem verstand er fast gar nichts von dem, was er las. Was war mit den Wölfen? Es gab sie nur noch in vereinzelten Gehegen in Wildparks. Was war mit »Zugang« gemeint? Zugang wohin? Womit hatte sein Onkel zu tun gehabt? Und warum war es gefährlich?

Den Namen am Ende des Manuskripts hatte Felix zuvor noch nie gehört. Hansjörg schien so etwas wie ein Vertrauter seines Onkels gewesen zu sein. Doch wer war er? Was war mit dem Erbe gemeint?

Ehe er weiterlas, betrachtete Felix die übrigen Aufzeichnungen aus dem Kuvert. Die Karten waren kopierte Ausschnitte einzelner Gebiete vom Schwarzwald. Felix kannte sich gut aus in Geographie, sodass er sich anhand der wenigen eingetragenen Ortsnamen rasch zurechtfand, auch wenn er noch niemals dort gewesen war. Es gab Kartenausschnitte aus dem Dreisamtal, der Gegend um Freiamt und Schuttern, aus dem Kinzigtal und vom Titisee. Auf einer der Karten befand sich der Feldberg zentral in der Mitte. Dazu gab es zwei handgezeichnete Karten, die Felix jedoch nicht zuordnen konnte.

Die Zeichen auf den Karten schienen eine Art Richtung anzuzeigen. Teilweise folgten sie den Straßen und Feldwegen, manche waren entlang eines Flusses eingezeichnet. An manchen Stellen bog der Pfeil abrupt zur Seite ab und folgte dann einer merkwürdig gewundenen Linie. Manche der Wege folgten in der Gegenrichtung einer anderen Strecke. Es gab Ausrufezeichen und Kreuze, dazu tauchten immer wieder stilisierte Blitze auf.

Konnte es sein, dass Onkel Thomas in der verbotenen Zone unterwegs gewesen war? Vielleicht wiesen die Karten auf die Stellen hin, wo man sich ohne Gefahr bewegen konnte. Dieser Gedanke schien Felix erschreckend und reizvoll zugleich. Denn dies würde bedeuten, dass es nicht ganz richtig war, was von offizieller Seite her verkündet wurde. Felix durchzuckte es wie ein Blitz. Wenn der Schwarzwald nicht ganz verseucht war, wenn es sogar Wege gab, auf denen man sich bewegen konnte – das bedeutete auch, dass dort Leben möglich war. Und dass es Überlebende geben konnte!

Er musste diesen Wacker finden. Felix kramte einen Stadtplan von Freiburg heraus. Das Gebiet um den Schlossberg im Osten hinter der Altstadt gehörte bereits zur Sperrzone. Der Sperrzaun folgte dem Schlossbergring und der Karthäuserstraße bis zum vorderen Dreisamtal. Dort konnte Wacker also nicht wohnen. Es gab noch zwei weitere Straßennamen, die in Frage kamen, der Schlossbuck in Munzingen und die Schlossgasse in dem kleinen Weiler St. Nikolaus. Ob die damit gemeint waren? Neben dem Telefon lag das Rufnummernverzeichnis der Stadt Freiburg. Es gab mehr als zehn Einträge mit dem Namen, aber keiner passte. Weder mit der Straße noch mit dem Vornamen, auch nicht mit den möglichen Namensvarianten.

Felix' Hoffnung erhielt einen empfindlichen Dämpfer. Wie sollte er den Mann finden? Der Hinweis seines Onkels war eindeutig. Schlossberg. Konnte es sein, dass damit gar nicht die Adresse gemeint war, sondern etwas ganz anderes? Aber was?

Das Telefon läutete. Normalerweise ging Felix nicht an den Festnetzapparat. Seine Freunde riefen ihn alle über das Handy an. Der Anruf musste für seine Tante sein. Beiläufig betrachtete er die Nummer und den Namen auf dem Display. Er bekam einen leichten Schreck. Gesine Bergfeld-Lauber. Wie konnte er sie vergessen! Alle zwei Wochen mähte er ihren

Rasen, ab und zu schnitt er die Hecke ihres Vorgartens. Am wichtigsten war ihr jedoch, dass er sich einmal in der Woche um ihren Dackel kümmerte. Jeden Montagnachmittag fuhr sie nach Lörrach, wo sie als Dozentin an der dortigen Technischen Hochschule Vorträge hielt.

Und heute war Montag! Anscheinend gab es dort keine Ferien. Und für den Dackel sowieso nicht. Felix atmete tief durch und nahm den Hörer ab. Noch hatte er sich nicht verspätet, doch die Dame war es gewohnt, sich vor ihrem Treffen telefonisch zu vergewissern, dass er auch kam.

Felix suchte in aller Eile nach einer Ausrede, den Termin abzusagen. Jetzt gab es Wichtigeres. Doch es fiel ihm nichts Vernünftiges ein. »Ich war eben auf dem Sprung«, stotterte er.

»Du bist doch pünktlich? Du weißt, mein Zug fährt um 14.15 Uhr. Blacky freut sich schon!«

»Kein Problem«, erwiderte Felix. Er sah ein, dass er nicht darum herumkommen würde. Er legte den Hörer auf und sah auf die Uhr. Noch eine halbe Stunde, das wurde knapp. Frau Bergfeld wohnte in Merzhausen, am anderen Ende der Stadt. Mit der Straßenbahn würde es nicht mehr reichen, und mit dem Fahrrad war es ein gutes Stück.

Im selben Moment zog ein Lächeln über sein Gesicht. Er schlug sich mit der Hand vor die Stirn. Wie konnte er das vergessen? Er war stolzer Besitzer eines Motorrades!

Pünktlich um 17.30 Uhr kam Frau Bergfeld zurück. Felix war eine große Runde hoch zum Jesuitenschloss gelaufen, Blacky hatte sich ordentlich austoben können. Auf dem Rückweg war ihm das Straßenschild »Am Schlossberg« aufgefallen. Was war, wenn Wacker gar nicht in Freiburg wohnte, sondern hier, im südlichen Nachbarort? Am liebsten hätte er sämtliche Häuser der Reihe nach abgeklappert, doch das ging jetzt nicht. Schon gar nicht mit Blacky, der jeden Passanten neugierig anschnupperte und sich mit den Hunden in den Vorgärten aufgeregte Bellduelle lieferte.

Wie üblich hatte Felix dem Dackel nach der Rückkehr Wasser und sein Fressen hingestellt. Dabei fiel ihm ein, dass er noch etwas vergessen hatte. Er steckte den Geldschein von Frau Bergfeld in den Geldbeutel, verabschiedete sich und fuhr rasch los. Es war schon recht spät, aber es konnte noch klappen.

Als sie vor ein paar Tagen über Felix' Geburtstag und die Osterferien gesprochen hatten, hatte er seiner Tante versprochen, sie am ersten Tag mit einem selbst gekochten Abendessen zu überraschen. Felix kochte gut und gerne. Doch die Reste vom Wochenende sollten es nicht sein. Der Markt auf dem Münsterplatz war um diese Zeit natürlich längst geschlossen, ebenso die wenigen Verkaufsstände in Herdern. Zu einem Discounter wollte er nicht. Doch wozu hatte er sein Motorrad?

In der Nähe der Mooswaldallee gab es einen Naturkostladen, in dem er ein paar Mal gewesen war. Er besorgte Gemüse, Salat, ein wenig Obst und zwei Putenschnitzel. Gewürze hatte er noch genug zu Hause, bei einem Bund frischem Koriander konnte er jedoch nicht widerstehen und ließ sich eine Portion einpacken.

»Was für eine wunderbare Überraschung!« Tante Veronikas Stimmung hellte sich merklich auf, als sie müde nach Hause kam und die Schuhe von den Füßen abstreifte. »Daran hatte ich gar nicht mehr gedacht.« Sie schnupperte neugierig. »Riecht gut. Exotisch. So wie ich es mag. Ich gehe mich nur noch rasch frisch machen.«

Felix schmeckte ein letztes Mal die Sauce ab, dann drehte er Hitze unter der Pfanne herunter. Er richtete den Salat an, unter den er klein geschnittene Tomaten, Radieschen und Apfelstückchen gemischt hatte, dann streute er ein paar Sonnenblumenkerne darüber. Den Tisch hatte er bereits gerichtet.

»Putengeschnetzeltes indischer Art mit Gemüse der Saison und Salat. Et voilà, lass es dir schmecken!«

Das Essen verlief ruhig. Seine Tante gehörte nicht zu denen, die nach der Arbeit alles noch einmal verbal durchkauten, was sie den Tag über erlebt hatten. Stattdessen lobte sie Felix' Kochkünste und erkundigte sich nebenbei über das, was er den Tag über gemacht hatte. Schließlich kam die Frage, auf die Felix gewartet hatte.

»Und wie war es auf der Bank?«

Seit seine Tante nach Hause gekommen war, hatte sich Felix unwohl gefühlt bei dem Gedanken, ihr von dem Inhalt des Schließfaches zu erzählen. Nicht einmal sein Onkel hatte es gewollt, dass sie über alles Bescheid wusste. Jetzt kam hinzu, dass er das Ganze als etwas sehr Intimes empfand. Besonders den Brief.

Trotzdem wurde ihm rasch klar, dass er nicht darum herumkommen würde. Er brauchte seine Tante, um noch mehr Details seiner Vergangenheit zu erfahren. Vielleicht entstand auf diese Weise ein neues Vertrauen zwischen ihnen.

»Wie soll ich es erklären?«, sagte er. »Es sind Aufzeichnungen aus der Zeit, kurz bevor er …« Er brach ab.

»Bevor er starb, meinst du?«, meinte sie.

»Du hast mir nie Näheres darüber erzählt. Es muss schlimm gewesen sein.«

»Es war schlimm. Nicht nur für ihn. Der Gedanke, meinen Mann zu verlieren, brachte mich fast um. Ich war noch jung, ich wollte nicht alleine sein.«

Felix sah, wie die Erinnerung sie erschütterte. »Es klingt makaber«, fuhr sie fort. »Aber am Ende waren wir beide fast froh, als es zu Ende ging. Zum Glück ging alles sehr schnell. Er hatte kaum Schmerzen.«

Sie stand auf und schnitt ein paar Apfelschnitze klein. Sie

stellte sie auf den Tisch und setzte sich wieder. »Aber erzähle doch von den Aufzeichnungen. Was ist es?«

Felix war froh, dass sie das Thema wechselte. Er erzählte von dem, was er bisher gelesen hatte. »Ich verstehe vieles von dem nicht, was in dem Tagebuch steht. Was hat er denn Wichtiges unternommen? Warum musste es geheim bleiben? Was hatte er mit Wölfen zu tun? Und wer ist Hansjörg Wacker?«

Seine Tante schwieg eine kleine Weile. »Na gut«, meinte sie schließlich. »Es ist wirklich an der Zeit, dass du alles erfährst. Komm, wir gehen rüber ins Wohnzimmer.«

Sie nahm den Teller mit dem Apfel, Felix holte sich aus dem Gefrierfach ein Eis und folgte ihr.

»Thomas hat jahrelang nach deinen Eltern gesucht.«

Felix hob überrascht den Kopf. »Heißt das …«

»Er hat die Hoffnung nie aufgegeben, bis zum Schluss nicht. Als der Name deiner Eltern auch nach Wochen nicht auf den Evakuierungslisten auftauchte, entschloss er sich zu handeln. Er traf Gleichgesinnte, die herausgefunden hatten, dass wohl doch nicht der ganze Schwarzwald tödlich verseucht war, wie es die Regierung verkündet hatte. Und dass es Möglichkeiten gab, in die gesperrte Zone zu gelangen.«

»Was für Möglichkeiten?« Felix war wie elektrisiert.

»Möglichkeiten eben. Das gehörte zu den Dingen, über die er mit mir nicht sprach. Auch was er dort erlebte, behielt er zum größten Teil für sich. Er wolle mich nicht hineinziehen, meinte er.« Sie stieß einen Seufzer aus. »Wahrscheinlich hatte er recht. Ich hätte mich so gern beteiligt. Aber ich bin nicht die Mutigste. Thomas hätte sich viel zu sehr um mich kümmern müssen.«

»Was hat er erreicht? Hat er herausgefunden, ob sie noch leben?«

»Das Einzige, was er mir erzählt hat, war, dass er versucht

hat, in die Nähe des Feldbergs zu kommen. Deine Eltern sind ja damals vom Zastlertal aus hochgestiegen, ehe sich ihre Spur verlor. Thomas vermutete, dass sie sich vielleicht nach Menzenschwand zum Großonkel durchgeschlagen hätten.«

»Aber warum haben sie dann nicht …« Felix spürte, wie sich seine Gefühle verwirrten.

»Wenn sie noch leben, warum haben sie dann nicht versucht, zurückzukommen? Das ist die Frage, die Thomas und mich umgetrieben hat. Und die bis heute nicht beantwortet ist.«

»Und trotzdem hat er weitergemacht.« Felix strich sich die Haare aus der Stirn. »Bis er wegen seiner Krankheit nicht mehr konnte.« Er nahm sich einen Apfelschnitz und kaute darauf herum. »Wer ist Hansjörg Wacker? Und was ist mit den Wölfen? Hat er im Schwarzwald mit Wölfen gekämpft?«

Tante Veronika schüttelte den Kopf. »Die Gruppe, in der er war, nannte sich so. Warum, weiß ich nicht. Wacker war der Einzige, von dem er manchmal erzählte. Ich nehme an, mit ihm hat er das meiste unternommen. Vielleicht war er sein Freund. Oder Vertrauter.«

»Weißt du, wo er wohnt? In dem Tagebuch stand lediglich der Name und Schlossberg. Im Freiburger Telefonbuch habe ich ihn nicht gefunden.«

»Wo er wohnt, weiß ich nicht. Sie waren damals mit den persönlichen Dingen sehr vorsichtig. Schließlich war es ungesetzlich, was sie taten.«

»Ich muss diesen Wacker finden«, rief Felix aufgeregt. »Ich muss ihn fragen. Ich muss wissen, was sie herausgefunden haben.«

Seine Tante sah ihn an. Ihr Blick wurde ernst. »Ich verstehe, was in dir vorgeht. Natürlich willst du alles wissen. Aber du solltest vernünftig bleiben. Du kannst nichts mehr tun. Es ist vorbei. Das Ganze ist jetzt über zehn Jahre her. Ich habe die Hoffnung längst aufgegeben.«

Felix sprang auf. »Aber ich nicht! Ich kann es nicht!« Tränen traten in seine Augen. »Ich will nicht vernünftig sein!«, rief er trotzig. Er rannte die Treppe hoch zu seinem Zimmer und warf sich auf das Bett und schluchzte.

*

Am nächsten Morgen wartete auf Felix eine Überraschung. Nach den Aufregungen der letzten Tage hatte er sich in der Nacht lange unruhig hin und her gewälzt und erst gegen Morgen zum Schlafen gefunden. Es war schon nach neun, als er in die Küche trat. Auf dem Tisch lag ein Blatt Papier.

»Ich habe gestern noch eine Weile recherchiert. Hansjörg Wacker wohnt am Schlossberg in Emmendingen. Ich bin mir ziemlich sicher. Liebe Grüße. P. S.: Es tut mir leid wegen gestern. Natürlich werde ich dir helfen, so gut ich kann.«

Darunter standen eine Adresse und eine Telefonnummer. Felix biss sich auf die Lippen. Warum war er nicht selbst darauf gekommen? Die Schlossbergstraße kannte er sogar. Patrick Weber, sein Klassenkamerad, der jeden Tag von Emmendingen mit dem Zug nach Freiburg kam, hatte ihn und ein paar andere aus der Klasse im letzten Jahr zu einem Ausflug auf die Hochburg eingeladen. Danach waren sie noch zu ihm nach Hause gegangen und hatten ein bisschen gefeiert.

Felix überlegte. Sollte er direkt hinfahren? Oder war es besser, zuerst anzurufen? Vielleicht war die Adresse gar nicht mehr gültig. Oder Wacker war gar nicht zu Hause.

Felix machte sich einen Tee und aß zwei Scheiben Toast mit Marmelade. Mehr schaffte er nicht. Die Aufregung hielt seinen morgendlichen Appetit in Grenzen. Er räumte Geschirr beiseite und wischte den Tisch ab. Dann zog er seine Schuhe an, warf die Jacke über und nahm Helm und Handschuhe aus dem Schrank in der Garderobe. Zum Schluss steckte er den Umschlag mit den Aufzeichnungen seines Onkels ein.

20 Minuten fuhr Felix mit seiner Maschine über die Elzbrücke nach Emmendingen. Nach zwei vergeblichen Versuchen fand er die Adresse in der Schlossbergstraße. Wackers Haus stand ein wenig versetzt am Hang. Felix läutete, doch niemand öffnete. Er versuchte es erneut, doch nichts rührte sich. Vielleicht hätte er doch zuerst anrufen sollen? Gerade als er wieder zurück zur Straße gehen wollte, hörte er einen Motor. Er ging um das Haus herum und sah einen Mann, der mit dem Rasenmäher im Garten arbeitete. Er trug Jeans und ein kariertes Hemd, das halb offen stand. Felix sah, dass es ihm schwerfiel, die Maschine den steilen Hang hochzuschieben.

Als der Mann Felix bemerkte, blieb er stehen. »Ich habe nichts bestellt!«

Felix trat auf Wacker zu und stellte sich vor. Als er seinen Namen sagte, ging ein Zucken über das Gesicht des Mannes. »Thomas. Thomas Bühler. Du bist sein Sohn?«

»Ja. Das heißt, eigentlich nicht.« Felix war unsicher, was er sagen sollte. »Hätten Sie ein paar Minuten Zeit für mich?«, fragte er höflich.

»Was willst du? Thomas ist schon lange gestorben. Und ich …« Er hielt inne und dachte einen Moment nach. Dann begann er, den Rasenmäher wieder anzuschieben.

»Es ist wichtig, bitte. Nur ein paar Minuten.«

Wacker reagierte nicht und arbeitete verbissen weiter. Felix setzte sich auf das Steinmäuerchen, das die kleine Terrasse vom Rest des Gartens trennte. Das Grundstück hinter Wackers Haus war von allen Seiten dicht mit Hecken begrenzt, die nur nach Westen den Blick auf das Rheintal freigaben.

Felix betrachtete den Mann von Weitem. Er musste um die 40 sein, sah jedoch älter aus. Sein Gesicht war braun gebrannt und von Falten überzogen. Sein Gang war langsam, nicht nur wegen des Rasenmähers. Felix bemerkte, dass er das linke Bein ein wenig nachzog.

Nach ein paar Minuten stellte Wacker den Motor ab. »Bist du jetzt sein Sohn oder nicht?«, fragte er, während er begann, das Gras zusammenzurechen.

»Ich bin bei ihm aufgewachsen. Bei ihm und seiner Frau Veronika. Meine Eltern sind vor 16 Jahren im Schwarzwald geblieben.«

Wacker blieb stehen und sah ihn an. »Was weißt du darüber?«

Felix spürte, dass er nur eine Möglichkeit hatte. Er entschloss sich, offen zu sprechen. Er erzählte von dem Vermächtnis seines Onkels, und was er in dem Brief und in den Aufzeichnungen gelesen hatte. Er zog den Umschlag hervor, nahm das Manuskript heraus und reichte es ihm. »Und ganz am Ende steht Ihr Name. Hansjörg Wacker. Sie müssen ihm viel bedeutet haben.«

Als Wacker die Schrift auf dem Papier erkannte, strafften sich seine Züge. Er nickte kaum merklich. »Komm rein.« Er führte Felix in einen Raum, der als Wohnzimmer diente. Er war klein, aber gemütlich eingerichtet. An einer hölzernen Eckbank stand ein Tisch, davor zwei Stühle. Die Wände waren mit Bücherregalen vollgestellt. Das einzige Fenster führte hinaus auf die Terrasse.

Wacker zeigte auf die Eckbank und bedeutete Felix, sich zu setzen. »Trinkst du Kaffee?« Er wartete die Antwort nicht ab, sondern verschwand in der Küche und kam nach fünf Minuten mit zwei Tassen zurück. Er schob Felix eine der beiden hin und vertiefte sich in das Manuskript.

Nach einer Viertelstunde lehnte er sich zurück. Seinen Kaffee hatte er nicht angerührt. Felix sah, wie seine Augen feucht waren. »Thomas war ein guter Freund. Er fehlt mir.«

Es berührte Felix zutiefst zu sehen, wie der Mann von den Erinnerungen überwältigt wurde. »Was ist passiert damals?«, fragte er vorsichtig. Er begann zu ahnen, dass hinter dem Tod seines Onkels mehr steckte, als er bisher wusste.

Wacker schwieg lange, so als ob er genau überlegte, was er sagen sollte. »Wir sind zu weit gegangen. Wir wurden bestraft.«

»Was heißt das? Hat Thomas den Feldberg erreicht? Hat er Spuren meiner Eltern gefunden?«

Wacker schüttelte langsam den Kopf. »Irgendwann war das nicht mehr wichtig. Es ging nur noch um das Überleben. Wir haben es geschafft. Fast. Thomas hat es nicht überlebt. Und schau mich an. Du siehst, was übrig geblieben ist.«

»Heißt das, dass Sie nicht mehr in die verbotene Zone gehen?«

»Schon lange nicht mehr. Als Thomas starb, habe ich aufgehört. Es hatte keinen Sinn mehr.«

Felix kippte den letzten Schluck Kaffee hinunter, dann fragte er: »Haben Sie ihm geholfen?«

»Ich habe ihm geholfen, und er hat mir geholfen. Uns beide haben Hoffnung und Verzweiflung vorwärtsgetrieben. Drei Jahre lang.«

»Warum wollten Sie damals in den Schwarzwald?«

Wackers Blick wurde starr. Er schien ganz in seiner Erinnerung versunken. »Der Tag, an dem die Katastrophe passiert ist, war der schlimmste Tag in meinem Leben. Das Unglück hat alles verändert.« Wacker stand auf und trat ans Fenster. Er hob den Blick und starrte durch die Lücke in den Büschen in die Ferne. »Julia. Meine einzige Tochter, mein einziges Kind.

Sie war mit ihrer Klasse für vier Tage in einem Schullandheim in der Nähe von Altglashütten. Sie hatte sich so sehr darauf gefreut, mit ihren Freundinnen die Zeit zu verbringen. Am letzten Tag fuhr meine Frau hoch, um sie und einige andere abzuholen. Ich habe beide nie wieder gesehen.«

Felix war tief betroffen. Bisher hatte er nicht realisiert, dass es außer ihm noch viele andere gab, die ein schweres Schicksal getroffen hatte. Und Hansjörg Wacker war einer von ihnen.

»Fast alle aus der Klasse wurden gerettet, auch ihre Betreuer. Nur Julia und ihre beste Freundin blieben verschwunden. Ich habe nie herausgefunden, warum. Die Lehrer und ihre Mitschülerinnen konnten sich nicht erklären, was geschehen war. Irgendwann hatten sie sie aus den Augen verloren.«

Wacker öffnete das Fenster. »Ich war völlig verzweifelt. Tagelang, wochenlang bin ich herumgeirrt, habe Leute gefragt, habe die Behörden um Hilfe gebeten. Jeden Tag habe ich gehofft, die beiden Namen auf den Listen zu finden. Und dann traf ich Thomas. Ihn und andere. Wir haben damals beschlossen, nicht länger zu warten, sondern selbst zu handeln.«

»Aber wie war das möglich?«, fragte Felix. »Es war doch alles verseucht? Und später wurde der Schwarzwald abgesperrt, damit niemand in Gefahr gerät!«

»Von Anfang an gab es von Verzweiflung Getriebene, die versuchten, in das Gebiet einzudringen. Von manchen hat man nie wieder gehört. Andere, die zurückkehrten, waren unversehrt. Oder hatten eine Strahlenbelastung, die bei Weitem nicht so bedenklich war, wie es die Regierung vorgab. Schon bald war klar, dass das, was offiziell verkündet wurde, nicht stimmen konnte. Thomas und ich lernten ein paar der Leute kennen, die mehr wussten. Eine der Gruppen nannte sich ›die Wölfe‹. Denen haben wir uns angeschlossen. So hat alles begonnen.«

»Und doch sind Sie zu weit gegangen? Also hatte die Regierung doch recht!«

Wacker drehte sich um und kam zurück an den Tisch. »Ja und Nein. Die Strahlung war das eine. Man konnte sie zwar nicht sehen, aber man wusste ungefähr, wie man damit umgehen konnte. Und es gab tatsächlich nicht wenige Gebiete, in denen man sich gefahrlos bewegen konnte.«

»Und das andere?«

»Als Erstes fiel auf, dass die Elektrizität nicht mehr wie gewohnt funktionierte. Obwohl die meisten Leitungen scheinbar intakt geblieben waren, gab es keinen Strom mehr. Kein Licht, keine Heizung, kein Radio, kein Internet. Selbst kleine, mit Akku oder Batterie betriebene Geräte fielen aus.«

»Das heißt, auch die Handys?«

»Handys, Telefone, MP3-Spieler, Armbanduhren, Taschenrechner, Kaffeemaschinen, Taschenlampen – einfach alles aus. Der Schwarzwald war mit einem Schlag zurück ins 19. Jahrhundert gefallen.«

»Wie kann das sein?«

»Offiziell haben die Behörden alles auf das Reaktorunglück und die Radioaktivität zurückgeführt. Die Kraftwerke und die Stromleitungen seien sämtlich außer Betrieb und schwer beschädigt, hieß es. Für die Batterien wusste man keine Erklärung. Aber man nahm an, dass es dafür ähnliche Gründe gab.«

»Daher hat Onkel Thomas auch keine Fotos gemacht, sondern lediglich Zeichnungen und Skizzen!«

Wacker nickte. »Das ganze Ausmaß wurde erst nach und nach bekannt. Es gab Flugzeugabstürze, weil die Bordelektrizität nicht mehr funktionierte. Drohnen fielen zu Boden, sobald sie zu weit geflogen waren. Selbst Satelliten werden während des Überflugs gestört.«

Beide schwiegen für eine Weile. Felix hatte Mühe zu begreifen, was er gerade gehört hatte. Ein schrecklicher Gedanke keimte in ihm auf. Vielleicht hatten seine Eltern versucht, jemanden anzurufen und Hilfe zu bekommen. Vielleicht wäre es möglich gewesen, sie zu retten, wenn man rechtzeitig gekommen wäre.

»Jetzt verstehe ich, warum ihr schlechte Aussichten hattet. Ein Leben ohne Strom ist kaum vorstellbar.«

Ein grimmiges Lächeln zog über Wackers Gesicht. »Wenn man verzweifelt ist, ist vieles möglich, was man sich nicht vorstellen kann. Wir haben viel erreicht. Aber …« Er strich sich mit den Fingerspitzen über die Schläfen, so als ob er Kopfweh hätte. »Aber da war noch mehr. Da war das – andere.«

»Das andere?«

Wacker stand auf und ging in die Küche. Felix hörte das Geräusch der Kaffeemaschine, dann kam Wacker mit zwei frischen Tassen zurück. »Du warst offen zu mir. Also will ich auch offen mit dir sein.« Er nippte vorsichtig an dem heißen Getränk. »Nach der Evakuierungsaktion kamen auch Tage später immer noch Menschen aus dem Schwarzwald herunter in den Breisgau. Es gab Verletzte, Kranke, auch Strahlengeschädigte, für die alle Hilfe zu spät kam. Und dann gab es diejenigen, die merkwürdige Dinge erzählten.«

»Was denn?«

»Geschichten von Gespenstern, von Bäumen, die sich fortbewegten, von Tieren, die redeten. Es war ein ziemlicher Unsinn. Natürlich dachte man, dass die Nerven der Leute überstrapaziert waren. Doch dann geschah etwas Merkwürdiges. Nachdem anfänglich alle Zeitungen davon berichtet hatten, hörten die Informationen plötzlich auf. Das heißt, nicht ganz. Es gab immer noch ab und zu Meldungen von Geflüchteten. Aber von dem anderen hörte man nichts mehr.

Stattdessen tauchten an der Grenze zum Schwarzwald überall Soldaten auf. Kurz darauf wurde der Zaun errichtet.«

»Soldaten?«, fragte Felix verwirrt. »Wozu das denn? Wer wäre denn so verrückt gewesen, freiwillig in das Katastrophengebiet zu gehen?«

Wacker griff hinter sich, öffnete eine Schublade und zog eine Packung Zigaretten heraus. Er steckte sich eine an und nahm einen tiefen Zug. »Natürlich dachten wir das auch alle. Bei allem, was man damals wusste, würde ein Betreten des Schwarzwaldes der reine Selbstmord sein. Doch allmählich wurde klar, was die Behörden damit bezweckten.« Er machte eine Pause.

»Aber wenn die Soldaten nicht den Zugang bewachen, was bewachen sie dann?«

»Natürlich machen sie das auch. Alleine schon, um das ganze Lügengebilde aufrechtzuerhalten. Aber in Wahrheit …«

Felix fiel es wie Schuppen von den Augen. »Nein! Das kann nicht sein! Das wäre ja …«

»Doch, es ist wirklich so. Die Soldaten sollen verhindern, dass jemand aus der Zone herauskommt.«

Aus dem geplanten Kurzbesuch bei Wacker waren fast zwei Stunden geworden. Auf der Heimfahrt musste Felix sich anstrengen, sich auf den Verkehr zu konzentrieren. Was er von Wacker erfahren hatte, war so unglaublich, dass seine Gedanken umhergeschleudert wurden wie Papier in einem Wirbelsturm.

Zu Hause warf er die Motorradkleidung achtlos in die Ecke und eilte in sein Zimmer. Das meiste, was Wacker ihm in der letzten halben Stunde seines Besuches erzählt hatte, hatte er nicht verstanden. Seltsame Geräusche, die die Menschen in den Wahnsinn trieben, Halluzinationen aus dem Nichts, plötzliche Lähmungen ohne ersichtlichen Grund. Es klang zu fantastisch. Am Ende war er sich nicht mehr sicher, ob er alles glauben konnte, was Wacker erzählte. Er wirkte auf ihn wie ein Getriebener, der immer wieder in seine persönliche Melancholie zurückfiel. Seinem Onkel musste es ähnlich ergangen sein. Doch Onkel Thomas lebte nicht mehr, und alles, was er von ihm hatte, waren die Aufzeichnungen.

Das Wichtigste war jedoch, dass Wacker versprochen hatte, ihm zu helfen. Er wollte sich melden, sobald er mehr wusste. »Ich habe schon lange keinen Kontakt mehr zu den Wölfen«, hatte er gesagt, »aber ich kenne schon noch ein, zwei Leute, denen ich vertrauen kann.«

Es fiel Felix schwer zu glauben, dass die Behörden den Menschen über Jahre hinweg ein falsches Bild vorgegaukelt hatten. Natürlich gab es viele Fragen, die immer wieder in der Zeitung und in den Medien auftauchten. Dabei drehte es sich vor allem um die Abriegelung des Schwarzwaldes, mit der nicht jeder einverstanden war. Doch es klang überzeugend, was die Regierung erklärte. Im letzten Jahr hatten sie sogar im Unterricht darüber gesprochen. Dabei war es in manchen Stunden hoch hergegangen, weil außer Felix noch einige andere Schülerinnen und Schüler betroffen waren. Letztlich blieben die Fakten bestehen. Die allgemeine Stimmung war, dass man sowieso nichts machen könne.

Felix fuhr den Rechner hoch und öffnete der Reihe nach einige der Links, auf die er bereits zuvor Lesezeichen gesetzt hatte. Vor allem die Bilder und Beschreibungen der Absperrung sah er sich genau an. Der Zaun sah nicht überall gleich aus. Die einfachste Variante war die, welche oberhalb von Felix' Haus den Waldweg entlang errichtet war: ein engmaschiges Gitter aus Stahlstäben, wie es beispielsweise auch bei

Absperrungen von Fabrikgelände verwendet wurde. An manchen Stellen ähnelte der Zaun stark den Lärmschutzmauern, die um die Jahrtausendwende überall im Land entlang der Eisenbahnstrecken errichtet worden waren. Alle waren zwischen drei und fünf Meter hoch und trugen am oberen Ende einen zusätzlichen Kranz aus Stacheldraht. In regelmäßigen Abständen gab es eine Art Wehrturm, wie es bereits die Römer bei ihrem germanischen Grenzwall praktiziert hatten. Um die Patrouillen wurde kein Geheimnis gemacht. Es waren in aller Regel Zweiertrupps, immer mit Hunden. Tore gab es nur wenige, meist dort, wo früher Straßen und Bahnlinien in die Schwarzwaldtäler hineingeführt hatten.

Felix betrachtete unschlüssig das Band, das er am linken Handgelenk trug. Die Oberfläche des Minidisplays glänzte matt. Keine Anzeige. Als er in der Nacht an dem Zaun gewesen war, hatte es deutlich ausgeschlagen. Die Strahlung war eine Tatsache. Oder gehörte auch dies zu dem großen Täuschungsmanöver?

Es läutete. Felix war ungehalten über die Unterbrechung. Doch es konnte der Briefträger sein, bis er seine Tour den Berg hinauf gemacht hatte, dauerte es immer bis zum Nachmittag.

»Erwischt!« Birte lachte ihn schelmisch an. »Du hast wohl geglaubt, du könntest dich verstecken. Von wegen krank!« Sie schlang ihre Arme um seinen Hals und küsste ihn auf die Nase. Felix spürte sofort das aufregende Kribbeln im Bauch, als sie ihn berührte.

»Oh, hallo! Komm doch rein.«

»Bist du allein?« Birte sah sich um. »Dann lass mich dich richtig begrüßen.« Sie zog ihn auf das Sofa und küsste ihn. Nach ein paar Augenblicken richtete sie sich auf. »He, was ist? Stimmt irgendetwas nicht?«

Felix versuchte es gar nicht erst mit Erklärungen. »Doch, doch«, stotterte er. »Du bist heute so …«

»So stürmisch? So liebenswert?« Birte schmiegte sich an ihn. »Wolltest du das sagen?«

»Ja, so in etwa.« Er war unschlüssig. Er konnte unmöglich über das sprechen, was er in den letzten drei Tagen erlebt hatte. Birte kannte ihn inzwischen aber so gut, dass sie sich nicht mit irgendwelchen Ausflüchten zufriedengeben würde.

»Du hast doch irgendetwas. Bist du etwa aufgeregt?«

»Ja, natürlich.« Das Kribbeln in Felix' Bauch breitete sich rasend schnell aus. Er zog sie zu sich heran. Seine Hand fuhr über ihre Hüfte, durch das dünne Frühlingskleid spürte er ihre Wärme.

»So ist es schon besser«, schnurrte sie und strich über Felix' wirren Haarschopf.

Sein Handy läutete.

»Lass es klingeln«, hauchte Birte. »Es gibt jetzt Wichtigeres.«

Felix schoss sofort ein Gedanke durch den Kopf. Konnte es sein, dass Wacker jetzt schon anrief? Er wollte zumindest nichts verpassen. »Ich will nur kurz schauen.« Er machte sich frei und ging zum Tisch, auf dem das Telefon lag. Die Rufnummer war unterdrückt.

»Ja?«

»Wir haben Glück.«

Er erkannte Wackers Stimme sofort. »Moment.« Felix wollte nicht, dass Birte mithörte. Er gab ihr ein Zeichen, dass es wichtig sei, und ging mit dem Handy in die Küche. »Jetzt kann ich sprechen.«

»Ich habe einen meiner alten Mitstreiter erreicht. Er ist heute noch aktiv und hat Kontakt zu den Wölfen.«

Felix' Herz begann laut zu klopfen. »Und?«

»Es hat sich vieles verändert in den letzten Jahren. Die Details erspare ich dir. Allerdings sind die meisten der üblichen Zugänge, die wir früher benutzt haben, nicht mehr zu gebrauchen. Auch die Wege im Schwarzwald haben sich offenbar verändert.«

Felix spürte einen Hoffnungsschimmer. »Hat die Strahlung abgenommen?«

»Die Radioaktivität ist nicht das Thema. Aber das andere …« Wacker brach ab. »Hör zu: Die beste Möglichkeit, ins Feldberggebiet zu gelangen, ist entlang der Elz. Das ist zwar ein großer Umweg, aber die sicherste Variante. In zwei Tagen kannst du am Titisee sein. Dort kann man dir weiterhelfen.«

»Aber wie komme ich hinein? Und wie finde ich den richtigen Weg?«

»Von Zeit zu Zeit gibt es einen Gütertransport zur Garnison im Elztal. Lebensmittel, Nahrung, Kleidung und anderes für die Soldaten. Der Zug über die alte S-Bahn-Strecke nach Elzach wird zwar ebenfalls streng kontrolliert, doch es gibt Möglichkeiten.«

»Und wann fährt der nächste Zug? Haben Sie das auch herausgefunden?«

»Morgen Nacht. Mein Kontaktmann könnte dich dort unterbringen.«

Felix schluckte. »Morgen Nacht? Das … das kommt aber plötzlich!«

»Ich weiß, das sehe ich auch so. Aber ich dachte, ich will dir gleich Bescheid geben.«

»Ich weiß nicht, ob ich das schaffe«, stotterte Felix. »Ich …, ich würde lieber noch ein paar Mal mit Ihnen reden. Wann wäre denn die nächste Gelegenheit?«

»Frühestens in zwei Monaten. Die genaue Abfahrtszeit wird dann immer spontan festgelegt. Aus Sicherheitsgründen.«

Felix dachte einen Moment nach. Zwei Monate! Er wusste nicht, ob er das so lange aushalten würde. Er zögerte. »Was würden Sie mir raten?«

»Naja.« Wacker ließ ein leichtes Seufzen hören. »Natürlich kann ich dir vieles erzählen, viele Ratschläge geben. Aber entscheiden musst du allein.«

»Bis wann müssen Sie es wissen?«

»Spätestens heute Abend.«

Heute Abend! Felix wurden die Knie weich. Damit hatte er nicht gerechnet. Das kam alles viel zu früh. Er versuchte, seine Stimme fest klingen zu lassen. »Ich melde mich.«

Nachdem er das Gespräch beendet hatte, blieb er noch einen Moment stehen und schloss die Augen. Heute Abend. Bis heute Abend sollte er über sein Schicksal entscheiden. Über ein ungewisses Schicksal.

»Was ist denn so Wichtiges?« Felix hörte Birtes Stimme aus dem Wohnzimmer. Sie klang wie aus einer anderen Welt. Einer Welt, die ihm noch bis vor wenigen Tagen als völlig normal erschienen war. Das Leben mit seiner Mutter in einem kleinen Häuschen am Rande einer schönen Stadt, die Schule, seine Freunde, seine Hobbys. Birte. Und das Motorrad, auf das er sich so lange gefreut hatte.

Das Motorrad! Er hatte eine Idee. »Wie wäre es denn mit einer kleinen Spritztour auf meiner neuen Maschine?«, fragte er, als er sich wieder zu Birte gesetzt hatte. »Draußen ist Superwetter. Wir könnten nach Breisach an den Rhein fahren und ein Eis essen gehen.«

»Du hast das Motorrad schon?« Birte setzte sich auf. »Und du hast mir nichts davon gesagt!«

»Seit Samstag. Alles hat geklappt wie geplant. Brändlin war pünktlich.«

Felix stand auf. »Du brauchst einen Helm.«

Während der Fahrt gelang es Felix, die quälenden Gedanken einigermaßen in Schach zu halten. Das Motorrad lief wie ein Uhrwerk, während sie durch die pittoresken Weindörfer am südlichen Rand des Kaiserstuhls fuhren. Birte hatte ihre Arme fest um ihn geschlungen. Es tat ihm gut, ihre Nähe zu spüren.

In Breisach fuhr er direkt zum Anlegeplatz der Ausflugsschiffe. Am Rande eines kleinen Parkplatzes fand er gerade noch so viel Platz, um die Maschine aufzubocken. »Ein Vorteil für die Zweiradfahrer«, schmunzelte er.

Das schöne Wetter und der Beginn der Ferientage hatten eine Menge Ausflügler in den Ort gelockt. Felix und Birte verzichteten darauf, sich in eines der überfüllten Cafés zu setzen. Sie holten sich stattdessen jeder eine Doppelportion Eis und setzten sich oberhalb des Rheinufers ins Gras. Der Saisonverkehr war bereits voll im Gange. Eines der weißen Rheinschiffe legte eben für eine der angebotenen Rundfahrten ab. Ein paar Möwen umflogen kreischend das offene Oberdeck, auf dem die Touristen saßen. In der Flussmitte preschte inmitten einer hoch aufschäumenden Bugwelle ein Motorboot vorüber. In dessen Schlepptau umkurvte ein Wasserskifahrer in engen Bögen die Wellenberge.

»Sieh mal, dort unten.« Birte deutete zum Eingang des kleinen Breisacher Hafens. Eine Schwanenmutter mit drei Küken paddelte vorbei. Die Wellen des Motorbootes schlugen bis zum Ufer und ließen die Vögel auf und nieder hüpfen. Die Kleinen mühten sich, mit ihrer Mutter Schritt zu halten. »Sind sie nicht süß? Und die Mutter zeigt ihnen alles, was sie wissen müssen.«

Felix erwiderte nichts. Der friedliche Anblick brachte den Gedanken an seine Eltern zurück. Ob sie überhaupt noch am Leben waren? Und wenn … konnte es sein, dass sie inzwischen sogar weitere Kinder bekommen hatten? Geschwister, von denen er überhaupt nichts wusste?

Während Birte unbefangen drauflos plauderte und ihn dazwischen mit Küssen kitzelte, spürte er, dass er tief in seinem Inneren die Entscheidung bereits getroffen hatte. Er konnte nicht länger warten. Er musste Gewissheit bekommen.

»Wer war eigentlich vorhin am Telefon?«, fragte Birte unvermittelt.

Felix wurde aus seinen Träumen gerissen. »Das war – nur meine Mutter«, sagte er gedankenschnell. »Ich soll noch etwas einkaufen.« Er verzieh sich die Notlüge, kurz nachdem er sie ausgesprochen hatte. Alles andere machte jetzt keinen Sinn. Er sah auf die Uhr. Es war schon nach fünf. Er würde Wacker anrufen, sobald er wieder zu Hause war.

»Wir sollten dann auch bald gehen«, meinte er und stand auf. Birte sah ihn überrascht an, dann zog sie ihn zurück auf die Bank. »Aber zuerst noch einen kleinen süßen Nachtisch!«

Birte wohnte zusammen mit ihrem Vater und ihrem jüngeren Bruder Leon in einem der schmucken Reihenhäuschen in Betzenhausen am Rande des Seeparks. Birtes Mutter war vor drei Jahren bei einem Autounfall ums Leben gekommen. Dass Felix wie sie als Halbwaise aufwuchs, hatte sie vor einiger Zeit nähergebracht. Manchmal hatten sie scherzhaft darüber gesprochen, wie es wäre, wenn Felix' Mutter und Birtes Vater zusammenkämen. Einmal hatte es sogar einen zaghaften Versuch gegeben, als beide einen Abend gemeinsam beim Seeparkfest verbrachten. Doch es war nichts daraus geworden.

Felix fuhr die letzten Meter im Schritttempo auf einem der schmalen Wege, die zu den Reihenhäusern führten. Birtes Vater war nicht zu Hause, er kam meist spät von der Arbeit in einem Büro bei einer Architektenfirma in Merzhausen. Dafür musste Felix die ausführliche Bewunderung seines Motorrades durch Birtes Bruder über sich ergehen lassen. Leon war ein absoluter Technikfreak. Er hatte sein E-Bike zu einer Hochleistungs-Turbo-Maschine umgebaut und wartete sehnlichst auf den Tag, an dem er den Führerschein machen durfte.

»Ich muss noch einkaufen gehen«, unterbrach Felix seinen Wortschwall. »Ein andermal mehr. Dann darfst du auch mal mitfahren.«

»Auch mal alleine?«

»Mal sehen. Wenn du brav bist.«

Birte griff Felix am Arm. »Treffen wir uns morgen?«

»Morgen wird es schwierig«, erwiderte Felix. »Ich muss einiges erledigen. Außerdem habe ich meiner Mutter versprochen, auch in den Ferien etwas für die Schule zu tun.«

Birte zog einen Schmollmund. »Du und dein Pflichtbewusstsein! Alles ist dir wichtiger als ich.«

»Das klingt ja so, als ob wir verheiratet wären«, spielte Felix den Entrüsteten. Er wusste, dass Birte es nicht ernst meinte. Doch das gehörte zu ihrem Spiel.

»Außerdem gibt es ja noch dein Geburtstagsgeschenk. Ich kann es kaum erwarten zu sehen, ob es dir gefällt.«

Felix wusste sofort, was sie meinte. Schon ein paar Mal hatten sie kurz davor gestanden, sich ganz nahe zu kommen. Doch sie waren sich stets einig gewesen, dass es nicht irgendwo im Wald oder in einem Hinterzimmer auf einer Fete sein sollte. Sie hatten geplant, dass es in diesen Ferien endlich so weit sein sollte.

»Was ist es denn?«, fragte Leon dazwischen. »Bestimmt wieder eine Einladung ins Kino. Oder sonst etwas Langweiliges.«

»Das geht dich gar nichts an, kleiner Bruder. Werde du erst einmal erwachsen.«

»So wie du! Haha, da lache ich aber.« Er wandte sich wieder dem Motorrad zu.

Felix nahm Birte in den Arm. »Ich freue mich darauf«, sagte er. Er sah ihr in die Augen. Für einen Moment überlegte er, ob er ihr alles sagen sollte. Doch er konnte es nicht. »Ich melde mich.« Er nahm Birtes Gesicht in beide Hände und küsste sie. Dann löste er sich und zog den Helm auf.

»Toller Sound!« Leon war begeistert, als Felix den Motor anließ. »Zwei Zylinder. 125 Kubik. 80 km/h.«

»Und erst ab 16!« Felix legte den Gang ein und zog den Gasgriff. Er wendete mit einer eleganten Kurve und winkte Birte zu. Er kam sich vor wie ein Schuft.

Und sein Herz war schwer wie nie zuvor.

*

Die Wohnung war leer, als Felix nach Hause kam. Dienstags ging seine Tante regelmäßig direkt von der Arbeit in ihren Pilateskurs an der Volkshochschule. Sie würde erst nach neun kommen. Zeit genug für ihn, alles vorzubereiten. Er zog die verschwitzten Motorradklamotten aus und stellte sich unter die Dusche. Dann rief er Wacker an.

»Ich habe mich entschieden. Morgen. Ich will morgen los.« Felix versuchte, seine Stimme kräftig und entschlossen wirken zu lassen. Wacker schien zu ahnen, was in ihm vorging.

»Ich weiß, dass dir das nicht leichtfällt. Aber ich habe es nicht anders erwartet. Wahrscheinlich hätte ich genauso gehandelt.«

Felix kam ein Gedanke. »Wollen Sie nicht mitkommen?«

»Nein, nein. Für mich ist es vorbei«, antwortete er. »Das Kapitel ist abgeschlossen«, sagte er leise.

»Wann geht es los?«

»Der Zug wird jetzt schon beladen. Üblicherweise fährt er erst, wenn es dunkel ist. Sobald mein Kontaktmann Genaueres weiß, werde ich dich informieren. Das kann irgendwann im Laufe des Tages sein. Dann muss es schnell gehen.«

»Und wohin muss ich kommen?«

»Zum neuen Güterbahnhof.« Felix kannte das Gelände am ehemaligen Flugplatz. Es war in den Jahren nach der Katastrophe erweitert und ausgebaut worden. Es gab dort inzwischen unzählige Lagerhallen und Werkstätten. »Es gibt dort einen abgesperrten Bereich, wo der Zug steht«, fuhr Wacker fort. »Dort wirst du eingeschleust.«

»Werden Sie auch da sein?«

»Ich hole dich ab. Nimm den Bus. Haltestelle Messe. Dort zeige ich dir, wo du hinmusst. Du wirst erwartet.«

»Aber …«

»Du bekommst genaue Instruktionen. Halte dich daran, und es wird klappen.« Felix hörte, wie Wacker sich eine Zigarette anzündete. »Ich frage dich noch einmal: Du bist wirklich entschlossen?«

Felix atmete einmal tief durch. Er spürte, dass dies der Moment der Entscheidung war. »Ja, ich bin es!«

»Dann pass gut auf. Ein paar Sachen muss ich dir noch sagen. Du wirst nicht viel mitnehmen können. Du brauchst wetterfeste Kleidung, am besten eine Jacke gegen Kälte und Nässe. Gute Schuhe. Einen Rucksack, nicht zu groß. Seife, Zahncreme, Zahnbürste. Ein Messer. Vielleicht eine Nagelschere. Nicht viel, du musst beweglich sein und darfst nur leichtes Gepäck haben. Und nimm dir etwas zu essen mit. Rechne mit etwa drei Tagen.«

»Etwas zu essen? Warum das denn?«

Wacker stieß ein kurzes Lachen aus. »Ich glaube, du hast immer noch nicht verstanden, was auf dich zukommt. Du kannst nicht einfach etwas zu essen kaufen. Es gibt keine Restaurants, Kiosks oder Ähnliches. Wahrscheinlich wirst du keinen einzigen Menschen sehen. Und übrigens: Lass dein Handy zu Hause. Es nimmt nur Platz weg.«

»Mein Handy? Aber wie kann ich …«

»Hast du es bereits wieder vergessen? Handys funktionieren nicht in der Sperrzone. Du wirst mit niemandem außerhalb Kontakt aufnehmen können.«

Felix spürte, wie sein Mut sank. Daran hatte er überhaupt nicht mehr gedacht.

»Noch eines: Hast du eine Waffe?«

»Eine Waffe? Sie meinen, ein Messer oder …«

»Komme nicht auf die Idee, eine Schusswaffe mitzunehmen. Wenn dich die Soldaten im inneren Bereich mit einer Waffe erwischen, wirst du erschossen. Außerdem wird sie dir nichts nützen. Gebrauche deinen gesunden Menschenverstand. Und sei sehr aufmerksam. Dann wird alles gut gehen. Bist du bereit dafür?«

»Ich … ich denke schon.«

»Ein Letztes: Die Skizzen und Karten deines Onkels. Inzwischen sind sie mehr als zehn Jahre alt. Manches wird noch stimmen, vieles wird sich verändert haben. Es kann gefährlich sein, sie zu benutzen.«

»Gefährlich? Warum?«

»Der Schwarzwald ändert sich andauernd. Nichts ist sicher. Ein Weg, der schon viele Male benutzt wurde, kann innerhalb von Stunden versperrt sein. Wenn du zu weit in die Irre gehst, gibt es vielleicht kein Zurück mehr. Ich kann dir jetzt nicht mehr erzählen. Ich wünsche dir viel Glück.«

Nachdem Wacker aufgelegt hatte, zwang Felix sich zur Ruhe. Er nahm Papier und einen Stift und schrieb in Stichworten das auf, was Wacker ihm gesagt hatte. Wenn es stimmte, dass er bereits morgen früh würde aufbrechen müssen, musste er heute alles vorbereiten.

Er holte aus dem Keller seinen kleinen Rucksack, den er manchmal bei seinen Radtouren benutzte. Im Badschrank fand er einen Kulturbeutel, in den er ein Stück Seife, eine kleine Tube Zahncreme, seine Zahnbürste und einen Waschlappen steckte. Er erinnerte sich, was er bei verschiedenen Campingausflügen dabeigehabt hatte. Streichhölzer, eine Kerze, eine Nagelschere. Eine Packung Kopfschmerztabletten. Die Taschenlampe legte er wieder zurück. Wenn es stimmte, was Wacker sagte, würde sie ihm nichts nützen.

Er legte alles zusammen auf den Küchentisch. Dann schaute er durch den Kühlschrank. Wacker hatte geraten, Essen für drei Tage mitzunehmen. Kochen würde er unterwegs kaum können, also beschränkte er sich auf die einfachen Dinge. Zwei große Stücke Hartkäse, eine getrocknete Salami, zwei Dosen Brotaufstrich, ein Gläschen Marmelade. Zwei Packungen Knäckebrot, ein Päckchen Zwieback. Er überlegte kurz, dann legte er eine Tafel seiner Geburtstagsschokolade dazu. Am Ende wickelte er Käse und Salami in Alufolie, steckte alles zusammen in eine Plastiktüte und legte sie zu den übrigen Sachen auf den Tisch, dazu drei Äpfel und ein paar Müsliriegel.

Alles in allem war es mehr, als er gedacht hatte. Außerdem – es kam ihm übertrieben vor, was Wacker gesagt hatte. Wenn er wirklich Hunger bekam, würde er bestimmt etwas finden. Den restlichen freien Platz im Rucksack füllte er mit Anziehsachen, zwei Unterhosen, Socken, ein zweites T-Shirt, ein Pulli. Er überlegte, ein paar zusätzliche Jeans mitzunehmen, doch sie schienen ihm zu viel Platz einzunehmen. Stattdessen packte er ein paar Shorts dazu, verschnürte alles und trug den Rucksack in sein Zimmer.

Draußen dämmerte es. Wolken zogen auf, es begann zu tröpfeln. Auf dem Nachttisch neben seinem Bett lag die Mappe mit den Unterlagen von Onkel Thomas. Langsam blätterte Felix sie durch. Gerne hätte er Wacker gefragt, was die Zeichen auf den Karten bedeuteten. Vielleicht war ja morgen noch Zeit dazu. Seltsam, dass er ihn gewarnt hatte, die Karten zu benutzen. Wie konnte sich eine Landschaft verändern? Natürlich würden die Straße und Wege nicht mehr so gut zu benutzen sein wie vor 15 Jahren. Bestimmt waren Bäume umgestürzt, vielleicht sogar Felsen abgebrochen. Doch das gab es im Schwarzwald angeblich immer wieder. Aber was meinte er damit, dass sich alles rasch änderte? Und dass es gefährlich sein könne?

Felix entschloss sich, die Aufzeichnungen mitzunehmen. Die Originale waren ihm zu kostbar. Das Beste würde sein, er gab sie seiner Tante zur Aufbewahrung. Er nahm die Mappe und legte die Seiten Stück für Stück auf die Glasplatte seines Multifunktionsdruckers. Die Kopien packte er in Klarsichtfolien aus Plastik und heftete sie in einen zweiten Ordner. Er steckte ihn in die Außentasche des Rucksacks, die Originale legte er wieder zurück.

Felix fuhr den Rechner hoch. Es war Zeit, einen Überblick zu bekommen, über das, was ihn ab morgen erwartete.

In der Schule gehörte Geografie zu Felix' Lieblingsfächern. Wenn Frau Scholz von fernen Ländern erzählte, gehörte er zu den wenigen, die interessiert zuhörten, während die meisten anderen heimlich an ihren Handys herumspielten. Es war für ihn etwas anderes, es aus ihrem Mund zu hören, anstatt einen Film im Fernsehen oder aus der Mediathek zu schauen. Sie erzählte lebendig, so als sei sie dort gewesen. Felix mochte besonders die Geschichten aus Südamerika, die Frau Scholz geschickt mit den Abenteuern der spanischen Eroberer verband. Er zog mit Cortez in das Hochland von Mexiko und ritt mit Pizzaro durch den Dschungel bis zur Urwaldfestung der Inkas. Manchmal hatte er sich gewünscht, zu jener Zeit gelebt zu haben.

Auch in der näheren Umgebung kannte Felix sich gut aus. Bis auf den Sperrbezirk um das ehemalige Elsässer Kraftwerk hatte er schon vieles erkundet auf Ausflügen mit seiner Tante, mit Freunden, mit der Schule. Jetzt, da er das Motorrad hatte, würde er …

Felix spürte plötzlich einen Kloß im Hals. Nein, er würde nicht mit dem Motorrad an den Kaiserstuhl fahren, ins Markgräflerland, hinüber ins Elsass, hoch nach Basel und zum Bodensee. Das musste er aufschieben für die Zeit, wenn er wiederkam.

Er öffnete eine Übersichtskarte des Schwarzwaldes. Er wusste sehr wenig darüber. Natürlich gab es in der Schule so etwas wie Heimatkunde, in der das Nötigste gelehrt wurde. Doch der Schwarzwald war weiter entfernt als Südamerika.

Felix versuchte sich zu orientieren. Er fand den Rhein, Freiburg und die höchsten Berge entlang der Ebene: Kandel, Schauinsland, Belchen, Blauen. Sie hatte er von Weitem alle schon gesehen. Der Feldberggipfel lag etwas versetzt Richtung Osten. Er war fast 1.500 Meter hoch. Ganz in der Nähe blau eingezeichnet der Titisee, sein Ziel für morgen. Nach einigem Suchen fand er auch das Zastlertal, das hinter dem ehemaligen Kirchzarten von Oberried aus ziemlich genau zum Feldberg hinführte. Irgendwo dort waren seine Eltern aufgestiegen. Irgendwo dort würde er seine Suche beginnen müssen.

Felix schaltete die Kartenansicht auf Verkehr um. Obwohl sie seit Jahren nicht mehr benutzt wurden, waren die Straßen und Schienen durch den Schwarzwald allesamt noch eingezeichnet. Felix fuhr auf dem Monitor mit dem Cursor die Bahnlinie entlang, auf der er morgen fahren sollte. Die Güterzugtrasse führte ein Stück parallel zur Intercitystrecke. Bei Denzlingen zweigte die Linie in einem Bogen nach Nordosten ab. Die Sperre begann bereits im vorderen Teil des Elztals, direkt hinter der Ortsgrenze von Sexau. Von dort führte die Linie zunächst nach Waldkirch, dann über Winden zur Endstation in Elzach. Es war nicht weit, wenn der Zug in normalem Tempo fuhr, würde er von Freiburg aus weniger als eine Stunde brauchen.

Hinter Elzach wurde es unübersichtlicher. Wacker hatte ihm geraten, das Flusstal nicht zu verlassen. Die Elz floss zunächst weiter nach Norden, machte dann einen scharfen Knick in die entgegengesetzte Richtung. Als nächster größerer Ort war Furtwangen eingezeichnet. Von dort schien es bis zum Titisee nicht mehr weit zu sein, doch es konnte täuschen. Felix fiel es schwer, die Entfernungen auf der Karte mit der Wirklichkeit zusammenzubringen.

Felix versuchte, die Karte auszudrucken, doch es misslang. Irgendwie kam sein Drucker mit der Webseite nicht zurecht. Nach einigem Suchen fand er eine weitere Karte im Netz, die zwar nicht so übersichtlich war, die er jedoch ohne Probleme herunterladen konnte. Er steckte sie zu den Aufzeichnungen seines Onkels in die Mappe.

In der nächsten Stunde las er alles, was er über den Feldberg und den Hochschwarzwald finden konnte. Das Gebiet hatte früher vom Tourismus gelebt. Es gab unzählige Wanderwege und Einkehrmöglichkeiten. Vor allem südlich des Feldbergs waren noch etliche große Höfe, im traditionellen Stil erbaut mit dem typisch heruntergezogenen Schwarzwalddach. Felix fragte sich, was aus den Tieren geworden war. Er hatte einmal gelesen, dass Milchkühe krank würden und sterben könnten, wenn sie nicht mehr gemolken wurden. Was war mit den Hühnern, den Ziegen, den Pferden? Und die Haustiere, die Katzen, Hunde und Meerschweinchen? Ob sie alle ihr Futter selbst fanden? Konnten sie überhaupt überleben?

Gegen 22 Uhr kam seine Tante zurück. Felix wusste immer noch nicht, was er tun sollte. Wie würde sie auf seine Pläne reagieren? Würde sie ihn verstehen, seine Entscheidung respektieren? Konnte sie nachempfinden, was es für ihn bedeutete, auf diese Reise zu gehen? Oder würde sie alles versuchen, ihn davon abzubringen? Mit Drohungen, mit Appellen, mit Tränen? Das würde er nicht aushalten. Doch was wäre, wenn er es für sich behielt? Würde sie es nicht als großen Verrat empfinden, wenn er sich einfach davonstahl?

Nachdem sie sich umgezogen und einen Tee gemacht hatte, setzte er sich zu ihr und erzählte von seinem Besuch in Emmendingen. Von der Möglichkeit, die Wacker eröffnet hatte, sagte er nichts.

»Jetzt weißt du mehr als ich«, sagte sie, nachdem er geendet hatte. »Wenn ich mir das alles so anhöre, denke ich, Thomas wollte mich schonen. Ich glaube, ich wäre mehr als einmal vor Aufregung und Sorge um ihn gestorben.« Sie stand auf und ging zum Wohnzimmerschrank. »Ich will dir etwas zeigen.« Sie kramte ein wenig herum und brachte zwei Landkarten zum Vorschein, die sie auf dem Tisch ausbreitete. »Der Südschwarzwald. Und eine Wanderkarte des Feldberggebiets. Nadja hat sie immer gerne benutzt. Es gab zwar GPS und alles Mögliche, aber die beiden haben sich bei ihren Touren gerne auf das gedruckte Papier verlassen.«

»Warst du selber auch dort?«

»Oft. Schon mit meinen Eltern, später zusammen mit Thomas. Das waren aber eher gemütliche Ausflüge, nicht so anstrengende Touren, wie sie deine Eltern gerne gemacht haben.« Sie begann von Bootsfahrten auf dem Titisee zu erzählen, von einem Ausflug in die Rothausbrauerei, wo sie die riesigen Kupferkessel besichtigten, von einem Orgelkonzert im Dom in St. Blasien.

Mit einer Mischung aus Neugier und Skepsis hörte Felix zu. Vor ihm tat sich eine Welt auf, die erst wenige Jahre zurücklag, und jetzt unwiederbringlich verloren schien. Gleichzeitig hatte er das Gefühl, dass seine Tante die inneren Kämpfe spürte, die er mit sich austrug. Es war so, als ob sie sich und ihm durch die schönen Erinnerungen Mut zusprechen würde.

Sie hielt plötzlich inne und sah ihn mit einem seltsamen Blick an. »Es ist merkwürdig. Der Schwarzwald hat mir die drei liebsten Menschen genommen, die ich hatte. Jetzt gibt es nur noch dich und mich.«

Felix rückte an sie heran und legte seinen Arm um ihre Schultern. Es kam ihm seltsam vor, dass er, der 16-Jährige, der sein ganzes Leben noch vor sich hatte, die erfahrene Frau trösten musste.

»Und das wird auch immer so bleiben«, sagte er, »ganz egal, was passieren wird.«

Wieder sah sie ihn mit einem Blick an, der tief in sein Innerstes drang. Es war, als ahnte sie, was in ihm vorging und was er vorhatte. Erneut stand sie auf. Dieses Mal ging sie in ihr Schlafzimmer und kam mit einer kleinen Schatulle zurück.

»Ich habe etwas für dich.« Sie zog ein dünnes Kettchen heraus, an dem ein kleiner Anhänger baumelte. Ein winziges silbernes Segelschiff. »Es ist nichts Besonderes, hat auch nicht viel gekostet. Nadja und ich haben es in einem Laden in Überlingen entdeckt. Wir haben beide eines gekauft und die Goldschmiedin hat hinten unsere Initialen eingraviert.« Sie drehte es um. »N.B.«, las Felix. Die fein ziselierten Buchstaben waren deutlich zu erkennen. »Nadja Bühler. Dann haben wir es uns gegenseitig umgehängt. Ich weiß noch, wie unsere Männer den Kopf geschüttelt haben. Aber wir haben viel gelacht dabei.«

Sie legte das Kettchen um Felix' Hals und drückte den Verschluss zu. »So! Und jetzt gehört es dir.«

»Ja, aber …« Felix wollte protestieren, doch sie legte den Finger auf seine Lippen.

»Ich weiß, wie schwer es für dich ist. Vor allem, nachdem du das alles erfahren hast. Aber jetzt hast du wenigstens ein etwas von ihr.«

Felix betastete den kleinen Anhänger. Es war, als ob aus weiter Ferne für einen winzigen Moment das Gesicht wieder auftauchte, das er in seinem Traum gesehen hatte. »Danke«, stammelte er. »Ich weiß nicht, was ich sagen soll.«

»Das musst du auch nicht.« Die Frau legte ihre Hand auf seine Wange. Wieder sah sie ihn lange an.

Sie wusste es! Es konnte gar nicht anders sein! Felix rang nach Worten. »Weißt du … Ich habe …«

»Du wirst müde sein nach all den Aufregungen.« Seine Tante stand auf. »Ebenso wie ich. Es war ein langer Tag, ich gehe ins Bett.«

Felix fiel ein Stein vom Herzen. Ob sie es geahnt hatte oder nicht – sie hatte ihm die Entscheidung abgenommen. Er sah ihr nach, wie sie in ihr Zimmer ging. Gleich würde er das vertraute Geräusch der Dusche hören, danach etwas leise Musik. Sie hörte vor dem Schlafengehen immer Radio, um den Tag ausklingen zu lassen. Es war wie immer. Doch es würde nie wieder so sein.

Felix faltete die beiden Karten zusammen und nahm sie mit in sein Zimmer. Er zog sich aus und legte sich aufs Bett. Sein Blick schweifte durch den Raum, der in den letzten Jahren sein Zuhause gewesen war. Die Bücherregale, die Stereoanlage, die Plattensammlung. Die Poster an der Wand, der selbst gebaute Stellkasten, in dem er seine Erinnerungen aufbewahrte. Er wusste nicht, ob er sein Zimmer jemals wiedersehen würde. Wo würde er morgen Abend um diese Zeit sein? Mit unruhigen Gedanken schlief er ein.

Als Felix aufwachte zeigte die Digitalanzeige auf seinem Handy 3.46 Uhr. Draußen war es noch dunkel, die Straßenlaternen waren ausgeschaltet.

Er hatte Durst. Normalerweise hatte er neben seinem Bett eine Flasche Wasser stehen. Doch sie war leer, und gestern hatte er in der Aufregung vergessen, sie auszutauschen. Felix stand auf und ging barfuß leise die Treppe hinunter. Er nahm eine Flasche Mineralwasser aus dem Kühlschrank und trank in gierigen Zügen. Es war vollkommen still im Haus. Ehe er wieder nach oben ging, fiel sein Blick auf die Tür zum Zimmer seiner Tante. Sie stand wie immer halb offen. Einer plötzlichen Eingebung folgend, trat er näher. Eine leise Scheu überfiel ihn. Seit seinen Kindertagen war er nicht mehr nachts im Zimmer seiner Tante gewesen. Dennoch drückte er die Tür ein wenig weiter auf. Tante Veronika lag auf der Seite, ein kleines Kissen im Arm, und schlief tief und fest. Als Felix einen Schritt vorwärts trat, drehte sie sich mit einem Seufzer auf den Rücken. Er erschrak, doch sie schlief weiter. Das Flurlicht fiel auf ihr Gesicht. Felix betrachtete die schönen Züge, die schmale Nase, die Stirn und die Wangen, auf denen sich die Sorgen der letzten Jahre abzeichneten und sich mit ihren Lachfältchen vermengten.

Felix prägte sich diesen Anblick ein. Ob er sie jemals wiedersehen würde? Er spürte eine Woge der Dankbarkeit in sich emporsteigen. Sie war nicht seine Mutter. Und doch war sie es, sein ganzes Leben lang. Sie hatte alles für ihn gegeben.

Er hoffte inständig, dass sie sein Verschwinden als das nehmen konnte, was es war.

Felix wollte sie nicht weiter stören. Er führte die Fingerspitzen der rechten Hand zum Mund und schickte ihr einen Kuss. Dann drehte er sich um, löschte das Licht im Flur und ging nach oben.

*

Am späten Nachmittag des nächsten Tages bestieg Felix die Straßenbahn an der Haltestelle Habsburgerstraße. Um die Mittagszeit hatte Wacker endlich angerufen. »Ab 19 Uhr am Flugplatzeingang der Neuen Messe. Dort wirst du abgeholt. Es kann aber sein, dass es eine Weile dauert.«

»Wie werde ich erkennen, wer der Richtige ist?«

»Gar nicht. Er wird dich erkennen.«

Felix wollte es nicht darauf ankommen lassen. Bereits am Vormittag hatte er den Inhalt des Rucksacks noch einmal überprüft und dann zusammengepackt. Deutlich länger hatte es gedauert, ein paar Zeilen für seine Tante zu formulieren. Er brauchte drei Anläufe, bis ihm ein paar wenige Sätze einfielen. Alles, was er jetzt zu ihr sagte, schien ihm falsch. Schließlich schrieb er lediglich: »Ich gehe in den Schwarzwald, Mama und Papa suchen. Danke für alles. Felix.« Kurz bevor er das Papier zusammenfaltete, fügte er noch ein »dein« vor seinem Namen ein.

Das Herz klopfte ihm, als er das Papier auf den Küchentisch legte. Er hätte es nicht ertragen, sie heute noch einmal zu sehen, sosehr er es sich wünschte.

Kurz vor sechs stieg er an der Haltestelle Freiburger Westen aus. Er sah sich um. Auf der linken Seite dehnte sich das Flugplatzareal aus, ein Stück dahinter glänzten die Sonnenkollektoren auf dem Dach des neuen Fußballstadions. Rechts von ihm erstreckte sich der Parkplatz der Freiburger Messe, eine riesige freie Fläche, auf der jedoch im Moment nur wenige Fahrzeuge standen. Der Platz war eingezäunt, Felix musste ein paar Schritte die Straße entlanglaufen, bis er zu dem Eingang kam, den Wacker genannt hatte. Die Kassenhäuschen am Fuße der Treppe, die zu den Messehallen hochführte, waren geschlossen und mit Plakaten beklebt. Ein paar Fahrräder lehnten am Zaun.

Felix sah auf die Uhr, er hatte noch über eine Stunde Zeit. Er suchte sich einen Platz aus, an dem er sitzen und alles im Auge behalten konnte.

Der Tag neigte sich bereits wieder dem Ende zu. Im Westen zeigte sich die Aprilsonne ein letztes Mal, ehe sie hinter den Bäumen im Mooswald unterging. Sofort wurde es merklich kühler. Felix zog seine Kapuzenjacke fester um sich. Er wunderte sich, dass Wacker nichts von Schutzkleidung gesagt hatte. Er tröstete sich mit dem Gedanken, dass der für ihn vorgesehene Weg keine Gefahr in sich barg. Doch was war, wenn etwas dazwischenkam? Wenn er die Route verlassen musste?

Felix stand auf und ging ein paar Schritte hin und her. Immer wieder blickte er in Richtung des Güterbahnhofs, der sich hinter den Messehallen ausbreitete. Noch 20 Minuten.

Er bemerkte den Mann erst, als er aus dem Schatten des Kassenhäuschens trat. Felix hob die Hand, um ihn zu begrüßen. Doch der andere reagierte nicht. Er blieb am Fuße der Treppe stehen.

Felix wurde unsicher. Wer war der Unbekannte? Warum blieb er hier stehen?

Der Mann zeigte keine Reaktion. Er griff in seine Tasche, holte eine Packung Zigaretten heraus und zündete sich eine an. Für einen kurzen Moment konnte Felix sein Gesicht erkennen. Der Mann war etwa Mitte 20. Er hatte kurze, blonde Haare und war schlecht rasiert. Erst jetzt sah Felix, dass er wie er einen kleinen Rucksack auf dem Rücken trug.

Felix trat auf den Mann zu. »Wartest du auch?« Er streckte die Hand aus. »Ich bin Felix.«

Der andere ergriff die Hand nicht. »Sehr interessant. Und dabei wollen wir es auch belassen.« Er sah auf die Uhr, dann nahm er einen weiteren Zug und wandte sich ab.

Freundlich war das nicht gerade. Wenigstens schien er nicht zum Sicherheitspersonal zu gehören. Felix setzte sich wieder. Es wurde rasch dunkel. Entlang der Berliner Straße flammten die Laternen auf. Das Messegelände blieb unbeleuchtet. Dagegen hob sich dahinter der hell erleuchtete Güterbahnhof ab.

Eine weitere halbe Stunde später erschien Wacker. Felix war erleichtert. »Ich dachte schon, es klappt nicht mehr.«

»Wir mussten kurzfristig umplanen«, erwiderte Wacker. »Aber keine Sorge«, fügte er rasch hinzu, als er Felix' enttäuschten Blick sah. »Ich sagte dir doch, dass sich jederzeit etwas ändern kann.« Er deutete auf den Unbekannten, der immer noch regungslos an seinem Platz verharrte. »Außerdem ist noch jemand dazugekommen.« Er winkte den Mann zu sich. »Das ist Bruno. Ihr werdet zusammen gehen.« Bruno machte auch jetzt keine Anstalten, Felix zu begrüßen.

»Wirst du … wollen Sie auch nach Elzach?« Bruno schwieg und zündete sich eine weitere Zigarette an.

»Ist das einer deiner Wölfe?«, raunte Felix zu Wacker.

»Nein, ist er nicht. Und du brauchst auch nicht mehr zu wissen. Es ist besser so.« Er sah auf die Uhr. »Halb acht. Es ist Zeit.« Ohne ein weiteres Wort wandte er sich um und trat an den Eingang des Messegeländes. Er zog einen Schlüssel hervor und öffnete die Tür. »Rasch jetzt. Und von nun an werden wir eng zusammenbleiben.«

Wacker schloss die Tür wieder hinter sich zu. »Dorthin.« Er deutete auf einen schmalen Durchgang zwischen der großen Messehalle und einem der Werkstattgebäude. Auch hier gab es eine Tür, für die Wacker einen Schlüssel hatte. Sie huschten die Außenmauer der Halle entlang, bis sie zum hinteren Parkplatz kamen. Dieser war normalerweise für Zulieferer und Techniker reserviert. Heute war er wie der große Platz vor der Halle leer.

Sie hielten sich weiter im Schatten des Gebäudes. Dann überquerten sie die Straße. Ein paar Schritte weiter begann das Bahngelände. Es war von einem drei Meter hohen Zaun umgeben, der Felix an die Sperre erinnerte, an der er kürzlich im Wald aufgegriffen worden war. Unwillkürlich tastete er nach seinem Armband.

Von Weitem sah er den hell erleuchteten Eingang, der mit einem stählernen Schiebetor gesichert war. Einige Schritte davor war ein Schlagbaum heruntergelassen.

»Wie sollen wir hier hineinkommen?«, fragte er.

»Nicht hier«, antwortete Wacker knapp. »Da entlang.« Wacker und Bruno wandten sich nach rechts, Felix folgte dicht dahinter. Nach etwa 200 Metern kamen sie an eine zweite Einfahrt. Sie war deutlich schmaler als der Haupteingang, auch gab es keine Schranke. Auf der gegenüberliegenden Seite des Zaunes standen ein paar Lagerhallen ohne Fenster. Beim Näherkommen sah Felix, dass neben dem Flügeltor eine kleine Tür war. Niemand war zu sehen.

Wacker sah auf seine Uhr und ließ den Blick auf beiden Seiten den Zaun entlangwandern. »Alles läuft nach Plan«, nickte er befriedigt. »Trotzdem, macht rasch, die Wache kann jederzeit kommen.«

Er trat an die Absperrung, steckte eine Chipkarte in ein kleines Kästchen und tippte ein paar Zahlen. Im nächsten Moment sprang die Tür auf. »Haltet euch hinter den Lagerhallen. Falls ihr jemanden bemerkt, versteckt euch.«

»Und dann?«, fragte Felix aufgeregt.

Wacker wies mit dem Finger auf eine Stelle hinter der dritten Lagerhalle. Dort leuchtete es besonders hell. »Wartet, bis die Innenpatrouille vorüber ist. Es gibt einen zweiten Zaun mit einer Tür. Die Tür ist nur angelehnt.«

»Warum …«

»Frag nicht. Je weniger du weißt, desto besser.« Wacker griff in seine Jacke und zog eine kleine kompakte Tasche heraus. Er drückte sie Felix in die Hand. »Hier nimm. Das hat einmal deinem Vater gehört.« Dann schob er Felix durch die Tür, wandte sich um und zog sie hinter sich zu.

Felix blickte ihm erschrocken nach. »Kommst du nicht mit?«

Wacker ging nicht darauf ein. »Sobald ihr im Innenbereich seid, werdet ihr den Zug sehen. Bruno kennt den Wagen. Halte dich immer dicht an ihn und tue, was er sagt. Dann wird alles gut gehen.« Er hob die Hand zum Abschied. »Ich wünsche dir viel Glück«, sagte er leise. Dann wandte er sich ab und verschwand im Schatten der Messehalle.

»Los jetzt«, knurrte Bruno. »Wir dürfen keine Zeit verlieren.« Mit raschen Schritten huschte er in den Schatten der nächstgelegenen Lagerhalle. Felix folgte ihm.

Bruno öffnete eine kleine Tür, die Felix zuvor nicht bemerkt hatte. »Hier herein, rasch.« Bruno schien sich hier bestens auszukennen. Felix verzichtete jedoch darauf, ihn zu fragen. Stattdessen mühte er sich, dicht hinter ihm zu bleiben.

Im Inneren der Halle gab es nur ein paar wenige Neonröhren, die ein spärliches Licht verbreiteten. Überall standen Kisten, kleine Container und Paletten. Daneben standen gefüllte Plastiksäcke ohne Aufschrift, Kisten mit Wasserflaschen und eine Reihe Aluminiumfässer, deren Inhalt Felix nur erahnen konnte.

Sie durchquerten die Lagerhalle der Länge nach, bis sie zur Eingangstür kamen. Bruno schob sie so weit auf, dass er hinausschauen konnte. »Keiner da«, flüsterte er. »Jetzt weiter.«

Sie huschten über einen kleinen Hof und kamen zu einer zweiten Halle. Auch hier türmten sich alle möglichen Vorräte. Die dritte Halle schien eine Art Ersatzteillager für die Eisenbahn zu sein. Jede Menge Räder und Schienenteile lagen herum. Daneben gab es große und kleine Metallkessel, Türen, Puffer, hölzerne Schienenschwellen, dazu Eimer, Schaufeln und Metallwerkzeuge in allen erdenklichen Größen und Formen. An der Längsseite standen nebeneinander Tische mit Kleinwerkzeug, Schachteln voller Schrauben, Muttern und Nägeln, Dosen mit Klebstoff, Schmirgelpapier, eiserne Ketten.

»Ein Amboss!« Felix sah erstaunt auf das große Metallwerkzeug. »Sind wir hier im Museum gelandet?«

Bruno antwortete nicht. Stattdessen griff er Felix unvermittelt am Arm und zog ihn hinter ein hohes Regal, dessen untere Bretter mit riesigen Rollen von Stoff, Papier und Teerpappe gefüllt waren.

Vom Eingangstor her näherten sich Stimmen. Felix presste sich dicht an das Regal. Durch die Zwischenräume sah er zwei Männer. Sie trugen dunkelblaue Arbeitsoveralls. Ihre Gesichter konnte er nicht erkennen.

»Was die immer wollen. Jetzt noch ein Wagen dazu.« Die Stimme klang ärgerlich.

»Und Aufladen natürlich.« Die zweite Stimme klang ebenso mürrisch. »Und an wem bleibt wieder alles hängen?«

Die beiden Männer machten sich an einem der Regale zu schaffen. Kurze Zeit später hörte Felix das leise Brummen eines Gabelstaplers.

»Verdammter Mist!«, knurrte Bruno. Felix sah überrascht zu seinem Gefährten, der die ganze Zeit über geschwiegen hatte. »Wir sollten längst an Bord sein.«

Es dauerte etwa eine halbe Stunde, bis das Geräusch des Gabelstaplers verstummte. Felix hörte, wie sich die beiden Arbeiter eine Zigarette anzündeten und brummelnd Richtung Ausgang verschwanden. Kurz darauf war es völlig still.

Bruno legte den Zeigefinger auf die Lippen und bedeutete Felix, sich ruhig zu verhalten. Ein paar Atemzüge später ging er auf Zehenspitzen das Regal entlang und schob vorsichtig den Kopf nach vorn.

»Los jetzt, schnell!«

Felix löste sich aus seiner Erstarrung und folgte Bruno, der jetzt mit raschen Schritten zum Hallenausgang lief. Erst jetzt bemerkte Felix, dass der ganzen Länge der Halle nach in den Boden Eisenbahnschienen verlegt waren. Es schien sich also um eine Mischung aus Montagehalle und Magazin zu handeln.

Bruno hatte bereits die Seitentür geöffnet und schaute hinaus. Felix trat neben ihn. Er traute seinen Augen nicht.

Vor sich sah er eine alte Dampflok. Sie besaß einen riesigen Kessel, aus dessen Schornstein zischend weiße Wolken emporstiegen. Der beißende Geruch von Kohle und heißem Dampf lag in der Luft.

»Unser Luxuszug«, raunte Bruno. »Platzkarten gibt es keine.«

»Aber warum …« Felix deutete auf die Lok.

»Es gibt keine andere Möglichkeit. Jede moderne Lokomotive würde in der Zone nicht funktionieren. Ich dachte, man hätte dich darüber informiert.« Bruno wirkte unwillig. Felix hatte den Eindruck, dass er nervös wurde.

»Schon«, sagte er. Er erinnerte sich an das, was Wacker erzählt hatte. Keine Elektrizität. Keine elektrischen Geräte. »Ich wusste nicht, dass es so schlimm sein würde. Wacker meinte …«

»Keine Namen!«, fuhr Bruno dazwischen. »Außerdem – jetzt halte dich bereit.«

Felix konnte von Weitem den Lokführer im Führerhaus erkennen. Ein zweiter Mann stieg soeben die kleine Metallleiter zu ihm hoch. Sonst war niemand zu sehen. Die beiden Arbeiter, die den Wagen beladen hatten, waren verschwunden.

»Es ist der Waggon direkt hinter der Lokomotive«, flüsterte Bruno. »Wir müssen um den Zug herum auf die andere Seite. Die Notluke ist offen. Dort steigen wir ein.«

Er blickte rasch nach allen Seiten, dann lief er geduckt los. Felix sprintete hinterher. Nach wenigen Schritten hatten sie die Güterwägen erreicht. Sie krochen über die Schienen darunter hindurch auf die andere Seite. Von dort kletterten sie von den Puffern am Ende des ersten Wagens über eine schmale Leiter nach oben. Unter dem Dach erkannte Felix im Halbdunkel einen Metallriegel. Bruno schob ihn beiseite, eine Luke öffnete sich.

»Hier hinein, rasch!« Bruno zog Felix am Arm nach oben. »Innen an der Wand ist eine Leiter.« Es war zu spät. Im selben Moment, nachdem Felix durch das Loch gekrochen war, verlor er die Orientierung. Seine Hände griffen ins Leere, er fiel nach unten.

»Aua!«, entfuhr es ihm. Er war mit dem linken Schienbein an etwas Hartes gestoßen. Ein heftiger Schmerz durchzuckte ihn. Gleich darauf erschien Bruno in der Öffnung. »Bist du verrückt?«, zischte er. »Willst du, dass man uns hört?«

Felix biss die Zähne zusammen. Er spürte, wie ihm die Tränen in die Augen schossen. Doch durfte er jetzt nicht als Weichei dastehen. Er kauerte auf dem Boden und versuchte, sich in dem Dunkel zu orientieren.

Sekunden später hörte er, wie Bruno sich neben ihm auf den Boden herabließ. Kurz darauf flammte der Lichtkegel einer Taschenlampe auf.

»Ich dachte, das funktioniert nicht«, meinte Felix. Er dachte an seine eigene Taschenlampe, die er zuhause gelassen hatte.

»Hier schon«, gab Bruno lakonisch zur Antwort. »Noch sind wir nicht drinnen.« Er zog seine Jacke aus und setzte sich auf einen der an der Wand lehnenden Jutesäcke. »Mach es dir bequem. Hier haben wir unsere Ruhe. Vorläufig.«

Er knipste die Taschenlampe wieder aus, ohne auf seinen Gefährten Rücksicht zu nehmen. Felix blieb auf dem Boden sitzen. Vorsichtig tastete er nach seinem Bein. Seine Fingerspitzen spürten etwas Feuchtes. Er blutete. Ein Heftpflaster! Er wusste, dass er etwas vergessen hatte.

»Hast du ein Heftpflaster?« Wie schon die meiste Zeit zuvor bekam er keine Antwort. Vorsichtig wickelte er das Hosenbein nach oben. In seiner Jackentasche fand er eine Packung Papiertaschentücher. Er zog zwei davon heraus. Wieder durchzuckte ihn der Schmerz, als er sie auf die Wunde presste. Es blieb ihm nichts anderes übrig, die Blutung musste gestillt werden.

Als sich seine Augen an das Dunkel gewöhnt hatten, sah Felix, dass es nicht stockfinster in dem Wagen war. Durch schmale Ritzen fiel ein wenig Licht von außen herein. Es musste von den Scheinwerfern stammen, die überall diesen Bereich des Güterbahnhofs erhellten.

Der Wagen hatte etwa die Größe eines Wohnzimmers. Direkt unterhalb ihres Einstiegs stand eine hüfthohe Holzkiste, auf deren Kante er sich beim Herunterspringen aufgeschlagen hatte. Daneben sah Felix weitere Kisten in allen möglichen Größen, dazu die Säcke, auf denen es sich Bruno bequem gemacht hatte. Direkt hinter der Schiebetür lagen mehrere Rollen, deren Zweck Felix nicht erkennen konnte.

»Bleib weg von der Tür!« Die Stimme von Bruno hatte einen unüberhörbaren Befehlston. »Verdrücke dich lieber in eine Ecke. Man weiß nie, ob es noch eine Kontrolle gibt.«

Felix tastete sich zurück. Neben den Kisten fand er eine Art Wanne, mit einer Decke darin. Er zog seinen Rucksack herunter und setzte sich hinein.

In dem spärlichen Licht erkannte er auf seiner Armbanduhr, dass es kurz vor neun war. Seit dem Treffen mit Wacker am Messeeingang waren fast zwei Stunden vergangen.

»Wann fahren wir los?«

»In drei Tagen«, gab Bruno mürrisch zur Antwort. Felix hob den Kopf. »Oder in drei Minuten. Keiner weiß es. Und jetzt halte die Klappe und frag nicht so viel.«

Felix sah ein, dass er geduldig sein musste. Tausend Gedanken schossen ihm durch den Kopf. Was war, wenn der Zug wirklich noch länger stehen würde? Etwas zu essen hatte er dabei. Doch was war, wenn er aufs Klo musste?

Von draußen hörte er die Stimmen zweier Männer, die langsam näher kamen. Felix erschrak. Was war, wenn es tatsächlich noch eine Kontrolle gab? Blieb ihm eine Möglichkeit zu entkommen?

Doch seine Sorge war unbegründet. Die Männer gingen an dem Wagen vorbei, die Stimmen entfernten sich rasch.

Die schummrige Dunkelheit und das gleichmäßige Zischen der Dampflokomotive ließen ihn allmählich zur Ruhe kommen. Der Schmerz in seinem Bein klang ab. Wieder sah Felix auf die Uhr. Ob sie ihm überhaupt etwas nützen würde? Er war gar nicht auf die Idee gekommen, sie zu Hause zu lassen.

Zu Hause. Tante Veronika musste seinen Abschiedsbrief längst gefunden haben. Wie es ihr wohl jetzt ging? »Nicht traurig sein«, flüsterte er. »Du wirst mich verstehen. Du musst.«

Felix war halb eingenickt, als plötzlich ein Ruck durch den Wagen ging. Der Kessel zischte ein paar Mal und ging dann in ein rhythmisches Auf und Ab. Der Zug setzte sich in Bewegung!

Felix konnte nur ahnen, wie schnell sie fuhren. Er sah zu Bruno hinüber. Sein Begleiter blickte durch einen winzigen Spalt nach draußen.

»Wo sind wir?«, fragte Felix. »Siehst du etwas?«

»Gundelfingen«, antwortete Bruno knapp. Das Stampfen der Lokomotive war jetzt so laut, dass Felix ihn kaum verstand. »Noch ein paar Minuten bis Denzlingen. Dann wird es spannend.«

»Was meinst du?«

»Kurz hinter Denzlingen beginnt die frühere Elztalstrecke. Dort zweigen wir ab. Und dann kommt der Zaun. Ich hoffe, wir haben Glück.«

»Was kann passieren?«

»Passieren?« Aus Brunos Ecke kam ein Lachen. »Was passieren kann? Wenn wir Pech haben, durchkämmen sie noch einmal den ganzen Zug. Dann sind wir erledigt. Aus und vorbei. Auf mich wartet der Knast. Mich kennen sie. Bei dir werden sie nicht lange fackeln.«

Felix brach der Schweiß aus. »Was heißt das?«

Bruno antwortete nicht. Felix tastete unwillkürlich nach dem Kettchen, dass er um den Hals trug. Das kleine Medaillon war angenehm kühl. Vor seinem inneren Auge tauchte das Bild seiner Tante auf, wie er sie schlafend auf dem Bett zurückgelassen hatte. Sie vertraute ihm. Doch jetzt war er allein, und er musste seinen Weg ohne ihre Hilfe finden.

Das rhythmische Stampfen des Zuges wurde jetzt langsamer. Felix ahnte, dass sie sich dem Zaun näherten, der das Elztal absperrte. Ein paar Augenblicke später kam der Zug zum Stillstand. Durch die Ritzen in der Wand drang Licht herein. Es mussten die Scheinwerfer sein, die diesen Kontrollpunkt in der Nacht erleuchteten. Durch das Keuchen der Lokomotive hörte Felix Stimmen, die vom Führerstand aus beantwortet wurden. Lachen ertönte. Plötzlich hörte er das Geräusch von Stiefeln direkt neben dem Wagen. Felix erschrak und drückte sich unwillkürlich noch weiter in die Ecke. Er spürte, wie ihm der Schweiß ausbrach. Von außen rüttelte jemand an der Tür.

»Alles ist zu, alles ist in Ordnung.« Die Stiefel entfernten sich. Noch einmal wurden ein paar Worte mit den Lokführern gewechselt. Dann ertönte ein schriller Pfiff. Ein Ruck, und der Zug setzte sich langsam wieder in Bewegung.

Mit einem Seufzer ließ Felix den Kopf nach hinten an die Wand sinken. Sein Herz klopfte immer noch vor Aufregung. »Bruno?« Keine Antwort. »Bruno, kann ich dich etwas fragen?« Aus der Ecke seines Begleiters kam ein undefinierbares Brummen.

»Jetzt kannst du es mir ja sagen. Was wäre geschehen, wenn sie uns gefunden hätten?«

Bruno antwortete nicht gleich. »Um ehrlich zu sein, ich weiß es nicht«, antwortete er schließlich. »Ich hatte bisher jedes Mal Glück. Besser gesagt, es war immer sorgfältig vorbereitet.«

»Was heißt das? Was hätten wir denn tun können?«

»Tun können?« Zum ersten Mal hörte Felix Bruno lachen. »Wir hätten gar nichts tun können. Du hast keine Chance. Aber ich wusste, dass sie nicht reinkommen.«

Felix war verwirrt. »Du wusstest es?« Er spürte, wie der Zorn in ihm aufstieg. »Woher? Und warum hast du mir nichts gesagt? Ich hatte eine Scheißangst.«

Wieder hörte Felix aus der Ecke ein Lachen. »Glaubst du im Ernst, ich würde mich auf so etwas einlassen? Dafür ist mir mein Leben zu schade. Mit Glück hat das nichts zu tun.«

Allmählich dämmerte Felix, was er meinte. »Bestechung! Ihr habt im Voraus dafür gesorgt, dass wir nicht kontrolliert werden!«

»Frag nicht so viel. Je weniger du weißt, desto besser. Und jetzt halt die Klappe. Am besten du schläfst eine Runde. Es dauert noch mindestens eine Stunde, bis wir ankommen. Dann musst du hellwach sein.«

Felix schwieg. Er ärgerte sich über sich selbst. Wie konnte er nur so naiv sein zu glauben, dass man sich irgendwie in die Sperrzone einschmuggeln könnte. Wacker wusste genau, was er tat. Er hätte ihn nie auf eine solch gefährliche Unternehmung geschickt. Bruno hatte das Ganze wohl schon öfters gemacht. Es musste ein verborgenes Netzwerk geben, das es ermöglichte, für ihre Zwecke Schlupflöcher zu finden.

Felix streifte den linken Ärmel seiner Kapuzenjacke hoch und sah auf das schmale Bändchen, das er trug, seit er denken konnte. Zum letzten Mal hatte es die gefährlichen Strahlen angezeigt, als er am Zaun von der Patrouille gestellt worden war. Das Display zeigte wie erwartet nichts an. Gerade jetzt wäre der Sensor sehr nützlich gewesen. Es blieb ihm nur die Hoffnung, dass Bruno alle gefährlichen Stellen kannte.

*

Sie waren kaum mehr als zehn Minuten gefahren, als sich das Geräusch der Lokomotive erneut änderte. Der Zug verlor an Fahrt. Gleichzeitig bemerkte Felix, wie Bruno aufgestanden war und sein Gesicht dicht an einen Spalt in der Wagentür presste.

»Was ist los? Halten wir wieder?« Obwohl er kaum etwas sah, bemerkte er, wie Bruno unruhig wurde. »Gibt es noch eine Kontrolle?«

Der Zug bremste jetzt ruckartig. Die Räder quietschten auf den Gleisen. Durch die Ritzen im Waggon drang der Kesseldampf der Lokomotive.

»Da stimmt etwas nicht! Bewege dich nicht, kein Wort!«

Wie beim Halt zuvor ertönten Stimmen. Doch dieses Mal war es anders. Laute Schreie hallten durch die Nacht. Befehle wurden gegeben. Vom Zugende her hörte Felix Hundegebell.

»Verflucht!« Bruno huschte zu seiner Decke zurück und griff seinen Rucksack. »Nimm dein Zeug und komm. Schnell! Vielleicht haben wir noch eine Chance.« Er begann, die Leiter zu der kleinen Luke emporzuklettern.

Felix brauchte nur einen Moment, um sich aus seiner Erstarrung zu lösen. Er zog den Reißverschluss seiner Jacke zu und warf sich sein Gepäck über die Schulter. »Was ist los?«, fragte er. Bruno hatte die kleine Tür geöffnet und schob den Kopf hinaus. In Sekundenschnelle kletterte er hinaus und war im nächsten Moment verschwunden. Felix achtete nicht auf sein schmerzendes Bein. Er kletterte hinterher, so rasch er konnte.

Die Wachen hatten den Stopp gut gewählt. Vom Dach des Wagens aus sah Felix einen Bahnsteig unter sich, dahinter ein lang gestrecktes Gebäude. Er war zwar noch nie hier gewesen, doch es gab nur eine Möglichkeit. Der Waldkircher Bahnhof!, schoss es ihm durch den Kopf. Er musste es sein. Hinter dem Gebäude konnte er schemenhaft die Häuser der Stadt erkennen.

Der freie Platz hinter dem Bahnhofsgebäude war ebenso wie der Bahnsteig vom Flackern der Laternen erhellt. Von allen Seiten näherten sich Soldaten. Bruno war nirgendwo zu sehen. Felix blickte sich rasch um. Auf der anderen Seite des Zuges war eine dunkle Wand, die steil nach oben führte. Hier gab es kein Entkommen.

»Spring runter!«

Schräg unter sich sah Felix Bruno, der am Rand der Gleise winkte. Felix dachte nicht länger darüber nach, sondern kletterte und rutschte nach unten zwischen die Wagenpuffer. Ein heftiger Schmerz durchzuckte sein Bein, doch er musste weiter, es blieb ihm keine andere Wahl.

»Kannst du laufen?« Bruno wartete die Antwort nicht ab, sondern rannte los in die Nacht. Felix biss die Zähne zusammen und eilte hinterher, so rasch er konnte.

Felix merkte jetzt, dass zwischen den Bahngleisen und der mit dichtem Buschwerk bewachsenen Felswand ein schmaler Pfad verlief. Es schien der Überrest einer ehemaligen Straße zu sein. Der Asphalt war aufgebrochen, überall wucherte Gras, Sträucher und kleine Felsbrocken erschwerten das Fortkommen.

Um ihn herum war es stockdunkel. Nach den Stunden im Eisenbahnwagen hatten sich seine Augen jedoch rasch daran gewöhnt. Am Himmel blitzten Sterne, der halb gefüllte Mond verbreitete kaltes Licht.

»Hierher!« Plötzlich hörte er eine Stimme neben sich. Bruno hatte sich hinter einen Felsvorsprung gekauert und wartete auf ihn.

Felix war völlig außer Atem, sein Bein schmerzte. Doch wollte er sich nichts anmerken lassen. Bruno zog ihn am Arm zu sich heran. Der Fels bot an dieser Stelle ein wenig Deckung.

»Was ist? Warum laufen wir nicht weiter?«

Bruno gab keine Antwort. Er bedeutete ihm, leise zu sein. »Hörst du?«

Felix lauschte in die Nacht. »Ich höre nichts«, stieß er hervor. »Wir haben sie abgehängt.«

»Da wäre ich mir nicht so sicher.« Tatsächlich hörte Felix jetzt von Weitem das Rufen und Schreien der Männer. Doch es kam nicht näher.

»Diese Leute hängt man nicht so einfach ab. Aber etwas ist merkwürdig.«

»Dann sollten wir weiter! Schnell, irgendwohin!« Felix spürte, wie die Angst wieder in ihm hochkroch. Doch Bruno blieb ruhig.

»Du redest Unsinn. Man kann hier nicht so einfach irgendwohin. Wir sind in der Zone!«

»Was meinst du damit?«

»Ich meine damit, dass wir bis jetzt Glück gehabt haben. Jetzt heißt es, kühlen Kopf zu bewahren. Wenn es das ist, was ich glaube, dann haben wir einen Vorteil, den wir jetzt nutzen müssen.«

Felix sah ihn überrascht an. »Welchen Vorteil?«

»Bei einer echten Kontrolle hätten sie uns in wenigen Minuten geschnappt. Aber ich glaube, sie wissen gar nichts von uns. Sie sind hinter jemand anderem her.«

»Du meinst, es war noch ein anderer im Zug?«

»Das glaube ich. Und die Wachen wussten davon.«

»Jemand, der sich auch heimlich hineinschmuggeln wollte? Aber dann müssen wir ihm helfen! Du hast selbst gesagt, wer erwischt wird …«

»Helfen?« Bruno ließ wieder sein verächtliches Lachen hören. »Was willst du ausrichten gegen 50 Soldaten? Wir sollten sehen, dass wir von hier wegkommen. Wer erwischt wird, hat Pech gehabt. Und jetzt komm!« Er huschte aus dem Versteck heraus, überquerte den Weg und schlug sich in die Büsche.

Felix blieb nichts anderes übrig, als ihm zu folgen. Er zwängte sich durch dicht verwachsene Brombeerhecken, stolperte, riss sich die Hände auf. Nach ein paar Metern erreichten sie den Bahndamm. Bruno blieb stehen und sah sich vorsichtig nach allen Seiten um. Alles war still.

»Was hast du vor? Warum sind wir nicht einfach den Weg weitergegangen? Oder willst du auf den Bahngleisen laufen?«

»Nichts von alldem. Ich weiß nicht, was uns dort erwartet«, sagte Bruno ungeduldig. »Es kann gut gehen, oder auch nicht. Ich will nichts riskieren.«

»Wo gehen wir hin?«

»Jetzt erst einmal hinüber. In der Stadt können wir uns am besten verstecken. Pass auf, dass du den Schotter nicht lostrittst.« Er setzte seine Füße vorsichtig auf und begann hochzuklettern. Im Dunkel schimmerte das Metall der Schienen. Auf der anderen Seite empfing sie wieder ein fast undurchdringliches Gewirr von Büschen, Ranken, Gras und Efeu. Obwohl Bruno vorausging und den Weg bahnte, musste Felix dieses Mal seine ganze Kraft aufwenden, um durch das Gestrüpp zu kommen.

Endlich tauchte ein halb überwucherter Schuppen vor ihnen auf. Daneben schlossen sich weitere kleine Gebäude an. Im Vorbeigehen sah Felix, dass fast alle Fensterscheiben zerschlagen waren. Endlich kamen sie an eine Straße. Sie schien seit Jahren nicht mehr benutzt worden zu sein. Steine und abgerissene Äste lagen überall, der Asphalt war an vielen Stellen vom Gras aufgebrochen. Trotzdem kamen sie jetzt besser vorwärts.

»Willst du mir nicht endlich sagen, wo du hinwillst?«, fragte Felix. »Wir könnten doch genauso gut hierbleiben.«

»Du hast immer noch nichts verstanden. Am besten, du vergisst ab sofort alles, was du aus deinem gemütlichen Freiburg kennst. Dieses hier ist eine andere Welt. Hier herrschen andere Gesetze.«

Im Dunkel huschten sie weiter vorwärts. Am Ende einer kurzen Gasse blieb Bruno plötzlich stehen. »Mist!« Bruno fluchte. »Damit habe ich nicht gerechnet.« Felix trat neben ihn. Sie standen oberhalb eines Flusses, der ihnen an dieser Stelle den Weg versperrte.

Felix sah hinunter auf das Wasser, das leise vor sich hin gluckerte. Das Mondlicht spiegelte sich in kleinen Wellen. »Ist es tief?«

»Wir könnten hinüberwaten. Aber es ist gefährlich. Die Schneeschmelze hat die Elz anschwellen lassen. Außerdem habe ich keine Lust, völlig durchnässt zu werden. Ich muss nachdenken.«

Plötzlich ertönte ein Rascheln im Gebüsch. Felix fuhr herum, niemand war zu sehen. Es musste ein Tier sein, eine Katze vielleicht. In einer Stadt, die seit vielen Jahren verlassen war, musste es von streunenden Katzen nur so wimmeln.

Wieder raschelte es. Er hatte richtig vermutet. Das Tier, das aus dem hohen Gras heraustrat, sah ihn mit großen Augen an. Ihr grau-schwarzes Fell glänzte im Mondlicht. Felix trat auf sie zu. »Komm, Miez, Miez«, versuchte er sie zu locken. Er beugte sich nieder, um sie zu streicheln. Im nächsten Moment wurde er unsanft herumgerissen. »Lass das! Geh weg von dem Tier!«

»Aber es ist doch nur eine Katze!«, protestierte Felix. Er spürte, wie der Ärger in ihm hochkroch. Bruno behandelte ihn wie ein kleines Kind.

»Nur eine Katze!« Bruno schüttelte den Kopf. »Ich habe dir doch gesagt, vergiss alles, was du kennst. Und du kennst dieses Tier nicht.« Die Katze bewegte sich langsam auf sie zu. »Es ist besser, wenn wir verschwinden!« Bruno packte ihn am Arm und wies nach rechts. »Ein paar Hundert Meter weiter kommen zwei Brücken, dort können wir hinüber. Wenn wir Glück haben«, fügte er hinzu.

Obwohl niemand zu sehen war, mied Bruno die offene Straße. Er lief geduckt von einem der Alleebäume zum nächsten und hielt dazwischen immer wieder Ausschau. Felix hatte Mühe, ihm zu folgen. Bruno war kräftig und schnell, während sein Bein nun immer stärker schmerzte. Zum Glück dauerte es nicht lange. Bruno deutete nach vorn. »Wir sind da.«

Der Mond bot genügend Licht, dass Felix die beiden Brücken sehen konnte. Direkt vor ihnen führte auf der linken Seite ein schmaler Fußgängersteg über das Wasser. Etwa auf halber Strecke war der Weg durch ein Metallgitter abgesperrt. Etwa Hundert Meter weiter sah Felix die zweite Brücke. Sie war kräftig gebaut und bildete wohl früher die Zufahrt von der Stadt zum Bahnhof. Felix sah im Halbdunkel, wie sich dort mehrere Gestalten bewegten.

Felix sank der Mut. »Bewacht und abgesperrt! Hier können wir nicht hinüber.«

Bruno schien nicht überrascht. »Das war zu erwarten. Die wichtigen Punkte sind alle irgendwie bewacht oder gesichert.« Sie schlichen noch ein paar Meter vorwärts, bis sie etwa in der Mitte zwischen den beiden Übergängen standen. Die beiden Soldaten auf der Brücke waren jetzt gut zu erkennen. Sie hatten Gewehre und Helme und bewegten sich langsam hin und her. In diesem Moment ertönten Schüsse. Aus weiter Entfernung hörte Felix eine Trillerpfeife. Bruno grinste. »Ich denke, wir haben Glück. Unser Mitreisender sorgt für die nötige Ablenkung.«

Tatsächlich sprangen die beiden Wachen im selben Moment vorwärts und brachten die Gewehre in Anschlag.

»Es scheint, als sei unser Freund in Schwierigkeiten. Das müssen wir ausnützen. Komm schnell!« Bruno drehte sich um und lief zurück zu dem Steg. Felix sah, was er vorhatte. Solange die Soldaten abgelenkt waren, würden sie kaum zu ihnen herübersehen.

Das Absperrgitter war aus Metall und hatte in der Mitte eine Tür. Bruno rüttelte daran, doch sie war verschlossen. »Also los, drüber. Mach schnell!« Er griff mit den Händen in das Gitter und zog sich nach oben. Zum Glück hatte die Krone keinen Stacheldraht. Bruno streckte die Hand aus. »Los, ich ziehe dich hoch.«

Felix ergriff die Hand, und Sekunden später war er oben. Er schwang ein Bein über den Zaun und ließ sich auf der anderen Seite hinuntergleiten. Als er mit den Füßen auf den Boden kam, durchzuckte ihn erneut ein stechender Schmerz im Bein. Er musste sich zwingen, nicht laut aufzuschreien. Er verzog das Gesicht. »Ich … Mist! Es tut verdammt weh! Ich glaube, ich kann nicht mehr laufen.«

»Du musst! Willst du dich etwa erwischen lassen?« Er wandte sich um und lief los. »Runter vom Steg. Wir müssen die Häuser erreichen!«

Felix sah ein, dass er recht hatte. Die Wachen auf der anderen Brücke hatten bisher nichts bemerkt. Sie starrten immer noch aufmerksam in das Dunkel in Richtung Bahnhof. Von dort kamen jetzt Schreie und erneut einzelne Schüsse.

Hinter dem Steg bogen mehrere Straßen ab. Bruno wählte die mittlere, die leicht anstieg.

Die Häuser links und rechts machten nicht den Eindruck, als hätte dort in letzter Zeit jemand gelebt. Auch hier waren die Fensterscheiben eingeschlagen, manche der Öffnungen waren mit Brettern vernagelt. Wo ehemals im Erdgeschoss Schaufenster waren, gähnten jetzt große dunkle Löcher. An den Fassaden war überall der Putz abgebröckelt. Engelstraße, las Felix auf einem verrosteten Schild an einer Hauswand, das halb herunterhing. Er spürte, wie ihn die Trostlosigkeit ansprang wie ein gespenstischer Schatten. Die Engel waren längst vertrieben worden.

Am Ende der Gasse blieb Bruno stehen und wartete. Vor ihnen öffnete sich ein langer, breiter Platz, der auf beiden Seiten von Häusern und ehemaligen Geschäften gesäumt war. Das hintere Ende verlor sich im Dunkel. Niemand war zu sehen.

»Der Marktplatz«, sagte Bruno. »Wir sollten hier nicht zu lange bleiben.«

»Woher weißt du das alles?«, fragte Felix.

»Das sage ich dir ein andermal«, erwiderte Bruno knapp. »Wir müssen weiter!« Er machte ein paar Schritte, als er sah, dass Felix ihm nicht folgte. »Was ist los? Wir dürfen keine Zeit verlieren!«

»Ich kann nicht so schnell. Mein Fuß tut weh.«

Bruno fluchte. »Verdammt noch mal! Du hältst mich nur auf! Ich könnte längst weiter sein.«

Felix erschrak. Wenn Bruno ihn zurückließ, würde er keine Chance haben. Er wusste nicht, wozu sich sein Begleiter verpflichtet hatte. Wacker war weit weg und konnte ihm nicht helfen. »Einen kleinen Moment wenigstens«, stieß er hervor. »Es geht gleich wieder.«

Im selben Moment hörte er, wie es hinter ihnen laut wurde. Das Rufen und Schreien kam rasch näher. »Die Soldaten! Sie kommen hierher. Sie haben uns entdeckt!«

Bruno drehte sich um und lauschte. »Ich glaube nicht. Sie sind immer noch hinter dem anderen her. Wahrscheinlich ist es ihm gelungen, über die Elz zu kommen.«

»Aber sie kommen hierher!«, jammerte Felix. Er spürte, wie Panik in ihm aufstieg.

»Sieht ganz so aus.« Bruno blieb überraschend ruhig. »Dann müssen wir etwas anderes machen.« Er zeigte auf eine Lücke zwischen den Marktplatzgebäuden. »Siehst du das, dort, rechts neben der Marienfigur? Dort können wir uns verstecken.«

Er lief los. Felix sah ein, dass er keine andere Wahl hatte, und humpelte hinterher, so rasch er konnte. Wenige Sekunden später hatten sie die Stelle erreicht. Es war der Zugang zu einer ehemaligen Einkaufspassage. Bruno sprang in eines der Schaufenster, die auch hier sämtliche Scheiben verloren hatten. Felix folgte ihm blindlings. Im hinteren Bereich des Raumes gab es eine Öffnung, auf deren Innenseite eine Treppe nach oben führte. Bruno bewegte sich jetzt langsamer. Es war so dunkel, dass Felix kaum die Hand vor den Augen sehen konnte. Er tastete sich am Treppengeländer nach oben, als er plötzlich einen hellen Spalt vor sich sah. Bruno schob die angelehnte Tür zur Seite. Als sie eintraten, wirbelte Staub auf. Dahinter öffnete sich ein Raum, der kaum größer war als Felix' Zimmer zu Hause. An der Seite gab es zwei Fenster, durch die der Mond hereinschien. Der Raum sah aus, als sei er eben erst verlassen worden. Auf einem Schreibtisch in der Mitte stand ein PC-Monitor, daneben ein Telefon. Auf der Tischplatte lagen Kugelschreiber, ein paar Blatt Papier und eine Zeitschrift. An der Schreibtischlampe hing ein altes Spinnennetz. An zwei Wandseiten waren Regale eingebaut, daneben ein Schrank.

Bruno trat ans Fenster und sah hinaus. »Es sieht aus, als hätten wir gerade noch Glück gehabt.« Er winkte Felix zu sich heran. »Dort unten ist er.«

Felix sah eine schlanke Gestalt, die eben denselben Weg heraufrannte, den sie gekommen waren. Sie blickte sich kurz um und eilte dann in großen Sprüngen geradewegs auf das Haus zu, in dem sie sich versteckten.

»Verflucht«, stieß Bruno hervor. »Dieser Idiot lockt uns die ganze Meute auf den Hals!« Im selben Moment erschienen die ersten Soldaten. Am Rande des Marktplatzes blieben sie stehen. Nach und nach folgten die anderen. Es waren etwa 20 Bewaffnete. Die meisten trugen Gewehre, ein paar hatten Pistolen in der Hand. Sie schienen unschlüssig, was zu tun war.

Einer der Uniformierten hob die Hand. Felix hörte, wie er etwas rief. Dann deutete er in verschiedene Richtungen, begleitet von kurzen Befehlen. Kurz darauf setzten sich die Soldaten wieder in Bewegung. Etwa die Hälfte von ihnen schritt langsam die ganze Breite des Platzes ab. Ein paar wandten sich den Straßen links und rechts zu.

»Sieht aus, als habe er Glück gehabt.« Felix beobachtete gespannt, wie die ersten Soldaten unter ihnen vorbeigingen. »Sollen wir ihn nicht …?«

»Zu uns hochholen? Kommt überhaupt nicht in Frage! Du bleibst hier und machst keinen Mucks.«

Sie blieben unbewegt stehen und spähten hinunter auf den Marktplatz. Die Soldaten hatten inzwischen fast das hintere Ende erreicht. Die ersten verschwanden bereits in den nahen Gassen.

»Es sind zu wenige, dass sie die Häuser durchsuchen können.« Bruno nickte befriedigt. »Unser Glück.«

»Vielleicht kommen noch mehr. Warum haben die eigentlich nicht geschossen? Ein paar von ihnen waren doch dicht dahinter.«

Bruno ließ ein abfälliges Lachen hören. »Zur Abwechslung hast du einmal etwas Vernünftiges beobachtet. Sie hätten ihn ohne Weiteres erschießen können.«

»Ja aber…«

»Ist dir denn nicht klar, was das bedeutet?«

Felix schluckte. Er wusste es. Sie wollten den Flüchtenden lebend. »Schau mal, er kommt!« Felix sah, wie der Unbekannte direkt unter ihnen aus dem Schutz der Ladenpassage trat. Er schaute sich vorsichtig nach allen Seiten um.

Im nächsten Moment sprang aus dem Dunkel der Seitengasse ein Soldat hervor. Der Unbekannte bemerkte ihn, fuhr blitzschnell herum und schlug sofort zu. Für einen Augenblick wich der Uniformierte zurück. Doch dann reagierte er rasch. Er packte sein Gewehr mit beiden Händen und stieß es dem Flüchtenden vor die Brust, dass er ins Taumeln geriet. Sofort stürzte er vorwärts und umschlang ihn mit beiden Armen. Der Unbekannte schlug wild um sich, doch es nützte nichts. Der Soldat war stärker.

»Sie haben ihn!«, stieß Felix hervor. »Wir müssen ihm helfen, sonst ist er verloren!«

»Unterstehe dich!«, fuhr Bruno ihn an. »Wir können es nicht riskieren …«

Doch dieses Mal hörte Felix nicht auf ihn. Er rannte aus dem Zimmer und eilte die Treppe hinunter. Im Vorbeilaufen griff er eine der Holzlatten, die überall herumlagen. Dann sprang er hinaus auf den Platz.

Felix fasste den Holzprügel fest mit beiden Händen. Sein Herz klopfte ihm bis zum Hals. Er hatte Angst. Trotzdem spürte er, dass er dem Fremden helfen musste.

Nach wenigen Schritten hatte er die Kämpfenden erreicht. Der Soldat hatte Mühe, seinen Gefangenen festzuhalten. Der Unbekannte zappelte und warf sich hin und her. Für einen Moment schien der Soldat unschlüssig, als er plötzlich einen zweiten Gegner sah. Dann merkte er, dass Felix alleine war.

»Spinnst du, Junge? Was willst du mit dem Knüppel?«, lachte er verächtlich. Er versuchte, mit dem Fuß nach Felix zu treten, doch der sprang rasch zur Seite und suchte mit sicherem Abstand nach einer Möglichkeit, einen Schlag zu setzen.

Der Unbekannte nutzte die Ablenkung. Mit einer geschickten Drehung gelang es ihm, einen Arm aus der Umklammerung zu reißen. Sofort holte er aus und stieß den Ellbogen nach hinten dem Soldaten vor die Brust. Der Uniformierte stöhnte kurz auf und geriet ins Straucheln. Doch er ließ nicht los. Felix sah die Gelegenheit gekommen. Er trat zwei Schritte vor und erwischte den Mann an der Schulter.

Der Schlag traf ihn nicht richtig. Doch es genügte, dass er seinen Griff für einen Moment lockerte. Sofort machte sich der Unbekannte frei, fuhr herum und stieß dem Soldaten das Knie in den Unterleib. Sein Gegner fiel zu Boden und krümmte sich vor Schmerzen zusammen.

Felix griff nach dem Gewehr, doch der Fremde zog ihn am Arm zurück. »Lass das! Sag mir lieber, wo du herkommst. Bist du allein?«

Felix schüttelte den Kopf. »Es ist noch jemand bei mir. Komm!«

Er huschte zurück in den Schatten der Häuser, der Fremde hielt sich dicht dahinter. Nach wenigen Schritten hatte er wieder die dunkle Passage erreicht. Am Fuß der Treppe kam ihnen Bruno entgegen.

»Ich habe alles beobachtet. Hier können wir nicht bleiben. In zehn Minuten haben wir die gesamte Garnison auf unseren Fersen.« Ohne auf den Unbekannten zu achten, wandte er sich nach links und lief los.

Felix hatte keine Ahnung, was Bruno vorhatte. Er spürte wieder sein Bein und hatte Mühe, ihm zu folgen. Der Unbekannte lief hingegen erstaunlich leichtfüßig. Es war, als könne er im Dunkel jedes Hindernis schon von Weitem erkennen.

Als sie am Ende der Ladenpassage wieder ins Freie traten, hielt Bruno kurz inne. Zum Glück war niemand zu sehen. Sie überquerten die Straße und zwängten sich in ein Gebüsch.

Es musste ein ehemaliger Kinderspielplatz gewesen sein. Die Schaukel war verrostet und hing herunter, auf der Rutsche wuchs Gras. Der Sandkasten war völlig unter einer Brombeerhecke verschwunden.

Felix hoffte, dass Bruno hier eine kleine Pause einlegen würde. Der Kampf mit dem Soldaten hatte den letzten Rest seiner Energie aufgebraucht. Er sehnte sich nach Ruhe und Schlaf. Doch Bruno eilte voran.

Ein paar Straßen weiter öffnete sich ein kleiner Platz, an dessen Rand mehrere große Gebäude standen. Bruno schien genau zu wissen, wo er hinwollte. »Noch ein paar Minuten.« Dieser Satz mobilisierte in Felix die letzten Kräfte. Er bekam kaum mehr mit, dass er hinter den beiden in eine kleine Seitentür hineinstolperte, sich durch ein Gewirr von Treppen und Gängen entlangtastete und schließlich auf etwas Weichem niedersank. »Wir müssen abwechselnd Wache halten«, hörte er die Stimme des Unbekannten, die ihm eigentümlich weich vorkam. Sekunden später war er eingeschlafen.

*

Die Uniform war nicht so, wie Felix sie sich für einen Kampfeinsatz vorstellte. Der Soldat trug eine weiße Hose mit einem roten Streifen an der Seitennaht, die Füße steckten in großen schwarzen Stulpenstiefeln. Dic Jacke war aus dunkelblauem glänzendem Stoff mit einem verzierten Stehkragen und über der Brust mit goldenen Schnüren behängt. Seine Kopfbedeckung ähnelte mehr einer Mütze als einem Helm. Sie war schwarz mit rotem Rand und trug an der Vorderseite eine Schmuckfeder.

Das Gesicht des Soldaten war unbewegt. Er streckte Felix den Arm entgegen. In der Hand hielt er einen Stab, mit dem er auf ihn deutete. Felix erschrak. Waren sie entdeckt worden? Wo waren die anderen? Als er sich aufrichten wollte, spürte er, wie ihn etwas zurückhielt. Hatte man ihn gefesselt?

»Ruhig. Sei leise. Alles ist gut.« Er erinnerte sich, die Stimme schon einmal gehört zu haben. Sie klang angenehm und beruhigte ihn. Gleichzeitig spürte er, wie sich der Druck auf seiner Brust löste. Das Bild des Soldaten verschwamm. Sein Blick fiel auf Bruno, der in einem Sessel saß und ihn beobachtete. Der Raum, in dem sie sich befanden, lag im Halbdunkel.

»Wo bin ich? Die Soldaten …«

»Hier ist niemand. Du brauchst keine Angst zu haben.«

Felix drehte den Kopf und sah in das Gesicht einer jungen Frau. Sie hatte die Haare hinter dem Kopf zu einem Pferdeschwanz zusammengebunden. Ihre Wangen waren schmal, fast mager. Auf der linken Stirnseite sah Felix eine mehrere Zentimeter lange blutunterlaufene Schramme. Ihr Blick war ernst, aber freundlich.

»Wer bist du?« Felix' Blick wanderte zu Bruno und wieder zurück. Mit einem Mal setzte seine Erinnerung wieder ein. »Du bist der …« Felix unterbrach sich. »Du bist die, hinter der sie her sind.«

Felix setzte sich jetzt ganz auf. Er hatte auf einer Art Sofa gelegen, die Fesseln waren nichts weiter als eine alte Decke, die um ihn gewickelt war. Im Schummerlicht konnte er nun auch den Raum erkennen, in dem er sich befand. Um ihn herum standen mehrere große, bunt bemalte schrankartige Kästen, an denen Metallrohre in verschiedensten Größen angebracht waren. Vor einigen der Kästen standen Figuren. Eine davon war der Soldat, den er beim Aufwachen gesehen hatte.

»Das war früher einmal das Orgelmuseum«, erklärte die Frau. »Es muss sehr bekannt gewesen sein.«

»Ein Orgelmuseum?« Felix erinnerte sich an eine Orgel, die er im letzten Jahr auf der Freiburger Messe gesehen und gehört hatte. Sie war allerdings viel kleiner und bei Weitem nicht so kunstvoll verziert gewesen.

»Bruno hat mir einiges erzählt, während du geschlafen hast.« Die Frau schien zu ahnen, was Felix fragen wollte.

»Ich habe so etwas noch nie zuvor gesehen. Ich wünschte, ich könnte sie einmal hören.«

»Darauf wirst du wohl verzichten müssen.« Bruno stand auf und reckte sich. »Genug geschwätzt. Wir haben schon Zeit verloren. Wir müssen los.«

Felix' Magen knurrte. Ihm fiel ein, dass er seit dem Frühstück zu Hause außer ein paar Keksen im Güterwagen nichts mehr gegessen hatte. Er nestelte an seinem Rucksack, der an seiner Seite gelegen hatte, und zog eine Plastikdose hervor. Jetzt war er froh, dass er einiges eingepackt hatte. Er brach ein großes Stück Käse ab und steckte es in den Mund. Ein weiteres Stück streckte er der Frau hin. »Willst du?« Sie schüttelte den Kopf. »Ich habe keinen Hunger. Aber mach schnell«, fuhr sie rasch fort. »Wir sollten tatsächlich nicht länger hierbleiben.«

Bruno verzog verächtlich den Mund. »Na schön. Ich will noch einmal sehen, was draußen los ist. In zehn Minuten laufen wir los.« Er verschwand in einer der Türen.

»Durst habe ich auch«, sagte Felix. »Ob es hier irgendwo einen Wasserhahn gibt?«

Die Frau lächelte. »Bestimmt gibt es das. Aber es wird dir nichts nützen. Hier ist alles tot.«

Felix stöhnte leise. Zu Hause war frisches Wasser eine Selbstverständlichkeit, über die er nie nachgedacht hatte. Er griff nach einem der Äpfel, die er eingepackt hatte, und biss hinein. »Was hat Bruno vor? Ist es wirklich so gefährlich?«

Er schob das letzte Stück Käse hinterher und genoss den Geschmack, der sich in seinem Mund ausbreitete. »Was ist mit der Radioaktivität? Ich dachte, das sei die eigentliche Gefahr.«

Die Frau griff nach ihrer Kapuzenjacke und streifte sie über. »Im Moment haben wir nichts zu befürchten. Aber wir müssen uns in Acht nehmen. Nicht nur vor den Soldaten und der Strahlung.« Sie zog ihren Rucksack über. »Und jetzt komm! Ich heiße übrigens Lena.«

Felix stopfte die Plastikbox zurück und schnürte seinen Rucksack zu. Beim Aufstehen fiel ihm auf, dass er die ganze Nacht über seine Schuhe anbehalten hatte. Die Frau, die sich Lena nannte, stand bereits in der Tür, durch die Bruno verschwunden war. Felix warf noch einmal einen Blick auf den Soldaten in der bunten Uniform. In seinem hölzernen Gesicht schien die Zeit stillzustehen.

Bruno wartete in dem lang gestreckten Raum, der früher einmal der Eingangsbereich des Museums gewesen sein musste. Felix blieb keine Zeit, die historischen Bilder zu betrachten, die an den Wänden hingen.

Bruno trat hinaus ins Freie und bedeutete ihnen zu folgen. Felix hätte gerne gewusst, wohin sie gingen. Doch er sah rasch ein, dass jetzt nicht der Moment war, Fragen zu stellen. Er versuchte, den Schmerz in seinem Bein zu ignorieren, und den beiden so rasch wie möglich zu folgen. Nach den langen Stunden im Dunkel blendete ihn die Helligkeit des Tages, obwohl der Himmel wolkenverhangen war. Es regnete leicht.

Sie hielten sich eng an der Wand des großen Gebäudes, das Felix in der Nacht zuvor gesehen hatte. Es schien eine Schule gewesen zu sein. Auf der anderen Seite des Platzes stand eine Kirche. Links und rechts der Zugangstreppe zum Eingangsportal wucherte hüfthohes Gras.

Während sie hintereinander durch die Straßen eilten, hatte Felix Gelegenheit, die Häuser zu betrachten. Die meisten sahen so aus, als würden ihre Bewohner im nächsten Moment heraustreten. Es war in 15 Jahren nicht viel kaputtgegangen. Selbst die meisten Fensterscheiben waren noch ganz.

Dass hier seit Langem keine Menschen mehr waren, sah man erst beim näheren Hinschauen. Die Straßen waren an vielen Stellen aufgebrochen. Überall wuchs Gras. Kleine Bäumchen hatten sich ihren Weg durch den Asphalt gekämpft. Steine lagen herum und abgebrochene Äste, die der Wind herangeweht hatte. An vielen Stellen hatte das Regenwasser, das keinen Weg mehr in die verstopften Abflüsse gefunden hatte, Erde, Sand und Geröll herangetragen. An einem der Fachwerkhäuser war die gesamte Fassade mit Weinranken überwuchert. Selbst Türen und Fenster waren nicht mehr zu sehen. Die Plakate an den Litfaßsäulen waren so ausgebleicht, dass man sie kaum mehr erkennen konnte.

Kandelstraße, Bleichacker, Rosenweg – im Vorbeigehen las Felix die Straßenschilder. Die meisten waren völlig verdreckt, aber noch gut zu entziffern. Sie kamen an ehemaligen Gaststätten und Cafés vorbei, es gab Blumenläden, eine Pizzeria und eine Bäckerei. An einer Kreuzung stand ein Sandsteinbrunnen, dessen Becken vollständig mit Laub, Moos und Holz gefüllt war. Waldkirch musste eine schöne Stadt gewesen sein. Wie musste es den Bewohnern gegangen sein, als sie innerhalb von wenigen Stunden ihre Heimat verlassen mussten? Was hätte er wohl mitgenommen, wenn ihm dasselbe passiert wäre? Den Computer? Die Gitarre? Die Poster von den Wänden? Oder sein Fahrrad? Er wusste es nicht. Wahrscheinlich war es allen das Wichtigste, die Familie und die Freunde in Sicherheit zu wissen.

Ob es ihm jemals gelingen würde, Vater und Mutter zu finden? Im Moment schien er davon weiter entfernt zu sein denn je. Allmählich wurde ihm bewusst, dass er keine Chance hatte, Wackers Plan auszuführen. Er war viel zu optimistisch gewesen, als dass er an ein Scheitern gedacht hätte. Und jetzt? Ob er sich so einfach Bruno anschließen konnte? Der mürrische Mann blieb für ihn undurchsichtig. Noch kein einziges Mal hatte er darüber gesprochen, was er für Pläne hatte. Er würde nicht begeistert sein, ihn durch das gefährliche Gebiet mitzuschleppen. Was hatte er wirklich mit Wacker ausgemacht?

Vielleicht konnte Lena ihm weiterhelfen. Noch wusste er überhaupt nichts über sie. Gehörte sie ebenfalls zu den Wölfen? Verfolgte sie eigene Pläne? Was wollte sie überhaupt hier? Welches Geheimnis umgab sie, dass die Soldaten sie unbedingt lebend in die Hände bekommen wollten?

Sie kletterten über eine halb zerfallene Mauer in den Park des früheren Friedhofes. Die Bäume und Büsche hatten sich über die Jahre ungehindert ausgebreitet. Die ehemaligen Wege waren nur noch zu erahnen. An den wenigen freien Stellen wucherte Gras. Überall standen und lagen große Steine. Beim näheren Hinsehen erkannte Felix, dass es Grabsteine waren. Auch sie waren zum Großteil von Efeu, Heckenranken und Sträuchern überwuchert. Dicke Moospolster saßen überall auf den ehemals blankpolierten Oberflächen. Dazwischen leuchteten die ersten Frühlingsblüten hervor. Forsythien blühten in verschwenderischer Pracht. Die ersten Heckenrosen zeigten ihre zartrosa Blätter. Zwischen dem Gras wuchsen Löwenzahn, Gänseblümchen, Vergissmeinnicht und kleine, sternförmige weiße Blüten, die Felix nicht kannte.

Am Rande der Friedhofskapelle ließ Bruno sie einen Moment verschnaufen. »Was hast du eigentlich vor?«, fragte Felix. »Wohin gehen wir?«

»Es ist zu gefährlich, in der Stadt zu bleiben. Die Soldaten können überall auftauchen. Ich will versuchen, auf die andere

Seite der Schnellstraße zu kommen. Dort ist die Chance größer, nicht entdeckt zu werden.«

Ein paar Minuten später sah Felix von Weitem die Lärmschutzwand der früheren Bundesstraße. Bruno führte sie eine schmale Straße entlang, die durch einen Tunnel auf die andere Seite führte. Als sie wieder nach oben kamen, lag das freie Feld vor ihnen. Anscheinend bildete die Schnellstraße die ehemalige Stadtgrenze. Ein paar Hundert Meter dahinter begann ein Waldstück, das sich langsam aber stetig den Hang empor nach oben ausbreitete. Der Berg dahinter hatte seine Gipfel in Wolken gehüllt.

»Der Kandel!« In Lenas Blick spiegelte sich eine Mischung aus Ehrfurcht und Angst.

»Dem sollten wir möglichst nicht zu nahe kommen!« Bruno deutete Richtung Waldrand. »Bis dorthin können wir es wagen. Los, macht schnell!«

Es war nicht einfach, über die Felder zu kommen. Felix konnte nur erahnen, dass hier früher einmal Weizen oder Mais wuchsen. Auch hier gab es überall Gras, Büschel, Sträucher und kleine Bäumchen. Ein paar wenige knorrige Obstbäume waren übrig geblieben.

Am Waldrand stießen sie auf einen Pfad, der in beide Richtungen am Saum entlangführte. Bruno wandte sich nach links. Nach wenigen Schritten erreichten sie eine Straße, die von Waldkirch heraufkam und rechts im Dunkel der Bäume verschwand. Oben am Hang standen mehrere große Gebäude, die früher einmal ein Krankenhaus oder ein Hotel gewesen sein mussten.

Sie überquerten die Straße und einen ehemaligen Parkplatz, dessen rechteckiges blauweißes Schild immer noch stand. Am Rande der Wiese dahinter war ein Teich. Von der Wasseroberfläche war nicht viel zu sehen, das meiste war mit

Schilf und Seerosenblättern zugewuchert. Trotzdem tummelten sich dazwischen einige Enten, die munter schnatterten, als sie die drei sahen.

Auf der linken Seite des Weges leuchtete hinter einem eingedrückten Maschendrahtzaun die rote Asche eines früheren Tennisplatzes hervor. Auch hier wuchsen vereinzelt Grasbüschel, doch hatte wohl der Boden in den letzten Jahren das Wachstum verhindert. Die Seitenlinien waren noch deutlich sichtbar. Es sah so aus, als könnte jeden Moment jemand aus dem Clubhaus heraustreten und zu spielen beginnen.

*

Ein Stück weiter kamen sie an zwei Bauernhöfen vorbei. Auch hier sah es so aus, als würde jeden Moment ein Traktor aus der Hofeinfahrt herauskommen oder eine Herde Kühe aus dem Stall getrieben werden. Doch alles war still. Nicht einmal ein Hofhund kam ihnen entgegen und bellte. Dafür sah Felix etwas anderes, was ihm Sorgen bereitete.

Etwa in der Mitte zwischen den beiden Höfen stand eine Scheune, an deren Rand sich mehrere Gestalten bewegten. Felix konnte ihre Gesichter nicht erkennen. Doch an der Farbe ihrer Kleidung ahnte er, dass es Soldaten sein mussten.

Bruno reagierte sofort. »In Deckung, schnell!« Er duckte sich hinter einen alten, verrosteten Traktoranhänger, der halb umgestürzt an der Seite stand. Felix und Lena huschten hinterher.

Doch es war zu spät. Einer der Soldaten hatte sie gesehen. Er hob den Arm und rief etwas. Sofort sammelten sich seine Männer um ihn. Alle blickten in ihre Richtung.

»So ein Mist! Sie haben uns entdeckt.« Bruno sah sich nach allen Seiten um. »Wir können uns nirgends verstecken.

Wenn wir wieder zurücklaufen, werden sie uns einholen. Es gibt keine Deckung.«

Die Soldaten hatten inzwischen ihre Gewehre aufgenommen und setzten sich rasch in Bewegung. Felix schoss das Blut in den Kopf. »Und wenn wir uns trennen? Jeder in eine andere Richtung?«

»Idiot! Dann knallen sie uns ab wie die Hasen.«

Felix sah, wie Lena sich umdrehte und etwas aus der Tasche zog. Sie streckte den Arm nach vorn, bewegte ihn langsam hin und her. Dann deutete sie nach rechts. »Hier hoch! Wir gehen hier rein!«

»Bist du verrückt?«, schrie Bruno. »Weißt du nicht, was uns hier erwartet?«

»Ich weiß, was ich tue.« Sie tat ein paar Schritte vorwärts und zwängte sich in die Büsche. Felix dachte nicht nach und folgte ihr. Die Zweige schlugen ihm ins Gesicht, doch er achtete nicht darauf. Er hielt die Hände vor das Gesicht und lief, so schnell er konnte. Kaum 30 Schritte weiter blieb Lena stehen.

»Was ist? Warum hältst du?«

Lena antwortete nicht. Wieder streckte sie ihre Hand nach vorn und bewegte den Arm in einem kleinen Bogen von links nach rechts. Dann nickte sie zufrieden und lief weiter.

Bruno hatte inzwischen zu ihnen aufgeschlossen. Felix sah ihn erstaunt an. In seinem Gesicht war ein Ausdruck erschienen, den er zuvor bei ihm noch nie gesehen hatte. Anstelle seines abweisenden, mürrischen Blicks, den Felix von Anfang an als überheblich empfunden hatte, spiegelte sich Angst. Brunos Augen sprangen hin und her, seine Wangen waren gerötet, auf seiner Stirn traten kleine Schweißtropfen hervor. Abwechselnd blickte er sich nach hinten um und sah der davoneilenden Lena hinterher.

»Los jetzt! Sie sind gleich da!« Vom Waldrand her hörte man Schreie und aufgeregtes Rufen. Felix fasste Bruno am Arm. »Worauf wartest du?«

»Wir können hier nicht weiter!« Brunos Stimme klang gehetzt. »Dort wartet auf uns der Tod!«

Ein Schuss krachte. Von einer ein paar Schritte entfernten Fichte splitterte Holz ab. Zwei weitere Schüsse waren zu hören.

»Noch haben sie uns nicht gesehen«, sagte Felix. »Komm jetzt.« Er drehte sich um und sprang in die Richtung, in der Lena verschwunden war. Mehrere Schüsse fielen gleichzeitig. Jetzt lief auch Bruno los.

Der Wald war an dieser Stelle dicht bewachsen. Mannshohe Stechpalmen, ausladende Holunder und tiefhängende Fichtenwedel erschwerten das Vorwärtskommen. Auf dem Boden sprossen üppige Farnwedel. Zum Glück konnten sie Lena sehen. Sie blieb immer wieder stehen, als ob sie etwas suchte. Ein paar Sekunden später hatten sie sie eingeholt.

An dieser Stelle stieg der Boden leicht an. Ein paar Felsbrocken lagen verstreut zwischen den Bäumen. Etwa 50 Meter weiter erhoben sich zwei eng aneinander stehende Felsen.

»Dorthin!« Lena deutete auf einen schmalen Spalt, der zwischen den Felsen nach oben führte. Felix sah erstaunt auf das, was sie in ihrer Hand hielt. Es sah aus wie ein Stein, dessen obere Hälfte abgeschlagen war.

»Was ist das? Was hast du da?«, fragte Felix. Auch Bruno starrte mit großen Augen auf den Stein.

»Etwas, was uns das Leben rettet.« Lena sah sich noch einmal nach allen Seiten um, dann lief sie rasch weiter. Zum Glück war der Fels nicht so steil, wie er von Weitem ausgesehen hatte. Sie kletterten ohne große Mühe hintereinander die Spalte hinauf. Dahinter stieg das Gelände steil an.

»Dort, seht nur!« Es sah so aus, als hätten sie eben die unterste Stufe einer riesigen Treppe erklommen. Weiter hinten türmten sich noch mehr Felsen auf. Manche von ihnen waren mindestens 20 Meter hoch und so steil, dass an ihren Flanken außer Moos und Flechten nur ein paar wenige Grasbüschel hervorwuchsen.

Lena ließ sich nicht beirren. »Wir wollen versuchen, irgendwie dort hochzukommen. In dem Gewirr werden uns die Soldaten kaum finden.«

»Und warum bleiben wir nicht einfach hier?« Bruno hatte immer wieder nach hinten geschaut. »Wir warten einfach, bis sie wieder weg sind. Hierher traut sich doch keiner.«

»Vielleicht hat Bruno recht.« Felix legte den Finger auf die Lippen. »Hört doch!«

Nur noch ganz undeutlich waren von Ferne ein paar wenige Stimmen zu hören. Das Schießen hatte ganz aufgehört.

»Sie werden nicht aufgeben. Zumindest werden sie warten, weil sie vermuten, dass wir wieder zurückkommen. Soldaten haben Zeit.« Sie ging ein paar Schritte vorwärts. »So oder so. Wir werden einen anderen Weg finden müssen, um aus dem Wald herauszukommen. Wir gehen weiter.«

Felix sah ihr unschlüssig hinterher, dann setzte auch er sich in Bewegung. Bruno folgte widerstrebend.

Wie zuvor bewegte sich Lena in Etappen vorwärts. Etwa auf halbem Weg zwischen den beiden Felsstufen zögerte sie. Die Hand mit dem Stein bewegte sich mehrere Male in alle Richtungen. Felix brannte darauf zu erfahren, was Lena tat. Wie konnte ein Stein ihr den Weg weisen? Für ihn sah es so aus, als leuchte sie mit einer Taschenlampe in einen dunklen Keller.

»Ich will kein Risiko eingehen«, sagte Lena leise. Ehe Felix nachfragen konnte, wandte sie sich nach rechts. »Hier ist es besser.« Obwohl er genau hinsah, konnte Felix nichts Außergewöhnliches erkennen. Nach allen Seiten lagen Steinbrocken in allen Größen, mit Moos bewachsen, darunter altes Laub. An einigen Stellen traten frische Baumschößlinge hervor.

»Ich denke, hier können wir es versuchen.« Lena war stehen geblieben.

»Willst du immer noch da hoch?« Felix betrachtete kritisch die steilen Felsen. Sein Fuß hatte wieder zu schmerzen begonnen. Er wollte sich nichts anmerken lassen, doch er sehnte sich nach einer Pause.

»Kannst du balancieren?« Wenige Schritte entfernt war eine riesige Fichte umgestürzt. Ihr Wurzelteller ragte senkrecht nach oben und war längst vom Regen ausgewaschen. Die Mulde, in der er gestanden hatte, war mit Gras zugewachsen. Der etwa 30 Meter lange Stamm war in der Mitte angebrochen. Sein oberes Ende lehnte an den Felsen. »Da haben wir ja eine richtige Leiter«, lächelte Lena.

Sie zog sich geschickt nach oben und reichte Felix die Hand. »Das schaffst du. Ich helfe dir.« Im zweiten Anlauf gelang es Felix, sich auf den Stamm zu schwingen. Er war fast glatt. Nur an wenigen Stellen hingen Stücke der alten Rinde in Fetzen herunter.

Lena kletterte wie eine Katze. Felix war erstaunt, wie geschickt sie sich bewegte. Bei ihm ging es deutlich langsamer. Er hielt sich an den Aststümpfen fest und achtete sorgfältig darauf, dass er nicht abrutschte. Zum Glück war der obere Teil der Felswand nicht so steil, wie es von Weitem ausgesehen hatte. Am Ende des Fichtenstammes konnte Felix ohne große Mühe bis zum Rand emporklettern.

Sie warteten, bis auch Bruno hinterhergekommen war. »Hier sind wir einigermaßen in Sicherheit. Wir wollen sehen, ob wir ein geeignetes Plätzchen finden.«

Sie hatten Glück. Nachdem sie etwa 200 Meter entlang der Felskante gegangen waren, erreichten sie eine Stelle, von der man einen guten Überblick hatte. Über die Baumwipfel hinweg sah Felix die Felder mit den beiden Bauernhöfen. In einiger Entfernung erkannte er auf der linken Seite die Häuser von Waldkirch. Quer über den Horizont lief als graues Band die ehemalige Schnellstraße. Auf der rechten Seite senkte sich das Gelände zu einem schmalen Tal, das auf der anderen Seite von einem fast ebenso hohen Bergrücken begrenzt war.

»Es sieht so aus, als seien wir gerade über der Stelle, von wo wir hochgekommen sind.« Felix deutete nach unten. »Du hattest recht, Lena. Es war gut, dass wir weitergegangen sind.«

Bruno hatte die ganze Zeit über geschwiegen. Doch es war deutlich, dass er der Führung von Lena nur widerwillig gefolgt war. Er setzte sich etwas abseits auf einen Baumstumpf, zog eine Tafel Schokolade aus seinem Rucksack und biss hinein. Felix spürte, dass auch er Hunger hatte.

»Iss nur etwas«, meinte Lena, die gleichfalls ihren Rucksack geöffnet hatte. »Du hast doch genügend dabei?«

»Naja. Für zwei, drei Tage wird es reichen«, meinte Felix zögernd. Als er zu Hause das Essen eingepackt hatte, hatte er sich nicht groß Gedanken gemacht. Er war sich sicher, dass er spätestens am übernächsten Tag von Wackers Kontakt Hilfe bekommen würde. Er brach ein Stück von seinem Hartkäse ab und knabberte daran.

Lena hatte eine Salatgurke hervorgezogen. Mit einem Taschenmesser schnitt sie ein Stück ab und reichte es ihm. »Hier nimm. Ist auch gegen den Durst gut.«

Dankbar biss Felix hinein. Es schmeckte ungewöhnlich. Zu Hause hatte seine Tante Gurken immer nur in kleinen Stückchen zum Salat hinzugemischt.

Eine Weile saßen alle drei schweigend beisammen. Der Nieselregen hatte inzwischen völlig aufgehört. Es wurde warm, vom Waldboden stieg zarter Dampf empor. Die Wolkendecke über ihnen war aufgerissen, der Himmel leuchtete in strahlendem Blau.

»Und jetzt will ich mir einmal deinen Fuß ansehen. Am besten, du ziehst deinen Schuh aus.«

Es war nicht einfach. Der Fuß war inzwischen so angeschwollen, dass schon das Aufschnüren schmerzte. Felix biss die Zähne zusammen.

Lena hockte sich vor ihm auf den Boden, zog ihm den Socken aus und streifte das Hosenbein über die Wade nach oben. Dann legte sie die Finger beider Hände links und rechts auf den Knöchel. Sie berührte ihn kaum. Trotzdem spürte Felix ein seltsames Kribbeln, das ihn nach wenigen Sekunden den Schmerz vergessen ließ. Lena hatte die Augen halb geschlossen. Fast unhörbar klang zwischen ihren Lippen eine leise Melodie. Felix wollte sie etwas fragen, doch er verstummte. Stattdessen spürte er, wie das Kribbeln zu Wärme wurde und sich entlang des Beines über den ganzen Körper ausbreitete.

»Das tut gut«, sagte er. Sie sah zu ihm auf. Ihre Augen hatten einen seltsamen Glanz angenommen. Für einen Moment schien es ihm, als öffneten sie sich zu einer tiefen, stummen Weite. In der Ferne schimmerte ein zartes Licht, das langsam größer wurde. Es war ihm, als ob …

»Wie lange wollt ihr noch dasitzen und nichts tun? Wenn ihr mit eurem Geturtel fertig seid, sollten wir endlich überlegen, wie es weitergeht.« Brunos Stimme fuhr dazwischen wie ein kalter Lufthauch. Schlagartig wurde Felix aus seinen Träumereien gerissen. Lena strich noch einmal über den Knöchel, dann stand sie auf.

»Ich glaube, es ist jetzt gut«, sagte sie zu Felix. »Versuch es mal.«

Felix erhob sich ebenfalls. Vorsichtig setzt er einen Schritt. Der Schmerz hatte deutlich nachgelassen. Sein Fuß schien stattdessen mit einer warmen, pulsierenden Wärme überzogen.

»Danke.« Er wollte noch mehr sagen, doch brachte kein weiteres Wort heraus.

Bruno fasste Lena an der Schulter und zog sie herum. »Genug jetzt. Der Junge ist alt genug, um alleine zurechtzukommen. Sag mir lieber, wie du das gemacht hast?« Lena erwiderte nichts. Sie sah ihn nur stumm an. Für einen Moment geriet Bruno in Verwirrung. Doch dann fasste er sich rasch. »Du bist eine aus der Zone, stimmt's? Und dann weißt du auch, was hier los ist. Niemand geht freiwillig in das unbekannte Gebiet. Wie hast du den Weg gefunden? Was hattest du in der Hand?«

»Fass mich nicht an!« Lena schüttelte seine Hand ab. »Nimm es einfach so, wie es ist. Es ist besser, wenn du nicht alles weißt.«

»Das genügt mir nicht!« Bruno wurde zornig. »Wenn ich dir schon mein Leben anvertrauen muss, will ich wenigstens wissen, woran ich bin. Also sag schon!«

Felix beobachtete die beiden erschrocken. Er kam sich hilflos und unnütz vor. »Lass sie doch in Frieden!«, stieß er hervor. »Bisher ist doch alles gut gegangen.«

»Misch dich nicht ein!«, zischte Bruno. Dann trat er ganz nah an Lena heran. »Ein letztes Mal: Wie hast du es geschafft, den Weg zu finden?«

Lena wich keinen Zentimeter zurück. Endlich nickte sie und setzte sich auf den Baumstumpf. Aus ihrer Tasche zog sie einen Gegenstand heraus. »Hier!«

Bruno wollte danach greifen, aber Lena zog die Hand zurück. »Vorsicht! Du wolltest es hören, also hör zu!«

Felix setzte sich an ihre Seite. Jetzt erst erkannte er, dass sie statt einem vermeintlichen Stein ein Stück Baumrinde in der Hand hielt. Es war etwa so groß wie ein Hühnerei. Die Borke war tief eingefurcht und zum größten Teil mit grünlichen Flechten bewachsen.

»Eichenrinde!«, rief Bruno erstaunt. »Und das soll helfen?« In seine Stimme mischte sich Ärger.

»Seht genauer hin!«

Felix trat noch näher heran. Erst jetzt sah er, dass die Flechten keine einheitliche Farbe hatten. Zwischen dem Grün und Grau schimmerte es rot und orange. An ein paar wenigen Stellen leuchtete es türkisfarben. Ein zartes Pulsieren ging von den Farben aus.

»Es lebt!«, rief Felix aufgeregt.

Lena stand auf. »Kommt mit.« Sie streckte die Hand mit dem Rindenstückchen aus und ging auf den Weg zurück, den sie gekommen waren. Nach ein paar Metern blieb sie stehen. »Jetzt seht genau hin.« An der Stelle, an der sie waren, lag links des Weges ein mannshoher Felsbrocken. Sie führte die Hand nach vorn, bis sie fast die Oberfläche des Steines berührte.

Felix betrachtete das Rindenstück. »Ich sehe nichts«, sagte er enttäuscht. »Du musst genauer hinsehen. Achte auf die Farben.« Lena ging ein paar Schritte zurück und wiederholte das Ganze.

Jetzt bemerkte Felix den Unterschied. »Das Leuchten wird geringer«, meinte er.

»Du hast gute Augen«, sagte Lena. »Andere müssen lange üben, bis sie so weit sind.«

Bruno hatte kommentarlos zugesehen. »Und was soll jetzt das Ganze? Was ist mit dem Felsbrocken?«

Lena deutete den Hang hoch. »Der Stein muss von dort oben heruntergerollt sein. Ich vermute, in diese Richtung können wir nicht weiter.«

»Jetzt verstehe ich«, sagte Bruno gedehnt. »Das Rindenstück reagiert auf die Nähe von …« Er brach ab. »Woher hast du das?«

»Es wird dir nichts nützen, wenn ich dir das sage. Ich habe es eben. Und ich bin froh darum.«

Bruno trat vor. »Kann ich es auch einmal versuchen?« Felix meinte, in seiner Stimme einen lauernden Unterton zu hören.

Lena steckte das Rindenstück zurück in ihre Jacke. »Besser nicht. Man weiß nie, was passiert. Komm, Felix«, sagte sie. »Wir gehen zurück an unseren Platz.«

Felix drängte es danach, mehr zu erfahren. Doch er verzichtete darauf nachzufragen. Die Art, wie Lena auf Bruno reagiert hatte, ließ darauf schließen, dass sie das Geheimnis für sich behalten wollte. Langsam trottete er hinter Lena her. Bruno folgte in einigem Abstand.

Wenige Meter, bevor sie den Platz erreichten, duckte sich Lena plötzlich. »In Deckung! Rasch!«

Felix ließ sich auf die Knie fallen und verbarg sich hinter einem Strauch, der sich an dieser Stelle in die Oberkante des Abhangs hineingekrallt hatte. Bruno war so dicht an seiner Seite, dass sie sich berührten.

»Hört ihr das?« Lena deutete nach unten. Felix schob den Kopf vor, so weit es ging, doch er konnte nichts erkennen. Dafür hörte er deutlich ein lautes Knacken. »Da kommt jemand.«

Das Knacken wurde lauter. Etwas weiter entfernt konnte Felix ein zweites Geräusch hören. »Die Soldaten!« Er atmete schneller. »Sie haben uns entdeckt! Was sollen wir tun? Sie sind bewaffnet! Und nach oben können wir nicht weiter!«

Lena blieb erstaunlich ruhig. »Keine Sorge. Es macht nichts, wenn Sie uns bemerken.«

Felix glaubte, nicht richtig zu hören. »Aber – wenn sie schießen?«

»Das werden sie nicht tun.« Zu Felix' Erstaunen blieb auch Bruno ruhig. »Ihre Waffen werden ihnen hier nichts nützen.«

»Warum nicht? Sie müssen doch nur …«

»Sieh genau hin!«

Felix schob sich noch ein Stückchen weiter vor. Durch die Spalte zwischen zwei Steinen hatte er freie Sicht auf den Abhang unter ihnen. Es waren zwei Männer in Uniform. Beide trugen das Gewehr im Anschlag und einen Helm auf dem Kopf. Sie hatten genau die Stelle erreicht, an der Lena unvermittelt nach rechts abgebogen war. Der Größere der beiden deutete hoch zu ihnen. Felix sah, wie sie einige Worte austauschten. Dann setzte sich der Kleinere in Bewegung und begann, Schritt für Schritt den Hang emporzusteigen.

Felix' Herz klopfte. Am liebsten wäre er aufgesprungen und davongelaufen. Doch er zwang sich, ruhig zu bleiben. Er war gespannt, was passieren würde.

Der Mann, dessen Gesicht Felix deutlich erkennen konnte, kam nur mühsam voran. Das Gelände war an dieser Stelle dicht mit Heidelbeerbüschen bewachsen, in denen sich seine schweren Stiefel immer wieder verfingen. Mit dem Gewehr in beiden Händen wirkten seine Bewegungen ungelenk. Zwischendurch sah er immer wieder zurück zu seinem Gefährten, der ihn von unten aufmerksam beobachtete.

Als der Soldat nur noch etwa zehn Meter von Felix entfernt war, geschah etwas Merkwürdiges. Im Kino hatte Felix schon öfters fasziniert die Kameratechnik bewundert, bei der der Regisseur nach Belieben die Geschwindigkeit ändern konnte. Vor allem der Wechsel zur Zeitlupe schuf einen beinahe magischen Effekt. Das Verhalten des Soldaten kurz vor ihm war ähnlich. Es sah so aus, als würde er von außen von unsichtbarer Hand gesteuert. Die Bewegung der Arme und Beine wurde unvermittelt langsamer fast bis zum Stillstand. Dann wieder sah es aus, als sei nichts geschehen. Auf diese Weise kam er ein weiteres Stück vorwärts. Er war jetzt so nah, dass Felix sein Gesicht gut erkennen konnte. Der Blick des Mannes hatte etwas Roboterhaftes und war seltsam starr. Plötzlich hielt er mitten in der Bewegung inne. Sein ganzer Körper schien wie eingefroren. Lediglich am Heben und Senken des Brustkorbes sah Felix, dass der Mann lebte.

»Was ist mit ihm?«, flüsterte Felix.

»Die geheime Kraft!« Bruno hatte ebenso wie Felix fasziniert das Geschehen beobachtet. »Er ist gelähmt. Aber er lebt noch!«

Felix wandte den Blick von dem Mann ab und sah sich verstohlen nach allen Seiten um. Es war nichts Besonderes zu entdecken. Bäume, Felsen, Büsche und Gras, darüber der Himmel, der immer noch in schönstem Frühlingsblau strahlte. Von einer entfernt stehenden Buche flog ein Eichelhäher auf und flatterte keckernd davon.

»Gelähmt? Warum denn?«, sagte Felix leise. Er war immer noch völlig verblüfft und erwartete, dass der Soldat jeden Moment wieder aufspringen und weiter auf ihn zukommen würde. Stattdessen begann der Körper des Mannes zu zittern. Im nächsten Augenblick fiel er seitlich in die Büsche, beide Arme immer noch im selben Winkel ausgestreckt.

»Ist er tot?«

Lena schüttelte den Kopf. »Er hat Glück. Es ist nur eine leichte Lähmung. Aber es genügt, dass er nicht mehr weiterkann.«

»Wir müssen ihm helfen!«, sagte Felix. »Ihn irgendwie da herausholen.«

»Du kannst nicht zu ihm hin. Keiner kann das. Es würde dasselbe passieren.«

»Dann muss er so liegen bleiben?«

»Ich denke, seine Kameraden werden sich um ihn kümmern. Sie werden versuchen, ihn herauszuziehen. Vielleicht mit einem Seil. Es ist nicht das erste Mal, dass die Soldaten mit der Kraft in Berührung kommen. Deshalb waren sie auch so vorsichtig beim Aufstieg.«

»Und deshalb sind auch nicht alle hinter uns her gestürmt! Deshalb konntest du so ruhig sein.«

Bruno war inzwischen aufgestanden. »Bis die übrigen Soldaten kommen, wird es ein wenig dauern. Trotzdem sollten wir sehen, dass wir hier wegkommen.«

Auch Lena erhob sich. »Bruno hat recht. Wir sollten die Verwirrung nutzen.« Sie holte das Rindenstück aus der Tasche und begann, den Umkreis abzusuchen. »Der Rückweg ist uns verwehrt. Ich hoffe, wir finden eine andere Möglichkeit.«

Die drei blieben dicht hintereinander. Lena ging voraus. Zu Beginn horchten sie noch ein paar Mal nach hinten, doch es war nichts zu hören. Felix beobachtete, wie sie wie zuvor in Etappen vorwärtsschritt. Manchmal ging sie mehrere Hundert Meter, dann wieder nur ein paar Schritte, bis sie anhielt und mit dem Rindenstück den Weg prüfte. Zum Glück war der Wald auf dem Boden nur spärlich bewachsen, sodass sie gut vorankamen.

Nach einer halben Stunde machten sie Halt. Felix war hundemüde. Die Anstrengungen der letzten beiden Tage hatten seine Kräfte fast aufgebraucht. Er sehnte sich nach Schlaf.

Felix ließ sich auf einem Moospolster nieder und streckte die Beine von sich. Lena war nicht entgangen, dass er am Rande der Erschöpfung stand. »Schlaf ein bisschen«, sagte sie. »Ich denke, eine halbe Stunde können wir hierbleiben. Und sei sparsam mit deinen Vorräten«, mahnte sie ihn.

Felix hörte kaum, was sie sagte. Unzählige Gedanken schwirrten ihm durch den Kopf. Trotzdem war er zu müde, um einen von ihnen festzuhalten. Nach wenigen Minuten fiel sein Kopf auf die Seite, und er schlief ein.

*

Felix erwachte von einem unangenehmen Druck in der Hüfte. Er brauchte ein paar Sekunden, ehe er wieder wusste, wo er war. Er drehte sich auf die andere Seite und rutschte ein Stückchen vorwärts, herunter von der Baumwurzel, auf der er gelegen hatte. In der Nähe hörte er Stimmen.

»Du solltest bei uns mitmachen. So jemanden wie dich könnten wir gut gebrauchen!« Die Stimme von Bruno klang gedämpft. Trotzdem konnte Felix gut verstehen, was er sagte.

»Mich gebrauchen! Ich glaube viel eher, du meinst etwas ganz anderes!« Felix konnte Lenas Empörung aus ihrer Antwort heraushören.

»Ich meine nichts anderes. Du könntest uns vieles erleichtern. Und es würde dir nicht schlecht gehen dabei.«

»Erleichtern? Ich habe von euch gehört. Ihr seid nichts anderes als kalte Geschäftemacher. Ohne Rücksicht auf Verluste.«

Bruno ließ sein verächtliches Lachen hören. »Es gibt Gewinner und Verlierer. So ist das Leben. Und ich gehöre lieber zu den Gewinnern.«

Felix öffnete die Augen und sah, wie Bruno dicht an Lena herangerückt war. Er legte seinen Arm um ihre Schultern und zog sie zu sich heran.

»Du und ich«, hörte er ihn sagen. »Meine Beziehungen, meine Erfahrungen zusammen mit dem, was du zu bieten hast! Wir könnten ein Team bilden. Unschlagbar. Und außerdem gibt es noch ein paar andere hübsche Dinge, die wir zusammen tun könnten.«

Lena reagierte blitzschnell. Sie schlüpfte unter seinem Arm hindurch, sprang auf und griff in ihre Tasche. Im nächsten Augenblick hielt sie Bruno ein Messer vor das Gesicht. Ihre Augen funkelten. »Das glaube ich auch. Doch bestimmt nicht so, wie du dir das denkst!«

Für einen Moment war Bruno völlig verblüfft. Dann breitete er langsam beide Arme aus und trat einen Schritt zurück. »Oha!«, sagte er gedehnt. »Die Dame ist empfindlich. Das werde ich mir für das nächste Mal merken.«

»Tu das«, sagte Lena. »Aber ich kann dir versichern, dass es kein nächstes Mal geben wird!«

Felix war währenddessen aufgestanden. Er kam dazu, als habe er nichts davon mitbekommen. »Ich muss eingeschlafen sein«, sagte er, als er näher trat. Am Himmel über ihnen erschienen die ersten Anzeichen der Abenddämmerung. Das strahlende Blau verblasste, die Wolken färbten sich rosa. Ein leichter Wind frischte auf.

»Wann gehen wir weiter? Wo gehen wir überhaupt hin?«

Lena steckte das Messer ein. »Gute Frage. Aber du hast recht. Ich denke, es ist Zeit, Entscheidungen zu treffen.« Sie setzte sich Bruno gegenüber auf einen Baumstamm, als ob nichts gewesen wäre. »Setz dich her zu uns.«

Felix ließ sich zwischen den beiden nieder. »Habt ihr irgendwas von den Soldaten gesehen? Haben wir sie abgeschüttelt?«

»Es sieht ganz so aus. Hier sind wir sicher. Trotzdem müssen wir überlegen, wie es weitergeht«, wandte sie sich zu Bruno. »Unsere Ziele scheinen unterschiedlich zu sein.«

»Mein Ziel ist klar.« Bruno ging mit keinem Wort auf die Szene ein, die sich kurz zuvor abgespielt hatte. »Ich muss weiter ins Elztal. Und das so schnell wie möglich.« Er warf Lena mit zusammengekniffenen Augen einen verächtlichen Blick zu. »Was du machst, ist mir egal.«

»Und was ist mit mir?«, fragte Felix. »Ich dachte, du hast mit Wacker besprochen, dass …«

»Denk nicht zu viel!«, fuhr Bruno dazwischen. »Neue Situation, neue Entscheidungen. Du musst sehen, wie du zurechtkommst.«

»Aber was soll ich denn nun machen?«

»Bedanke dich bei dieser Dame hier. Wegen der ist der ganze Plan gescheitert. Ich frage mich, was sie überhaupt in dem Zug wollte.«

Felix schluckte. Obwohl sich Bruno bisher nicht sonderlich zugänglich gezeigt hatte, war er doch überzeugt gewesen, dass Wacker alles geregelt hatte. Alleine hatte er keine Chance. Vielleicht war es das Beste, wenn er umkehrte und sich den Soldaten stellte.

»Du hast deine Pläne, ich habe meine. Die gehen dich ebenso wenig an.« Lena hatte wieder zu ihrer Ruhe zurückgefunden. »Ihr habt mich gerettet, dafür danke ich euch. Dafür sind wir jetzt den Soldaten entkommen. Ich denke, wir sind quitt.« Sie wandte sich zu Felix. »Du siehst nicht so aus, als gehörtest du zu Bruno und seinen Leuten. Was ist dein Ziel?«

»Ich …« Felix war unschlüssig, was er von seinen Absichten preisgeben wollte. Vielleicht würden ihn beide als Spinner abtun. Außerdem dämmerte ihm allmählich, dass er auf der Hut sein musste. Die verbotene Zone barg anscheinend mehr Geheimnisse, als er ahnte. »Ich will zum Titisee«, sagte er schließlich zögernd. »Eigentlich sollte mir Bruno dabei helfen, dorthin zu gelangen.«

»Zum Titisee? Das ist weit von hier«, meinte Lena. »Und gefährlich. Aber es ist möglich. Wenn man Bescheid weiß.«

In Felix keimte neue Hoffnung. »Könntest du … Ich meine, würdest du mir helfen? Könntest du es schaffen?«

Lena gab keine Antwort. Ihr Blick ging zwischen den beiden Männern hin und her. »Ich könnte es schaffen«, sagte sie nach einigem Zögern. »Aber ich bin mir nicht sicher, ob …«

»Natürlich bist du dir sicher!«, zischte Bruno. »Sie will nicht!«, sagte er zu Felix gewandt. »Das nenne ich wahre Dankbarkeit!« Der Sarkasmus in seiner Stimme war nicht zu überhören.

»Wir vergessen eines«, sagte Lena. »Wir alle haben es bis hierher geschafft. Das ist gut. Aber es ist nicht so selbstverständlich, wie es scheint. Wir sind noch lange nicht in Sicherheit.«

»Was schlägst du vor?«, fragte Felix.

»Als Erstes müssen wir weg von Waldkirch und von den Soldaten. Ich glaube nicht, dass sie die Schlappe auf sich sitzen lassen. Wir dürfen sie nicht unterschätzen. Und noch eines.« Ihr Blick glitt den Hang hinter ihnen entlang nach oben. »Wir müssen weg vom Kandel. Bisher hatten wir Glück. Aber das kann sich ändern.«

»Vom Kandel?«, fragte Felix erstaunt. »Was hat das mit Glück zu tun? Es ist doch nur ein Berg. Außerdem hast du doch diesen Wegweiser.«

»Nur ein Berg?« Lenas Lippen wurden schmal. »Du glaubst, es sei nur ein Berg. Das mag so sein. Doch er ist mehr als das. Viel mehr.« Für einen Moment herrschte Schweigen. Die Dämmerung breitete sich nun rasch aus. Es wurde kühler.

»Ich mache euch einen Vorschlag.« Lena sah sich um. »Eine Stunde von hier verläuft ein Pfad, der sicher ist. Ich bringe euch dorthin. Dann kann jeder das tun, was er will.«

»Worauf warten wir dann noch?« Bruno warf seinen Rucksack über die Schulter. »Ich habe keine Lust, in die Dunkelheit zu kommen.«

Nach einer Viertelstunde Kletterei und einigen Umwegen erreichten sie den Waldrand. Felix sah ein Tal vor sich, das sich zum Horizont hin verengte. Zu beiden Seiten ragten die Ausläufer der Berge empor. Vor ihnen breiteten sich Wiesen und ehemalige Felder aus, die jetzt einen trostlosen Anblick boten.

Ein paar Schritte weiter stießen sie auf einen Feldweg, der noch einigermaßen gut begehbar war. Alle paar Hundert Meter kamen sie jetzt an einem Bauernhof vorbei. Alles war verlassen und menschenleer. Felix erwartete, dass jeden Moment eine Hühnerschar vor ihnen auftauchte oder ein Hund kläffte. Doch es war nichts zu sehen und zu hören. Nur der Wind strich über die Dächer und durch die Fensterhöhlen.

Nach gut einer Stunde erreichten sie eine kleine Anhöhe. Unter einem holzgeschnitzten, stark verwitterten Kruzifix standen die Reste einer Bank, die früher einmal für Spaziergänger aufgestellt worden war. Darüber wölbte sich ein riesiger Flieder, in dessen Blattwerk noch ein paar abgeblühte Dolden sichtbar waren.

Lena betrachtete das Gelände mit prüfendem Blick. »Hier können wir über Nacht bleiben. Der Flieder bietet ein wenig Schutz, falls es regnet.«

Felix verspürte wenig Lust, die Nacht im Freien zu verbringen. »Warum gehen wir nicht zu einem der Höfe?«, fragte er. »Dort finden wir alles, was wir brauchen. Vielleicht sogar Decken oder etwas zu Essen.«

Lena wiegte leicht den Kopf. »Daran habe ich auch schon gedacht. Aber ich bin mir nicht sicher, was uns dort erwartet. Hier ist es besser.« Ohne weitere Erklärung suchte sie sich einen Platz unter dem Flieder, breitete eine dünne Decke aus und setzte sich. »Du solltest dich auch ausruhen«, sagte sie. »Du siehst müde aus.«

Felix verzichtete auf Diskussionen. Er breitete seinen Kapuzenpulli neben Lena aus und setzte sich ebenfalls. »Du hast recht«, sagte er. »Heute gehe ich keinen Schritt weiter.«

»Was macht dein Fuß?«

Jetzt erst bemerkte Felix, dass er in den letzten Stunden überhaupt nicht mehr daran gedacht hatte. Seit Lena ihn behandelt hatte, waren die Schmerzen wie weggewischt.

»Bestens«, sagte er. »Es geht mir gut. Aber müde bin ich trotzdem.« Er lehnte sich an einen der Fliederstämme und streckte sich aus. Lena hatte den Platz gut gewählt, von hier aus hatten sie einen guten Blick in alle Richtungen. »Wo sind wir eigentlich?«

»Das ist das Elztal«, sagte Lena. »Da vorne links ist Waldkirch, von wo wir gekommen sind. Es ist gar nicht so weit von hier. Der Umweg hat uns viel Zeit gekostet.« Sie deutete nach rechts. »Dort ist Bleibach und der Hörnleberg, dahinter liegt das Simonswälder Tal.«

»Warst du schon einmal hier?«, fragte Felix.

Lena nickte. »Ein paar Mal. Bis auf gestern ging bisher alles gut.«

Er schüttelte den Kopf. »Ich verstehe das alles nicht. Die Katastrophe hat doch damals alles verseucht. Ganz besonders den Schwarzwald. Es heißt, dass es so schlimm ist, dass auf viele Jahre niemand dort leben kann. Sie haben sogar extra einen Sperrzaun außen herum gebaut! Streng bewacht! Ich habe mir alles Mögliche vorgestellt. Aber seit ich unterwegs bin, sehe ich nichts davon. Kein Soldat hat Schutzkleidung getragen. Und wir laufen hier überall hin und her, so als sei nichts geschehen. Was bedeutet das?«

»Nicht überall!«, erwiderte Lena. »Das hast du ja heute gesehen. Sehr deutlich.«

»Aber das hat doch nichts mit Radioaktivität zu tun! Oder

doch? Ich dachte immer, davon wird man krank oder ähnliches.«

»Hast du es also auch schon gemerkt, Kleiner!« Bruno hatte sich wie üblich in einiger Entfernung von Lena niedergelassen. Trotzdem verfolgte er ihr Gespräch. »Was du heute gesehen hast, ist tatsächlich etwas anderes. Und gleichzeitig der Grund, warum die Regierung uns glauben macht, dass das ganze Gebiet lebensgefährlich verstrahlt ist.«

»Was heißt das? Stimmt das etwa nicht?«

»Ein paar Stellen gibt es, denen man besser fernbleiben sollte. Aber das sind nicht viele. Und sie sind bekannt. Ansonsten ist es im Schwarzwald auch nicht gefährlicher als anderswo. Was die Verstrahlung betrifft.« Er ließ ein kurzes, böses Lachen hören.

»Aber ich habe es doch selbst erlebt! Sobald man zu nahe an den Zaun kommt, nimmt die Strahlung zu. Das Armband zeigt es genau an.«

Wieder lachte Bruno. »Genau das ist die Absicht. Der Zaun wird regelmäßig radioaktiv aufgeladen. Jeder soll denken, dass es dahinter noch schlimmer wird.«

»Das glaube ich nicht! Das wäre ja …«

»Eine Lüge. Ein Riesenschwindel.« Bruno biss in einen Landjäger, den er aus seinem Rucksack hervorgezogen hatte. »Und das ist noch lange nicht alles. Sie schütten behandeltes Wasser in die Elz, in die Dreisam und die anderen Flüsse, die aus dem Schwarzwald herauskommen. Nur damit man glaubt, dass Wasser weiter oben sei ungenießbar.«

»Aber was ist mit der Elektrizität? Das stimmt doch, oder? Den Stromausfall spürt man doch überall!« Felix streifte seinen Ärmel hoch. »Meine Armbanduhr, mein Strahlenband – nichts geht mehr.«

»Richtig. Überall kein Strom mehr. Nicht einmal mit Batterien. Aber niemand weiß warum. Das wird in der Öffentlichkeit vollkommen verfälscht. Stattdessen gibt man verschwommene Antworten. Es gäbe Unregelmäßigkeiten, heißt es. Das Überflugverbot bestehe aus Sicherheitsgründen. Dabei würde jedes Flugzeug sofort abstürzen.«

»Aber die Fotos, die Luftaufnahmen! Die Wissenschaftler, die Expeditionen, auf denen sie das alles untersucht haben!«

»Die Fotos sind gefälscht. Kein Problem heutzutage. Wissenschaftliche Untersuchungen gab es nur am Anfang. Die meisten sind nicht zurückgekommen. Und die, die zurückgekommen sind, waren fassungslos.«

Felix konnte kaum glauben, was er hörte. »Und die Soldaten? Was ist mit denen?«

»Es gibt gar nicht so viele, wie man glaubt. Die größten Einheiten liegen hinter Freiburg bei Kirchzarten und hier im Elztal. Ein paar gibt es weiter nördlich an der Kinzig und bei Karlsruhe. Und oben im Wiesental. Die meisten sind abgestellt, den Zaun zu bewachen.«

»Damit keiner hineingelangt?«

»Das auch. Sie trauen niemandem. Aber hauptsächlich sind sie da, damit niemand hinauskann. Sie haben Angst, dass es sich ausbreiten könnte.«

»Es?« Felix spürte, wie eine kalte Hand nach seinem Herzen griff. »Was ist ›Es‹?«

Bruno gab keine Antwort. »Lena?« Felix wandte sich zu ihr. »Du weißt es. Oder?«

Lena sah ihn lange an. »Niemand weiß es.« Sie schüttelte langsam den Kopf. »Wir müssen damit leben.«

»Damit leben? Wir? Heißt das, es gibt noch andere?«, fragte Felix überrascht. Aus weiter Entfernung spürte er einen winzigen Hoffnungsschimmer. »Aber – warum bist du hierhergekommen? Warum lebst du nicht draußen? Du und deine Familie?«

»Wir waren nie draußen.«

Felix sah sie verwirrt an. »Das verstehe ich nicht.«

»Ist doch ganz einfach«, sagte Bruno. »Sie gehört zu denen, die damals den Schwarzwald nicht verlassen haben. Warum auch immer.« Er verzog den Mund. »Es ist nicht normal. Wer weiß, was da alles dahintersteckt. Ich glaube, sie weiß genau, was sie tut. Und ich weiß nicht, ob ich ihr trauen kann.«

Lenas Augen blitzten auf. »Was weißt du schon! Ein mieser Geschäftemacher! Einer, der sein Versprechen bricht! Und du redest von Vertrauen?«

Bruno stand auf und trat näher. Auch Lena stand auf. Felix trat die Szene in Erinnerung, die er vor wenigen Stunden gesehen hatte. Er ballte die Fäuste. Es sah aus, als ob Bruno jeden Moment auf Lena losgehen wollte. Seine Augen verengten sich.

»Wir hatten eine klare Abmachung«, zischte er. »Und meine Geschäfte gehen dich nichts an! Aber du! Was wolltest du überhaupt in dem Zug? Was finden die Soldaten so Wichtiges an dir?«

Obwohl Bruno sie um fast einen Kopf überragte, blieb Lena ruhig stehen und sah ihn mit festem Blick an. Bruno versuchte, ihren Augen standzuhalten, doch es gelang ihm nicht. Schon nach ein paar Sekunden wandte er sich ab und ging zu seinem Platz zurück.

Felix atmete auf. Sosehr er wissen wollte, was hier vor sich ging, umso mehr fürchtete er sich, in einen Streit zu geraten. Ein Streit, der ihn möglicherweise alleine zurücklassen würde. Innerlich hatte er sich bereits entschieden. Er würde Lena fragen, ob sie ihm weiterhelfen würde.

»Warum gehst du nicht einfach alleine weiter?«, fragte er nach einer Weile, nachdem sie still nebeneinandergesessen hatten. »Und … Würdest du mich ein Stück mitnehmen?«, fügte er vorsichtig hinzu.

»Ich stehe zu meinem Vorschlag. Wir werden zusammenbleiben, bis wir den sicheren Weg erreicht haben.« Sie wandte sich zu ihm. »Ich kann nicht zum Titisee gehen. Ich muss nach Hause.«

Felix spürte, wie sein Mut sank. Sie zog die Decke über ihre Schultern. Die Sonne war bereits hinter den Bergen im Westen verschwunden. Der Himmel wurde grau. Dunkle Wolken zogen herauf. »Es wird Regen geben«, sagte Lena.

»Wollen wir nicht doch zu einem der Höfe gehen?«, meinte Felix hoffnungsvoll. »Dort bleiben wir wenigstens trocken.«

»Ich kann dich nicht davon abhalten. Aber es ist besser, die Gebäude zu meiden. Auch wenn sie verlassen sind.«

Felix spürte, dass sie nicht näher darauf eingehen wollte. »Und warum bist du draußen gewesen?«, fragte er stattdessen. »Und warum bist du nicht draußen geblieben? Wenn es hier so gefährlich ist!«

Lena lächelte. »Das sind zwei Fragen!«, erwiderte sie. »Aber es gibt zwei einfache Antworten.« Sie zog den Reißverschluss ihrer Jacke halb nach unten, griff mit der Hand in eine der Innentaschen und zog ein Päckchen heraus. Es hatte etwa die Größe eines gebundenen Buches und war fest mit einer Schnur zugebunden.

»Was ist das?«, fragte Felix.

»Medizin«, antwortete sie knapp.

»Medizin? Und deswegen nimmst du das alles auf dich?«

Sie nickte. »Wenn es um Leben und Tod geht, bleibt keine andere Wahl. Deshalb muss ich auch möglichst rasch weiter. Das Ganze hat mich schon viel zu viel Zeit gekostet. Mein Bruder …« Sie brach ab. »Aber sag du mir doch, was du im Schwarzwald willst? Niemand kommt freiwillig hierher.«

Felix sah ein, dass er sie einweihen musste. »Der Titisee ist nur ein Zwischenziel. Dort sollte ich jemanden treffen, der mir weiterhelfen kann.« Er zögerte einen Moment, dann sprudelte es aus ihm heraus. »Meine Eltern! Ich suche meine Eltern.« Er erzählte von seinem Geburtstag, vom Geständnis seiner Tante, von der Hinterlassenschaft seines Onkels und schließlich von Wacker. »Ich weiß nicht, ob ich es schaffe. Aber ich muss es versuchen!«

Lena unterbrach nicht ein einziges Mal. Als er geendet hatte, schwieg sie eine Weile. »Du bist ein mutiger junger Mann!«, sagte sie schließlich. »Das hätte bestimmt nicht jeder gewagt.«

»Du wagst es ja auch! Ich habe keine andere Wahl. So wie du.«

Lena nickte. »Das stimmt.« Dann schwieg sie.

Felix war erleichtert und gleichzeitig enttäuscht. Für den Moment hatte er gehofft, dass sie ihm nach seinem Geständnis doch ihre Hilfe anbieten würde. Zumindest Zuspruch hatte er erwartet. Doch er verzichtete darauf, sie zu bedrängen. Er durfte sich keinen Illusionen hingeben. Von Anfang an war klar gewesen, dass er seinen Weg alleine würde gehen müssen.

Allmählich wurde es kühler. Die ersten Tropfen fielen. Er wünschte, er hätte jetzt auch eine Decke dabei. Doch daran hatte er bei seinen Vorbereitungen nicht gedacht. Im spärlichen Abendlicht kramte er in seinem Rucksack herum und zog seinen Pullover heraus. Dabei fiel ihm das Päckchen in die Hände, das Wacker ihm zum Abschied gegeben hatte. Er hatte es völlig vergessen. »Ein Andenken an deinen Onkel«, hatte er dazu gesagt. Es war ein Beutel aus festem Leder, mit zwei Schnallen verschnürt. »Ein Kochgeschirr!«, entfuhr es ihm, als er den Inhalt sah. Er breitete es nacheinander aus. Eine Pfanne, deren Stiel man abnehmen konnte, dazu ein Teller mit hohem Rand und eine flache Flasche mit einem Schraubverschluss. Das Ganze passte so gut ineinander, dass es nur wenig Platz einnahm. In der Deckellasche steckten

Messer, Gabel und ein Löffel. Daneben eine kleine Metallhülse, deren Deckel man abschrauben konnte. Felix öffnete ihn und ließ ein wenig von dem Inhalt herausrieseln. Kleine weiße Körnchen lagen in seiner Hand. »Salz!«, rief Felix überrascht. »Onkel Thomas hat an alles gedacht!«

»Onkel Thomas?«

»Er war es, der die Hoffnung nie aufgegeben hat. Ohne ihn wäre ich jetzt nicht hier.«

»Und er hat dir das mitgegeben?«

»Ich wünschte, es wäre so. Er ist vor Jahren gestorben.« Felix erzählte in wenigen Worten, wie der Mann, den er bis vor Kurzem für seinen Vater gehalten hatte, die letzten Jahre seines Lebens damit verbracht hatte, Felix' Eltern zu suchen. Als er geendet hatte, strich er gedankenverloren über das einfache Geschirr, dann packte er es wieder zusammen.

»Ein schönes Geschenk«, sagte Lena. »Mit einer Erinnerung, die dir noch sehr wichtig sein wird. Und praktisch ist es auch«, fügte sie hinzu. »Allerdings …«

Felix sah sie fragend an.

»Du musst vorsichtig sein. Vor allem mit Feuer. Der Wald ist unberechenbar.«

»Du sprichst schon wieder in Rätseln. Willst du mir nicht endlich erzählen, was es mit dem Schwarzwald auf sich hat?«

»Vielleicht morgen.« Sie zog die Decke etwas fester um sich. »Heute ist viel passiert. Wir wollen schlafen.«

Felix sah ein, dass er mit Drängen bei Lena nichts erreichen würde. Dabei gab es so vieles, was ihm auf dem Herzen lag. So vieles, was er nicht verstand. Doch sie hatte recht. Obwohl er aufgewühlt war wie selten, spürte er eine bleierne Müdigkeit in seinen Gliedern. Mit der aufkommenden Dunkelheit wurden seine Lider schwer. Ein paar Grillen zirpten im Gras, sonst war alles still. Nur Lenas gleichmäßiger Atem war zu hören.

Er spürte, dass er eine Frage loswerden musste, ehe er einschlief.

»Lena?«

»Hmm …«

»Du kennst dich aus. Du hast einen Weg hinaus und wieder herein gefunden. Wäre es nicht das Beste, ich meine, du und dein Bruder, ihr würdet beide …«

»Wir sind nicht die Einzigen. Außerdem hatte ich dir gesagt, dass die Antwort sehr einfach ist.«

»Warum du wieder zurückgekommen bist?«

»Weil dies hier meine Heimat ist.« Sie zog die Kapuze über den Kopf und drehte sich auf die Seite. »Schlaf jetzt. Morgen ist ein anstrengender Tag.«

Als Felix erwachte, war es noch dunkel.

»Steh auf, wir müssen los!« Neben ihm packte Lena ihre Sachen zusammen.

Felix streckte sich wie eine Katze, dann stand er auf. »Was ist los? Wo ist Bruno?«

»Es ist unruhig. Unten im Elztal sind Fackeln aufgetaucht. Bruno beobachtet sie.«

»Soldaten?«

»Es sieht ganz so aus. Sie haben uns nicht entdeckt. Aber wir müssen vorsichtig sein.« Sie schnürte ihre Schuhe zu und warf den Rucksack über die Schulter. »Los jetzt, beeile dich!«

Felix schlüpfte in die Schuhe, die er vor dem Einschlafen ausgezogen hatte. »Wohin gehen wir?«

»Wir steigen hinunter ins Tal wie vorgesehen. In Simonswald können wir über den Fluss, dort ist eine Brücke.«

»Und dann?«

Lena ging los. »Wir werden sehen. Komm jetzt.«

Bruno wartete ein paar Schritte weiter auf sie. »Es sind etwa 20 Mann«, sagte er. »Ich konnte es nicht genau erkennen. Sie kommen von Kollnau her und bewegen sich Richtung Bleibach.«

»Glaubst du, sie sind hinter uns her?«, fragte Felix. »Ich dachte, wir seien in Sicherheit.«

»Das dachte ich auch. Aber so schnell geben die nicht auf«, brummte Bruno. »Es wird Zeit, dass wir uns trennen! Es sei denn, Lena führt uns auf einen Weg, auf dem uns niemand folgen kann.«

Lena schüttelte den Kopf. »Es gibt keinen Weg. Ich spüre, dass vom Kandel etwas herunterkommt. Etwas Bedrohliches. Wir können nur vorwärts.«

»Dann los jetzt!« Bruno wurde ungeduldig. »Ist mir sowieso lieber.«

Der Weg, den Lena einschlug, führte in sanften Schleifen abwärts. Nach einer Viertelstunde hielten sie an. Über dem Bergrücken vor ihnen färbte sich der Himmel rosa. Es war kurz vor Sonnenaufgang. Felix sah jetzt, dass sie bereits weit unten im Tal waren. Lena wies zu den Häusern, die noch etwa einen guten Kilometer entfernt waren.

»Da vorne liegt Simonswald. Dort müssen wir hin. Wenn wir Glück haben, ist die alte Straße noch einigermaßen intakt.«

Obwohl für Felix nichts Auffälliges zu sehen war, bog sie nach rechts ab und verließ den Weg. »Es ist nicht das, was du denkst«, beruhigte sie ihn. »Aber bei größeren Siedlungen ist stets besondere Vorsicht geboten. Wir wissen nicht, ob sich dort jemand aufhält.«

»Du meinst, wir könnten überfallen werden? Von wem denn? Gibt es hier auch Soldaten?«

»Ich weiß es nicht«, antwortete sie. »Es könnte sein. Man muss hier mit allem rechnen.«

*

Am Fuße des Hügels kamen sie an ehemaligen Gärten vorbei, die nur noch durch die Reste überwucherter Holzzäune erkenntlich waren. Die Obstbäume waren ungepflegt, ihre Äste wucherten in alle Richtungen. Darunter hatten sich zum Großteil Brombeeren ausgebreitet, die ein undurchdringliches Dickicht bildeten.

Lena blieb stehen. »Hörst du das?«

Felix nickte. Hinter dem morgendlichen Vogelgezwitscher vernahm er von Weitem das Rauschen von Wasser.

»Die Wilde Gutach!«, sagte Lena. »Sie kommt aus dem Schwarzwald herunter. Sie wird ziemlich viel Wasser haben. Los, weiter!«

Bruno war ebenfalls stehen geblieben. »Warte noch«, sagte er.

»Was ist?«

»Ich höre noch etwas anderes.« Er schaute konzentriert nach links, so als ob er mit seinem Blick die Morgendämmerung durchdringen könnte. »Etwas, das mir gar nicht gefällt.«

»Soldaten! Sie sind näher, als ich dachte.« Lena sah sich kurz um, dann lief sie in eine der schmalen Gassen. Sie hasteten an mehreren Häusern entlang, ehe sie plötzlich vor einem breiten Weg standen.

»Die ehemalige Landstraße!«, rief Bruno aus. »Sie kommen bestimmt hierher.«

»Das befürchte ich auch«, sagte Lena. »Sie wollen den Talausgang blockieren!«

»Wir müssen schneller sein«, sagte Bruno. »Wir laufen die Straße entlang in die andere Richtung. Vielleicht können wir uns irgendwo bei den nächsten Häusern verstecken.«

Zum Glück war es noch so dämmrig, dass sie nicht sofort von Weitem erkannt werden konnten. Sie liefen so schnell es ihnen möglich war. Nach etwa 300 Metern hatten sie den Ortsausgang erreicht. Dahinter breitete sich offenes Gelände aus. Hinter dem Ortsschild auf der rechten Seite der Straße stand ein einzelner Hof. Gegenüber zeigte ein dunkles Band von Pappeln, Erlen und Weiden den Lauf des Flusses an.

Auf der Höhe des Hauses stand ein Wegweiser. Zwei der drei Schilder waren abgebrochen und hingen herunter. »Radwanderweg Simonswälder Tal«, las Felix. Das dritte Schild zeigte in Richtung Fluss. »Zur Kapelle 0,5 Kilometer.«

»Das ist unsere Chance!«, rief Lena. »Auf der anderen Seite sind wir nicht so leicht zu entdecken.«

Sie verließen die Straße und wandten sich nach links. Schon nach wenigen Metern tat sich unter dem Auengehölz eine Öffnung auf. Sie schlüpften hinein und standen ein paar Schritte weiter am Fluss.

»Verdammter Mist!« Bruno stieß einen Fluch aus. Felix erkannte sofort, was er meinte. Von der Brücke, die es hier einmal gegeben hatte, war nur noch wenig übrig geblieben.

Das alljährliche Schmelzwasser musste irgendwann einmal dem Bauwerk so heftig zugesetzt haben, dass einer der Pfeiler beschädigt wurde. Da es niemanden mehr gab, der es reparierte, breitete sich die Zerstörung mit jeder folgenden Flut mehr aus. Irgendwann hatte die Fahrbahn ihren Halt verloren und war eingestürzt. Die Böschung war auf beiden Seiten ausgewaschen. Lediglich ein paar Spanndrähte und Metallverstrebungen erinnerten daran, dass es hier einmal einen Übergang gegeben hatte.

»Was sollen wir tun?« Felix betrachtete verzweifelt die Zerstörung.

Auch Bruno hatte keine Hoffnung. »Also gut. Dann rasch wieder zurück. Noch haben wir einen kleinen Vorsprung.«

Nur Lena schien die Ruhe zu behalten. Sie ging weiter bis zu der Kante, an der das Bachbett steil abfiel. Ihr Blick wanderte über das Wasser bis zur anderen Seite.

»Wartet! Vielleicht gibt es doch noch eine Möglichkeit.«

»Du willst doch nicht etwa durch das Wasser waten?« Bruno schüttelte den Kopf. »Die Strömung reißt uns doch sofort weg! Dann kannst du es dir aussuchen: den Schädel eingeschlagen bekommen oder gleich ersaufen.«

»Nein, das geht nicht. Aber seht mal hier!« Sie zeigte zu dem Pfeiler, der ihnen am nächsten stand. »Wenn es uns gelingt, hier hochzuklettern, könnten wir uns mit etwas Glück zu dem zweiten hinüberhangeln. Und auf der anderen Seite ist sogar noch ein Rest der Brücke da.«

Felix war wenig begeistert. Die verbogenen Streben zwischen den beiden Pfeilern sahen nicht vertrauenerweckend aus. Direkt über der tiefsten Stelle war eine Lücke, die man nur mit einem Sprung überwinden konnte.

»Bruno ist der Stärkste von uns.« Lena ließ sich nicht beirren. »Du gehst voraus«, wandte sie sich an ihn, »und ich mache den Schluss. Felix nehmen wir in die Mitte, so bekommt er von beiden Seiten eine Absicherung.« Sie wartete die Antwort der beiden erst gar nicht ab, sondern ging los. Sie watete ein paar Schritte durch das Uferwasser und stellte sich mit dem Rücken an den Pfeiler. »Räuberleiter!«

Bruno überlegte nicht lange und folgte ihr. Er stellte seinen Fuß auf ihre Hände und zog sich nach oben. »Es könnte klappen!«, sagte er, nachdem er an den Metallteilen gerüttelt hatte.

»Jetzt du!«, rief Lena Felix zu, der noch immer am Ufer stand. Das dumpfe Gurgeln des schwarzgrünen, rasch fließenden Wassers flößte ihm Angst ein. Bruno hatte recht. Selbst ein geübter Schwimmer hätte hier keine Chance. Doch er sah ein, dass ihm keine andere Möglichkeit blieb, als ihm zu folgen.

Es setzte den Fuß in das eiskalte Wasser, dann fasste er Lena an der Schulter und setzte den Fuß auf ihre Hände. »Du schaffst es! Ich schiebe dich, so gut es geht.« Felix traute sich kaum, sich aufzurichten. Bruno reichte ihm die Hand von oben. Sein fester Griff und ein kräftiger Schwung von unten brachten ihn rasch hinauf. Lena kletterte sofort hinterher. Zwischen den herausgebrochenen Steinen fand sie genügend Halt, um Brunos Hand zu erreichen.

»Jetzt weiter. Bruno wieder zuerst.«

Prüfend setzte Bruno die Füße auf den Rest der Brücke und fasste gleichzeitig mit den Händen in die ehemaligen Verstrebungen. Die Lücke war schmal genug, dass er mit seinen langen Armen fast bis hinüberreichen konnte. Mit einem Sprung war er auf der anderen Seite. »Von hier aus ist es einfacher!«, rief er von dem zweiten Pfeiler aus. Er lief ein paar Schritte weiter und verschwand im Dunkel der Uferböschung.

»Siehst du!« Lena lächelte Felix zu. »Es ist nicht so schwer. Immer nach vorne sehen. Los jetzt. Ich bleibe direkt hinter dir.«

Das Stahlseil, nach dem Felix griff, war kühl und feucht. Der schmale Träger schwankte leicht, als er seinen Fuß darauf setzte. Er musste sich zwingen, nicht nach unten zu sehen. Jeder Schritt kostete ihn Überwindung. Kurz vor der Lücke blieb er stehen. Seine Knie zitterten.

»Bruno!«, rief Lena. »Bruno, komm her und hilf uns!«

Es kam keine Antwort. Drüben rührte sich nichts. »Ich trau mich nicht!«, jammerte Felix. »Wenn ich ausrutsche, ist es aus.«

»Bruno!« Lena rief noch einmal. Wieder keine Antwort. »Vielleicht ist er abgehauen«, stieß Felix hervor. »Zuzutrauen wäre es ihm.«

»Egal. Wir können nicht zurück. Aber warten können wir auch nicht. Halte dich gut fest. Wir machen es anders.« Sie zwängte sich an ihm vorbei nach vorn. »Ich gehe vor und helfe dir von drüben.« Ehe Felix protestieren konnte, sprang sie mit einem entschlossenen Satz auf die andere Seite. »Ich kann hier gut stehen«, rief sie ihm zu. Sie fasste mit der linken Hand eine verbogene Metallstrebe, die in den Steinen steckte. Die rechte Hand streckte sie aus. »So, und jetzt du. Es ist ganz einfach.«

Felix' Knie wurden weich. Sein Herz klopfte heftig. Er konnte nicht verhindern, dass sein Blick nach unten gezogen wurde. Das aufgehende Sonnenlicht glitzerte in den Schaumkronen der Wellen und zog ihn unwiderstehlich an. Der Pfeiler, die Balken und Drähte – alles begann vor seinen Augen zu verschwimmen. Er spürte, wie der Boden unter seinen Füßen zu schwanken begann.

»Schau mich an!« Lenas Stimme brachte ihn zurück in die Gegenwart. Im Halbdunkel leuchtete ihre helle Hand. »Du musst springen! Ich halte dich!«

Felix schloss für einen Moment die Augen. Dann tastete er sich bis zum äußersten Rand des Trägers. Er atmete tief ein, dann sprang er. Seine Füße erreichten festen Halt, mit der Hand griff er in das Gestänge, das früher einmal das Brückengeländer gewesen war. Gleichzeitig packte Lena ihn am linken Arm und zog ihn zu sich heran. Sie empfing ihn mit einem Lächeln.

»Gut gemacht! Siehst du, es war …«

Plötzlich ging alles sehr schnell. Hinter Lena tauchte das grinsende Gesicht von Bruno auf. Seine beiden Fäuste schwebten über ihrem Kopf, dann schlug er zu. Felix spürte, wie sie den Griff lockerte. Gleichzeitig glitt er aus und rutschte über die Kante des Pfeilers nach unten. Verzweifelt schlug er um sich. Seine Finger fanden eine Lücke im Stein. Er griff zu. Gleichzeitig spürte er einen kleinen Vorsprung unter seinen Füßen.

Über sich sah er, wie Bruno sich über Lena beugte. Sie musste das Bewusstsein verloren haben, denn sie ließ es geschehen, dass er ihre Taschen durchwühlte. Nach wenigen Sekunden schien er gefunden zu haben, wonach er suchte. Er sprang rasch auf und verschwand in der Dunkelheit.

»Lena! Lena, was ist mit dir!« Keine Antwort. Felix rief noch einmal. Seine Stimme verhallte ungehört im Rauschen und Gluckern des Wassers. Seine Finger verkrampften, sein Knie schmerzte. Zum Glück stand er einigermaßen sicher. Doch lange würde er es nicht aushalten. Er sah, dass der obere Rand des Pfeilers nicht weit entfernt war. Vorsichtig löste er seine Hand und streckte den Arm aus, so weit er konnte.

Sein Atem ging schwer. Er fand einen Spalt im Mauerwerk, doch es nützte ihm nichts. Er hatte nicht genügend Kraft, sich hochzuziehen. Stattdessen presste er seinen Körper an die Wand. Seine Muskeln in Armen und Beinen begannen zu zittern. Lange würde er sich nicht halten können. Er würde den Sprung ins Wasser riskieren müssen. Er war ein guter Schwimmer, und vielleicht hatte er eine Chance.

Vorsichtig drehte er den Kopf und sah nach unten. Es war nun hell genug, dass er die Wasseroberfläche deutlich erkennen konnte. Die Wilde Gutach floss mit starker Strömung. Abgerissene Zweige und ganze Büsche trieben unter ihm vorbei. Doch das war nicht das Schlimmste. Direkt unter ihnen ragten mehrere abgebrochene Felsstücke und Metallteile aus dem Wasser. Wenn er an dieser Stelle heruntersprang, würde er kaum heil unten ankommen.

»Felix? Bist du o. k.?« Lenas Haarschopf tauchte über dem Rand des Pfeilers auf.

»Mach schnell!«, stöhnte Felix. »Ich kann mich nicht länger halten!«

Lena streckte ihre Hand aus. »Ich komme nicht an dich ran!«, rief sie. »Halte durch, ich habe eine Idee!«

Lenas Stimme ließ Felix seine letzten Willenskräfte aufrufen. Doch es nützte nichts. Seine Finger wurden starr und begannen sich zu lösen. »Lena! Ich falle!« Seine Füße glitten ab. Im selben Moment baumelte ein Stück Stoff über seinem Kopf. Er griff zu und fühlte, wie er aufgefangen wurde.

»Lass nicht los!«, hörte er Lena rufen.

Irgendwie gelang es Felix, auch mit der anderen Hand zuzupacken. Seine Beine baumelten in der Luft, doch er spürte, wie er Stück um Stück nach oben gezogen wurde. Ein paar Sekunden später erreichte er den Rand. Mit letzter Kraftanstrengung gelang es ihm, einen Fuß über den Rand zu schwingen und sich endgültig hochzuziehen. Schwer atmend blieb er auf dem Boden liegen.

»Du kannst jetzt loslassen. Ich brauche meine Jacke noch.« Felix sah auf. Jetzt erst bemerkte er, dass er immer noch seine Hände in Lenas Jacke gekrallt hatte. »Bist du o. k.?«

Felix richtete sich auf. »Das war knapp. Und was ist mit dir?«

»Geht schon. Ein bisschen benommen. Aber das ist nicht das Schlimmste. Bruno hat die Flechtenrinde mitgenommen.«

»Wo ist er?«

»Ich weiß es nicht. Als ich wieder zu mir kam, bin ich sofort hinterhergesprungen. Aber er war schon verschwunden.«

Felix stand auf. Seine Finger schmerzten. An Händen und Armen hatte er blutende Schürfwunden. Sein linkes Hosenbein war über dem Knie aufgerissen.

»Du siehst übel aus«, meinte Lena. »Kannst du laufen?«

Felix biss die Zähne zusammen. »Ich denke schon«, sagte er tapfer. »Was machen wir jetzt?«

»Weg von hier. Auch wenn wir es über die Wilde Gutach geschafft haben, sind wir noch nicht in Sicherheit.«

Felix sah den Weg zurück, den sie gekommen waren. Niemand war zu sehen. Über der Wiese lag dünner Morgennebel. Die Sonnenstrahlen zeichneten die ersten Konturen im Wald an den Ausläufern des Kandel. »Hat er dir noch etwas geklaut?«

»Es sieht nicht so aus. Aber das war das Wichtigste. Alles andere hätte er haben können. Aber der Wegweiser ist nicht zu ersetzen.«

Felix schluckte. Das Bild des willenlosen Soldaten tauchte in seinem Kopf auf. »Wie sollen wir dann den Weg finden?«

»Ich denke, bis Simonswald ist es sicher. Sonst wären auch die Soldaten nicht so ohne Weiteres hinter uns hergekommen. Ich schlage vor, wir laufen ein Stück weiter, damit wir aus dem Blickfeld geraten. Dann sehen wir weiter.«

*

Sie setzten sich langsam in Bewegung. Auch auf dieser Seite der Wilden Gutach war die Uferböschung dicht bewachsen, sodass sie einen ausreichenden Sichtschutz von der Straße her hatten. Sie bewegten sich hintereinander am Rande zwischen Buschwerk und Wiese vorwärts. Auch jetzt wieder ging Lena voran.

Eine gute halbe Stunde kämpften sie sich durch das hohe Gras. Erst als sie den Ortsrand erreichten, wurde es etwas einfacher. Vor den Umkleidekabinen des ehemaligen kleinen Schwimmbades fanden sie eine Bank, die noch einigermaßen intakt war. Felix fand in seinem Rucksack eine Packung Kekse, von denen er Lena anbot. »Viel habe ich nicht mehr«, sagte er. »Wenn ich ganz sparsam bin, reicht es noch für zwei Tage.«

»Zeit genug, um wieder umzukehren.«

Felix fuhr herum. »Umkehren? Ich will nicht umkehren! Irgendwo werde ich schon etwas auftreiben.«

Lena besänftigte ihn. »Keine Sorge. Ich werde dir nicht reinreden. Aber ich denke, jetzt ist es Zeit, Entscheidungen zu treffen.«

»Wie meinst du das?«

»Wir hatten ausgemacht, dass ich uns an einen Ort führe, von dem aus jeder seiner Wege gehen kann. Bruno hat das schon getan.« Ihre Augen verengten sich. »Ich hätte es wissen müssen. Ich habe nicht genug aufgepasst.«

»Du kannst nichts dafür! Immerhin hast du mich gerettet. Außerdem – ich hätte nicht gedacht, dass er so ein Schwein ist. Irgendwann werde ich ihn noch einmal treffen. Und dann …« Er ballte die Fäuste.

»Der Schwarzwald verändert die Menschen. Zum Guten und zum Bösen. Man kann es nicht wissen. Wie so vieles.«

»Aber dir vertraue ich! Du hättest längst abhauen können. Aber du hast mich geführt, du hast mich gerettet. Dafür bin ich dir dankbar.«

»Danke mir nicht. Es hätte auch anders gehen können. Außerdem ist unsere jetzige Situation alles andere als rosig. Ohne den Wegweiser wird es sehr schwierig, nach Hause zu finden.«

»Aber ich dachte, du kennst den Weg?«

»Das schon. Leider ist der kürzeste Weg nicht immer der schnellste. Außerdem gibt es Stellen, an denen er sich ändert. Wo zuvor noch ein Durchgang war, ist er jetzt versperrt. Und umgekehrt.«

»Was willst du tun?«

»Es gibt sichere Wege. Aber nicht hier. In jedem Fall bedeutet es einen großen Umweg.« Ihr Blick verdüsterte sich. »Und ich habe Sorge, dass ich zu spät komme.«

»Kann ich mit dir gehen? Ich weiß sonst nicht, was ich tun soll. Wenn ich jetzt umkehre, werde ich mir ewig Vorwürfe machen. Alles, was mein Onkel für mich getan hat, wäre umsonst gewesen.« Er starrte vor sich hin. Plötzlich fuhr er auf. »Mein Onkel! Natürlich! Das habe ich völlig vergessen!« Er wühlte in seinem Rucksack und brachte den Umschlag mit den Skizzen und Karten hervor. Er stand auf und breitete sie auf der Bank aus.

»Eine Karte!«, rief Lena erstaunt. »Lass mal sehen.« Sie betrachtete eine Weile die Linien und Zeichen. »Das ist der Schwarzwald«, sagte sie. »Zumindest ein Teil davon. Und gar nicht schlecht gezeichnet. Man sieht sofort, was gemeint ist.« Sie fuhr mit dem Finger darüber. »Hier ist Freiburg, da Emmendingen, Waldkirch und das Elztal. Der Schauinsland, der Kandel, der Feldberg. Sogar der Belchen ist noch darauf. Und die Flüsse: die Elz, die Dreisam. Und die Wilde Gutach. Schau, hier sind wir, bei dem großen ›S‹.«

»Simonswald.« Felix nickte. »Und die Pfeile bedeuten wahrscheinlich die Wege, die er gefunden hat. Beziehungsweise diejenigen, die gefährlich oder gesperrt sind. Ich konnte die Zeichen nur zum Teil entziffern. Was hältst du davon?«

Lena ließ ihren Blick aufmerksam über die Skizze gleiten. »Ein paar sind eindeutig. Hier zum Beispiel, die durchgezogene Linie entlang der Elz. Das ist der Weg, der weit in den Schwarzwald hineinführt. Über Gutach, Prechtal, Triberg.«

»Wahrscheinlich der Weg, den Wacker für mich vorgesehen hatte. Ich vermute, dass Bruno mich dort entlangführen sollte.«

»Aber das ist sehr weit. Außerdem sind dort mit Sicherheit Soldaten. Und vielleicht sogar Menschen, die ich nicht unbedingt treffen will. Hier, das ist viel interessanter.« Lena deutete auf eine gestrichelte Linie, die von Waldkirch über Simonswald weiter nach Südosten führte. An ihrem Ende verzweigten sich mehrere Pfeile, von denen einer durchgestrichen, ein anderer mit einem Ausrufezeichen versehen war. »Es sieht so aus, als könnten wir von hier aus doch noch ein gutes Stück weitergehen.«

»Aber die Karte ist schon alt«, warf Felix ein. »Zehn Jahre bestimmt. Oder noch mehr. Du hast selbst gesagt, hier ist alles in Veränderung. Was ist, wenn das alles nicht mehr stimmt? Und was ist mit den Buchstaben, von denen wir nicht wissen, was sie bedeuten?«

»Der Weg führt bis zum Ende des Tales Richtung Gütenbach, dann noch ein Stück darüber hinaus ins Wildgutachtal. Siehst du das ›HM‹ am Ende? Ich vermute, dass dein Onkel bis zur Hexenlochmühle gelangt war.« Ihr Finger wanderte ein Stück in die andere Richtung. »Hier muss ich hin. Das ist gar nicht so weit weg. Zwischen St. Märgen und Breitnau.«

»Kennst du dich dort aus?«

Lena stieß einen Seufzer aus. »Ein bisschen. Die Gegend dort gehört zu den unsicheren Zonen. Keiner von uns geht dort gerne hin. Aber das Risiko müssen wir eingehen.«

»Wir? Du hast gerade ›wir‹ gesagt. Heißt das, du nimmst mich mit?«

Lena sah ihn einige Sekunden prüfend an. Dann nickte sie langsam. »Ich glaube schon. Aber ich muss dich warnen. Es kann gefährlich werden. Lebensgefährlich.«

Felix atmete tief ein. »Dann ist es so.« Er versuchte, zuversichtlich zu klingen, doch seine Stimme klang dünn. »Wann gehen wir?« Er packte die Blätter zurück in den Rucksack und stand auf.

»Langsam, warte noch«, sagte Lena. »Wenn die Karte stimmt und wenn alles gut geht, haben wir es in einem, spätestens zwei Tagen geschafft. Das sind mir zwei ›Wenns‹ zu viel.«

»Was meinst du?«

»Wir dürfen das Wichtigste nicht vergessen. Nach meiner ursprünglichen Planung wollte ich spätestens übermorgen zu Hause sein. Dein Essen reicht auch nicht für länger. Ich will nichts riskieren.« Lenas Blick wanderte über das Gelände und blieb an einem flachen Gebäude hängen. »Wir dürfen keine Gelegenheit verstreichen lassen. Vielleicht können wir hier etwas auftreiben.«

»Etwas auftreiben? Ich dachte, es gibt keine Geschäfte mehr, keine Läden, nichts, wo man etwas kaufen könnte.«

»Natürlich nicht. Aber wenn wir Glück haben, ist etwas übrig geblieben. Dort drüben zum Beispiel.« Sie deutete auf den Flachbau. »Das sieht so aus, als sei es einmal ein Kiosk gewesen.«

Das Häuschen war früher einmal weiß gestrichen gewesen. Jetzt war die Wand mit Moos und Flechten überzogen. Fast der ganze Putz war abgebröckelt. Das Fenster, durch das früher die Einkäufe gereicht wurden, hatte keine Scheiben mehr. Ein Efeu hatte sich ausgebreitet und die Hälfte der Öffnung mit seinen Ranken überzogen. Die Tür stand offen.

Als Lena eintrat, ertönte plötzlich ein heiserer Schrei. Ein dunkler Schatten flatterte über ihre Köpfe. Felix duckte sich.

»Eine Eule«, lachte Lena. »Wir haben vergessen anzuklopfen.« Felix sah erschrocken zu dem Vogel hinüber, der nicht weit entfernt im Geäst einer Weide landete.

»Ist sie gefährlich?«

»Normalerweise nicht. Aber wir sollten aufpassen. Komm, wir gehen hinein.«

Das Innere des Raumes war gut zu überschauen. Direkt hinter der Tür stand eine kleine Theke, die Wände waren mit Regalen und Schränken zugestellt. Alles war mit Staub und Dreck überzogen. Auf dem Boden lagen zerfetztes Papier,

Schachteln und die Reste von Plastiktüten. Unter einer Kommode in der Ecke häufte sich gelb-weißer Vogelkot. Ein beißender Geruch strömte ihnen entgegen. Gleichzeitig ertönte ein zorniges Fauchen. Felix erschrak. Ein zweiter Vogel saß in der Ecke und starrte sie böse an.

»Die Dame des Hauses!«, sagte Lena und deutete auf das Nest. »Es sieht so aus, als ob sie brütet. Wir sollten sie nicht stören.«

Felix hielt sich in respektvollem Abstand. Sie öffneten die Schränke und zogen Schubladen heraus, doch selbst in der Kühltruhe war außer Staub und Müll nichts zu finden.

»Schade. Aber es war einen Versuch wert«, meinte Lena. »Gehen wir, ehe der Ehegatte nach Hause zurückkommt.«

Vor der Tür atmete Felix tief die frische Luft ein. Die Eule war inzwischen näher herangekommen und beobachtete sie vom Rand eines verrosteten Papierkorbes aus.

Sie gingen zurück zur Straße. »Die Natur lässt nichts umkommen. Zuerst kommen die Großtiere – Hunde und Katzen, als es sie noch gegeben hat, dann die Vögel, Füchse, Wildschweine, Wölfe …«

»Wölfe? Es gibt hier Wölfe?«

Lena nickte. »Wildkatzen, Luchse. Und nicht wenige. Und natürlich Ratten. Ratten finden alles, was irgendwie fressbar ist. Den Rest erledigen die Ameisen.«

»Ist das überall so?« Felix beschlich allmählich eine Ahnung, wie schwierig es sein könnte, etwas Essbares zu finden.

»Überall dort, wo keine Menschen mehr sind. Aber es gibt etwas, was selbst eine Ratte nicht schafft. Der Ort ist groß genug, dass wir es hier finden könnten.«

Felix wollte nachfragen, doch Lena blieb plötzlich stehen. »Sieh nur, wie schön!« Mitten zwischen den Häusern waren sie auf eine große Grasfläche gestoßen. Sie sah deutlich anders aus als die Wiesen, durch die sie bisher gelaufen waren.

Felix staunte. Das Gelände sah aus, als habe ein Gärtner wahllos und großzügig seinen gesamten Samenvorrat verstreut. Zwischen einem leuchtend gelben Löwenzahnteppich wuchsen Stiefmütterchen in allen Farben, weiße Primeln, ganze Nester von Narzissen und Tulpen.

»Das sieht fast so aus wie ein Park«, meinte Felix.

Lena lachte. »Stimmt. Dabei war es einmal etwas ganz anderes!« Sie zeigte auf das schmale Ende der Wiese. Dort stand, halb umgekippt, ein rechteckiges Gestänge, dahinter ein etwa drei Meter hoher Maschendrahtzaun.

»Ein Sportplatz!«, rief Felix. »Kaum zu glauben, dass hier einmal ein gepflegter kurz geschorener Rasen war.«

»Das geht schnell. Wahrscheinlich hat es kein Jahr gedauert.«

Felix erinnerte sich daran, dass er in diesem Frühjahr bereits zweimal den Rasen der Nachbarin gemäht hatte. Ob es dort auch so aussehen würde, wenn man sich längere Zeit nicht mehr darum kümmerte? Wahrscheinlich käme spätestens nach einem Monat der städtische Ordnungsdienst und würde eine Verwarnung aussprechen. Wenn es nicht die Nachbarn schon längst zuvor getan hätten.

»Komm jetzt!« Lenas Stimme riss ihn aus seinen Gedanken. »Wir haben viel vor heute.«

Ein paar Straßen weiter verlangsamte Lena ihren Schritt. »Da vorne ist die Hauptstraße! Warte hier einen Moment.« Sie duckte sich und huschte am Rande einer Hausmauer weiter, bis sie freie Sicht hatte. Sie schaute ein paar Mal nach allen Seiten, dann stand sie auf und winkte Felix, näher zu kommen.

»Niemand zu sehen. Wir sollten trotzdem aufpassen. Es ist gut möglich, dass die Soldaten hier einen Außenposten unterhalten. Zumal es eine intakte Brücke gibt.«

Felix sah sofort, was sie meinte. Nur wenige Schritte entfernt überspannte eine gut erhaltene Straßenbrücke die Wilde Gutach.

»Dann gehen wir eben wieder zurück und schlagen uns in die Büsche«, meinte Felix. »Da sieht uns keiner.«

»Normalerweise würde ich dasselbe vorschlagen. Aber so viel ich in Erinnerung habe, kommt talaufwärts kein größerer Ort mehr. Wir können hier nicht weg, ehe wir uns um die Vorräte gekümmert haben. Sieh mal, das Schild!«

Felix las ein Blechschild, das am Zaun eines Mehrfamilienhauses angeschraubt war. Die Farbe war abgeblättert, doch die Schrift war noch zu erkennen. »Frischemarkt Braun, 200 Meter.« Darunter war ein Pfeil. »Ein Lebensmittelmarkt! Und dort soll es anders sein?«

Lena schüttelte den Kopf. »Anders nicht. Aber dort gibt es etwas, das ein Kiosk nicht hat.«

*

Auf dem kleinen Parkplatz vor dem Lebensmittelgeschäft stand eines der wenigen Autos, die Felix seit seinem Aufbruch in Freiburg gesehen hatte. Der Efeu von der Hausfassade hatte einen Ableger losgeschickt, der das Fahrzeug inzwischen vollständig überwuchert hatte. Direkt hinter dem Kofferraum war eine junge Esche aufgegangen, deren Zweige sich über das Autodach wölbten. Rund um den Parkplatz blühten riesige Forsythien, die im Laufe der Jahre bereits einige Male unter ihrer eigenen Last zusammengebrochen waren.

Sie brauchten eine Weile, bis sie einen Eingang gefunden hatten. Die große gläserne Doppeltür war unbeschädigt geblieben, doch sie ließ sich nicht öffnen. Auch beim Lieferanteneingang um die Ecke hatten sie kein Glück. Das Metalltor war vollkommen verrostet und ließ sich nicht bewegen.

»So ein Pech. Was machen wir denn jetzt?«, ärgerte sich Felix. Sie waren einmal um das Gebäude herumgegangen und standen nun wieder am Eingang. »Wir könnten die Scheibe einschlagen!«, schlug er vor.

»Diese hier? Da wirst du Pech haben. So viel Kraft haben wir beide nicht. Und die anderen sind vergittert. Aber ich habe eine andere Idee. Sieh mal nach oben!«

Felix hob den Kopf. »Ich sehe nichts. Nur das Dach.«

»Eben. Komm, hilf mir mal.« Sie türmte ein paar der umherliegenden Plastikkisten übereinander, dann winkte sie ihn zu sich. »Ich steige auf deine Schultern, das müsste reichen.«

Felix kletterte auf die Kisten und stellte sich breitbeinig auf. »Ich komme an den Rand«, sagte Lena, während er sie an den Fußknöcheln festhielt. »Und jetzt schieben!«

Felix drückte sie nach oben, so fest er konnte. Im nächsten Moment spürte er, wie sich die Last von seinen Schultern hob. »Ich bin oben! Jetzt du!«

Sekunden später stand er neben ihr auf dem Dach. Es war flach und mit Kies bestreut. An mehreren Stellen waren kleine Birken aufgegangen. Dazwischen leuchteten goldgelbe Löwenzahnköpfchen. Schon das erste Oberlicht ließ sich leicht öffnen. Die Plexiglashaube war in mehrere Teile zerbrochen und aus der Verankerung gerissen. Dazwischen hatten sich altes Laub und Aststückchen festgesetzt.

Sie räumten alles beiseite. Die Öffnung war groß genug, um hindurchzuklettern. Felix sah nach unten. Im diffusen Licht konnte er kaum etwas erkennen. »Ganz schön hoch«, meinte er. »Was sollen wir machen? Einfach hinunterspringen?«

Auch Lena sah jetzt hinunter. »Ich kann den Boden nicht erkennen. Springen wäre riskant.«

»Wir bräuchten ein Seil. Dann könnten wir …«

»Wir haben ein Seil!« Lena schnürte ihren Rucksack auf und zog eine zusammengerollte rote Leine hervor.

»Ganz schön dünn«, meinte Felix.

»Aus dem Outdoorshop in der Kajo«, lachte Lena. »Dich wird es halten.«

»Super! Aber warum hast du nicht …«

»Bei der Brücke? Stimmt. Aber das musste rasch gehen. Sehr rasch.« Sie rüttelte an der Befestigung des ehemaligen Oberlichts. »Das müsste halten.« Sie verknotete das Ende des Seiles, das andere ließ sie nach unten gleiten. »Ladys first!« Sie lachte noch einmal und begann nach unten zu klettern.

»Jetzt du!«, hörte er sie nach wenigen Sekunden rufen.

Das dünne Seil schnitt in seine Hände, doch Felix biss die Zähne zusammen. Kurz darauf stand er neben ihr.

Sie waren direkt zwischen zwei hohen Regalen gelandet. »Da können wir nachher wieder hochklettern«, sagte Lena. »Aber zuerst brauchen wir Licht. Dann wird sich zeigen, ob wir hier mehr Glück haben als am Sportplatz.«

»Wonach suchen wir eigentlich?«, fragte Felix.

»Nach Dosen.«

Wo in Freiburg normalerweise rund um die Uhr Neonröhren jeden Winkel des Supermarkts mit hartem Licht ausleuchteten, war es hier fast dunkel. Erst beim genauen Hinsehen erkannte Felix, wo sie gelandet waren. In den Regalen zu beiden Seiten lagen in Plastik verpackte Zahnbürsten, Shampoos und Küchenpapier. »Die Haushaltswarenabteilung«, flüsterte Felix. Er dämpfte seine Stimme, so als ob er sich scheute, die Dinge aus ihrem ewigen Schlaf zu wecken. Er griff nach einer Flasche Geschirrspülmittel, knickte den Verschluss auf und schnupperte daran. Nur ein zarter Hauch erinnerte daran, dass dies einmal parfümiert gewesen war.

»Genau richtig!«, gab Lena zurück. Sie hatte eine Packung Kerzen gefunden, die noch unversehrt war. Sie riss sie auf, gab Felix eine Kerze und behielt eine zweite in der Hand. Kurz darauf flammte ein Streichholz auf. »Passt!«, freute sie sich. Die übrigen Kerzen steckte sie ein. »Jetzt noch einen Dosenöffner.«

Felix staunte nicht zum ersten Mal, wie praktisch Lena denken konnte. Er hätte wahrscheinlich erst am anderen Tag irgendwo im Wald gemerkt, dass er die Dosen nicht aufbekam.

Am Kopfende des Regals wurde es etwas heller. Durch den langen Flur schimmerte das trübe Licht der Eingangstür, die im Laufe der Jahre völlig verdreckt und fast blind geworden war. Erst jetzt sah Felix, dass der Boden überall dick mit Staub bedeckt war, der bei jedem Schritt eine kleine Wolke hinterließ. Dazwischen lagen überall verstreut Reste von Plastik, Papier und Glas.

Am Regalende hingen die praktischen Dinge für den Haushalt, kleine Küchengeräte wie Kochlöffel, Schneebesen, Reiben und Siebe. Felix fand einen Dosenöffner und steckte ihn ein. »Alles klar! Vielleicht noch ein Spargelschäler gefällig?«, meinte er scherzhaft.

Doch Lena war bereits ein paar Schritte weitergegangen. Im Mittelgang zwischen den Regalen hielt sie ihre Kerze in die Höhe. Die Hinweisschilder waren noch deutlich zu erkennen. »Wein, Säfte, Süßwaren, Snacks«, las sie. »Nichts, was wir brauchen.«

Felix seufzte. Eine Tafel Vollmilch-Nuss-Schokolade hätte er zu gerne mitgenommen. Doch es gab tatsächlich Wichtigeres. Zudem war das meiste, das die Insekten übrig gelassen hatten, längst verdorben.

»Hier sind die Konserven!«, hörte er Lena rufen.

Er trat neben sie und leuchtete so gut es ging die Regalreihen aus. »Bohnen, Linsen, Karotten, Sauerkraut, Tomaten … Und hier gibt es Obst! Pfirsiche, Ananas, Kirschen …«

Lena ging in die Hocke und betrachtete prüfend das Angebot. »Mal überlegen. Wenn es gut geht, sind wir morgen Abend bei mir zu Hause. Dann bräuchten wir nicht zu viel. Zwei oder drei Dosen Gemüse. Vielleicht finden wir auch noch etwas Reis. Mach deinen Rucksack auf!« Sie griff in das Regal und reichte Felix fünf verschiedene Dosen. »Zur Vorsicht. Falls eine verdorben ist, haben wir noch die anderen. Jetzt noch einmal fünf.«

»So viele? Da haben wir ganz schön zu schleppen!« Felix hob seinen Rucksack an. Er war deutlich schwerer geworden.

Lena nahm ungerührt ein paar weitere Dosen aus dem Regal und stopfte sie in ihren Beutel. »Hier!« Sie griff in das Regalbrett darüber und drückte Felix eine große Packung Reis in die Hand. »Jeder noch eines davon. Wir haben großes Glück, die Packung ist nicht aufgerissen.« Sie verstaute alles in ihrem Rucksack, dann stand sie auf. »Und jetzt sollten wir sehen, dass wir wieder rauskommen.«

Felix atmete erleichtert auf, als sie wieder unter der Deckenöffnung standen. Helles Licht schimmerte herein. Felix sah nach oben zu dem kleinen Rechteck, durch das er den Himmel sehen konnte.

»Ich hoffe, das Regal hält!«, sagte Lena.

»Ich versuche es!« Felix griff mit beiden Händen in die Regalstützen.

»Nein, warte! Lass mich vor.«

»Aber …«

»Ich bin leichter als du. Wenn es mich aushält, ist wenigstens einer von uns oben.«

Wieder musste Felix widerwillig zugeben, dass sie recht hatte. Seit er sie aus der Gewalt des Soldaten befreit hatte, war sie immer die Führende gewesen. Dabei war sie kaum älter als er. Gerne hätte er ihr bewiesen, dass er nicht nur der große Junge war, als den sie ihn offensichtlich ansah.

Trotzdem musste er staunen, wie rasch und geschickt sie hinaufkletterte. In ein paar Sekunden war sie oben.

»Jetzt die Rucksäcke!«, rief sie. »Einer nach dem anderen.«

Felix band beide Rucksäcke der Reihe nach an dem Seil fest, und Lena zog sie nach oben. »Jetzt du!«, rief sie. »Binde dir das Seil um die Brust!«

»Aber das ist nicht nötig!«, protestierte Felix. Trotzdem folgte er widerstrebend ihrem Rat. Er löschte die Kerze. Sofort kroch die Düsternis wieder an ihn heran. Der riesige Raum um ihn kam ihm vor wie eine überdimensionale Höhle, vollgestellt mit Fäulnis, Moder und Tod.

Lenas Kopf tauchte in der Öffnung auf. »Jetzt los, das schaffst du!«

Anders als bei dem Brückenpfeiler fand Felix jede Menge Möglichkeiten, sich festzuhalten. Er war bis fast unter die Decke gekommen, als das Regal sich plötzlich zu bewegen begann. Felix erschrak. Er streckte die Hand zum Rand der Öffnung aus, doch es war zu früh. Er griff daneben, gleichzeitig glitt er mit dem Fuß aus. Das Regal schwankte bedrohlich, seine Füße verloren den Halt.

»Das Seil!«, schrie Lena. »Du musst das Seil greifen!«

Mit beiden Händen griff Felix zu. Im selben Moment stürzte das Gestell unter ihm zusammen und verschwand krachend in der Dunkelheit. Felix strampelte mit den Beinen. Das dünne Seil schnitt in seine Hände.

»Nicht bewegen!« Lenas Stimme brachte ihn zur Besinnung. Er spürte, wie sie das Seil nach oben zog. Sekunden später saß er schwer atmend auf dem Dach.

»Alles in Ordnung?« Felix nickte. Obwohl seine Handflächen brannten wie Feuer, wollte er jetzt keine weitere Schwäche zeigen. »Dann los. Hier auf dem Dach kann uns jeder sehen.«

Sie kletterten auf dieselbe Weise hinunter, wie sie hochgekommen waren. Auf der Hauptstraße war niemand zu sehen.

»Und jetzt?«, fragte Felix.

»Zeig noch mal den Plan deines Onkels.« Felix breitete die Karte aus. Lena betrachtete sie aufmerksam. »Ich denke, wir sind ziemlich genau hier.« Sie deutete auf den großen Buchstaben, »›S‹ für Simonswald. Die Skizze ist eindeutig. Von hier aus immer entlang der Wilden Gutach. Wie schon gesagt, in der Nähe des Wassers ist es am sichersten.«

»Also immer die Hauptstraße entlang!«

Lena schüttelte den Kopf. »Nein, nicht die Straße. Ich traue der Sache noch nicht. Die Soldaten haben zwar Angst, aber wir können nicht wissen, wie hartnäckig sie sind. Auf der Straße können wir viel zu leicht gesehen werden.«

»Aber umgekehrt genauso! Wir sehen doch schon von Weitem, wenn jemand kommt!«

»Stimmt. Aber willst du dich auf einen Wettlauf einlassen? Falls sie uns entdecken, werden sie nicht so einfach aufgeben. Außerdem haben sie Waffen. Wir sollten uns von der Straße fernhalten, so gut es geht.« Sie schaute noch einmal konzentriert nach allen Seiten, dann ging sie los.

Widerwillig stapfte Felix hinterher. Er würde ihr beweisen, was in ihm steckte. Die Gelegenheit würde kommen.

*

Sie kamen an einem Gasthof und an einer Apotheke vorbei. Links oberhalb der Straße stand auf einem Hügel die Kirche. An einem ehemals schmucken Haus, dessen Fassade gänzlich mit wildem Wein überwuchert war, las Felix die Aufschrift »Tourist Info Zweitälerland«. »Camping und Minigolf« entzifferte Felix auf einem weiteren Schild, das nach rechts zeigte. Für einen Moment stellte er sich vor, wie es hier früher ausgesehen haben musste. Im April war die Touristensaison bereits im vollen Gange. Freudige Urlauber, erwartungsvolle Wanderer, Kinder auf dem Spielplatz …

Seine Tante hatte oft erzählt von Ausflügen und Touren in den Schwarzwald. Von Bootsfahrten auf dem Titisee, die Fahrt mit der Höllentalbahn, die Vogtsbauernhöfe mit Erinnerungen aus dem Alltag, die Jahrhunderte zurückreichten.

Alles vorbei. Ein riesiges Freiluftmuseum ohne Besucher. Und wenn es die Generation seiner Eltern und seiner Tante nicht mehr gab, würden die Menschen den Schwarzwald nur noch von Filmen, Bildern und aus Büchern kennen.

Felix' Befürchtungen waren rasch zerstreut. Sie kamen gut voran. Lena hielt sich die meiste Zeit im Uferbereich der Wilden Gutach. Dort kamen sie überraschend gut vorwärts. Ab und an mussten sie auf die Straße ausweichen, die in mehr oder weniger großem Abstand ihren Weg begleitete. Dort kamen sie an einer Uhrenfabrik vorbei, die immer noch mit großen Lettern auf der Frontseite für »Deutschlands schönste Uhren« warb. Das »ö« hatte einen seiner Punkte eingebüßt. Vor dem Sägewerk lagen immer noch Bretter zum Trocknen aufgestapelt, dick mit Moos, Gras und kleinen Büschen überwachsen. Ein Café und einige Gasthöfe erinnerten an die Zeiten, in denen Wanderer und Sonntagsausflügler hier Rast machten.

Je weiter sie in den hinteren Teil des Tales vordrangen, desto stärker rückten die Berge zusammen. Offenes Gelände gab es hier kaum noch. Die Natur hatte den Großteil längst zurückerobert. Die Kinder der Wälder hatten bereits eine stattliche Größe erreicht. Wo es früher Felder und Weiden gab, standen jetzt inmitten von Gras und Frühlingsblumen Bäume jeglichen Alters und in allen Größen. Es gab Buchen, kleine Eichen, Hainbuchen und natürlich Fichten und Tannen. Vereinzelt hatten sich sogar Birken hierher verirrt. Überall leuchteten gelb und weiß die ersten Frühlingsboten.

»Es ist schön hier«, meinte Felix, als sie am späten Nachmittag an einem ehemaligen Wanderparkplatz auf einer Bank Rast machten. »Der perfekte Erholungsurlaub.«

»Nicht, wenn man hier lebt. Die Idylle ist anstrengend. Kein Strom, keine Heizung, kein fließendes Wasser, keine Toilettenspülung – kannst du dir das vorstellen? Und das Einkaufen hast du ja selber mitbekommen.« Lena lächelte, doch sie wirkte ernst. »Manchmal komme ich schon ins Grübeln.«

Felix wusste nicht, was er sagen sollte. Die letzten Tage waren für ihn ein einziges großes Abenteuer gewesen. Dass er für immer auf solche Art leben könnte, war ihm noch gar nicht in den Sinn gekommen. Er sah Lena von der Seite an. Sie war eine attraktive junge Frau, die in seiner Welt bestimmt eine Menge Zerstreuung finden würde. Doch sie verzichtete freiwillig darauf. Kein Kino, keine Disco, keine Restaurantbesuche, keine Urlaubsreisen. Stattdessen ein Leben wie in der Steinzeit. Ob sie wirklich freiwillig hierblieb, so wie sie es ihm gesagt hatte?

»Wie viele seid ihr eigentlich? Und wovon lebt ihr überhaupt? Bestimmt nicht nur von Gemüsedosen aus dem Supermarkt.«

»Gewiss nicht!«, lachte Lena. »Klar, das war in der ersten Zeit das größte Problem. Meine Großmutter hat mir oft davon erzählt, als ich noch klein war. Wir waren nur wenige. Meine Familie – meine Eltern und Großeltern, meine Geschwister und mein Onkel mit seiner Familie. In den ersten Jahren ging es nur ums Überleben. Anfangs durchsuchten sie die Häuser in der Umgebung. Später wurden regelrechte Expeditionen ausgeschickt, dorthin, wo man etwas zu essen vermutete. Sie fanden einen kleinen Supermarkt in St. Peter, später ging es bis Hinterzarten, Furtwangen bis nach Neustadt hinterm Titisee. Sie haben genommen, was sie fanden und was nicht verdorben war. Aber nicht nur Lebensmittel, sondern auch Kleidung und Werkzeug. Bald merkten sie, dass das wichtigste Saatgut war. Für Gemüse, Salat, Gewürze. Steckkartoffeln. Es war anstrengend. Großmutter hat erzählt, dass wir anfangs nahe am Hungertod waren.« Sie hielt einen Moment inne und ließ den Blick über den gegenüberliegenden Talrand wandern.

»Und ihr habt nie überlegt aufzugeben?«

»Es kann sein, dass die Erwachsenen darüber gesprochen haben. Ich weiß es nicht. Nachdem der Uropa gestorben war, hätten sie es tun können. Er war derjenige, der nicht von zu Hause wegwollte. Aber sie haben sich entschieden zu bleiben. Und ich bin so hineingewachsen. Für mich stellt sich die Frage nicht.«

»Uns hat man erzählt, dass der gesamte Schwarzwald innerhalb weniger Tage evakuiert worden sei. Niemand könne hier leben, das ganze Gebiet sei verseucht. Aber ihr wart nicht die Einzigen, die geblieben sind, oder?«

Lena lächelte. »Inzwischen hast du ja mitbekommen, dass das nicht stimmt. Ja, es gab einige, heute noch. Wenn man welche traf, half man sich, so gut es ging. Aber es gab auch Ärger. In der Gegend von Neustadt hatte sich eine Art Bande gebildet, die alles kontrollierte, was es noch an Verwertbarem gab. Sie ließen es sich teuer bezahlen. Wenn sie dir überhaupt etwas abgaben.«

»Bezahlen? Mit Geld?«

»Geld hat hier oben keinen Wert. Anfangs nahmen sie es, Geld oder auch Schmuck. Später wollten sie anderes.« Ihr Blick verdüsterte sich. »Wir gingen dann nicht mehr hin.«

Felix spürte, dass sie nicht weitersprechen wollte. Es mussten schlimme Dinge passiert sein.

»Aber es gibt tatsächlich noch andere«, fuhr Lena nach einer Weile fort.

»Du meinst die ›Wölfe‹? Ich dachte, solche Leute wie Bruno kommen und gehen. Wer weiß, was für Geschäfte sie treiben. Oder denkst du an die Soldaten?«

»Ja, die auch. Aber das sind Menschen, die nicht wirklich hier leben. Schon gar nicht freiwillig. Nein, es gibt noch andere Gemeinschaften. Ein paar von ihnen kenne ich. Aber Kontakt gibt es kaum.«

Felix' Herz schlug schneller. »Auch am Feldberg?«

»Am Feldberg? Das weiß ich nicht. Ich kann es mir aber nur schwer vorstellen. Der Feldberg, der Schauinsland, der Kandel – die ganzen hohen Schwarzwaldberge sind tabu. Niemand, der dort hochgestiegen ist, ist jemals zurückgekommen.«

Felix' Mut sank. »Meine Eltern waren damals am Feldberg unterwegs auf einer Bergtour. Zumindest hatten sie das vor. Sie sind ins Zastlertal gefahren und wollten von dort aus über den Gipfel bis nach Menzenschwand.«

Lena sah ihn erstaunt an. »Dort willst du also hin!« Ihr Blick wurde ernst. »Menzenschwand ist weit. Von uns war noch niemand dort. Wir haben Leute getroffen, die erzählt haben, dass der Weg nach Süden extrem gefährlich sei. Er ändert sich dauernd. Es ist … Es ist, als ob es ein lebendiges Wesen ist. Etwas, das sich bewegt, das fühlt und reagiert.«

»Aber du hattest doch die Rinde mit den Flechten! Man könnte doch auf diese Weise einen Weg finden!«

»Schon. Bei uns hat fast jeder einen solchen Wegfinder. Aber das allein reicht nicht. Es ist schon zu viel passiert in den letzten Jahren. Deshalb beschränken wir uns bei allen Unternehmungen auf das Nötigste.«

Eine Weile saßen sie schweigend nebeneinander. Felix konnte kaum glauben, was er gerade gehört hatte. Allmählich begann er zu ahnen, warum die Behörden das Ganze nicht nur verschwiegen, sondern mit einem ungeheuren Aufwand mit falschen Tatsachen verschleierten. Er stellte sich vor, wie die Menschen in Freiburg und Umgebung, ja in ganz Deutschland reagieren würden, wenn sie mit der Wahrheit konfrontiert würden. Eine Wahrheit, die niemand erklären konnte. Im Kino hatte er einen amerikanischen Film gesehen, in dem Außerirdische auf der Erde landeten und die Menschen in Panik gerieten. Wahrscheinlich würde es hier genauso sein. Die Angst vor dem Unbekannten wäre größer als die Neugier.

Inzwischen waren die Schatten der Berge schon deutlich länger geworden. Noch stand die Sonne eine Handbreit über den Bergkämmen im Westen, doch spätestens in einer halben Stunde würde sie nicht mehr zu sehen sein. Von Norden zogen einzelne Wolken auf. Felix sah auf seine Uhr, die immer noch dieselbe Zeit zeigte wie im Güterwaggon, als er den Grenzzaun durchfahren hatte. Felix musste über sich selbst schmunzeln. Eigentlich könnte er die Uhr wegwerfen, zumal sie ein bereits älteres Modell war. Doch die Uhr war ein Geschenk seiner Tante und damit ein Stück Erinnerung. Er beschloss, sie vorläufig anzubehalten.

»Es wird bald dunkel«, sagte Lena. »Wir sollten sehen, wo wir heute Nacht unterkommen. Wir werden ein Dach über dem Kopf brauchen.« Sie deutete zum Himmel. Immer mehr Wolken schoben sich heran. Ihre Farbe wechselte zusehends ins Grau. »Es sieht nach Regen aus.«

»Auf der Skizze zeigt der Pfeil immer weiter entlang der Wilden Gutach. Also machen wir es genauso«, meinte Felix. Er sehnte sich danach, seine schmerzenden Füße endlich ausruhen zu können. Dennoch wollte er sich keine Schwäche anmerken lassen. »Wir laufen weiter wie bisher und gehen in das nächste Haus, das wir finden.«

»Wir sind schon ziemlich am Ende des Tales«, sagte Lena. »Du hast recht. Für heute ist es genug. Morgen wird es schwieriger.«

Felix verstand, was sie meinte. »Hast du schon eine Idee?«, fragte er hoffnungsvoll.

Lena stand auf und warf den Rucksack über die Schultern. »Nein. Aber eine Ahnung.«

Nach etwa einem Kilometer erreichten sie eine kleine Ansammlung von Häusern, deren Mittelpunkt ein stattliches Gasthaus bildete. »Gasthof – Hotel Engel«, las Felix die großen Buchstaben, auf denen noch spärliche Reste des ehemaligen Goldüberzugs zu sehen waren. Der halb verwitterte aufgemalte Engel hielt immer noch einladend ein Glas in der Hand. »Wie wäre es mit einer Hotelübernachtung?«, fragte er hoffnungsvoll. Obwohl er wusste, dass es Illusion war, genoss er den Gedanken an ein frisch überzogenes, weiches Bett, eine ruhige Nacht und ein reichhaltiges Frühstück.

Lena lachte. Doch dann schüttelte sie den Kopf. »Ich will noch ein Stück weitergehen«, sagte sie. »Ein solch großer Bau ist sehr unübersichtlich. Ich möchte im Schlaf keine Überraschungen erleben.«

Felix erinnerte sich an den Vorabend, als Lena es ebenfalls vermieden hatte, in dem Bauernhaus zu übernachten. Ob das wirklich so gefährlich war? Er konnte sich nicht vorstellen, was passieren könnte. Ein paar Tiere vielleicht, oder etwas Baufälliges. Oder war das Ganze nur eine Marotte von Lena, die in ihrem Leben nichts anderes gewohnt war als das einfache Leben?

»Jetzt komm!«, rief Lena, die bereits auf der anderen Seite der Brücke stand. Felix stieß einen Seufzer aus und lief hinterher. Zu seiner Überraschung wurde der Weg von hier aus etwas einfacher. Die Landstraße machte hinter der Brücke einen Knick, lief von dem Gasthaus aus den Hang entlang schräg nach oben und verschwand ein paar Hundert Meter weiter im Dunkel des Waldes. Gleichzeitig zweigte an dieser Stelle ein Weg ab, der entlang der Wilden Gutach in den hinteren Teil des Tales führte.

Immer wieder sah Felix sorgenvoll zum Himmel. Die Farbe der Wolken wechselte ins dunkle Grau, der Wind wurde stärker. Lena war ein paar Schritte voraus. »Es wird Zeit!«, rief er. »Wir müssen einen Unterschlupf finden!« Inzwischen war ihm egal, was sie vorhatte. Er hatte nur keine Lust, die Nacht durchnässt im Freien zu verbringen.

Unvermittelt blieb Lena stehen. Als Felix neben sie trat, hielt sie den Zeigefinger vor die Lippen. »Leise!«, mahnte sie ihn. »Schau nur!«

Felix staunte. Hinter der Flussbiegung war das Tal wieder ein wenig auseinandergetreten. Dort hatte eine kleine offene Wiese überlebt. Auch sie war mit Bäumen und Büschen bewachsen, doch es gab genügend Gras. Dazwischen bewegten sich ein paar schemenhafte Gestalten. Felix konnte nicht genau erkennen, was es war. »Was ist das?«

»Ziegen! Eine Herde wilder Ziegen!«, flüsterte Lena. Sie war ungewöhnlich aufgeregt.

Jetzt erkannte er sie. Es waren etwa 20 Tiere, die sich langsam durch das Gelände bewegten. Sie knabberten am Gras und an den jungen Knospen und ließen sich nicht stören.

»Wilde Ziegen?«, fragte Felix. »Wieso wild?«

»Nicht alle Haustiere sind eingegangen. Ein paar haben es geschafft. Und Ziegen sind wahre Überlebenskünstler.«

»Da sind aber auch noch andere«, sagte Felix und deutete in Richtung Waldrand. »Ich kann es nicht genau erkennen. Aber sie sind größer. Und sie haben eine andere Farbe.«

»Das sind Rehe«, meinte Lena, die auch in der Abenddämmerung noch ausgezeichnet sehen konnte.

»Ziegen und Rehe«, flüsterte Felix. »Welch friedliches Bild! Und sie haben keine Angst. Das sieht fast paradiesisch aus.«

»Ganz so ist es nicht«, meinte Lena. »Luchs und Wildkatze leben nicht von Gänseblümchen. Und Wölfe sowieso nicht. Aber du hast recht, den größten Feind gibt es nicht mehr.«

Im nächsten Augenblick zerriss ein Krachen die Stille des Abends. Der Himmel über der Bergkette flammte auf.

»Jetzt aber los!« Lena lief bereits in Richtung des Bauernhauses, dessen Umrisse nicht weit entfernt am Rand der Wilden Gutach zu sehen waren.

Obwohl es nur wenige Schritte waren, waren sie in Sekundenschnelle durchnässt. Es war, als ob der Himmel mit einem Mal sämtliche Schleusen geöffnet hätte. Es rauschte wie bei einem Wasserfall. Ganze Sturzbäche fielen herab.

Auch jetzt war Lena nicht zu bewegen, in das Haus zu gehen. Sie schlüpften in eine am Rande stehende Scheune, aus deren Wänden einige Bretter herausgefault waren. Das Tor stand halb offen und hing schräg in den Angeln. Auf dem Boden wuchs das allgegenwärtige Gras, das sich seinen Weg durch umherliegendes Holz, verfaulte Säcke und Kisten gebahnt hatte, deren Inhalt längst nicht mehr existierte. Das Dach war an mehreren Stellen undicht. Dort wo es hereintropfte, bildeten sich rasch kleine Pfützen.

Hinter einem alten Traktoranhänger fanden sie in einer der Ecken eine windgeschützte Stelle. Lena stellte den Rucksack ab, dann zog sie Jacke und Pullover aus und hängte beides über die Deichsel des Anhängers. »Wir machen ein Feuer. Schau, ob du etwas Trockenes findest.«

Felix tat es ihr gleich. Er hing seine Klamotten auf und zog zusätzlich Schuhe und Strümpfe aus. Obwohl jede Menge Gerümpel herumlag, dauerte es eine Weile, bis er genügend Brennbares beieinander hatte. Lena hatte inzwischen ein trockenes Hemd aus ihrem Rucksack übergezogen und ein Feuer entzündet. Als Felix zurückkam, fütterte sie die Flamme mit kleinen Holzstückchen.

»Viel gibt es nicht«, sagte Felix, »aber das sollte für eine Weile reichen.« Er zeigte ihr, was er gefunden hatte, und schüttete einen kleinen Haufen auf. »Hier auf dem Hof müsste es doch jede Menge Brennholz geben. Soll ich mal suchen?«

Lena schüttelte den Kopf. »Bleib lieber hier. Ich möchte das Feuer sowieso so klein wie möglich halten.«

»Aber wir könnten es uns richtig gemütlich machen«, gab Felix zurück. »Es ist sowieso schon bald dunkel. Wir hätten es hell und warm. Und wir könnten etwas kochen! Ich habe einen Riesenhunger.«

»Lieber nicht. Ich möchte so wenig wie möglich auffallen. Und mit den Vorräten müssen wir sparsam sein. Was hast du noch?«

Zum Glück hatte Felix' Rucksack den Regen einigermaßen abgehalten. Alles war trocken geblieben. Er brachte nacheinander eine halbe Packung Kekse, eine Tüte getrocknete Aprikosen und einen Rest Salami zum Vorschein. »Hier, lauter Leckereien«, scherzte er.

»Ich habe noch etwas Brot und Käse aus Freiburg«, sagte Lena und legte es auf den Tisch. »Und noch etwas ganz Besonderes«, meinte sie etwas verlegen, als sie eine Tafel Schokolade danebenlegte. »Die war eigentlich für meine Mutter gedacht. So etwas gibt es bei uns schon lange nicht mehr.«

»Nougat mit Nüssen!« Felix schnalzte mit der Zunge. »Meine Lieblingssorte! Aber die heben wir natürlich auf, bis wir nichts mehr haben«, sagte er.

»Scherze nicht«, sagte Lena ernst. »Wie viel Hunger hast du?«

»Nicht so viel«, schwindelte er. Auch wenn er am liebsten im nächsten Moment die ganze Tafel Schokolade alleine gegessen hätte. Doch er sah ein, dass sie vernünftig handeln mussten. Sie teilten sich Brot und Wurst, zum Nachtisch aß jeder ein paar Scheiben von dem Trockenobst.

»Mach den Rucksack gut zu«, sagte Lena. »Wir können uns nicht erlauben, dass wenige zu verlieren.«

»Verlieren?«

»Mäuse, Ratten, Vögel, Käfer, ein neugieriger Fuchs – du kannst es dir aussuchen. Am besten, wir hängen die Sachen an die Wand.«

Felix nickte. Er hatte kürzlich eine Reportage über Kanada gesehen. Dort waren überall an den Campingplätzen Schilder aufgestellt, die die Gäste vor gefräßigen Bären warnten. Die Tiere hatten es sich angewöhnt, ohne große Scheu die ungeschützten Vorräte der Touristen zu plündern.

»Wie ist es eigentlich mit den Tieren?«, fragte Felix. Er hatte einen Platz für die Rucksäcke gefunden und kauerte sich so nah es ging an den Rand des kleinen Feuers. »Ich meine, haben sie sich verändert, jetzt wo es keine Menschen mehr gibt? Fast keine …«, fügte er rasch hinzu.

»Für mich ist es normal, so wie es ist. Ich kenne es nicht anders. Außer von Erzählungen meiner Eltern und Großeltern. Doch, ja, einen großen Unterschied gibt es. Es gibt keine Haustiere mehr.« Sie dachte nach. »Ein paar Kühe konnten wir retten. Ohne sie wären wir längst am Ende. Aber sonst? Wir hatten anfangs einen Hund, doch der ist längst gestorben, als ich noch klein war. Ab und zu ist mir eine verwilderte Katze begegnet. Es gibt eben niemanden mehr, der sich um sie kümmert. Wahrscheinlich sind sie verhungert. Oder gefressen worden.«

»Aber die Ziegen? Die gibt es doch auch noch?«

»Ziegen sind genügsam. Und clever. Die finden sich zurecht.«

Für eine Weile starrte Felix in die Flammen. Lena legte von Zeit zu Zeit etwas nach. »Eigentlich dachte ich an die Wildtiere«, fuhr Felix schließlich fort. »Ich könnte mir vorstellen, dass sie sich anders verhalten. Jetzt, wo sie keine Angst mehr vor Menschen haben müssen. Oder jagt ihr sie? Rehe, Hasen, Wildschweine – ihr werdet doch nicht nur Gemüse essen! Oder seid ihr alle Vegetarier geworden?«

»Doch«, antwortete Lena. »Die beiden Schweine waren schon im ersten Jahr aufgegessen. Und auf die Jagd haben wir sehr schnell verzichtet.«

»Warum denn? Der Wald muss doch voller Wild sein.«

Lena dachte nach. Dann schüttelte sie den Kopf. »Es fühlte sich nicht richtig an. Wir waren Überlebende, sozusagen wie ihresgleichen. Es kostete jedes Mal eine enorme Überwindung, einen Braten nach Hause zu bringen. So haben es jedenfalls meine Eltern erzählt. Als wir dann regelmäßig von den Feldern und im Garten ernten konnten, haben wir irgendwann ganz darauf verzichtet. Zumal wir per Zufall entdeckten, wie wichtig sie für uns sind.«

Felix hob den Kopf. »Wichtig?«

»Natürlich wurden sie im Lauf der Zeit auch weniger scheu, fast zutraulich. Vor allem die Hasen. Wir Kinder haben sie viel beobachtet und mit ihnen gespielt. Dabei haben wir irgendwann gemerkt, dass die meisten Tiere instinktiv die Kraft spüren und meiden.«

»Du meinst, sie konnten euch helfen, rechtzeitig der Gefahr zu entgehen?«

»Ich erinnere mich, wie ich als Kind einmal einen jungen Dachs gesehen habe, der versehentlich in eine Todeszone vordrang. Es war ganz ähnlich wie bei dem Soldaten, der uns verfolgt hat. Seine Bewegungen wurden langsamer, dann ist er erstarrt und liegen geblieben. Es war schrecklich.« Sie schwieg.

Vom Feuer kräuselte sich Rauch nach oben. Felix zog die Glut etwas auseinander. »Und die wilden Tiere? Gibt es tatsächlich Wölfe und Luchse?«

»Sie verhalten sich unterschiedlich. Ich bin selbst schon einmal einem Wolf so nahe gekommen, dass ich ihn hätte streicheln können. Ich hatte fast den Eindruck, dass es ihm gefallen hätte. Aber etwas hat mich davon abgehalten. Vielleicht war es besser so. Auch wenn sie nicht mehr ganz so furchtsam sind. Die Tiere handeln nach ihrem Instinkt. Und der ist letztlich unberechenbar.«

Draußen war inzwischen fast nichts mehr zu erkennen. Der Regen hatte sich zu einer gleichmäßigen flirrenden Wand verdichtet. Die Wolken verdeckten den Himmel mit einer undurchdringlichen grauen Decke, durch die kein Licht drang. Ob die Sonne schon untergegangen war, konnte man nur erahnen.

Felix spürte, wie ihn die Anstrengungen des Tages schläfrig machten. Seine Jacke war inzwischen so weit abgetrocknet, dass er sie sich mitsamt der Decke umhängen konnte. Er nickte nur schwach, als Lena ihn darum bat, noch einmal die Karte ansehen zu dürfen.

Im Schein der flackernden Flämmchen betrachtete er sie unter halb geschlossenen Augen. Zum ersten Mal, seit er sie getroffen hatte, fiel ihm ihr Gesicht auf. Zwei zart geringelte hellbraune Locken umrahmten die hochstehenden Wangenknochen, ihre Nase war schmal, die hellen Lippen leicht geöffnet. Am auffälligsten waren ihre Augen. Sie zogen ihn mehr an, als es jeder Mascara oder Lidstrich seiner Mitschülerinnen vermocht hätten.

Felix seufzte leise. Er wusste immer noch nicht, wie alt Lena war. Doch er spürte, dass hier kein Mädchen vor ihm saß, sondern eine Frau, in die er sich verlieben könnte. Mit diesen Gedanken glitt er in den Schlaf.

In dieser Nacht hörte Felix die Wölfe zum ersten Mal. Der Regen hatte aufgehört, vor der Scheune war alles still. Lena hatte sich in eine Ecke verkrochen, vom Feuer leuchtete nur noch schwache Glut. Felix wachte mit Herzklopfen auf. Noch ehe er richtig zu Bewusstsein kam, spürte er, dass etwas anders war. Laute, wie er sie nie zuvor gehört hatte, drangen von weiter Ferne an sein Ohr. Felix lauschte wie erstarrt. Das Heulen hob und senkte sich.

Felix atmete schwer. Er verspürte den Drang aufzuspringen und Lena zu wecken. Doch er war wie gelähmt. Ein zweites Mal erhob sich die Stimme. Dieses Mal kam eine Antwort von weit weg, kurz darauf eine dritte.

»Sie sind auf der Jagd«, hörte er Lenas Stimme aus dem Dunkel. »Schlaf weiter. Du brauchst keine Angst zu haben.«

Lenas Worte konnten ihn nicht beruhigen. Gebannt lauschte Felix auf jeden Laut. Seine Muskeln spannten sich. Wölfe auf der Jagd! Was konnten sie tun, wenn sie hierherkamen? Ob das Haus Schutz bieten würde? In dieser Nacht fand Felix lange keine Ruhe. Draußen dämmerte es bereits, als er in einen unruhigen Schlaf fiel.

*

Als er aufwachte, war es längst hell. Felix fror. Er hatte im Schlaf seine Decke von sich gestrampelt. Das Feuer neben ihm war völlig ausgebrannt, nur noch kalte Asche war übrig geblieben. Von Lena war nichts zu sehen.

Er stand auf und schlug ein paar Mal die Arme vor die Brust, um sich aufzuwärmen. Draußen vor der Scheune wartete ein trüber Morgen. Es regnete zwar nicht mehr, doch der Himmel war bedeckt und grau. Über der Wiese hingen feuchte Nebelfetzen. Die Ziegen und Rehe waren längst verschwunden.

Felix zog seine Jacke über, dann holte er ein paar getrocknete Aprikosenscheiben aus seinem Rucksack und kaute darauf herum. Die Süße schmeckte angenehm. Trotzdem hätte er jetzt einiges für eine Tasse Kaffee gegeben.

Er fragte sich, wo Lena geblieben war. Für einen Moment durchzuckte ihn der Gedanke, dass sie ohne ihn weitergegangen sei. Doch die Karte seines Onkels lag zusammengefaltet neben seinem Schlafplatz. Wenn sie gewollt hätte, hätte sie die Aufzeichnungen ganz bestimmt an sich genommen.

Felix trat vor die Scheune. Die Luft roch frisch, ein leiser Duft von Wiesenblumen wehte herüber. Auf einmal hörte er etwas, das gänzlich anders war als das, was ihn in der Nacht erschreckt hatte. Es war eine zarte Melodie, nicht weit von ihm entfernt. Er ging ein paar Schritte in Richtung des Flusses, der hier wie überall dicht mit Erlen und Weiden gesäumt war. Er bog ein paar Zweige zur Seite, dann sah er sie.

Lena stand ein paar Schritte vom Ufer entfernt bis zur Hüfte im Wasser. Ihre Kleider hatte sie auf einen Stein gelegt. In kurzen Abständen beugte sie sich nach vorn, schöpfte mit den Händen Wasser und rieb sich Gesicht, Hals und Oberkörper ab. Im Gluckern der Wellen hörte Felix, wie sie leise sang.

Es war, als sei eine Nixe aus den Fluten aufgestiegen. Felix war vollkommen fasziniert. Er traute sich kaum zu atmen und vermied jede Bewegung, um das Bild nicht zu zerstören.

Lena schien ihn nicht bemerkt zu haben. Zum Abschluss ihrer Morgenwäsche ging sie einen weiteren Schritt nach vorn und tauchte bis zu den Haaren unter. Dann sprang sie auf und schüttelte sich, dass die Tropfen in alle Richtungen sprühten.

Felix erwachte wie aus seinem Traum. Er duckte sich rasch und drehte sich um. So leise wie möglich ging er den Weg zurück zur Scheune. Er setzte sich auf seinen Schlafplatz und holte die letzte Hand voll Trockenobst heraus. Ein paar Minuten später kam Lena herein, gut gelaunt und offensichtlich voller Tatendrang.

»Na, Langschläfer? Auch schon wach?«, neckte sie ihn.

»Und wo warst du? Hast du frische Brötchen besorgt?«

Lena lachte. Für Felix klang es, als habe sie einen Schwung Frische mitgebracht. Dabei schüttelte es ihn bei dem Gedanken an das kalte Wasser, in dem Lena eben gestanden hatte.

»Brötchen nicht. Aber gute Nachrichten.« Sie nahm die Karte und faltete sie auseinander. »Komm, wir gehen zum Eingangstor, dort ist es heller.«

Felix schaute kritisch zum Himmel. »Es sieht nicht so aus. Aprilwetter. Fehlt nur noch, dass es schneit.«

»Ich habe mir gestern Abend noch einmal die Skizzen angeschaut. Wir sind etwa an dem Punkt, wo dein Onkel mehrere Möglichkeiten eingezeichnet hat. Leider hat er ein paar seltsame Kürzel verwendet, die ich nicht verstehe. Hier zum Beispiel.«

Felix folgte ihrem Finger auf der Skizze. »Zahlen, ein Ausrufezeichen, ein Blitz. Pfeile. Seltsam. Aber es erinnert mich an etwas.« Er dachte einen Moment nach. »Wenn es nicht zu unwahrscheinlich wäre, würde ich sagen, das sind mathematische Zeichen. 20 ist größer als fünf. Das Ausrufezeichen kleiner als der Blitz.« Er schüttelte den Kopf. »Nein, das ergibt keinen Sinn.«

»Ich sehe es genauso«, sagte Lena. »Vielleicht kommt uns später noch eine Idee. Aber es könnte sein, dass wir das gar nicht mehr brauchen. Schau mal hier!«

»Z.F.«, buchstabierte Felix. »Eine Abkürzung. Etwas mit der Ziegenherde vielleicht. Nein, warte. Ein Stück weiter entlang der Wilden Gutach fließen zwei Linien zusammen. Zusammenfluss könnte es heißen!«

»Das dachte ich zuerst auch«, sagte Lena. »Aber dann habe ich mich an das erinnert, was mir meine Mutter über die Gegend erzählt hat. Sie hat immer großen Wert darauf gelegt, dass ihre Kinder möglichst viel von der Welt wissen. Und eben auch vom Schwarzwald.«

»Mach es nicht so spannend«, unterbrach sie Felix ungeduldig. »Was heißt Z.F.?«

»Zweribachfall. Ein Wasserfall ganz in der Nähe. Das war früher einmal eine Touristenattraktion.«

»Zweribachfall? Seltsamer Name.« Felix musste sich eingestehen, dass er noch nie davon gehört hatte.

»Vielleicht. Aber wichtig für uns ist diese dünne Linie hier.«

Erst jetzt sah Felix, dass an den Buchstaben vorbei eine kaum sichtbare gestrichelte Linie führte. »Ein Weg!«

»Ein Weg entlang des Wasserfalls. Und das Beste ist, er führt uns auf kürzester Strecke nach Hause. Ein Stück weiter oben ist ein kleines Hochplateau, die Platte. Dort waren schon ein paar von uns. Von dort werden wir leicht den Weg finden.«

»Super! Dann nichts wie los. Waschen und Zähneputzen wird verschoben, Frühstück hatte ich schon!«

Wie am Vortag hielten sie sich nahe am Bach. Die meiste Zeit ging Lena voraus und bahnte den Weg. Das Gras war noch nass vom Regen in der Nacht, Felix' Hosenbeine hatten bereits nach kurzer Zeit große feuchte Flecken. Der Himmel zeigte sich unverändert grau. Die Wolken hingen tief.

»Die Wölfe heute Nacht«, sagte Felix, als sie ein Stück nebeneinander gehen konnten. »So etwas habe ich noch nie gehört. Es war unheimlich. Ich war wie gelähmt.«

»Sie ziehen dich in ihren Bann. Du wirst ihre Sprache lernen müssen. Wichtig ist, nicht in Panik zu geraten. In dieser Nacht drohte uns keine Gefahr.«

»Bist du … Ich meine, seid ihr schon einmal angegriffen worden?«

»In den ersten ein, zwei Jahren waren es nur wenige. Wir haben gelernt, mit ihnen zu leben«, antwortete Lena.

Felix hatte das Gefühl, dass sie seiner Frage auswich. »Aber was kann man tun?«

»Auf sie hören. Sie nicht bedrohen. Ihnen aus dem Weg gehen«, antwortete sie knapp.

»Aber was …?«

»Du hast keine Chance.«

Felix sah ein, dass sie nicht weiter darüber reden wollte. Vielleicht gab es eine schlimme Erinnerung, die sie nicht wieder hochkommen lassen wollte. Dennoch nahm er sich vor, sie später noch einmal zu fragen.

Nach einer halben Stunde kamen sie an ein licht bewachsenes Waldstück. Die Überreste ehemals in Plastik eingeschweißter Heuballen und ein halb verfallenes Holzblockhaus deuteten darauf hin, dass hier einmal eine Weide gewesen sein musste. Über den Resten einer Bank hing an der Wand der Hütte ein verwittertes Schild.

»Zweribachfälle 1,8 km«, las Felix. »Hier müssen wir hoch!«

Der Weg war fest genug, dass sie von hier aus leichter vorankamen. Eine weitere halbe Stunde später entdeckten sie mitten in einem Holundergebüsch ein blaues Schild mit einem großen »P«. »Anscheinend ein Wanderparkplatz. Bis hierher konnte man mit dem Auto fahren. Und dort ist noch ein Wegweiser!«

Der Weg war nicht mehr zu erkennen, doch war es klar, dass es nur den Bach entlang nach oben gehen konnte. Durch einen schmalen Einschnitt in der Bergflanke plätscherte Wasser. »Und das muss der Zweribach sein!« Felix hatte die Abenteuerlust gepackt. Er fasste seinen Rucksack fester und schritt voran.

Von hier an ging es steil aufwärts. Die Reste des einstigen Wanderpfades waren völlig unter der üppigen Vegetation verschwunden. Heruntergebrochene Zweige lagen überall. »Wie soll das gehen? Das schaffen wir nie!«

Lena trat neben ihn und betrachtete aufmerksam die Umgegend. »Eine Möglichkeit gibt es. Wir laufen im Bach.« Sie zog Schuhe und Strümpfe aus und klemmte sie unter die Lasche ihres Rucksacks. »Versuche auf den Steinen zu bleiben.«

Das Wasser war eiskalt. Felix biss die Zähne zusammen. Jetzt nur nicht vor Lena als Weichei dastehen! Mühsam kämpfte er sich vorwärts. Die Steine, auf denen er balancierte, waren schlüpfrig. Verschlungene Zweige und Ranken verwehrten den Weg. Immer wieder ragten Felsen auf, die sie emporsteigen mussten.

Felix wusste nicht, wie lange sie herumgeklettert waren, als er sich schwer atmend auf einen Stein fallen ließ. »Ich muss eine Pause machen«, keuchte er. Er holte ein paar Mal tief Luft, dann beugte er sich zum Wasser hinunter und trank ein paar Schlucke aus der Hand. »Wie weit ist es noch?« Er wusste, dass die Frage unsinnig war. Doch er hatte das Gefühl, dass er mit dem Ziel vor Augen seine Kräfte besser mobilisieren könnte.

Lena war stehen geblieben. Felix hatte sich inzwischen daran gewöhnt, dass sie nicht gleich Antwort gab, sondern zuerst schaute und lauschte. »Hörst du es?«

Sein Atem ging wieder etwas ruhiger, sodass er sich konzentrieren konnte. Um ihn herum gluckerte das Wasser, in den Bäumen am Rand wehte der aufkommende Wind. Dann hörte er es. Ein Stück weit entfernt zwischen den Bäumen ertönte ein Rauschen, das anders war als das des Baches – größer, gleichmäßiger, umfassender.

»Der Wasserfall!«

Felix schöpfte neuen Mut. Er stand auf und stapfte entschlossen Lena hinterher, die inzwischen die Führung übernommen hatte. Der Plan stimmte, auch noch nach Jahren! Vielleicht balancierte er gerade über Steine, auf die sein Onkel bereits die Füße gesetzt hatte!

Mit jedem Schritt wurde das Rauschen jetzt lauter. Eine Viertelstunde später sah er durch das Grün das Schillern des Wassers. Die Luft füllte sich mit kühlem Dampf, der sich in winzigen Bläschen auf Steine und Blätter niederschlug. Wenige Schritte weiter erreichten sie den Fuß des Wasserfalls.

Vor ihnen erhob sich ein steiler Fels, dessen oberen Rand er kaum erkennen konnte. Sie standen am Rand einer kleinen Senke, in die das Wasser auf einer Breite von etwa 15 Meter herunterfiel. Vor Felix' Augen flimmerte es. In unzähligen kleinen Kaskaden stürzte der Bach herab. Millionen glitzernder Wassertropfen bewegten sich in allen denkbaren Formen, spritzten empor, vereinigten sich, sprühten in alle Richtungen. Dazwischen ragten nasse Felsen heraus, um die sich das Wasser schlängelte oder darüber hinabstürzte. Fette dunkelgrüne Moospolster klammerten sich an den Stein, durchtränkt mit Feuchtigkeit.

»Wir müssen den Weg suchen!« Felix war so in den Anblick versunken, dass Lenas Stimme ihn wieder zurückholen musste.

»Du willst hier hochklettern?«, fragte er ungläubig. »Aber das ist unmöglich!«

»Natürlich nicht den Wasserfall. Schau mal dort, an der Seite!«

Felix wandte den Blick nach links. Zwischen großen grünen Blättern, die ihn an Rhabarber erinnerten, waren Steine zu erkennen, die vom Tritt vieler Füße glatt geschliffen waren. »Eine Treppe!«

Zu Felix' Enttäuschung erwiesen sich die Stufen als nur wenig hilfreich. Bereits nach wenigen Schritten verloren sie sich am Rande des Wasserfalls in Stein und Fels. Es war nur noch zu erahnen, dass hier einst Ausflügler sich ihren Weg nach oben gesucht hatten. Immer wieder rutschte Felix auf dem nachgebenden Geröll ab. Mit beiden Händen suchte er nach einem Griff an schlanken Baumstämmen und Felsvorsprüngen, an denen er sich nach oben ziehen konnte. Lena schien es weniger auszumachen. Sie kletterte rasch und sicher wie eine Gämse. Dazwischen hielt sie immer wieder inne und half ihm.

Die letzten Meter waren wieder einfacher. Dafür erwartete Felix am oberen Rand eine Enttäuschung. Direkt darüber schloss sich eine weitere Stufe des Wasserfalls an. Noch weiter oben ragte ein Fels heraus, der ihm noch steiler vorkam als alle anderen.

»Etwas ungenau, der Reiseführer!«, versuchte er einen müden Scherz. »Von Muskelkater und kalter Dusche war nicht die Rede.«

»Vom Wetter auch nicht!« Lena deutete zum Himmel und zog die Stirn in Falten. »Das sieht gar nicht gut aus. Wir sollten uns beeilen!«

Felix sah sofort, was sie meinte. Während ihres Aufstiegs hatte sich der Himmel, der seit gestern zugezogen war, noch weiter verdunkelt. Der Wind frischte merklich auf. Die Wipfel der Fichten um sie herum schwankten wie Wellen im Meer. In die Gischt des Wasserfalls mischten sich erste schwere Regentropfen.

Obwohl die zweite Stufe kaum höher als drei Meter war, dauerte es noch länger, bis sie sie überwunden hatten. Es gab zwar Reste einer Kette, die in den Fels eingelassen war, doch war sie an mehreren Stellen herausgerissen und bot keine wirkliche Hilfe.

Unterhalb der letzten Stufe des Wasserfalls hatte sich ein großes Becken gebildet, das im Sommer eine willkommene Erfrischung bedeutet hätte. Jetzt stellte es ein Hindernis dar, das Felix schaudern ließ. Von dem ehemaligen Metallsteg, der früher die Bergwanderer darüber geführt hatte, war nur noch ein kümmerlicher Rest zu sehen. Die Träger waren aus der Verankerung gerissen und hingen schräg über der Absturzstelle des Wasserfalls. Dazwischen hatten sich einige heruntergebrochene dicke Äste verkeilt. An eine mächtigen Fichte, die auf der anderen Seite des Teiches halb über dem Abgrund hing, war ein kaum noch sichtbares Zeichen genagelt.

»Die Raute des Schwarzwaldvereins!«, sagte Felix. »Der Weg scheint drüben weiterzugehen. Was jetzt?« Der Gedanke, am Rande des Wasserfalls hinüberklettern zu müssen, ließ ihn schwindeln.

Lena ließ ihren Blick über den oberen Wasserfall gleiten. Er war weniger steil als die anderen, jedoch mehr als doppelt so hoch. An seinem linken Rand türmten sich riesige Felsbrocken auf, dahinter fiel der Waldboden nahezu senkrecht ab. »Es ist die Einzige Möglichkeit«, sagte sie. »Aber ...« Sie brach ab.

»Aber wir schaffen es nicht. Es ist zu gefährlich. Das meinst du doch, oder?«, fragte Felix, in dem Hoffnung und Verzweiflung miteinander kämpften.

Lena betrachtete die Trümmer des Steges. »Das Klettern könnte klappen. Schließlich haben wir auch noch das Seil dabei. Wenn wir uns gegenseitig sichern ...« Sie unterbrach und schaute nach oben. »Trotzdem. Die Sache gefällt mir überhaupt nicht.«

»Du meinst wegen des Regens? Das macht mir nichts!«, sagte Felix tapfer.

»Auch deswegen. Es wird mit jeder Minute schwieriger. Seit unserem Aufstieg ist der Bach bereits merklich angeschwollen.«

»Und was noch?«

»Der Weg auf der anderen Seite führt weg vom Wasserfall. Und damit auch weg vom Bach. Irgendwo in den Wald hinein. Ich weiß nicht, was uns dort erwartet.« Zum ersten Mal sah Felix sie ratlos. »Ich würde viel darum geben, wenn ich jetzt meinen Wegweiser noch hätte.«

»Aber bisher hat die Skizze doch gestimmt! Den Bach entlang, den Wasserfall hoch und dann oben auf den Berg. Und du hast gesagt, von dort ist es nicht mehr weit!«

»Es ist verlockend, zugegeben«, sagte Lena nachdenklich. »Aber es ist viele Jahre her. Und da kann sich manches verändert haben.«

Kaum hatte Lena ausgesprochen, ertönte ein Grollen. Felix spürte, wie das Geländer an dem Steg in seiner Hand zitterte. »Das Gewitter geht los! Wir müssen uns entscheiden!«

Erneut rumpelte es. An der Seite des herabfallenden Wassers löste sich ein großes Felsstück und fiel mit einem gewaltigen Klatschen direkt in das Becken vor ihren Füßen. Weitere Steine und Geröll folgten hinterher.

»Das ist kein Gewitter!«, schrie Lena. Sie packte ihn am Arm und riss ihn zur Seite. Hinter einem mannshohen Stein suchten sie Deckung. Felix konnte aus ihrem Versteck gerade sehen, wie über den Wasserfall Äste, Wurzelstöcke und Steinplatten nach unten geschleudert wurden. Die riesige Fichte auf der gegenüberliegenden Seite des Wasserfalls neigte sich bedrohlich. Am Steilhang löste sich ein großes Stück moosbewachsene Erde, rutschte nach unten und riss einen Stechpalmenstrauch mit sich. Der Lärm war so gewaltig, dass er das Donnern des Wasserfalls übertönte.

Minutenlang blieben beide zusammengekauert hinter dem Felsen sitzen. Felix zitterte. Lena starrte mit weit aufgerissenen Augen auf das Schauspiel. Als sich das Ganze beruhigt hatte und sie wieder heraustraten, sahen sie, dass der Steg nun vollends herausgerissen war. Er hing nur noch an einem am Rande des Sockels eingeklemmten Metallstück, das in jedem Moment drohte, endgültig abzugleiten.

»Es ist entschieden!«, sagte Lena. Ihre Stimme klang seltsam tonlos. »Der Berg hat die Antwort gegeben. Wir steigen ab.«

Felix spürte, wie Erleichterung in ihm aufstieg. Hier ging es nicht weiter. Es war die einzig vernünftige Lösung.

Mit Hilfe von Lenas Seil gelang es ihnen, die mittlere Stufe zügig und sicher hinunterzuklettern. Der Wasserfall hatte sich erstaunlich rasch beruhigt. Am Himmel tauchten sogar vereinzelte Löcher in den Wolken auf, durch die helles Licht schimmerte. Als sie den unteren Teil hinter sich gebracht hatten und sich dem Parkplatz näherten, war es, als sei die große dunkle Bedrohung fast schon wieder verschwunden. Sie suchten sich eine windgeschützte trockene Stelle am Waldrand und hängten ihre feuchten Jacken auf.

»Das war richtig unheimlich!« Felix hatte Schuhe und Strümpfe ausgezogen und streckte seine Beine den spärlichen Sonnenstrahlen entgegen. »Ich hatte fast das Gefühl, als ob der Berg lebt! Als ob er sich gegen uns wehrt, findest du nicht auch?«

Lena hatte seit ihrem Abstieg geschwiegen. Auch jetzt blieb sie einsilbig. »Sprich nicht leichtsinnig darüber. Wir sind davongekommen und sollten darüber froh sein.« Sie hockte sich ins Moos und stützte den Kopf zwischen die Hände.

Felix spürte, dass sie ihre Ruhe haben wollte. Bestimmt hatte sie in all den Jahren der Abgeschiedenheit ohne jegliche moderne Technik ein besonderes Verhältnis zur Natur entwickelt. Er hatte Geschichten über Indianer gelesen, die in früheren Zeiten mit den Bäumen sprachen und aus dem Singen des Windes irgendwelche Botschaften herauslasen. Natürlich war das Unsinn. Aber es war gut vorstellbar, dass die Menschen hier im Schwarzwald im Laufe der Jahre etwas sonderbar wurden.

Allmählich verlor sich der Schrecken und sein Optimismus kehrte zurück. Sein Onkel hätte nicht so leicht aufgegeben. Vielleicht konnten sie es noch einmal versuchen. Morgen vielleicht.

Mit diesen Gedanken nickte er ein.

*

Ein seltsam würziger Duft zog Felix in seine Nase und weckte ihn. Er schlug die Augen auf. Das Erste, was er wahrnahm, war eine grauweiße Qualmwolke, die von einem munter knisternden Feuer aufstieg.

»Das ließ sich nicht vermeiden«, meinte Lena lächelnd. »Das meiste, was ich gefunden habe, war feucht.« Sie legte eine Handvoll Moos in die Flammen. Es glimmte auf und schickte ein weiteres Qualmwölkchen in die Luft. Inmitten des Feuers stand auf einem sorgfältig aufgereihten Steinkranz eine schwarz angerußte Dose, aus deren halb geöffnetem Deckel es angenehm roch. »Es gibt Bohnen!«

»Hab ich lange geschlafen?«, fragte Felix und richtete sich auf.

»Eine Stunde, vielleicht mehr. Du warst völlig weg.«

Felix streckte Arme und Beine aus. »Es hat gutgetan. Mir tut immer noch alles weh. Glaubst du, die Bohnen sind noch genießbar?«

»Wir werden es herausfinden.«

20 Minuten später löffelte Felix das heiße Essen aus dem Campinggeschirr. Gerade einmal drei Tage war es her, dass Wacker ihm das Geschenk seines Onkels zum Abschied am Güterbahnhof in die Hand gedrückt hatte. Ihm fiel ein, dass er seither nichts Warmes mehr gegessen hatte.

Er hätte etwas dafür gegeben, jetzt ein Stück Brot zu haben. Doch er musste zufrieden sein. »Schmeckt interessant«, meinte er und verzog den Mund. »Aber es geht noch besser!« Er erinnerte sich an das Döschen mit Salz. Er streute ein paar Krümel über seinen Teller und reichte es an Lena weiter.

»Ich habe nachgedacht«, sagte Lena nach einer Weile. »Nach dem, wie es uns heute Morgen ergangen ist, ist uns der Weg über den Zweribachfall verwehrt. Mit einer guten Ausrüstung könnten wir vielleicht direkt über den Wasserfall nach oben klettern. Aber das haben wir nicht.« Sie fischte die letzten Löffel Bohnen aus der Dose und aß sie langsam. »Leider bleibt jetzt nicht mehr viel übrig, wenn wir nicht aufgeben wollen.«

»Aufgeben? Was hieße das?«

»Denselben Weg zurückgehen, den wir gekommen sind. Bis Waldkirch. Dort könntest du dich den Soldaten stellen.«

»Wie bitte? Das ist nicht dein Ernst!«

»Du hast gefragt. Es wäre für dich die einfachste Möglichkeit.«

»Und du?«

»Ich müsste versuchen, mich entlang der Bahnlinie durch das Elztal zu schlagen.« Ihr Blick wurde ernst. »Das ginge. Aber es würde lange dauern. Vielleicht zu lange.«

»Dein Bruder?«

Lena schwieg.

In Felix arbeitete es. Lena hatte schon einmal vorgeschlagen, dass er sein Vorhaben aufgeben könnte, wenn es zu schwierig werden würde. »Was bleibt also übrig?«, sagte er gedehnt. »Wenn wir *nicht* aufgeben wollen?«

»Weitergehen. Einen neuen Versuch wagen. Alle Unsicherheiten in Kauf nehmen, die auf uns zukommen könnten. Auf der Skizze deines Onkels war der Wasserfall nicht das Einzige, was er eingezeichnet hat.«

»Dann schauen wir uns das Ganze noch einmal an.« Felix stellte seinen Teller beiseite und holte die Karte aus dem Rucksack. Inzwischen war er froh, dass er sie zu Hause in eine Plastikfolie gesteckt hatte. Bisher war sie trocken und gut leserlich geblieben.

»Die zweite gestrichelte Linie führt weiter die Wilde Gutach aufwärts.« Felix hatte die Karte auf dem Boden ausgebreitet. »Hier kommt eine Verzweigung. Das sieht für mich so aus, als ob an dieser Stelle zwei Flüsse oder Bäche zusammentreffen. Die gestrichelte Linie führt nach links. Rechts stehen die merkwürdigen Zeichen. Pfeile, Gleichheitszeichen, Symbole für Plus und Minus. Und die Zahlen natürlich. Vielleicht ist es eine Formel. Oder eine Gleichung.«

»Eine mathematische Gleichung?«, fragte Lena skeptisch. »Was hätte das für einen Sinn?« Sie deutete mit dem Finger auf die beiden Wasserlinien. »Mit den beiden Bächen hast du recht. Der eine kommt von Furtwangen herunter, das andere ist der Glaserbach, gar nicht weit weg von St. Märgen. Ich kann mich aber nicht erinnern, dass dort jemals einer von uns durchgekommen wäre. Das ganze Gebiet ist zu.«

»Das könnte stimmen. Hier oben ist ein durchgestrichenes Gleichheitszeichen. Dahinter ein Fragezeichen. Das könnte bedeuten, dass es dort vielleicht doch einen Durchgang gibt, den mein Onkel mit seinen Leuten entdeckt hat.«

»Das könnte natürlich sein«, meinte Lena. »Ich hatte dir ja gesagt, dass sich vieles verändert. Aber was bedeutet dann das andere? Die Pfeile und die Zahlen? Mit Mathematik habe ich es nicht so.«

In Felix keimte eine leise Befriedigung. Endlich konnte er sich auch einmal nützlich machen. »Das, was du Pfeile nennst, sind Vergleichssymbole. Das was auf der offenen Seite steht ist größer als das, was an der Spitze steht.«

»Ein Ausrufezeichen ist größer als zehn weniger 20. Und das ist kleiner als ein Ausrufezeichen.« Sie schüttelte den Kopf. »Das ergibt für mich keinen Sinn.«

Felix dachte nach. »Mathematisch gesehen hast du recht. Aber mein Onkel wollte bestimmt keine Rechnungen lösen. Ich vermute, die Zeichen sind ein Hinweis auf das, was dort am Glaserbach ist. Die Ausrufezeichen deuten darauf hin, dass es ihm wichtig war.«

»Oder gefährlich.«

»Oder gefährlich.« Felix nickte. »Wir sollten es herausfinden!«

Sie packten ihre Sachen zusammen. Felix zog die Steine wieder auseinander und zerstreute den Rest Asche unter die

Büsche. Erstaunt sah er, wie Lena zusammen mit Besteck und Teller die leere Dose auswusch und den Ruß abwischte. »Willst du die etwa mitnehmen?«, fragte er leicht amüsiert. »Hier gibt es doch niemanden, der sich über eine weggeworfene Dose aufregen könnte.«

»Nein, das nicht. Aber es wäre nicht richtig.« Sie rieb sie im Gras ab und stopfte sie mit den anderen Sachen in ihren Rucksack. »Außerdem will ich möglichst wenig Spuren hinterlassen.« Sie schaute nach oben. »Sieht so aus, als würden wir den Rest des Tages für heute Morgen entschädigt.«

Felix' Stimmung hob sich spürbar. Die Sonne hatte sich schon ein gutes Stück durch die trübe Decke gekämpft. Es wurde wärmer. »Was schätzt du, wie weit ist es?«

»Bis zur Kreuzung? Nicht so weit. Aber wir können nicht wissen, was uns erwartet.«

Von ihrem Rastplatz aus wandten sie sich direkt nach Süden in Richtung Talende. Sie durchquerten ein kleines Waldstück und erreichten nach ein paar Hundert Metern eine kleine Ansammlung ehemaliger Wohnhäuser am Fluss. »Wildgutach«, las Felix auf dem Ortsschild am Rande der Straße, die parallel zum Bachlauf an der Siedlung vorbeiführte. An der Wand eines Lagerschuppens, vor dem ein Stapel Bretter aufgeschichtet war, wies ein stark verwittertes Holzschild auf die Zufahrt zu den Wasserfällen, von denen sie gerade gekommen waren.

»Seltsam«, meinte Felix, als er das Schild betrachtete. »Die Menschen finden es selbstverständlich, mit dem Auto überall hinfahren und an jedes Ziel kommen zu können. Bequem und schnell.« Vor seinem inneren Auge entstand das Bild seiner Heimatstadt. Straßenbahnen, Busse, der Zug. Und natürlich Autos und Straßen überall. Alles sauber, alles geregelt. Das Ganze nur ein paar Kilometer entfernt. Und trotzdem eine andere Welt.

»Du kannst ja auf den Bus warten«, lachte Lena. Auch sie schien ihren Optimismus wieder gefunden zu haben.

Zu seinem großen Bedauern musste Felix feststellen, dass die Landstraße nicht hielt, was sie versprach. Schon hinter der ersten Kurve mussten sie über eine Geröllawine klettern. Auch das vor ihnen liegende Stück des Weges, das von hier aus allmählich anstieg, war übersät mit Steinen, Felsen, Geröll und niedergebrochenen Zweigen. Der Asphalt schaute nur noch an ganz wenigen Stellen heraus. Stattdessen war das angeschwemmte Erdreich mit Buschwerk und kleinen Bäumen bewachsen.

»Das können lange drei Kilometer werden«, stöhnte Felix.

»Es wird uns nichts anderes übrig bleiben«, gab Lena zurück. »Dort unten ist es noch schlimmer.«

Felix sah, was sie meinte. Das Tal verengte sich mit jedem Meter. Die Bergrücken rückten bedrohlich nahe an die Straße und den Fluss heran. Links von ihnen ging es steil empor, auf der rechten Seite fiel das Gelände ebenso steil zum Wasser ab. Die Wilde Gutach war durch den Regen angeschwollen und schäumte über kreuz und quer durcheinander gewürfelte Felsbrocken, auf denen man keine Möglichkeit hatte, entlangzuklettern. Die riesigen Fichten standen dicht an dicht und ließen schon bald nur noch wenige Sonnenstrahlen hindurch.

Seufzend fügte Felix sich in sein Schicksal. Es ging so langsam vorwärts, dass er das Gefühl hatte, überhaupt nicht weiterzukommen. Das dauernde Rauschen Wassers übertönte alles. Nicht einmal ein Vogelzwitschern war zu hören.

Besonders schlimm war es an den Stellen, an denen die Straße aus dem Fels herausgehauen worden war. An ein paar Stellen war der Boden abgebrochen. Es kostete sie jedes Mal eine besondere Anstrengung, über die Reste zu klettern ohne abzurutschen.

Felix wusste nicht, wie lange sie sich abgemüht hatten, als es im Stangenwald der Fichten vor ihnen hell aufschimmerte. Die Bäume lichteten sich, die Felsen traten auseinander. Sie hatten das Ende des Tales erreicht. Kurz hinter einer schmalen Brücke stießen sie auf eine Straßenkreuzung. Nach links wiesen die Schilder nach Neukirch und Furtwangen, die andere Richtung führte nach St. Märgen.

Felix atmete auf. Der Himmel über ihnen war in strahlendes Frühlingsblau getaucht, so als hätte es das Unwetter noch vor wenigen Stunden überhaupt nicht gegeben.

»St. Märgen acht Kilometer!«, rief er. »Jetzt haben wir es gleich geschafft. Und der Weg scheint auch gut zu sein.« Die Straße, auf die sie gestoßen waren, war zwar ebenfalls mit Steinen übersät. Doch sie war deutlich breiter und bei Weitem nicht so überwuchert wie der Weg, auf dem sie gekommen waren.

»Warte noch!« Lena stand mitten auf der Kreuzung und sah sich aufmerksam nach allen Seiten um. »Wir sollten nichts überstürzen.«

Felix konnte nichts Auffälliges erkennen. Nach den Ereignissen des Vormittags und dem anstrengenden Klettern kam sich Felix vor wie in einer Idylle. Unter der Brücke gluckerte das Wasser der beiden Bäche, die sich hier zur Wilden Gutach vereinten. In den Bäumen zwitscherten die Vögel. Auf einem rötlichen Felsblock am Fuße des Steilhangs auf der gegenüberliegenden Seite hatte sich eine Eidechse zum Sonnenbad niedergelassen. Eine Wespe summte vorbei.

Unter einem Verkehrsschild, das auf 50 Stundenkilometer als Höchstgeschwindigkeit hinwies, war an einem Metallzaun eine Hinweistafel mit kunstvoll geschnitzten Buchstaben angebracht. »Zur Hexenlochmühle!«, buchstabierte Felix. »Das ist zum Glück in die andere Richtung«, flachste er. »Die Hexen werden uns nicht aufhalten.«

Lena fuhr herum. »Sei still! Damit scherzt man nicht.« Sie ließ ihren Blick konzentriert nach allen Seiten schweifen, als ob sie befürchtete, es könne sie jemand gehört haben. Felix sagte nichts weiter. Dennoch konnte er ein heimliches Grinsen kaum verbergen. Im Stillen wunderte er sich über Lenas ängstliche Reaktion. Sie war also doch nicht die starke junge Frau, als die sie sich die letzten drei Tage gebärdet hatte.

»Na schön, gehen wir, solange das Wetter so gut ist.«

Lena zögerte immer noch. »Ich habe kein gutes Gefühl.«

»Aber mein Onkel war auch schon hier.« Felix gab sich optimistisch. »Die Zeichen auf der Skizze …«

»Wir wissen nicht, was sie bedeuten. Vielleicht sind sie sogar eine Warnung, die wir nicht verstehen.« Sie sah in Richtung der Straße, die sich nur wenige Meter weiter um einen Felsvorsprung wand. »Aber es ist nicht allein das. Etwas sagt mir, dass wir uns vorsehen müssen.«

»Natürlich, das werden wir! Außerdem, denk an deinen Bruder. Nur noch acht Kilometer! In spätestens drei Stunden sind wir da.«

»Na schön«, sagte Lena zögernd. »Du hast recht. Mein Bruder soll nicht länger warten müssen.«

*

Dieses Mal war es Felix, der sich an die Spitze setzte. Der Anblick, der sich ihm hinter der ersten Kurve bot, verstärkte seinen Optimismus. Die Straße war gut ausgebaut und führte sanft ansteigend aufwärts. Auch hier gab es Hangabbrüche, doch hatte der Bach das meiste wieder weggeschwemmt, sodass es keine unüberwindbaren Hindernisse gab. Kleine Wiesenstücke zu beiden Seiten hatten den Baumschößlingen getrotzt und präsentierten sich in üppigem Grün.

Nach etwa 40 Minuten erreichten sie eine kleine Ansiedlung. Eine Kapelle stand ebenso am Straßenrand wie ein gut erhaltenes Wartehäuschen für den Bus, an dessen Innenwand neben dem verblichenen Fahrplan ein Metallschild auf die Abholstelle für Schwarzwaldmilch hinwies. Auf der gegenüberliegenden Straßenseite standen hintereinander drei Höfe. In dem mittleren stand in der offenen Garagentür ein Traktor, davor eine bis zur Unkenntlichkeit verrostete Schubkarre.

Ein paar Schritte weiter sah Felix unterhalb eines Hauses mehrere große Becken. Die Einfriedung war überraschenderweise intakt, lediglich der Ausfluss war ausgerissen. Immer noch floss ein Teil des Bergbaches durch die ehemaligen Fischteiche.

Felix fiel es schwer sich vorzustellen, wie das Leben hier früher einmal ausgesehen haben könnte. Alles, was er aus Freiburg und dessen Umgebung kannte, suchte er hier vergeblich. Es gab keine Kaufhäuser, keine Disco, keine Geschäfte, kein Kino, keine Fabrik. Wahrscheinlich nicht einmal eine Schule. Die Arbeit im Wald und auf den wenigen Weiden brachte nicht viel. Die wenigen Ausflügler, die in einem der Gasthöfe zu Mittag aßen, brachten wohl kaum so viel ein, dass es sich lohnte. Wahrscheinlich fuhren die meisten zum Arbeiten mit dem Auto irgendwohin, wo es Möglichkeiten zum Geldverdienen gab. Oder sie mühten sich mit Besonderheiten wie Forellenzucht ab. Und am Abend?

Lena – sie kannte es nicht anders, sie war so groß geworden. Sie hatte sich an das harte Leben gewöhnt, sodass sie immer wieder zurückkehrte. Ihr Zuhause, hatte sie es genannt. Aber was konnte ein Junge wie Felix am Wochenende unternehmen? Selbst wenn es sie noch geben würde, hätte Felix sein Leben in der Stadt gewiss nicht mit der in der Erinnerung vielgepriesenen Schwarzwaldromantik tauschen wollen.

Felix stapfte in Gedanken verloren die Straße hinauf, als ihm unverhofft Schwindel überfiel. Er blieb stehen, um zu verschnaufen. Ich bin die körperliche Anstrengung nicht gewohnt, dachte er. Aber er wollte jetzt keine Schwäche zeigen, zumal Lena rasch aufholte. Er atmete zweimal kräftig ein und aus und stapfte entschlossen weiter. Doch der Schwindel ließ nicht nach. Zusätzlich spürte er, wie vom Magen her Übelkeit aufstieg. Sofort dachte er an die Bohnen. Natürlich, das war es. Von wegen unbegrenzt haltbar! Wieder musste er stehen bleiben. Der leichte Wind, der ihnen in der letzten Stunde willkommene Abkühlung verschafft hatte, hatte sich gelegt. Stattdessen meinte Felix ein zartes Surren in der Luft zu spüren. Er hatte etwas Ähnliches im letzten Jahr gespürt, als er mit seinem Fahrrad unterwegs war und ausgerechnet unter einer Überlandstarkstromleitung eine Pause eingelegt hatte. Doch hier gab es keine solchen Leitungen. Die meisten Strommasten waren umgefallen und überwachsen, von den Drähten baumelten nur noch kümmerliche Reste herunter.

»Was ist los?«, hörte er Lena rufen. »Ist irgendetwas? Sei vorsichtig!«

Felix beschloss, sich keine Schwäche anmerken zu lassen. »Es ist alles gut, ich sehe mich nur ein wenig um!«, rief er zurück. Tatsächlich war schon wenige Schritte später alles wieder verschwunden. Das Surren hatte ebenso aufgehört wie sein Schwindel. Ich kriege schon Halluzinationen, dachte er. Es wird Zeit, dass ich mal wieder etwas Anständiges zu Essen und ein gutes Bett bekomme!

»Felix!«, rief Lena erneut. Sie hatte die Stelle erreicht, an der ihn der Schwindel überfallen hatte. »Warte doch. Da stimmt etwas nicht!«

Felix winkte nur und ging weiter. Lena blieb kurz stehen, wie um zu überlegen, dann eilte sie ihm mit großen Schritten hinterher. Felix versuchte eben ein altes Wandererschild zu entziffern, das von der Straße aus schräg nach rechts den Berg hoch zeigte. »St. Märgen 50 Minuten«, las er. »Ein Wanderweg! Bestimmt eine Abkürzung.«

Lena widersprach sofort. »Ich gehe nicht weg von der Straße. Und vor allem nicht weg vom Bach. Er ist unsere einzige Chance.« Sie sah ihn fragend an. »Hast du es nicht gespürt?«

»Was denn?«

»Dieses merkwürdige Flirren in der Luft, dort, weiter unten. Ich kenne es. Es ist kein gutes Zeichen.«

Felix schüttelte den Kopf. »Ich weiß nicht, was du meinst.« Er versuchte, seine Stimme möglichst gleichgültig klingen zu lassen. »Du sorgst dich zu viel!«

»Ich habe es dir schon ein paar Mal gesagt: Man kann hier oben nicht vorsichtig genug sein.« Sie sah ihn eindringlich an. »Und du hast wirklich nichts gespürt?«

»Nein. Was soll die Fragerei? Wir gehen weiter!«

»Also gut. Aber jetzt gehe ich wieder voran.« Lena warf noch einmal einen prüfenden Blick um sich, dann drehte sie sich um und ging los.

Felix folgte ihr mit einigem Abstand. Er war wütend. Wütend auf Lena, die es immer wieder verstand, ihn wie einen kleinen Jungen aussehen zu lassen. Und wütend auf sich selbst, weil er nicht stark genug war, sich dem zu widersetzen. Natürlich brauchte er sie. Aber wäre das nicht auch anders gegangen? Vielleicht hätte er nach Wackers Plan schon seinen Kontakt am Titisee erreicht. Vielleicht hätte er sogar schon eine Spur seiner Eltern gefunden …

Felix blieb stehen. Es war, als sei er gegen eine unsichtbare Wand gelaufen. Verwirrt blickte er um sich. Doch da war nichts. Kein Hindernis, nichts Auffälliges. Er schüttelte den Kopf und setzte den Fuß zum nächsten Schritt. Es ging nicht.

Ein leiser Klang erhob sich um ihn, schwoll langsam an, wurde größer. Eine Wolke aus sanfter Wärme umhüllte ihn. In Felix' Armen und Beinen pulsierte ein seltsames Kribbeln. Seine Augenlider wurden schwer. Lena!, war sein letzter Gedanke, ich muss sie warnen, es ist …

Felix erwachte und fiel in einen Traum. Ein riesiges formloses Wesen strich mit einer großen Geste über ihn, über die Straße, den Bach, über die Bäume und Wiesen, über die Berge. Eine Stimme erhob sich, eine zweite, dritte. Die Klänge fanden zusammen, wurden zu einem Singen, zu einem großen Gesang. Ein Gesang, der so alt war wie die Berge. Ein Gesang, der sich in Felix' Innerstem wiederfand und dessen Echo sich mit den Tiefen der Zeit vereinte.

Felix war völlig hingerissen. Er vergaß alles um sich herum – die Straße, die Bäume, den Wind. Er vergaß, woher er gekommen war und was er hier wollte. Wer war er überhaupt? Alles, was es gab, lag vor ihm, zum Greifen nah. Bereit, ihn zu empfangen, sich mit ihm zu vermählen, ihn mit sich zu nehmen in eine andere Welt. Eine Welt ohne Angst.

»Felix! Felix wach auf!« Er hörte, wie irgendwo jemand einen Namen rief. »Felix, komm zurück!« War er damit gemeint? Er spürte, wie er heftig an den Schultern gerüttelt wurde. Ein Gesicht tauchte neben ihm auf, das Gesicht einer Frau mit weit aufgerissenen Augen. Gleichzeitig spürte er, wie er am Arm gepackt und mit aller Gewalt weggezogen wurde.

»Ich kann nicht … Ich will nicht … Lass mich …«, hörte er sich sagen.

Ein jäher Schmerz zog über seine Wange. Ein zweiter Schlag traf ihn. Lena mühte sich verzweifelt, Felix zur Besinnung zu bringen. »Weg von hier! Schnell!« Sie zerrte an ihm mit aller Kraft. Felix verlor das Gleichgewicht, stolperte, fiel auf die Knie, wurde erneut hochgerissen. Langsam schimmerte sein Bewusstsein wieder auf.

»Wer … Was ist los?«, stammelte er. Wieder tauchte das Gesicht vor ihm auf.

»Du – bist – Lena!« Felix hatte das Gefühl, aus der Tiefe eines Sees wieder an die Oberfläche zu kommen. »Lena!«, wiederholte er.

»Ja, Felix! Ja! Bleib hier! Bleib bei mir!« Lena mühte sich verzweifelt, dass Felix ihr nicht wieder entglitt.

»Lena.« Der Name fuhr wie ein frischer Frühlingswind durch seinen Kopf. Felix spürte, wie ihm seine Beine wieder gehorchten. »Was machen wir? Wohin gehen wir?«

»Später! Du musst laufen, hörst du? Lauf, so schnell du kannst!«

Sie stolperten zurück auf die Straße. Lena hielt Felix' Hand fest umklammert. Felix ließ es geschehen. Schritt für Schritt entfernten sie sich von dem, was er jetzt nur noch als dunklen Schatten wahrnahm.

Erst als sie wieder bei den ersten Häusern oberhalb der Ansiedlung waren, gestattete Lena eine Verschnaufpause. Sie setzten sich nebeneinander auf einen großen Felsbrocken, der an dieser Stelle heruntergebrochen war. Felix mühte sich immer noch, einigermaßen zur Besinnung zu kommen.

»Was war das?« Sein Kopf fühlte sich an wie am Morgen nach seiner wodkageschwängerten Begegnung mit der Grenzpatrouille am Zaun. »Ich komme mir vor, als sei ein Güterzug über mich weggerollt.«

Lena hatte den Griff gelockert, hielt jedoch seine Hand immer noch fest. »Du hast riesiges Glück gehabt. Ein paar Minuten später und du wärst nicht zurückgekommen.«

»Wie – nicht zurückgekommen? Ich stand mitten auf der Wiese, als mir plötzlich schwindlig wurde. Und dann …« Er sah auf und zuckte zusammen. Direkt über ihnen flog eine Krähe mit schwerem Flügelschlag über das schmale Tal. Lena legte ihre Hand an seine Wange. »Es ist gut. Es ist vorbei. Du brauchst keine Angst mehr zu haben.« Felix schloss die Augen. Von Lenas Hand breitete sich ein sanfter, heller Strom aus.

»Was meinst du damit, dass ich nicht zurückgekommen wäre?«, fragte Felix nach einer Weile erneut.

»Du hast die verbotene Grenze überschritten. Niemand bleibt davon unberührt. Und niemand bleibt ungestraft«, fügte sie hinzu.

Felix verstand nicht, was sie meinte. »Aber … Es war schön!«, rief er.

»Das glaube ich dir.« Lena drehte Felix' Gesicht zu sich her. »Sieh mich an!« Sie beugte sich so nahe zu ihm, dass sie seine Stirn berührte. »Felix, jetzt höre gut, was ich dir sage: Ich kann dir nicht erklären, was mit dir geschehen ist. Noch nicht. Aber du musst mir vertrauen. Und versprich mir, nie wieder leichtsinnig zu sein!«

Felix nickte. Noch nie zuvor hatte Lena so ernst mit ihm gesprochen. »Ich war nicht leichtsinnig«, sagte er matt. »Da war nur … Ich konnte nicht anders! Und auf einmal war ich wie gelähmt.« Lena strich über sein Haar. Wieder hatte er das Gefühl, als ob von ihrer Hand eine heilende Wärme ausging.

Lena stand auf. »Wir wollen nicht zu lange hierbleiben. Lass uns weitergehen.«

Felix fühlte, wie es ihm besser ging. Er erhob sich ebenfalls. »Was schlägst du vor?«

»Zuallererst müssen wir weg von hier. Raus aus diesem Tal. Wir können hier nicht weiter. Der Weg ist verschlossen.« Sie winkte ihm zu. »Komm jetzt.«

Mit jedem Schritt spürte Felix, wie er wieder zu Kräften kam. Als sie an dem Haus mit dem Traktor in der Garage vorbeikamen, war er bereits zu Scherzen aufgelegt. »Komm, setz dich in die Schubkarre! Ich fahre dich!«

»Gerne!«, gab Lena zurück. »Wenn du vorher den Reifen wechselst!« Sie war erleichtert, dass Felix zu sich zurückgefunden hatte. Trotzdem bestand sie darauf, dass sie nahe beieinander blieben.

Auf der Höhe der Fischteiche fasste sie Felix am Arm. »Hier war es, oder?«

»Was denn?«

»Jetzt kommt der Abschnitt, an dem du es gespürt hast.«

Sie hatte es gemerkt. Sie hatte ihn gerufen. Und er hatte sich von seinem Stolz verleiten lassen. Felix spürte, dass seine Wangen rot wurden. »Ich habe mir nichts dabei gedacht«, erwiderte er.

»Schon recht. Es ist geschehen. Aber wir sollten sehr genau hinschauen.« Sie gebot Felix hinter ihr zu bleiben und verlangsamte den Schritt. Dieses Mal fügte er sich ohne Widerspruch.

Nur wenige Meter weiter blieb Felix stehen. Es war wieder da. Der Schwindel. Die Übelkeit. Und das Surren in der Luft. Er sah, wie Lena die Arme hob und die Handflächen öffnete, so als sei sie gegen einen riesigen unsichtbaren Ballon geprallt. Sofort drehte sie sich um und wich ein paar Schritte zurück.

»Es ist stärker geworden. Stärker als beim Anstieg. Wir können nicht weiter.« Sie fasste Felix am Arm und zog ihn hinter ein großes Felsstück.

»Bist du sicher?«

Lena antwortete nicht. Stattdessen deutete sie auf eine dunkle Stelle auf der Wiese etwa 30 Meter vor ihnen. »Siehst du das?«

Felix beschattete seine Augen gegen die tief stehende Sonne. »Sieht aus wie ein Tier. Ein Reh vielleicht. Oder ein

Kaninchen. Genau sehe ich es nicht. Aber es ist braun. Und es bewegt sich.«

»Du hast gute Augen. Es ist ein Hase.«

Aus der flirrenden Wolke erhob sich ein leises Singen. Felix vergaß alle Vorsicht und trat hinter dem Fels hervor. »Es sieht aus, als sei es verletzt. Wir müssen ihm helfen.« Sofort sprang Lena ihm hinterher und zog ihn zurück. »Aber das arme Tier …« Er stammelte wie ein Schlaftrunkener, der plötzlich aus seinen Träumen gerissen wurde.

»Hast du schon den Soldaten vergessen?«, zischte Lena, nachdem sie sich beide in Deckung gebracht hatte. Felix starrte sie an. »Der Soldat?« Es dämmerte ihm, was das bedeutete, was er gerade gesehen hatte. Panik überfiel ihn. »Aber dann müssen wir weg, schnell. Weit weg!«

Wieder hielt Lena ihn zurück. Sie schlang ihre Arme um ihn und presste ihn an sich, so fest sie konnte. »Ruhig. Ganz ruhig.« Ihre Stimme klang weich. »Ruhig. Es ist alles gut.«

Mit einem Mal fiel Felix völlig in sich zusammen. Lena löste ihren Griff, dann zog sie ihn ein paar Schritte weiter und lehnte ihn mit dem Rücken an den Fels. Sie wartete ein paar Minuten, bis er zu sich kam. Dieses Mal erfasste er sofort, was geschehen war.

»Jetzt ist es aus! Wir sind gefangen!« Er versuchte sich aufzurichten. »Nach oben können wir nicht, nach unten ist der Weg versperrt. Und die Talwände sind so steil, dass wir da nicht hochkommen. Wir müssen aufgeben!«

»Ich gebe niemals auf! Nicht, ehe ich alles versucht habe.«

»Aber es gibt keine Möglichkeit! Der Hase …« Felix war der Verzweiflung nahe.

»Wir sollten dankbar sein, dass wir es rechtzeitig gesehen haben. Das Tier wird sterben müssen. Aber es hinterlässt uns Hoffnung.«

Felix sah sie mit großen Augen an. »Hoffnung?«

»Hast du dir überlegt, wie es überhaupt dorthin gekommen ist? Vorhin habe ich es nicht gesehen. Es muss also hinter uns gewesen sein. Und es wurde plötzlich überrascht.«

»Was heißt das?«

»Als wir hier waren, konnten wir noch weitergehen. Der Hase hatte keine Zeit mehr zu reagieren. Ich habe einen Verdacht. Zeige mir doch noch einmal die Karte.«

Felix streifte den Rucksack ab und holte die Skizze seines Onkels heraus. Lena betrachtete die Zeichen. »Wir haben einen Fehler gemacht. Es sind mathematische Zeichen, da hattest du recht. Aber sie bedeuten etwas ganz anderes. Dein Onkel hat sie lediglich als Hilfsmittel verwendet.« Sie fuhr mit dem Finger von der Flusskreuzung aus aufwärts. »Diesen Weg sind wir gegangen, die Straße den Bach entlang. Hier oben am Ende das durchgestrichene Gleichheitszeichen. Es bedeutet, dass es hier nicht weitergeht.« Felix' Herz schlug schneller. Seine Hände zitterten. Lena fasste ihn am Arm und fuhr fort. »Die beiden Pfeilenden haben nichts mit Größenvergleich zu tun. Es sind wirklich Pfeile! Es kommt etwas von links und von rechts. Etwas, auf das man aufpassen muss. Dein Onkel hat dafür zwei Ausrufezeichen gesetzt.«

Natürlich! Es war so einfach! Felix konnte es kaum glauben, dass er das übersehen hatte. »Aber die Zahlen? Was können die bedeuten?«

»Der Strich zwischen zehn und 20 ist kein Minuszeichen, sondern etwas anderes. Außerdem haben wir beide etwas übersehen.« Sie deutete auf eine kleine, halb verwischte Stelle direkt darunter. »Hier steht ein Buchstabe.«

»Ein ›w‹!«, rief Felix. »Oder ein ›m‹.«

»Für mich sieht es wie ein großes ›M‹ aus. Das dahinter könnte ein Punkt gewesen sein.«

»Eine Abkürzung! ›M‹ für ›Minuten‹. Oder ›Meter‹. 10-20 Minuten! Was könnte das bedeuten?«

Lena lehnte sich zurück. »Das bedeutet, dass wir doch noch hoffen können.« Sie dachte eine Weile nach. »Es ist schwer zu erklären. Aber du hast ja selbst schon erlebt, wie es ist. Und nun weißt du auch, warum ich immer darauf dränge, vorsichtig zu sein.«

»Was ist es?«

»Die ›Kraft‹ ist nicht überall gleich. Sie ist verschieden stark. Es gibt Gebiete, die völlig abgeschlossen sind. Wenn du dort hineingerätst, wird nicht nur dein Wille gelähmt, sondern dein ganzer Körper – deine Muskeln, deine Augen, alles. Du kannst nicht mehr atmen, dein Herz hört auf zu schlagen. Du stirbst in kurzer Zeit. Und niemand kann dir helfen, weil niemand sich dir nähern kann.« Sie schwieg einen Moment, so als ob sie sich an etwas erinnerte. Dann fuhr sie fort. »Dann gibt es Orte, an denen die Kraft sich anders auswirkt. Weniger stark. Das hast du heute gleich zweimal erlebt. Aber was mir Hoffnung gibt, ist etwas anderes.« Sie nahm ein weiteres Mal die Karte zur Hand. »Es gibt ein paar Orte, die immer dieselben sind. Wir nennen sie die Todeszonen. Von denen halten wir uns fern. Aber die Kraft kann sich ändern. Nicht nur ihre Stärke. Sie kann größer und kleiner werden, sie kann sich schnell bewegen und langsam. Erinnerst du dich an den Weg, auf den ich uns auf der Flucht vor den Soldaten geführt habe?«

Felix nickte. »Wir sind einmal völlig abrupt abgebogen. Und später waren wir wieder oberhalb derselben Stelle. Der Soldat war nur wenige Meter …«

»Auch das gibt es. Wie eine Art unsichtbare Mauer, sie kann nur wenige Meter breit sein. Wir nennen so etwas ›die Spinne‹.«

»Die Spinne?«

»Manchmal gibt es nicht nur eine Mauer, sondern mehrere, in verschiedenen Richtungen. Niemand weiß, warum das geschieht. Es ist wie ein Spinnennetz, in dem man sich rettungslos verfängt.«

Wieder schien Lena von düsteren Erinnerungen gepackt zu werden. Felix begann zu ahnen, was die junge Frau bereits alles erlebt haben musste. »Aber was bedeutet das alles?« Mit jedem der Sätze, die er von Lena hörte, war sein Mut gesunken.

»10 bis 20 Minuten. 10 bis 20 Meter. Das ist der Hinweis deines Onkels. Und das ist die Hoffnung, die ich habe. Komm, wir gehen noch mal so nahe wie möglich heran. Traust du dir das zu?«

»Ich will es versuchen.« Felix klang kleinlaut. Er hatte nicht vor, noch einmal den Helden zu spielen. »Es sind aber schon viel mehr als 20 Minuten vergangen, seit wir an dieser Stelle waren. Wahrscheinlich ist doch die Breite damit gemeint.«

»Das glaube ich auch. Dein Onkel wird wohl kaum die Zeit gestoppt haben. Außerdem – sieh mal da vorne auf der Wiese, dort wo der Bach eine Kurve macht!«

»Da bewegt sich etwas.«

»Es sind noch andere Hasen. Bestimmt gehören sie zu dem Tier, das sich verlaufen hat.«

»Sie laufen immer hin und her. Aber sie kommen nicht näher.«

»Instinkt. Sie spüren, dass mit dem anderen etwas nicht stimmt. Aber sie trauen sich nicht.«

»Das ist ja schrecklich«, sagte Felix.

»Die Hilflosigkeit ist furchtbar. Aber es zeigt auch, dass ich richtig vermutet habe. Der gefährliche Streifen ist nicht breit. Ich schätze um die 20 Meter.«

»Dann schaffen wir es!«, rief Felix begeistert. »Wir nehmen richtig Anlauf und laufen so schnell wie wir können. Außerdem geht es abwärts!«

»Nicht so voreilig. Es wäre ein Himmelfahrtskommando«, bremste ihn Lena.

»Aber ich bin ein guter Läufer!« Felix ließ nicht locker. »Das ist unsere Chance!«

Lena schüttelte den Kopf. »Denk daran, was du bisher erlebt hast. Du würdest keine fünf Meter weit kommen. Und keiner könnte dir helfen. Es würde dir genauso gehen wie dem Hasen. Nein, wir müssen uns etwas anderes überlegen.«

Felix biss die Zähne zusammen. Er wusste, dass sie recht hatte. Trotzdem. Er würde es versuchen, bevor er elendig zugrunde ging. Vielleicht konnte er doch den Fels hochklettern? Sein Blick wanderte über den Hang, der das Tal an der Straßenseite abschloss. Nackter Fels starrte ihm entgegen. Selbst wenn sie sich gegenseitig stützten oder mit dem Seil sicherten, würden sie nicht nach oben kommen. Auf der anderen Seite des Baches sah es genauso aus. Erst weiter unten trat der Stein so weit zurück, dass er es riskieren konnte. Doch das war schon jenseits der Mauer. Außerdem hatte er keine Ahnung, was ihn oben erwarten würde.

Lena war inzwischen über die Wiese zum Bach hinuntergeklettert. Sie winkte ihm. »Willst du durch den Bach waten?«, fragte Felix hoffnungsvoll. »Du hast doch gesagt, das Wasser sei am sichersten.«

»Das geht nicht. Die Spinne ist überall, auch im Wasser. Könnten nicht einmal darüber springen, wenn wir groß genug wären. Aber ich habe eine Idee.« Sie deutete auf die ehemaligen Fischbecken, die Felix beim Anstieg gesehen hatte. »Wir könnten uns das Wasser trotzdem zunutze machen.«

»Und wie soll das gehen? Du hast doch gesagt, wir kommen nicht weit.«

»Nicht wenn wir laufen. Aber das Wasser ist stark. Das Wasser ist schnell. Es könnte reichen.«

Felix hörte staunend zu, als Lena ihm ihren Plan erklärte. »Die Becken sind noch gut erhalten. Nur die Zu- und Abflüsse haben sich erweitert. Es ist genügend Wasser da, das Ganze wirkt dann wie eine große Düse. Wir müssen sie nur freilegen.«

Felix sah, was sie meinte. Vor allem am mittleren der drei Becken hatte sich einiges an abgebrochenem Holz angestaut. Jetzt begann er zu verstehen. »Du willst mit dem Wasser hinuntertreiben! Das ist nicht dein Ernst? Und was ist, wenn einer von uns hängen bleibt? Wie kommt er wieder heraus?«

»Wir dürfen nicht hängen bleiben.« Aus Lenas Antwort klang eine Bestimmtheit, die keinen Widerspruch duldete. Felix wurde deutlich, dass sie an einem entscheidenden Punkt angelangt waren. »Wir sollten uns beeilen. Es wird schon dunkel.«

»Und wenn wir über Nacht bleiben?« In den letzten Minuten waren die Schatten rasch länger geworden. Die Talsohle lag bereits völlig in der Abenddämmerung. Felix konnte die Hasen kaum mehr wahrnehmen. »Vielleicht zieht die Spinne ihre Fäden sogar wieder weg!«

»Oder umgekehrt. Es kann sein, dass sie größer werden. Du kannst dir vorstellen, was das bedeutet.«

Felix verstand sofort. Sie würden die Nacht nicht überleben.

Entschlossen machten sie sich an die Arbeit. Trotz der abendlichen Kühle gerieten sie rasch ins Schwitzen. Sie fingen am untersten Abfluss an. Zum Glück fanden sie am Rand der Becken so viel Halt, dass sie nicht abrutschten. Mit vereinten Kräften zogen und zerrten sie an dem Geäst, in dem zusätzlich abgerissene Grasballen und alte Laubklumpen vom Herbst hingen. Nach einer Viertelstunde löste sich das Hindernis wie ein Propfen, der aus einer Wasserflasche gezogen wurde. Sofort begann das Wasser kräftig zu fließen.

»Das sieht gut aus!«, freute sich Felix. »Jetzt das nächste!«

Die Sonne war längst hinter dem Kamm des Berges verschwunden, als sie es endlich geschafft hatten. Das Wasser aus dem obersten Becken hatte alle Reste hinweggespült, sodass die Strömung frei fließen konnte. Zum Schluss warfen sie noch einige dicke Steine in das obere Bachbett, um auf diese Weise noch mehr Wasser in die Teiche zu leiten.

»In der Schule haben sie uns von den Flößern erzählt«, sagte Felix. »Die haben vor vielen Jahren Baumstämme aus dem Schwarzwald über die Flüsse bis zum Rhein geschafft. Nur mit der Strömung.«

»Warum das denn?«

»Um sie zu verkaufen. Es gab nur wenige Möglichkeiten Geld zu verdienen. Also verkauften sie Holz. Die großen Tannenstämme wurden gut bezahlt, vor allem in Holland.« Felix war sichtlich stolz, dass er Lena von etwas erzählen konnte, das sie nicht wusste. Er war damals einer der wenigen gewesen, die dieses Thema im Sachkundeunterricht begeistert verfolgt hatten.

»Aber die Bäche sind doch viel zu seicht!«

»Sie haben die Stämme aneinandergebunden. Und sie haben Wehre gebaut, um das Wasser aufzustauen. Wenn die dann geöffnet wurden, gab es einen ordentlichen Schwall.« Ihm kam plötzlich eine Idee. »Das könnten wir doch auch machen! Wir stauen das Wasser wieder an, dann bekommen wir einen mächtigen Schwung mit.«

Lena bremste seine Begeisterung. »Die Idee ist gut. Aber sie hat einen Haken. Wer soll das Wehr aufmachen? Das ginge nur für den Ersten. Außerdem würde das nicht nur eine Menge Arbeit, sondern auch viel Zeit bedeuten. Und die haben wir nicht. Wir können nicht riskieren, zu lange hier zu bleiben. Komm, wir wollen unser Gepäck richten.«

Daran hatte Felix bisher überhaupt nicht gedacht. Obwohl er ein ordentlicher Schwimmer war, würde es schwierig sein, mit dem Rucksack auf dem Rücken so schnell zu schwimmen, wie es nötig war. »Was hast du vor?«

»Deine Idee mit den Flößern ist gar nicht schlecht. Wir bauen für die Rucksäcke kleine Flöße. Die lassen wir hinunterschwimmen. Da sehen wir auch, wie die Strömung genau verläuft.«

»Und wenn es nicht klappt? Wenn sie irgendwo am Rande angeschwemmt werden? Wir können sie nicht zurückholen.«

»Damit müssen wir rechnen.« Sie nahm einen kleinen Beutel aus dem Rucksack heraus. »Das hier werde ich bei mir behalten. Wenn es mir nicht gelingt, die Medikamente nach Hause zu bringen, war sowieso alles umsonst. Wie ist es bei dir?«

Felix fiel die Karte ein. »Die Skizzen von Onkel Thomas. Ohne die bliebe mir nur der Rückweg.«

Mit Hilfe der Folien und der Plastiktüten verpackten sie ihr Gepäck, so gut es ging. Die leere Box, in der seine Brote waren, reichte er Lena. »Sie ist wasserdicht. Nimm das für die Medikamente.« In einem der Ställe fanden sie genügend altes Holz und sogar Schnur, mit denen sie es zusammenbinden konnten.

»Jetzt wird es spannend!«, sagte Felix, als sie alles vorbereitet hatten und am Rande des mittleren Beckens standen. Er ließ das Floß mit seinem Rucksack in das Becken gleiten und schob es an. Zuerst bewegte es sich nicht viel, dann wurde es von der unsichtbaren Strömung erfasst und mitgezogen. »Es klappt! Jetzt kommt das zweite Becken!« Der

Packen rutschte über die Kante, fiel nach unten und tauchte kurz darauf wieder auf. »Sieh nur, die Strömung geht weiter!« Wie sie es gehofft hatten, wurde das Floß bis zum Ende weitergezogen, rutschte dann nach unten und verfing sich irgendwo unterhalb des Beckens am Rande des Baches.

Auch Lena watete jetzt ein paar Schritte in das Becken und ließ ihr Gepäck los. »Hast du gesehen? Direkt unter dem kleinen Fall ist die Schwachstelle«, sagte sie, »dort musst du paddeln, mit aller Kraft! Wir wissen nicht, wie breit die Spinne ist und ob sie überhaupt durch das Becken geht. Viel Glück!«

Felix schluckte. »Ich soll anfangen?« Jetzt, da es so weit war, bekam er es mit der Angst. Aber es blieb ihm keine Wahl. Er stopfte den Plastikumschlag in seine Hose und zog den Reißverschluss hoch.

»Kräftig abdrücken! Gleichmäßig durchziehen! Im unteren Becken den Blick fest nach vorne!«

»Und wenn ich ohnmächtig werde?«

»Es wird klappen! Ganz bestimmt.«

Felix griff nach dem kleinen Anhänger, der auf seinem nackten Oberkörper baumelte. »Hilf mir!«, flüsterte er. Dann drückte er sich ab und sprang hinein.

Das Bergwasser schlug eiskalt über ihm zusammen. Noch vor dem Auftauchen begann er, mit kräftigen Zügen zu schwimmen. Gleichzeitig spürte er, wie die Strömung ihn mit sich zog. Als er den Kopf über Wasser brachte, war er bereits kurz vor der Überlaufkante. Noch einmal holte er tief Luft, bevor er hinunterstürzte. Er tauchte auf, wurde wieder hinuntergedrückt. »Schwimmen! Fest ziehen!«, hörte er von Weitem Lenas Stimme. Es gelang ihm, den Kopf wieder nach oben zu bringen. Nur wenige Meter entfernt sah er den rettenden Abfluss des unteren Beckens. Das letzte Stück wollte er kraulen.

Im selben Moment, als er die Arme über den Kopf warf, hatte er das Gefühl, als sei er plötzlich in einen Topf mit zähem Leim getaucht worden. Seine Bewegungen verlangsamten sich, eine ungeheure Schwere legte sich um seinen ganzen Körper. Vor seinen Augen verwischte sich alles. Das Plätschern und Gluckern verstummte. In seinem Kopf hallte es dumpf. Vor seinen Augen tanzten wirre bunte Punkte, die sich auflösten und in Tausend Sternen vor der Schwärze des Himmels hinweggetrieben wurden. Im nächsten Augenblick fiel er ins Bodenlose.

Als Felix die Augen aufschlug, wusste er nicht, wo er sich befand. Er wusste noch nicht einmal, ob er die Augen tatsächlich offen hatte. Die Schwärze um ihn herum war so dicht, dass er sie mit den Händen greifen konnte. Erst als er merkte, dass er fror, wusste er, dass er wach war. Langsam wandte er seinen Kopf nach links und rechts. Schemenhaft erkannte er einen Strauch mit aufwärts gereckten Zweigen, daneben ein paar Steinbrocken. Erst das ruhige Flüstern des Baches erinnerte ihn daran, was geschehen war.

Er hatte es geschafft! Er hatte die lähmenden Finger der Spinne überwunden!

Mühsam rappelte er sich auf. Sein Kopf war immer noch matschig wie eine zerdrückte Aprikose, doch er schien sich nicht verletzt zu haben. Er versuchte, seine Augen an das Dunkel zu gewöhnen. Wo war Lena? Er rief nach ihr, doch er bekam keine Antwort. »Lena, wo bist du?« Er rief ein zweites Mal, lauter. Doch außer einem dumpfen Echo von den Talwänden hörte er nichts. Was war, wenn sie es nicht geschafft hatte? Hing sie irgendwo fest und wartete darauf, dass er zu Hilfe kam?

Felix tastete sich vorsichtig mit nackten Füßen am Ufer des Baches entlang aufwärts. Schon nach wenigen Schritten fand er sie. Lena lag zusammengekrümmt mit den Beinen halb im Wasser zwischen den Wurzeln einer Kopfweide, in denen sich ihre Jacke verfangen hatte. Felix bog die Zweige zur Seite, fasste sie von hinten unter die Schultern und zog sie ins Gras.

Felix beugte sich ganz nah zu ihrem Gesicht herunter. Jetzt erst sah er, dass Lena die Augen geschlossen hielt. Ihre Lippen waren leicht geöffnet, ein Atem war kaum zu spüren. Felix legte sein Ohr auf ihren Oberkörper und vernahm wie aus weiter Entfernung ein zartes Pochen. Sie lebte!

Doch was konnte er tun? Er musste rasch handeln. Felix tätschelte ihre Wangen und rief dabei immer wieder ihren Namen. Doch sie regte sich nicht. Felix spürte Panik in sich hochsteigen. Sie würde sterben, wenn sie keine Hilfe bekam. Und er war allein!

Obwohl er selbst fror und keinen trockenen Faden am Leib trug, legte er sich zu ihr und nahm ihren Kopf in den Arm. Immer wieder streichelte er sie. Doch es half nichts.

Plötzlich fiel ihm ein, was er tun konnte. Es war erst drei Wochen her, dass er für seinen Führerschein einen Helferkurs beim Roten Kreuz mitgemacht hatte. Jetzt konnte er zeigen, was er sich gemerkt hatte.

Er löste sich von Lenas kaltem Körper. Er bog ihren Kopf leicht nach hinten. Dann begann er mit seinen Händen auf ihren Brustkorb zu drücken. Einmal, zweimal. Nicht zu fest. Nicht zu zögerlich. Einmal, zweimal. Was hatten sie ihm eingeschärft? 120 Mal in der Minute, in jeder Sekunde zweimal. »21, 22, 23 …« Er versuchte in einen gleichmäßigen Rhythmus zu kommen. Einmal, zweimal. Nicht zu fest. Nicht zu zögerlich. Dazwischen unterbrach er seine Anstrengungen, holte tief Luft und blies sie ihr in den leicht geöffneten Mund. Einmal, zweimal. Drücken, Beatmen. Drücken, Beatmen. »Lena, bleib bei mir! 21, 22, 23 …«

Völlig unvorbereitet brach aus Lenas Mund ein Schwall Wasser heraus. Sie bäumte sich auf und hustete. Kurz darauf hörte er, wie sie einen kräftigen Atemzug nahm. Noch einmal spuckte sie kräftig, dann setzte sie sich auf. »Was ist los? Wo bin ich? Was machst du?«

Felix setzte sich neben sie, nahm sie in den Arm und drückte sie fest an sich. »Du hast es geschafft! Wir haben es geschafft!«

Er wusste nicht, wie lange sie so saßen, eng aneinandergeschmiegt. Beide sprachen kein Wort. Über ihnen begannen matt die Sterne zu blinken. Unzählige Grillen zirpten im Gras. Der Bach neben ihnen gluckerte so friedlich, als sei es nie anders gewesen. Obwohl er immer noch nass und halb nackt war, zog eine wohlige Wärme durch ihn. Er wusste, dass er diese Nacht nie vergessen würde.

Nach einer Weile löste sie sich von ihm. »Wir sollten uns etwas für die Nacht suchen«, sagte Lena sanft, so als fiele es auch ihr schwer, den Zauber zu brechen. »Hast du unsere Rucksäcke gefunden?«

Felix nahm den Arm von ihrer Schulter. »Nur meinen«, antwortete er. »Und meine Papiere habe ich auch noch!« Er zog die zusammengewickelte Plastikrolle aus seiner Hose. »Es scheint alles trocken geblieben zu sein.«

»Auch ich habe mein Päckchen noch«, freute sich Lena. »Dann war es doch nicht umsonst.«

»Wollen wir nicht die Nacht über hierbleiben?« Felix war noch immer von der seltsamen Stimmung umfangen, die sie beide umgeben hatte.

»Ja, es ist schön.« Felix kam es so vor, als ob sie ihn verstanden hätte. Doch Lena brachte ihn rasch zurück. »Wir müssen vernünftig sein. Es wird noch sehr frisch werden heute Nacht. Es bringt nichts, wenn wir krank werden. Da vorne, der dunkle Schatten, siehst du das? Es könnte eine Scheune sein.«

Sie standen beide auf. Felix nahm seinen Rucksack, aus dem an der Seite das Wasser herauslief und folgte ihr. Es war tatsächlich eine Scheune, ähnlich der, in der sie am Fuß des Zweribachfalles übernachtet hatten. Lena drückte die Tür auf. Im Innern roch es muffig, aber es war ein guter Schutz gegen die Kälte. Inzwischen war der Mond aufgegangen und reckte seine silberne Sichel über die Baumwipfel am Hanggrat. Sie ließen die Tür offen, um wenigstens etwas sehen zu können. Der Schuppen war wohl bereits zu der Zeit, als hier noch Menschen gelebt hatten, als Rumpelkammer verwendet worden. Überall lagen alte Reifen, die Reste von Fässern, verrostete Werkzeuge und anderes Gerümpel. »Sieh mal, heute ist unser Glückstag!«, rief Lena. Sie zog eine löchrige Plastikplane zur Seite, darunter kam eine alte Matratze zum Vorschein. »Bitteschön: unser Bett für die Nacht! Nur die Heizung ist kaputt.«

»Vielleicht auch nicht!« Felix streckte seine Hand aus, ein leises Klicken ertönte. Im nächsten Moment leuchtete eine kleine Flamme auf.

»Ein Feuerzeug!«, rief Lena. »Ein Wunder!«

»Nicht ganz«, freute sich Felix. »Ich hatte das Gefühl, ich müsste es zu den anderen Sachen in die Plastiktüte stecken.«

In kürzester Zeit hatten sie trockenes Holz in allen möglichen Größen zusammengesammelt. In einer Ecke fanden sie sogar die Reste einer alten Zeitung. »Koalitionsverhandlungen vor dem Durchbruch!«, las Felix. »Schafft es der SC? Volker Finke vorsichtig optimistisch!«

Lena runzelte die Stirn. »Weißt du, was das heißt?«

Felix drehte die Zeitung zusammen und zündete sie an einem Ende an. »Das heißt, dass die Nachrichten uns erwärmen werden!«

Kurz darauf prasselte ein lustiges Feuerchen. Felix hatte den Inhalt seines Rucksacks in der Hütte ausgebreitet. Der Pullover war sogar leidlich trocken geblieben. »Nimm nur«, sagte er. »Ich setze mich dafür möglichst nahe ans Feuer.« Dankbar schlüpfte Lena hinein. Gemeinsam blieben sie noch eine Weile sitzen, doch schon nach kurzer Zeit spürte Lena die Anstrengung der letzten Stunden. Sie sank zurück auf die Matratze und war in wenigen Sekunden eingeschlafen.

Auch Felix hielt es nicht lange aus. Mit bleiernen Fingern griff die Müdigkeit nach ihm. Dieses Mal musste er sich nicht wehren.

Und wollte es auch nicht.

*

Felix schlief wie ein Stein, bis er von einem leisen Stöhnen an seiner Seite geweckt wurde. Durch die Ritzen in der Holzwand der Scheune schimmerte Licht herein und fiel auf Lenas Gesicht. Felix erschrak. Lena hatte die Augen geschlossen, ihre Wangen waren gerötet, auf ihren Nasenflügeln standen Schweißperlen.

Felix streichelte ihr über das Gesicht. Lenas Stirn war heiß. Die Berührung ließ sie den Kopf hin und her werfen. »Wasser!«, flüsterte sie kaum hörbar. »Ich habe Durst!«

Felix griff nach einem seiner T-Shirts, das inzwischen getrocknet war, legte es zusammen und schob es unter ihren Kopf. Dann zog er die Plastikplane bis zum Hals über sie. »Gleich«, sagte er.

Die alten Glasflaschen und Eimer in dem Schuppen sahen wenig vertrauenerweckend aus. Felix nahm daher Becher und Teller aus dem Essbesteck und trat vor die Tür. Obwohl die Sonne schon im Osten über dem Kammrücken stand, lag das

Tal um ihn herum noch im Schatten. Er lief barfuß durch das taunasse Gras zum Bach und trank. Das Wasser war eiskalt, und er musste husten. Doch es ließ mit einem Schlag seinen Kopf klar werden. Er trank einen zweiten Becher, dann füllte er ihn zusammen mit dem flachen Topf und trug beides vorsichtig zurück zur Scheune.

Während er sie abstützte und ihr den Becher an die Lippen führte, sprach er beruhigend auf Lena ein. Sie verschluckte sich und verschüttete die Hälfte. Felix goss das Wasser aus dem Topf in den Becher und half ihr ein zweites Mal.

Als sie ausgetrunken hatte, atmete Lena tief ein und ließ sich zurück auf die Matratze fallen. »Danke!«, sagte sie leise. »Ich weiß gar nicht, was mit mir los ist. Mir ist schwindelig, ich kann mich kaum aufrecht halten.«

Felix strich ihr mit der Hand über das Haar. »Du hast Fieber. Bleib nur ruhig liegen.« Er stand auf und sammelte die Kleidungsstücke aus seinem Rucksack ein, die er am Abend zuvor zum Trocknen verteilt hatte. Die meisten waren noch etwas feucht. Doch es war besser als gar nichts. Er legte seine Hose, den Pullover und zwei T-Shirts um Lenas Oberkörper. Dann zog er seine Kapuzenjacke aus, die er über Nacht getragen hatte, und reichte sie ihr als Zudecke. Zuletzt entfachte er aus den Papierresten und dem übrigen Holz ein kleines Feuer.

Lena war inzwischen wieder eingeschlafen. Felix überlegte, was er tun konnte. Er erinnerte sich, als er im letzten Winter mit einer Erkältung im Bett gelegen hatte. Seine Tante hatte stündlich Fieber gemessen und ihn mit reichlich Tee versorgt. Das Essen musste sie ihm förmlich aufzwingen. Selbst seine Lieblingssuppe aus frischem Gemüse mochte er nicht anrühren. Er sah zu Lena hinüber. Ihr Gesicht war immer noch rot, aber ihr Atem war inzwischen etwas ruhiger geworden.

Ob es wohl einen Sinn machte, eine der Dosen zu öffnen? Er betrachtete den Inhalt seines Rucksacks, den er auf dem Boden aufgereiht hatte. Vier Dosen hatte er noch. Der Reis hatte den Sturz über den Wasserfall nicht überstanden. Die Packung war aufgerissen und halb ausgelaufen. Der Rest war feucht.

Er musste es trotzdem versuchen. Lena musste etwas essen. Felix ging ein zweites Mal zum Bach und holte Wasser. Es dauerte lange, bis es auf dem kleinen Feuer heiß wurde. Noch viel länger dauerte es, bis der Reis einigermaßen weich war. Immer wieder rührte Felix mit dem Löffel in dem kleinen Topf. Leider war das Resultat wenig vielversprechend. Auch eine kräftige Prise Salz half nicht. Es schmeckte ekelhaft. Lena drehte den Kopf zur Seite, noch bevor er mit dem Löffel ihre Lippen berührte.

Mit größter Überwindung aß Felix selbst ein paar Löffel voll. Er durfte nicht wählerisch sein. Das wenige Essen musste für beide reichen, und bisher hatte Felix keinen Schimmer, wie es von hier aus weitergehen könnte.

Er gab Lena noch ein paar Schlucke Wasser zu trinken, dann stellte er alles zur Seite. »Der Rucksack!«, hörte er sie sagen. »Wo ist mein Rucksack?«

Natürlich! Er hatte ihn völlig vergessen. »Ich habe ihn gestern Abend nicht mehr gefunden, es war schon zu dunkel«, antwortete er. »Aber ich will dich jetzt nicht alleine lassen! Außerdem muss ich auf das Feuer achten.«

Lena stemmte sich auf und lehnte sich mit dem Rücken an einen Stapel Bretter. »Ich mache das schon«, antwortete sie. Das Sprechen fiel ihr sichtlich schwer. »Geh nur. Es ist wichtig.«

Felix stellte ihr den Becher in Griffweite und drückte ihr einen Stecken in die Hand. »Damit kannst du das Feuer bewachen.« Er schob ein paar trockene Holzstücke neben die Matratze. »Das sollte reichen.«

Felix ging ein paar Schritte die Straße entlang aufwärts, dann bog er auf die Wiese ab, bis er zum unteren Ausfluss des Fischbeckens gelangte. Ein seltsames Gefühl beschlich ihn, als er an die Stelle kam, an der sie sich gestern Abend durchgekämpft hatten. Das Wasser floss ruhig und gleichmäßig. Von Lenas Rucksack war nichts zu sehen. Er erinnerte sich, dass das kleine Holzboot über die Kante des mittleren Beckens geglitten war. Es bestand also Hoffnung, dass der Rucksack weiter unten im Bach lag.

Ehe er sich abwärts wandte, sah er noch einmal den Hang hinauf. Die Hasen waren inzwischen verschwunden. Ein Stück weiter oben sah er einen dunklen Fleck im Gras. Das Tier hat es nicht geschafft, dachte er. Die Spinne ist grausam. Es gibt kein Entkommen.

Es war Zufall, dass er den Rucksack fand. Fast wäre er daran vorbeigelaufen. Der Bach hatte an dieser Stelle Uferböschung unterspült und eine kleine Höhlung geschaffen. Felix zog den Rucksack heraus und lief sofort zurück.

»Ich habe ihn! Ich habe ihn!«, rief er schon von Weitem. »Es sieht so aus, als ob …«

Felix war völlig verblüfft, als er sie sah. Sie saß vollkommen angekleidet auf einem der alten Traktorreifen und zog eben ihre Schuhe an, als er hereinkam. »Was soll das?«

»Wir müssen weiter. Wir haben schon viel zu viel Zeit verloren.« Sie drückte den Klettverschluss ihres zweiten Schuhs fest. »Du musst nur noch deine Sachen zusammenräumen.« Sie nahm ihm den Rucksack aus der Hand und hängte ihn gleich über. »Ich schaue später nach, was übrig geblieben ist.« Sie trat vor die Tür und schaute zum Himmel. »Das Wetter ist gut. Wir werden heute noch ein gutes Stück schaffen.«

Felix stopfte hastig seine restlichen Kleider und das Geschirr in seinen Beutel und folgte ihr. »Aber du hast Fieber! Du musst dich ausruhen!«

»Ausruhen kann ich mich später. Es wird schon nicht so schlimm sein.«

»Weißt du überhaupt wohin? Etwa wieder zurück ins Wildgutachtal? Das ist viel zu anstrengend, das schaffst du nicht!«

»Ich erkläre es dir später. Jetzt los!« Wie gewohnt setzte sie sich an die Spitze und schritt zügig voran. Nach etwa einer Viertelstunde hatten sie die Kreuzung mit der Brücke erreicht. Lena lehnte sich ans Geländer. »Wir werden von hier aus die Straße Richtung Furtwangen weitergehen, immer am Wasser entlang.« Ihre Stimme klang stockend. Während sie sprach, musste sie sich am Geländer abstützen. »Dort stoßen wir auf einen der sicheren Wege. Das kostet uns zwei Tage, aber es bleibt uns nichts anderes übrig.«

Felix beobachtete sie besorgt. Lenas Gesicht war wieder rot geworden, Schweiß stand auf ihrer Stirn. »Zwei Tage! Ich glaube nicht, dass wir das schaffen. Du musst dich unbedingt ausruhen!«

Lena antwortete nicht, sondern lief los. Doch schon wenige Hundert Meter weiter hielt sie erneut an und stützte sich auf die Leitplanke. Sie hielt die Augen geschlossen und schnappte nach Luft.

Felix warf den Rucksack ab, stellte sich vor sie und nahm sie in die Arme. Er sah, wie es feucht in ihren Augen glitzerte. »Nur eine kleine Pause!«, stieß sie mühsam hervor. »Es geht gleich wieder.«

Felix blickte um sich. Auf der gegenüberliegenden Seite des Baches standen zwei aneinandergebaute Holzhäuser. Ihre Dächer waren mit Schieferplatten bedeckt, in denen an der

Seite ein großes Loch gerissen war. Die Außenwände waren mit dunkelbraunen handtellergroßen Holzschindeln verkleidet. Ein riesiges Mühlrad ragte in den Bach hinein, direkt daneben konnte Felix im Bachbett die Trümmer eines weiteren erkennen. Bachaufwärts führte eine breite Brücke zu einem gepflasterten Vorplatz, an dessen Rand ein Geländer war.

Felix erinnerte sich an das Hinweisschild an der Brücke. »Die Hexenlochmühle!« Er hatte die Überreste eines kleinen Holzhauses erwartet und war überrascht, ein solches Gebäude hier anzutreffen. Das Ganze sah überraschend gut erhalten aus. Vielleicht war es vor Jahren einmal ein Ausflugslokal mit einem Parkplatz davor gewesen.

»Schaffst du es bis dorthin?« Felix wartete Lenas Antwort gar nicht erst ab. Er legte ihren Arm um seine Schultern, hielt sie mit seiner freien Hand fest und zog sie Schritt für Schritt vorwärts. Der Rand des Parkplatzes war zur Bergseite hin mit großen Findlingen abgestützt, auf die von weit oben die ersten Sonnenstrahlen des Tages fielen. Felix half Lena sich hinzusetzen, dann nahm er seinen Rucksack ab und stellte ihn daneben. »Hier kannst du dich ausruhen. Ich sehe mich ein wenig um.«

An den Vorplatz schloss sich zwischen Haus und Berghang ein kleiner Hof an. Hier wurde Felix' Vermutung bestätigt, dass dies einmal ein Ausflugsziel gewesen sein musste. Manche Stühle standen noch so um die Holztische, dass es aussah, als seien die Gäste eben erst aufgebrochen. Auf dem Boden lag ein schwerer Kristallaschenbecher. Am Rande des Platzes standen zwei mannshohe Holzvitrinen, deren Vorderseite mit angelaufenem Glas abgeschlossen war. Bei der einen war die Scheibe kaputt gegangen, dahinter entdeckte Felix die Überreste eines Vogelnestes. Aus dem anderen sahen ihm zwei lebensechte Puppen entgegen, ein junger Mann mit schwarzem Gewand und roter Weste, das Mädchen mit weißer Bluse und dem typischen Bollenhut, der für nahezu alle Touristen ein Sinnbild des früheren Schwarzwaldes war.

Zum Haus hin standen unter einem Vordach ein paar Kartenständer. Ein paar Ansichtspostkarten steckten noch in den Drahtschlitzen. Die meisten zeigten die Hexenlochmühle, wie sie einmal gewesen war: ein stattliches Gebäude mit zwei großen Wasserrädern, die Fenster mit Blumenkästen geschmückt. Sogar Ansichten vom Winter gab es. Berge von Schnee und armlange Eiszapfen wie bei einem Märchenschloss.

Es gab zwei Eingänge. Der eine führte zum ehemaligen Restaurant, über dem anderen wies ein Schild auf den unvermeidlichen Shop. Beide Türen waren verschlossen. Felix lief noch ein paar Schritte weiter um das Haus herum. Doch auch hier waren alle Zugänge versperrt. Die wenigen Fenster waren mit Holzläden fest verschlossen.

Felix war unschlüssig. Er hätte Lena gerne einen geschützten Platz bereitet, wo sie sich eine Weile erholen konnte. Doch ausgerechnet hier, in diesem abgeschiedenen Tal, hatten die Besitzer vor der Evakuierung sich die Zeit genommen, alles sorgfältig zu hinterlassen und abzuschließen. Vielleicht hatten sie gehofft, bald wiederkehren zu können.

Doch so leicht gab Felix nicht auf. Nachdem er noch einmal nach Lena gesehen und ihr frisches Trinkwasser gebracht hatte, kehrte er zu dem Haus zurück. Dieses Mal lief er langsam und suchte nach einer Gelegenheit, die er beim ersten Mal übersehen hatte. Bei der zweiten Runde fiel ihm auf, dass es unter dem heruntergezogenen Dach auf der Rückseite des Hauses ein Fenster gab, bei dem keine Läden davor waren. Eine Leiter suchte er vergeblich. Doch mithilfe zweier übereinandergestellter Tische gelang es ihm, einen kleinen Balkon zu erreichen, von dem aus er zu dem Fenster gelangte. Es war von innen abgeschlossen. Felix kletterte noch einmal hinunter und suchte nach einem geeigneten Holzprügel. Schon beim zweiten Schlag fiel die Scheibe heraus, sodass er mit der Hand hineingreifen und den Griff öffnen konnte.

Felix fand sich in einer Art Abstellkammer wieder. Eine Kommode an der Wand, ein paar Pappkartons und Holzkisten, ein Regal, das mit Prospekten und Büchern gefüllt war, davor ein kleiner Tisch. Das war alles. Er trat hinaus auf den Gang. Zu beiden Seiten gab es zwei weitere Türen, dazwischen führte eine Holztreppe nach unten. Es war fast dunkel, doch Felix hatte sich in den letzten Tagen daran gewöhnt, sich auch mit wenig Licht zurechtzufinden. Durch die Fensterläden schimmerte zudem so viel Helligkeit, dass er sogar die Schilder auf den Türen lesen konnte. »Original Schwarzwälder Souvenirs«, las er auf der einen. Zwei weitere trugen die Aufschrift »Privat« und »Schwarzwaldstube – Restaurant«.

Felix versuchte sich zu erinnern, in welche Richtung sich der Haupteingang befand. Die Tür zum Restaurant stand halb offen, durch den Schlitz schimmerte es hell. Als Felix eintrat, sah er warum. Die beiden Fenster zeigten in Richtung Bach und waren nicht mit Läden verdeckt. Er konnte sogar durch die angelaufenen Scheiben den Rand des Wasserrades sehen.

Mit einem Blick stellte er fest, dass die Schwarzwaldstube vom Verfall verschont geblieben war. Wände und Decke waren mit hellem Holz verkleidet, der Boden bestand aus Steinplatten. Zwei große und zwei kleinere Tische mit geschnitzten Stühlen standen im Raum, so als ob sie auf Gäste warteten. Über jedem Tisch hing eine Lampe, deren Schirme mit Schwarzwaldmotiven bemalt waren. Rechts von ihm gab es einen Tresen, in dem Regal dahinter reihten sich Teller, Tassen und Gläser aneinander. Alles war gleichmäßig mit einer feinen Schicht Staub bedeckt.

Die andere Seite des Raumes verengte sich zu einem schmalen Gang. Er führte zu einem weiteren Raum, der Felix völlig überraschte. Auch hier gab es zwei schmale Fenster, durch die Licht hereindrang. Die Verkaufstheke davor hätte ebensogut in einem Supermarkt stehen können. Die Fächer unter dem Glas waren leer. Anscheinend hatte es hier einmal frische Waren gegeben, die sich im Laufe der Jahre entweder aufgelöst hatten oder von Insekten gefressen worden waren. Eine Unmenge kleiner schwarzer Kügelchen ließ darauf schließen, dass sich auch Mäuse hier gütlich getan hatten.

Doch es gab noch mehr. An den Wänden waren Regale angebracht, darunter standen offene Holzkisten. Im vorderen Regalteil standen eng nebeneinander Flaschen in allen Größen. Kirschwasser, Obstschnaps, Heidelbeerwein, sogar Zibärtle – die ganze Bandbreite badischer Edelbrände war vor seinen Augen aufgereiht. In dem Regal daneben standen Marmeladengläschen. Sie waren einmal mit bunten Tuchfetzen geschmückt gewesen, die jedoch längst ausgeblichen waren. Dafür waren die kunstvoll bemalten Schildchen noch gut zu erkennen. Brombeeren, Himbeeren, Erdbeeren, Vielfrucht, dazu Gelees, Konfitüre und eingelegte Früchte. Den Abschluss bildeten Honiggläschen, von kleinen Frühstücksportionen bis zum Halbliterglas »für die Familie«.

Felix konnte sich gar nicht genug sattsehen. Nachdem er seit seinem Aufbruch aus Freiburg fast nur von Verfall und Zerstörung begleitet worden war, kam ihm dieser Raum vor wie ein kleines Paradies.

Doch es war noch nicht alles. Als er eben weitergehen wollte, entdeckte er an der Seite der Verkaufstheke zwei Holzkisten. Er traute seinen Augen nicht: Eingebettet in blau-weiß karierte Tücher lagen ganze Stapel von Packungen mit der verführerischen Aufschrift: »Schwarzwälder Schinken – vakuumverpackt«. Er nahm eine der Packungen heraus. Sie war tatsächlich unversehrt.

Doch zu seinem Bedauern sah er sofort, dass die Hülle den Verfall nicht aufgehalten hatte. Vom Inhalt war nichts weiter als eine undefinierbare graue Masse übrig geblieben.

Felix trat wieder auf den Hof und eilte zu Lena. Sie hatte sich inzwischen etwas erholt und wollte bereits wieder aufbrechen. Bei ihrem Anblick sah er jedoch, dass in den nächsten Stunden an ein Weitergehen nicht zu denken war. Ihr Gesicht war bleich, ihre Hände zitterten.

»Jetzt gehen wir erst einmal hinein.« Lena gab ihren Widerstand rasch auf. Mit Felix' Hilfe schleppte sie sich in den Gastraum. Auf eine der Eckbänke häufte er alle Sitzpolster, die er finden konnte. Zudem richtete er ein provisorisches Kopfkissen. »Leg dich hin und ruhe dich aus.« Am Ende zog er die Tischdecken herunter und hüllte sie damit ein. Mit einem leisen »Danke!« drehte sie sich um und schloss die Augen. Nach wenigen Sekunden hörte er, wie ihre Atemzüge ruhig und gleichmäßig wurden.

Es war zwar erst um die Mittagszeit, doch Felix ahnte, dass es das Beste sein würde, nicht nur den Tag, sondern auch die Nacht über hier zu bleiben. Es war ihnen beiden nicht geholfen, wenn Lena unterwegs so krank wurde, dass sie nicht weiter vorwärtskamen. Er wählte einen der großen Tische aus und begann, den gesamten Inhalt ihrer beiden Rucksäcke auszubreiten. Sie hatten ihr nasses Abenteuer gut überstanden. Felix hängte alle Kleidungsstücke über die Stühle. Das andere rieb er mit Handtüchern trocken, die er hinter der Theke fand.

Als er sich daran machte, für Lena etwas zu essen zu richten, erhielt seine Begeisterung rasch einen Dämpfer. Zu seinem Bedauern musste Felix einsehen, dass eine moderne Küche ohne Strom nicht viel mehr wert war als die einer Musterausstellung. Der Raum hinter der Theke war zwar mit allem ausgestattet, doch von den Geräten konnte er keines benutzen. Der Herd war nichts mehr wert als eine nutzlose Stellfläche. Wenn es Vorräte gegeben hatte, waren sie sämtlich verdorben oder zerfallen. Ein paar Teebeutel und geruchslose Kaffeebohnen war alles, was er fand.

Es blieb ihm nichts anderes übrig, als wie die Tage zuvor ein Feuer in Gang zu setzen. Im Hof hinter dem Haus legte er ein paar Steine zusammen und suchte einen Arm voll trockenes Holz. Papier gab es genug, sodass das Feuer rasch brannte. Er füllte einen Topf aus der Küche mit Wasser aus dem Bach, stellte ihn in die Flammen und setzte den Deckel darauf. Während das Wasser heiß wurde, öffnete er eine der Dosen aus Lenas Rucksack. Die Gemüsemischung roch seltsam, daher schüttete er sie weg und öffnete eine zweite, die etwas vertrauenerweckender aussah. Zwischendurch schaute er immer wieder nach Lena. Er stellte eine Schüssel mit Wasser neben die Bank. Von Zeit zu Zeit legte er ihr einen feuchten Lappen zur Kühlung auf die Stirn.

Die Gewürze, die er in der Küche fand, rochen nach nichts mehr. Dafür freute er sich, als er genügend Salz fand, dass er seinen sparsamen Salzvorrat nicht angreifen musste.

Nach etwa einer Stunde stellte er Suppenteller und Besteck auf den Tisch. Lena war inzwischen wach geworden. »Was machst du da?«

»Frühes Abendessen!«, antwortete er. Nicht ohne Stolz stellte er den Topf mit der Suppe vor sie.

Lena verzog den Mund, als sie den ersten Löffel gekostet hatte. Auch Felix merkte erst jetzt, dass er in seinem Überschwang gleich mehrfach gesalzen hatte. Trotzdem aßen sie, bis sie satt waren. Felix räumte ab, wusch das Geschirr und stellte alles wieder zurück. Er fragte sich, warum er das tat. Wahrscheinlich würde die nächsten Jahre niemand kommen, um nach dem Rechten zu sehen.

Wie am Tag zuvor zog die Dunkelheit in dem engen Tal früh herauf. Felix lief ein zweites Mal durch das Haus und sah in alle Zimmer, die nicht verschlossen waren, in der Hoffnung ein Bett oder eine andere bequeme Schlafmöglichkeit zu entdecken. Doch außer einem alten durchgelegenen Sofa und ein paar dünnen Decken im oberen Stock fand er nichts. Er entschied, dass es das Beste sei, wenn sie in dem Gastraum des Restaurants blieben. Er nahm die Decken mit, dann richtete er sich auf einem der Tische ein Nachtlager.

Lena hatte das Essen offensichtlich gutgetan. »Es ist gut, dass du bei mir bist«, sagte sie mit leiser Stimme, bevor sie den Kopf auf die Seite sinken ließ und einschlief. Felix blieb noch eine Weile wach und lauschte dem Wasser im Bach vor dem Haus. Dann übermannte auch ihn die Erschöpfung.

Obwohl er seit seiner Abreise aus Freiburg kein derart bequemes Bett mehr gehabt hatte, schlief Felix schlecht. Sein Körper war unendlich müde. Doch in seinem Kopf gab es vieles, was ihn nicht zur Ruhe kommen ließ. Wieder und wieder spielte er die Begegnung mit der unheimlichen Kraft durch. Er konnte sich das Ganze nicht erklären. Wie war es möglich, dass er scheinbar ohne jeden äußeren Anlass sich plötzlich nicht mehr bewegen konnte? Wie war es möglich, dass seine Seele und seine Gedanken in Welten geführt wurden, von denen er bislang nichts geahnt hatte? Konnte es sein, dass irgendetwas nicht sichtbar in der Luft herumschwirrte? Bei einem Atomunfall war von Wissenschaft und Behörde immer von Verstrahlung die Rede. Von schädlicher Einwirkung auf den Körper und seine Zellen, die zu Missbildungen und schließlich zum Tod führen konnten. Gab es noch mehr, was die Wissenschaft nicht erklären konnte? War das der Grund, warum das Gebiet des Schwarzwaldes einer derart strengen Quarantäne unterworfen wurde? War es ein tödlicher Virus, vor dem die Behörden Angst hatten? Und warum war Lena mit ihren Antworten immer ausgewichen, wenn er danach gefragt hatte?

Irgendwann hielt Felix es nicht mehr aus. Er wälzte sich von seiner Schlafstätte herunter, zog sich an und trat vor die Tür. Im Freien konnte er erkennen, dass der neue Tag schon begonnen hatte. Über den Wipfeln der Fichten war es bereits hell, während hier unten im Tal noch düstere Schatten lagen.

Die vage Hoffnung, heute weitergehen zu können, mussten sie wohl aufgeben. Das Aprilwetter machte seinem Namen alle Ehre. Über Nacht hatte es einen kräftigen Temperatursturz gegeben, der Felix trotz seiner Jacke frösteln ließ. Und wieder einmal regnete es. Felix ärgerte sich, dass er gestern Abend nicht daran gedacht hatte, das Brennholz in Sicherheit zu bringen. Die Feuerstelle war nass, die letzten Reste der Glut waren längst ausgegangen.

Es dauerte eine Weile, bis Felix genug trockenes Holz beisammenhatte. Unter den Trümmern eines eingestürzten Schuppens fand er ein verrostetes Beil, mit dessen Hilfe er von einem Balken genügend Späne abschlagen konnte, um das Feuer in Gang zu bringen. In der Küche fand er eine fast volle Dose Kaffee. Obwohl er wenig Hoffnung hatte, kippte er den ganzen Inhalt in heißes Wasser, goss ihn durch ein Sieb und füllte damit zwei Henkelbecher.

Lena war inzwischen wach geworden. »Es gibt Kaffee! Milch ist leider aus.« Er setzte sich zu ihr auf die Bank und nippte vorsichtig an dem Gebräu. Es schmeckte scheußlich.

»Wenigstens wird es etwas warm von innen heraus«, entschuldigte er sich.

Lena lächelte ihn an. »Das ist nicht schlimm«, sagte sie. »Zu Hause auf dem Hof haben wir überhaupt keinen Kaffee. Mutter hat erzählt, dass sie die letzten Vorräte damals über Wochen gestreckt hatten. Die gemahlenen Bohnen hatten sie immer weiter verdünnt, bis sie am Ende gar nicht mehr merkten, ob überhaupt noch Kaffee dabei war.« Sie trank in kleinen Schlucken. »Letzte Woche in Freiburg habe ich eine Tasse getrunken. Mein Herz hat so gerattert, dass ich fast davongeflogen wäre«, lachte sie.

Felix sah sie an. Es war das erste Mal, dass sie etwas von ihrem Vorhaben erzählte. »Hast du Freunde oder Bekannte in Freiburg?«

»Meine Eltern haben mir eine Adresse gegeben. Dort bin ich hin.« Mehr sagte sie nicht. Dafür gab sie freimütig zu, dass es ihr noch nicht besser ging. »Ich denke, es macht Sinn, heute noch hier zu bleiben. Vielleicht ist das Wetter morgen besser.«

»Was passiert eigentlich, wenn du nicht rechtzeitig kommst?«

Lena holte tief Luft und stieß einen Seufzer aus. »Ich weiß es nicht. Ich kann es dir nicht sagen.« Sie ließ die Tasse halb ausgetrunken stehen. »Ein hübsches Bett, das du mir da gemacht hast! Ich habe gut geschlafen. Sind eigentlich die Kleider inzwischen trocken? Ich habe das dringende Bedürfnis, etwas anderes anzuziehen.«

Felix wies auf die ausgebreiteten Klamotten, die überall im Raum verstreut lagen. »Bediene dich! Zum Bügeln bin ich leider noch nicht gekommen«, scherzte er.

Als Lena begann, sich auszuziehen, hatte Felix das Gefühl, dass es besser sei, sie jetzt alleine zu lassen. »Ich sehe mich noch ein wenig um«, sagte er.

Gerne hätte er die Holzläden aufgemacht, um besser sehen zu können. Doch die Besitzer hatten auch hier alles sorgfältig abgesperrt. Jedes der wenigen Fenster war mit einem kleinen Vorhängeschloss gesichert, und aufbrechen wollte er es nicht. Stattdessen nahm er eine der Kerzen, die sie in Simonswald mitgenommen hatten, und zündete sie an.

Hinter der Küche gab es einen Vorratsraum mit Regalen, Schränken, einem Kühlschrank und einer Kühltruhe. Natürlich war auch hier alles verdorben. Gläser und Tüten waren aufgeplatzt und ihr Inhalt weggefressen worden. Die Tiefkühlware war längst aufgetaut und hatte sich aufgelöst. Lediglich ein paar Flaschen Essig und Öl schienen noch unversehrt. In einem der Schränke fand Felix ein paar Dosen, deren Aufschrift aber nicht mehr leserlich war. Vielleicht konnte er später eine davon öffnen und sehen, ob der Inhalt noch zu gebrauchen war.

Die übrigen Räume boten alle ein ähnliches Bild. Über allem lag eine Staubschicht, und alles sah aus, als sei es eben erst verlassen worden. In der Toilette konnte Felix der Versuchung nicht widerstehen, die Spülung zu drücken. Es klapperte ein wenig, doch es rührte sich nichts. Felix dachte an zuhause. Noch bis vor wenigen Tagen hatte er in einer Welt gelebt, in der alles auf Knopfdruck funktionierte. Wasser, Strom, Geräte, Maschinen, Essen, Hygiene – sogar die Autos begannen inzwischen von selbst zu fahren. Niemand machte sich Gedanken, wie alles funktionierte. Und niemand machte sich Gedanken, wie abhängig sich die Menschen von der Technik gemacht hatten.

Am Ende seines Rundgangs kam Felix zu der Tür, an der er gestern als Erstes vorbeigelaufen war, nachdem er durch das Dachfenster geklettert war. »Original Schwarzwälder Souvenirs«, las er auf dem sorgfältig geschnitzten Schild. Ob es wohl auch welche gab, die nicht »original« waren? Vielleicht kamen heutzutage sowieso alle aus irgendwelchen Kleinbetrieben in irgendwelchen Dörfern im fernen Osten.

Als Erstes sah er ein vielfältiges Leuchten und Glitzern, das von allen Seiten des Raumes zu kommen schien. Unzählige kleine Lichtpunkte kamen von überall her, spiegelten sich und flackerten, wenn er seine Kerze auch nur ein klein wenig bewegte. Felix stand für einen Moment still, dann trat er ein. Jetzt, da der Kerzenschein sich im ganzen Raum ausbreitete, sah er, woher das Glitzern kam. Überall gab es Waren aus Glas und Kristall – Lampenschirme, Spiegel, Windspiele, verzierte Schatullen, Döschen, Ringe, Anhänger und Ketten. Dazu eine Fülle unterschiedlichster Mineralien und Halbedelsteine. Felix kannte einige davon: grün schimmernder Malachit, Feldspat, goldfarbener Pyrit, Rosenquarz und aufgeschlagene Amethystdrusen. Daneben viele andere, die er noch nie gesehen hatte.

Langsam ging er die schmalen Flure entlang. Natürlich gab es auch Schwarzwalduhren. Eine ganze Wand hing voller holzgeschnitzter Häuschen mit kleinen Figuren – Männer, Frauen und Kinder, die Holz hackten, Wäsche wuschen oder auf einer Wippe schaukelten, daneben Wasserräder, Brunnen, Bäume und Vogelnester. Und es gab herrlich bemalte Schilderuhren mit traditionellen Blumenmustern und kleinen Szenen aus dem ehemals bäuerlichen Alltag.

Jetzt, da er die unzähligen Zeitmesser vor sich sah, kam Felix zu Bewusstsein, wie still es in dem Raum war. Nur sein Atem und der Schritt auf den leise knarrenden Holzdielen waren zu hören. Die Uhren standen still. Die Zeiger waren auf alle Zeiten eingefroren.

Gerne hätte Felix eine der Kuckucksuhren aufgezogen. Er hätte nur die den Zapfen von Tannen oder Fichten nachempfundenen Gewichte hochziehen müssen. Doch irgendetwas hielt ihn davon ab, die Ruhe in diesem Raum zu stören. Es wäre ihm wie ein Sakrileg vorgekommen. Es war, als habe die Zeit einen Teppich des Vergessens ausgebreitet.

Stattdessen drängte es ihn danach, Lena von seiner Entdeckung zu berichten. Er schloss die Tür hinter sich zu und ging die Treppen hinunter zurück in den Gastraum.

Die meiste Zeit des Tages waren sie zur Untätigkeit verdammt. Nachdem sie gemeinsam ausgiebig den Raum mit den Souvenirs bewundert hatten, startete Felix einen weiteren Versuch, etwas zu Essen zu kochen. Leider waren die Büchsen, die er im Vorratsraum der Küche gefunden hatte, nicht zu gebrauchen. Obwohl er keine Beschädigung feststellen konnte, war der Inhalt nicht mehr als eine undefinierbare schleimige Masse, die äußerst merkwürdig roch. Er versuchte es daher erneut mit Bohnen. Auch wenn er dieses Mal mit dem Salz vorsichtiger umging, war der Geschmack kaum besser.

»Ein Königreich für ein Stück trockenes Brot!«, seufzte er. »Oder ein paar Kartoffeln. Oder Nudeln. Oder irgendetwas!«

»Wir müssen zufrieden sein«, meinte Lena. »Ich schätze, unser Vorrat reicht noch etwa zwei Tage, vielleicht drei. Vielleicht finden wir auch draußen etwas.«

»Aber hier ist nur Wald und Fels! Was willst du da Essbares finden?«

»Im Sommer oder Herbst wäre es einfacher. Dann bietet der Wald genügend für den, der sich auskennt. Aber es ist kein Grund zur Verzweiflung. Verhungern werden wir nicht. Ich werde schon für uns sorgen.«

»Wenn du meinst.« Felix war skeptisch. Aber jetzt war nicht die Zeit, sich Sorgen zu machen. Nachdem sie fertig gegessen hatten, wusch Felix das Geschirr sauber und räumte es auf. »Damit sich die Leute nicht beklagen, wenn sie zurückkommen!«, scherzte er. Er ließ seinen Blick über die freundliche Gaststube schweifen. Ob hier jemals wieder ein Mensch herkommen würde?

Nach dem Essen fühlte sich Lena kräftig genug, mit Felix nach draußen unter das Vordach zu gehen. Sie nahmen sich jeder einen Stuhl und hängten sich eine Decke um. Felix legte Holz aufs Feuer, sodass eine ordentliche Flamme entstand.

Lena hatte die Karte auf den Knien ausgebreitet. »Die Straße Richtung Furtwangen führt die meiste Zeit an diesem Bach entlang. Wenn nichts dazwischenkommt, werden wir ungefähr einen Tag brauchen, bis wir auf den Weg stoßen, den ich schon einmal gegangen bin.«

»Und dann?«

»Auf dem Bergrücken steht an der alten Bundesstraße ein ehemaliges Gasthaus, die ›Kalte Herberge‹. Vielleicht können wir dort übernachten.«

»Und von dort aus die Straße weiter?«, fragte Felix hoffnungsvoll.

»Leider nein. Von dort aus müssen wir noch einen großen Bogen machen. Aber es hilft nichts. Alles andere wäre zu riskant.«

Felix überlegte. »Und wie lange ist es dann noch bis zu dir nach Hause?«

Lena zuckte mit den Schultern. »Du hast gesehen, was alles passieren kann. Ein Tag, zwei Tage …« Sie sah ihn von der Seite fragend an. »Vielleicht willst du ja gar nicht so weit mitgehen. Wolltest du nicht eigentlich zum Titisee?«

Felix erschrak. An sein ursprüngliches Ziel hatte er schon lange nicht mehr gedacht. »Eigentlich«, antwortete er zögernd. Er hatte sich so daran gewöhnt, zusammen mit Lena unterwegs zu sein, dass er es sich ohne sie nur schwer vorstellen konnte. Aber wenn er sich dazu entschloss, würden sie sich trennen müssen. Einen weiteren Umweg konnte sich Lena nicht erlauben.

Sie schien seine Gedanken zu erraten. »Du musst das jetzt nicht entscheiden. Es steht dir frei, mit zu mir zu kommen. Ich bin sicher, meine Leute würden sich freuen.«

Felix nickte. Lenas Vorschlag war richtig. Er würde es auf sich zukommen lassen. »Was heißt das eigentlich, wenn du sagst, der Weg sei sicher? Warst du schon einmal dort?«, fragte er nach einer Weile.

Lena nahm einen Stift und begann, auf der Karte zu zeichnen. »So sicher, wie er im Schwarzwald eben sein kann.« Ihre Antwort klang nicht eben vielversprechend. »Bisher hat es jedenfalls dort keine Gefahren gegeben. Zumindest nicht, was die Kraft betrifft. Meine Leute sind schon mehrmals Teile des Weges gegangen, wenn es nötig war. Außer eben auf der Straße. Dort ist kein Durchkommen.« Sie reichte Felix die Karte und fuhr mit dem Finger die Linie entlang, die sie eingezeichnet hatte.

»Das ist ein großer Umweg!«, staunte Felix.

Lena zuckte mit den Schultern. »Es ist, wie es ist. Wir sollten froh sein, dass es überhaupt geht.«

Felix seufzte. »Na gut. Wenigstens haben wir dann ein paar weniger abenteuerliche Tage vor uns.«

»Freu dich nicht zu früh. Außer der Kraft gibt es anderes, wovor wir auf der Hut sein müssen.«

»Was meinst du? Tiere? Die Wölfe – können sie uns gefährlich werden?« Die Erinnerung an das nächtliche Heulen stieg in ihm hoch.

»Normalerweise greifen sie Menschen nicht an. Trotzdem ist mit Wölfen nicht zu spaßen. Aber es gibt anderes, womit wir rechnen müssen. Und das kann weitaus gefährlicher sein.«

Felix starrte sie an. »Was meinst du?«

»Menschen!«

Felix glaubte, nicht richtig zu hören. »Menschen? Du meinst, die Soldaten …«

Lena schüttelte den Kopf. »Nicht die Soldaten. Die trauen sich nicht hierher. Aber es gibt außer uns andere, die den Weg kennen. Denk nur an die, mit denen du Kontakt aufnehmen sollst. Oder an Leute wie Bruno. Falls wir jemandem begegnen, ist es auf jeden Fall sinnvoll, vorsichtig zu sein.«

*

Am Morgen des dritten Tages nach ihrem Ausbruch aus der Spinnenfalle brachen sie auf. Der Regen hatte aufgehört. Lena fühlte sich kräftig genug, zumindest in kurzen Etappen weiterzugehen. Felix schlug vor, eine der Decken mitzunehmen. Doch Lena wollte nicht. »Bisher hat es gereicht, was wir haben. Wir können es uns nicht erlauben, zu viel tragen zu müssen. Lass uns lieber noch einmal genau nachsehen, ob wir etwas zu essen finden.« Sie liefen noch einmal durch alle Räume der ehemaligen Mühle, doch sie hatten keinen Erfolg. »Wie im Schwimmbadkiosk«, meinte Felix. »Alles ist verschwunden oder verdorben.«

Als Lena die Honiggläschen entdeckte, begann sie sofort, eines davon aufzuschrauben. »Das ist nicht dein Ernst?«, meinte Felix erstaunt, als er den steinharten grauen Inhalt sah. »Wir sollten es zumindest versuchen«, gab Lena zurück. Sie zückte ihr Messer und kratzte mit etwas Mühe einen Splitter heraus. Sie streckte ihn Felix entgegen. »Versuch mal! Honig hält sich sehr lange, wenn er richtig gelagert wird. Zum Beispiel trocken und bei niedrigen Temperaturen. So wie in diesem Raum.«

Felix lutschte vorsichtig an dem Stückchen. »Schmeckt sogar noch süß!«, meinte er überrascht. »Warum bin ich nicht von selber darauf gekommen?«

Lena lächelte. »Jeder zwei Gläschen?«

Als die Sonnenstrahlen die Talsohle erreicht hatte, brachen sie auf. Die Straße ähnelte der, die in die andere Richtung nach St. Märgen führte. Sie war schmal, aber gut ausgebaut. Dennoch kamen sie nur mühsam vorwärts. Zwischen herabgestürzten Steinen und Frostaufbrüchen der vergangenen Winter hatte sich eine Schicht aus heruntergeschwemmtem Schlamm, Erde und Geröll festgesetzt. Die Steine trugen dicke Moospolster, dazwischen sprossen Gras, Farn und junge Birken. Das Ganze sah aus wie ein seit Jahren nicht mehr benutzter Waldweg.

Nach etwa zwei Stunden erreichten sie eine Abzweigung. Die Straße machte an dieser Stelle eine scharfe Kehre nach links und stieg von dort aus steil an. Von rechts kam ein Bach aus dem Wald. Das Rohr, durch das er ursprünglich geflossen war, war längst eingebrochen und verstopft. Das Wasser ergoss sich in breiter Fläche über den Weg.

»Wir gehen hier hoch«, sagte Lena, nachdem sie sich auf der Karte orientiert hatte. »Das spart uns ein gutes Stück.«

Zu Felix' Bedauern war der Weg, den sie nun einschlugen, noch schlechter als die Straße. Der Boden wurde feucht, an manchen Stellen sanken sie bis zum Knöchel ein.

Felix geriet bald ins Schwitzen. Seine Kondition war bei Weitem nicht so, wie er gedacht hatte. Lena war ihm stets voraus, und machte trotz ihrer Schwächung den Eindruck, als könne sie ohne ihn deutlich rascher vorwärtskommen. »Sind bei euch alle so fit wie du?«, fragte er, als sie wieder mal zum Bach abgestiegen waren und ein paar Schlucke getrunken hatten.

»Wer gesund, ist schon.« Lena hatte bemerkt, wie schwer sich Felix tat. »Wir sind es einfach gewohnt, immer zu laufen. Auch große Entfernungen. Man denkt gar nicht darüber nach.«

Wieder einmal wurde Felix bewusst, dass er in eine andere Welt, ja sogar in eine andere Zeit gelangt war. Zu Hause wäre es vollkommen undenkbar, alle Entfernungen zu Fuß zurücklegen zu müssen. Wenn es keine Autos, Busse, Züge oder Flugzeuge gäbe, würde die Zivilisation über Nacht zusammenbrechen. Selbst in einer Fahrradstadt wie Freiburg.

»Wie ist es eigentlich, ganz ohne Strom zu leben?«, fragte er unvermittelt.

Wieder lächelte Lena. »Hast du Elektrizität vermisst in den letzten Tagen?«

»Naja ...« Felix überlegte. »Elektrisches Licht wäre schon praktisch gewesen, zum Beispiel im Supermarkt. Und ein funktionierender Kühlschrank ebenso.«

»Klar! Ich stelle es mir ungemein einfach vor, auf den Schalter zu drücken, und es wird hell. Die Heizung anzudrehen, und es wird warm. Den Herd einzuschalten, und er wird heiß. Mal eben mit dem Freund telefonieren, der weit weg ist. Es ist sehr praktisch und es spart viel Zeit. Aber es geht auch ohne. Vor allem, wenn es sein muss.«

Felix musste ihr recht geben. Trotzdem blieb er neugierig. »Aber was macht ihr zum Beispiel, wenn ...«

»Still!«, unterbrach ihn Lena und blieb plötzlich stehen. »Hörst du?«

Es raschelte und knackte im Unterholz. Das Geräusch vieler Füße.

»Was ist das?«

Lena legte den Finger auf die Lippen und zog ihn hinter den Stamm einer großen Fichte. Sie lauschte aufmerksam.

Das Knacken kam aus dem Wald, der sich links von ihnen an der Seite den Hang hochzog. Es wurde rasch lauter. Merkwürdige tiefe Stimmen waren zu hören.

»Es kommt näher! Was sollen wir tun?«

»Das sind Wildschweine. Eine große Rotte. Denen gehen wir besser aus dem Weg.« Lena deutete zu dem Bach. »Wir müssen hinüber.« Über ein paar rutschige Steine und angeschwemmte Äste balancierten sie durch die sumpfige Wiese. Auf der anderen Seite verbargen sie sich hinter einem Gebüsch aus Weiden.

Schon kurz darauf waren die Ersten zu sehen. Nach und nach kamen etwa 30 Tiere aus dem Wald heraus.

»Können Sie uns gefährlich werden?«, fragte Felix, dem etwas mulmig zumute war. Noch nie war er Wildschweinen so nahe gekommen. Sie waren völlig anders als ihre Artgenossen, die er bei einem Besuch auf dem Bauernhof gesehen hatte. Einige reckten ihre Hauer bedrohlich in die Luft. Die kleinen Äuglein blitzten neugierig. Überall war das tiefe Grunzen zu hören.

»Wildschweine sind unberechenbar. Wir sollten es nicht darauf ankommen lassen. Sie sind schnell und haben gefährliche Zähne. Und sie fressen alles. In kürzester Zeit.«

Felix atmete tief durch. Er wollte sich das lieber nicht vorstellen. Sein Herz klopfte, als ein paar der Tiere sich dem Bach näherten.

»Sie haben uns bestimmt längst bemerkt«, flüsterte Lena. »Aber anscheinend sind wir für sie nicht bedrohlich.«

Sie hatte richtig vermutet. Nachdem einige von ihnen ohne Erfolg den Uferbereich mit ihren Schnauzen durchwühlt hatten, wandten sie sich wieder ab, dem Wald zu. Ein paar Minuten später waren sie nur noch von Weitem zu hören.

Sie traten aus ihrem Versteck hervor und wateten wieder

zu dem Weg auf die andere Seite des Baches. Felix war immer noch beeindruckt. »Und ich dachte, wir müssen uns nur vor den Wölfen hüten«, meinte er etwas kleinlaut.

Lena nickte. »Die Tiere hier verhalten sich anders als in den Wäldern draußen. Mein Großvater hat oft davon erzählt, wie es früher war. Damals waren die Tiere scheu und gingen den Menschen aus dem Weg. Man konnte jahrelang in den Wäldern spazieren gehen, ohne ein einziges Wildschwein zu Gesicht zu bekommen. Oder gar eine Wildkatze.«

Felix sah sich unwillkürlich um, als würde er im nächsten Moment angefallen.

»Es gibt sogar welche, die von Bären erzählt haben.«

»Bären? Jetzt übertreibst du aber!« Felix verzog den Mund. »Wo sollen die denn herkommen? Als Nächstes erzählst du mir von Löwen und Tigern. Außerdem ist der Schwarzwald hermetisch abgeriegelt!«

»Ein Wolf findet immer einen Weg. Außerdem gab es früher einige Wildparks. Sogar mit Bären und Tigern. Wer weiß, was aus denen geworden ist!« Lena wusch sich den Schlamm von den Füßen und zog Strümpfe und Schuhe wieder an. »Aber jetzt wollen wir weitergehen. Es ist noch ein gutes Stück.«

Während Felix hinter ihr hertrottete, ließ ihn nicht los, was sie gerade gesagt hatte. Er konnte es nicht glauben. Das Ganze klang zu abenteuerlich. Er beschloss, sich nicht ins Bockshorn jagen zu lassen. In der Schule hatte er gelernt, dass die Menschen, die vor Jahrhunderten in der Abgeschiedenheit des Schwarzwaldes gelebt hatten, in ständiger Furcht und Aberglauben gefangen waren. Vor allem in den langen, einsamen Winterabenden trieb die Fantasie gewaltige Blüten. Bestimmt war es bei Lena und ihrer Familie ähnlich, dass sie manchmal Vorstellung und Realität nicht mehr auseinanderhalten konnten.

Die Sonne näherte sich bereits dem Horizont im Westen, als vor ihnen die Trümmer ehemaliger Häuser auftauchten. Die Gebäude waren stark verfallen. Zwischen den Mauerresten der Fundamente wuchsen Bäume, überall hatten Wurzel die Steine aufgebrochen.

Sie setzten sich mit dem Rücken an einen zerbrochenen Brunnentrog. Felix war froh, die Beine für eine Weile ausruhen zu können. Es sah so aus, als sei ihr Weg hier zu Ende. Der Bach, der sie bisher begleitet hatte, verschwand schon wenige Meter oberhalb in undurchdringlichem Gebüsch. Darüber schlossen sich dunkle Tannenwipfel wie ein düsterer Vorhang und versperrten den Blick.

»Das ist das Ende der Welt. Unvorstellbar, dass hier einmal Menschen gelebt haben sollen!«

»Und doch war es so. Ich glaube, dass dieser Ort sogar schon lange vor der Katastrophe aufgegeben wurde«, sagte Lena, die wie immer alles sehr aufmerksam betrachtete.

»Warum das denn?«

»Das Leben im Schwarzwald war immer ein Kampf gegen die Natur und ein Abwägen der Möglichkeiten. Offenbar hat es sich nicht gelohnt.«

Sie lauschten eine Weile dem ruhigen Gluckern des Wassers. Eine Bachstelze hüpfte über die bemoosten Kiesel. Ihre Schwanzfedern wippten auf und ab. Alle paar Sekunden drehte sie rasch ihren Kopf und schnappte scheinbar ziellos in die Luft.

»Sie fängt Mücken«, sagte Lena. »Ihr Abendessen.«

»Die hat es gut«, brummte Felix. »An Essen darf ich gar nicht denken. Ein Splitter steinharter Honig als Frühstück, das Mittagessen wurde verschoben und heute Abend leckere Bohnen aus der Dose. Wollen wir nicht jetzt schon etwas kochen?«, fragte er hoffnungsvoll.

»Es ist noch zu früh. Gedulde dich noch ein wenig. Wenn wir Glück haben, bekommen wir heute Abend etwas Besseres.«

»In der ›Kalten Herberge‹, von der du erzählt hast? Der Name hört sich nicht gerade verlockend an!«

Lena lachte. »Das stimmt. Und doch freue ich mich darauf.«

»Wie meinst du das? Und überhaupt: Ich dachte, hier lebt niemand? Und jetzt soll es sogar ein Gasthaus geben?«

»Das Gasthaus gibt es schon seit Hunderten von Jahren. Dort oben kreuzen sich die Verbindungswege durch den Schwarzwald. Ein idealer Ort für alle Reisenden. Zum Übernachten, um etwas zu essen, um sich auszutauschen.«

»Vielleicht war das einmal so«, gab Felix zurück. »Aber jetzt?«

»Ich habe dir doch gesagt, dass wir bald auf einen der sicheren Wege stoßen. Davon gibt es nicht viele. Und die ›Kalte Herberge‹ ist immer noch ein zentraler Ort. Der Wirt lebt von denen, die vorbeikommen. Er bietet Unterkunft und Schutz für ein, zwei Tage. Und bezahlen lässt er sich am liebsten mit Lebensmitteln.«

»Also Tauschhandel. Aber reicht das? Und was ist mit seiner Familie? Was macht er im Winter?«

»Der Hanspeter? Familie hat er keine, er muss nur nach sich selber schauen. Und natürlich nimmt er auch anderes. Werkzeug zum Beispiel, Sämlinge, Bücher – alles Mögliche. Außer Waffen. Die lässt er nicht ins Haus. Nur er hat ein Gewehr.«

»Ein Gewehr?«

»Nicht alle Gäste sind freundlich. Und bei ihm gibt es einiges zu holen.« Lena stand auf und streckte sich. »Es wird kühl. Wir müssen weiter.«

Es war noch heller Tag, aber die Sonne war bereits hinter den Bergen verschwunden. Felix zog seine Schuhe fest und warf den Rucksack über. »Aber was haben wir zu bieten? Was können wir tauschen?«

»Jetzt weißt du, warum wir den Honig mitgenommen haben! Die Gläser bringen uns eine trockene Nacht und hoffentlich etwas zu Essen.«

Felix hatte falsch vermutet, dass ihr Weg hier zu Ende sei. Nach einigem Suchen entdeckten sie die Überreste der ehemaligen Straße, die direkt hinter einer eingestürzten Steinbrücke mit einem scharfen Knick nach links abbog und steil den Berg hochführte. An mehreren Stellen war der Hang abgerutscht. Umgestürzte Bäume streckten ihr bizarres Wurzelwerk nach oben. Alles war dicht bewachsen.

Wieder ging Lena voraus. Felix war es recht. Zwischendurch blieb sie immer wieder stehen, sah sich um und lauschte. Felix kam es vor, als ob sie mit ihrem ganzen Körper die Umgebung abspürte. Im Stillen hoffte er, dass sie sensibel genug war, frühzeitig die Gefahr wahrzunehmen, die nicht sichtbar war und die trotzdem drohend über allem schwebte. Seine Erinnerung an das Erlebnis mit dem, was Lena »die Spinne« genannt hatte, bereitete ihm Angst.

Der Anstieg war steil und zog sich beinahe endlos. Felix musste sich immer wieder abstützen und verschnaufen. Er fluchte über jedes Gramm in seinem Rucksack und war froh, dass sie auf die Decke verzichtet hatten.

Das Ende der Kletterei kam plötzlich und unerwartet. Nachdem Felix sich über einen meterhohen Felsen hinaufgezogen hatte, wurde es flacher. Der Wald lichtete sich. Lena wartete auf ihn am Rande einer merkwürdig regelmäßig geformten Steinmauer. Direkt dahinter sah er die ausladende Kurve einer Straße.

»Das war der Weg nach Neukirch«, sagte Lena. »Jetzt noch durch den Tunnel dort vorne, und wir sind da.«

Die Aussicht auf das Ende ihres Tagesmarsches beflügelte Felix. Er stolperte den Hang hinunter auf die Straße. Der Tunnel war eine große Betonröhre, an deren Ende die Straße in einer weiteren Kurve aufstieg. Nach ein paar Schritten sahen sie ihr Ziel direkt vor sich.

Schon beim ersten Blick erkannten sie, dass etwas nicht stimmte. Das Dach des Hauses war zur Hälfte eingestürzt. Schwarze Balken ragten in die Luft. Vor dem Eingang lagen Steine, Holz und Gerümpel wild durcheinander. In den Fensterhöhlen steckten zersplitterte Glasreste. Es sah aus, als habe es gebrannt.

Überall lag Abfall verstreut – Plastikbeutel, Papier, Stofffetzen. Dazwischen wucherte Gras. Am Rande des gepflasterten Vorplatzes saßen zwei Männer um ein Feuer. Als sie Felix auf der Anhöhe sahen, sprang einer der beiden auf und deutete mit dem Finger zu ihnen. Er rief etwas, was Felix nicht verstand.

Felix sah Lena erschrocken an. »Was machen wir jetzt? Abhauen?«

Lena blieb unbewegt. »Das sieht nicht gut aus. Es wäre mir lieber gewesen, wenn wir jetzt niemanden treffen würden. Aber es ist zu spät. Wenn wir weglaufen, kommen sie uns bestimmt hinterher. Lass mich nur machen.« Sie drehte sich um und ging auf die Männer zu. Als sie noch etwa zehn Meter vom Feuer entfernt war, blieb sie stehen und hob beide Hände.

»Lena und Felix. Was braucht ihr?«

Zu Felix' Erstaunen antwortete der jüngere der beiden Männer auf dieselbe Weise. »Jerry und Wagner. Was braucht ihr?«

Felix wunderte sich über die seltsame Begrüßung. Es klang wie ein Ritual. Ein paar Augenblicke verharrten alle reglos. Dann trat der Jüngere der beiden, der sich Jerry nannte, zur Seite. »Kommt her ans Feuer und setzt euch.«

Lena nahm ihren Rucksack ab und hockte sich auf einen der Steine, die früher einmal der Parkplatzkennzeichnung gedient hatten. Felix tat es ihr gleich.

»Seid ihr allein?«, fragte Jerry. Er hatte einen Bart, der etwa drei Wochen alt und ungepflegt aussah. Um die Schulter trug er einen abgeschlissenen grünen Umhang, der an einen Militärponcho erinnerte.

Lena nickte. »Wir beide.« Felix meinte, ein Aufblitzen in den Augen des Mannes zu erkennen. Doch er konnte sich täuschen.

»Woher?«

»Von dort unten.« Lena deutete mit dem Daumen über ihre Schulter.

Jerry runzelte die Stirn. Dann nickte er langsam. »Von dort unten. So so. Ich wusste nicht, dass es dort einen Weg gibt.«

»Wir sind abgekommen. Eine Herde Wildschweine hat uns gejagt. Sie hatten Junge.«

Felix warf einen Blick auf sie. Sie log mit einer Überzeugung, die er selbst geglaubt hätte. »Ja, wir hatten Glück und konnten uns durchs Wasser retten.«

Jerry wandte den Blick zu ihm. »Durchs Wasser. Aha.« Felix hatte das Gefühl, dass er ihn durchschaut hatte. Doch dann zuckte er mit den Schultern. »Dann ist ja gut.«

Vom Feuer her zog der Geruch von Fleisch. Erst jetzt bemerkte Felix, dass auf einem Stück Maschendraht ein paar unförmige Stücke lagen. Er spürte, wie sehr er Hunger hatte.

»Was habt ihr zu essen?« Jerry machte keine Anstalten, ihnen etwas anzubieten.

Lena kramte eine der Dosen aus ihrem Rucksack. »Bohnen«, sagte sie. »Es reicht für vier.«

»Das ist ein Wort!« Der Ältere der beiden, der bisher geschwiegen hatte, nickte. »Jerry, willst du nicht der Lady die Dose aufmachen?« Er war ähnlich gekleidet wie Jerry. Auf seinem Kopf saß ein schwarzer Hut mit breiter Krempe, auf dem eine Feder steckte.

Felix verstand nicht, warum Jerry plötzlich ein abfälliges Grinsen zog. »Aber natürlich, Wagner.« Er stand auf und trat auf Lena zu. Felix beobachtete, wie sie die Fäuste ballte. Doch es passierte nichts. »Gib mir die Bohnen, Mädchen. Ich mache das.« Er nahm ihr die Dose aus der Hand, zog einen Öffner aus seinem verschlissenen Mantel und stemmte in ein paar Sekunden den Deckel auf. »Riecht sogar noch!«, meinte er anerkennend. »Wagner, meinst du nicht, dass sie dafür etwas von unserem Filetsteak abkriegen sollten?« Er stellte die offene Dose mitten ins Feuer und lachte scheppernd. »Wer hätte gedacht, dass wir heute noch ein Festessen kriegen.«

Felix beobachtete, wie Jerry sich wieder hinsetzte und begann, mit einem Stock die Fleischstücke hin und herzudrehen. Er traute den beiden nicht. Vor allem in Jerrys Stimme lag etwas, das ihn vorsichtig werden ließ.

Schon nach wenigen Minuten begann der Inhalt der Büchse zu blubbern. Wortlos zogen die beiden Männer jeweils einen Blechteller heraus und bedienten sich. Dann nahm Jerry eines der beiden größten Fleischstücke vom Feuer und biss hinein.

»Na los, Kleiner! Nimm!« Felix schöpfte ein paar Löffel voll in sein Essgeschirr. Es war nicht mehr viel übrig. Das Fleisch war zäh und schmeckte widerlich, doch er hatte Hunger und zwang sich zu essen. Er verzichtete darauf zu fragen, was es war.

Lena nahm nichts davon. Sie löffelte langsam ihre Schale aus und rieb sie gleich danach mit Gras aus. »Was ist damit?« Lena deutete in Richtung des ehemaligen Gasthauses. »Es sieht aus, als sei es niedergebrannt. Hat der Blitz eingeschlagen?«

»Sag du es ihr, Wagner.« Wieder zog Jerry sein verächtliches Grinsen auf.

»Keiner weiß es genau.« Wagner nahm sich das letzte Stück Fleisch und biss hinein. »Es könnte sein. Ich war nicht dabei. Im letzten Herbst hieß es plötzlich, dass beim Peter etwas passiert sei.« Er kaute und schmatzte. »Es hieß, die ›Kalte Herberge‹ gäbe es nicht mehr. Ich selber habe es vor ein paar Wochen erst gesehen. Es stimmt, hier gibt es nichts Brauchbares mehr.«

»Und der Hanspeter?«, fragte Lena weiter.

Wagner zuckte mit den Schultern und schwieg. Felix hatte den Eindruck, dass er nicht alles sagte, was er wusste. Wieder spürte er das Misstrauen in ihm aufsteigen. Es schien den Männern nichts auszumachen, dass hier ein Unglück geschehen war.

Für eine Weile schwiegen alle. Inzwischen war auch hier auf der Höhe die Dämmerung hereingebrochen. Es wurde rasch kühler. Felix zog seine Jacke fester um sich.

Auch die beiden Männer rückten näher an das Feuer heran. Jerry zog einen länglichen Metallbehälter hervor, der Felix an eine Thermoskanne erinnerte. »Jetzt machen wir es uns gemütlich, nicht wahr, Wagner?« Er schraubte die Flasche auf und nickte seinem Gefährten zu. »Auf uns!« Er nahm einen tiefen Schluck und reichte das Getränk an Wagner weiter. »Auf uns! Und natürlich auf unsere Lady hier.« Er deutete eine Verbeugung an. »Trink!«

Lena setzte die Flasche an die Lippen und trank. »So ist's recht! Und jetzt du, Kleiner!«

Felix nahm einen Schluck. Das Wenige genügte, seinen Hals wie Feuer brennen zu lassen. Er verschluckte sich und hustete.

Die Männer lachten. »Das ist wohl nichts für dich, was?« Jerry setzte erneut an und trank. »Und überhaupt – ich glaube, es ist Zeit, dass der Kleine ins Bett geht. Findest du nicht auch, Wagner?«

Wagner nickte. »Du hast recht, Jerry. Er sollte ins Bett gehen, wenn Erwachsene unter sich sein wollen.« Er nahm einen kräftigen Schluck und wischte sich den Mund an seinem Ärmel ab. »Dann können wir uns endlich mit der Lady ausführlich ... unterhalten.«

Felix sprang auf. »Ihr verdammten Kerle! Lasst Lena in Ruhe!« Er trat einen Schritt auf Wagner zu und ballte die Fäuste. »Sonst ...«

Im nächsten Moment spürte er, wie ihm die Luft wegblieb. Jerry war hinter ihn getreten und hatte ihm mit einer raschen Bewegung den Arm um den Hals gelegt. »Sonst was?« Felix röchelte und krümmte sich. Der Griff des Mannes war hart wie ein Schraubstock.

Wagner schlug sich mit beiden Händen auf die Schenkel und lachte lauthals. »Das ist gut! Unser Kleiner ist ein Kavalier!« Er nickte Jerry zu. »Lass ihn los. Wir wollen uns doch nicht an einem Kavalier vergreifen. Die sind selten geworden in diesen schweren Zeiten.«

Jerry lockerte seinen Griff. Felix stolperte und sank neben Lena zu Boden. Ein Hustenanfall schüttelte ihn.

Wagner stand auf und setzte sich neben Lena. »Genug gescherzt. Jetzt zu dir, Lady.« Er tätschelte ihre Wange. »Der Kleine weiß noch nicht, was richtig Spaß macht, nicht wahr?« Er legte den Arm um sie und versuchte, sie an sich zu ziehen.

Lena reagierte blitzschnell. Mit einer geschickten Bewegung machte sie sich los, packte zu und drehte den Arm auf

Wagners Rücken. »Genug jetzt! Lasst uns in Ruhe. Felix, nimm unsere Sachen. Wir gehen!«

Wagner lachte höhnisch. »Das wird dir nichts nützen, du Hexe! Glaubst du wirklich …« Im nächsten Moment schrie er vor Schmerz auf. Lena hatte mit einem Ruck seinen Arm ein Stück nach oben gezogen.

»Ich bin sicher, dass du dir das gut überlegen wirst.« Jerry sprang auf und zückte ein Messer. Lena wich keinen Millimeter. »Und dein sauberer Freund ebenfalls!« Noch einmal zog sie an Wagners Arm. Sein Gesicht wurde weiß, doch dieses Mal schrie er nicht. »Steck ein!«, zischte er keuchend.

Lena gab ihm einen kräftigen Stoß, dass er nach vorne ins Gras fiel. Wagner blieb gekrümmt liegen und hielt sich seinen Arm. »Dafür bezahlst du! Und wenn es das Letzte ist, was ich tue!«

»Davon bin ich überzeugt!« Lenas Stimme klang kühl. Jerry bewegte sich nicht und starrte sie nur an. In seinen Augen flackerte Hass.

»Los jetzt!« Lena warf sich ihren Rucksack über und ging mit raschen Schritten in Richtung der Brandruine. »Dort werden wir über Nacht bleiben«, sagte sie.

Felix sprang neben ihr her. »Du willst hierbleiben? Bei den beiden Kerlen? Sollten wir nicht machen, dass wir möglichst rasch wegkommen?«

Lena schüttelte den Kopf. »Verfolgen werden sie uns sowieso. Von einer Frau überwältigt zu werden! Vor den Augen seines Kumpanen! Diese Demütigung wird mir dieser Wagner nie verzeihen. Aber ich halte es für besser, wenn wir sie im Auge haben, bis die Nacht vorüber ist.«

»Das verstehe ich nicht. Wir könnten uns verstecken!«

»Hast du vergessen, wo wir sind? Von hier aus geht es nur in zwei Richtungen weiter. Sie wissen also, wohin wir gehen. Sie würden uns verfolgen und irgendwo im Dunkel zuschlagen.« Sie breitete ihre Decke direkt vor dem ehemaligen Eingang des Gasthauses aus. Über dem Rest des Vordaches blinkten die ersten Sterne auf. »Ist dir nicht aufgefallen, dass sie überhaupt nichts von sich gesagt haben? Ich bin sicher, die beiden haben noch etwas zu verbergen. Warum haben sie wohl so rasch aufgegeben?«

»Etwas zu verbergen? Du meinst – Waffen?«

»Nein. Ich glaube eher, dass sie nicht allein sind. Vielleicht warten sie auf jemanden. Hast du nicht gemerkt, wie sie versucht haben, uns auszufragen? Hier im Schwarzwald ist es lebensnotwendig zu wissen, mit wem man es zu tun hat.« Sie holte einen Pullover aus dem Rucksack und zog ihn für die Nacht unter ihre Kapuzenjacke. »Außerdem dürfen wir nicht vergessen, an uns selbst zu denken. Wir sind beide müde. Wir würden es nicht schaffen, heute noch ein paar Stunden weiterzumarschieren.«

Felix war immer noch nicht überzeugt. »Das macht mir nichts! Ich bin nicht müde!«

Lena lächelte. »Aber ich bin es. Du übernimmst die erste Wache! Lass sie nicht aus den Augen.« Sie schob den Rucksack unter ihren Kopf und zog die Decke um sich. Dann drehte sie sich um und schloss die Augen. »Und weck mich, wenn du es nicht mehr aushältst.«

Kaum war Lena eingeschlafen, als Felix spürte, dass er sich überschätzt hatte. Arme und Beine taten ihm weh, seine Füße schmerzten, seine Knie waren weich. Am liebsten hätte er sich sofort neben Lena ausgestreckt.

Es war inzwischen dunkel geworden. Felix hatte das Feuer genau vor sich. Er ließ die beiden nicht aus den Augen. Was sie miteinander redeten, konnte er aus der Entfernung nicht verstehen. Doch sie hatten das Feuer für die Nacht und die

Kälte so groß gemacht, dass er ihre Gesichter gut erkennen konnte. Lena hatte anscheinend kräftig zugepackt. Wagner hatte seine Kleider bis auf die Hose ausgezogen und trug seinen Arm in einer behelfsmäßigen Schlinge. Er musste starke Schmerzen haben. Inzwischen hatten die beiden eine weitere Flasche geöffnet, aus der sie in kurzen Abständen tranken.

Obwohl er hundemüde war, liefen Felix' Gedanken auf Hochtouren. Seit Waldkirch waren sie zum ersten Mal wieder auf Menschen gestoßen. Und das Zusammentreffen mit Jerry und Wagner war nicht nur gefährlich gewesen, sondern auch ernüchternd. Was waren das für Leute? Dem Aussehen und der Kleidung nach mussten sie schon längere Zeit innerhalb der Zone leben. Ob sie zu der Gruppe bei Neustadt gehörten, von der Lena erzählt hatte? Von hier bis zum Titisee war es nicht weit.

Felix spürte, wie seine Unsicherheit wuchs. Wackers Erzählungen von seinem Onkel und die Begegnung mit Lena war nur das halbe Bild vom Leben im Schwarzwald. Es war offensichtlich, dass es nicht nur Menschen wie Lenas Leute gab, die gerne hier lebten und trotz aller Einschränkungen und Gefahren das Beste daraus machten. Es gab auch Menschen wie Bruno. Und es gab Menschen wie die beiden, die jetzt keine 300 Meter vor ihm saßen.

Felix versuchte sich zu erinnern, was Wacker von den »Wölfen« erzählt hatte, die Gruppe, zu denen auch sein Onkel gehört hatte. Damals hatten die Mitglieder hohe Ziele, für die sie sogar ihr Leben aufs Spiel setzten. Aber das war lange her. Bei dem Gespräch unter dem Fliederbusch, das Felix mitgehört hatte, hatte Lena Bruno einen »miesen Geschäftemacher« genannt. Doch was waren das für Geschäfte? Bruno hatte Wacker versprochen, Felix zu begleiten. Ging es um Menschenschmuggel? Oder gab es etwas, von dem Felix bisher noch nichts wusste? Jerry und Wagner hatten gezeigt, dass sie nicht lange fackelten, wenn es um ihren Vorteil ging. Waren die Nachfolger der »Wölfe« nichts weiter als eine Bande von Wegelagerern? Aber warum verließen sie dann nicht die Zone? Was hinderte sie daran?

Neben ihm atmete Lena langsam und ruhig. Anscheinend hatte sie die Erkältung und das Fieber einigermaßen in den Griff bekommen. Felix war erleichtert. Er konnte sich nicht vorstellen, was er ohne sie machen würde. Er musste lächeln. Noch vor ein paar Tagen hätte er sich nicht vorstellen können, sich einer fremden Frau anzuvertrauen, die kaum älter war als er. Doch es war so. Die anfänglichen Zweifel und Machtspielchen waren lächerlich. Er fühlte sich in ihrer Gegenwart geborgen und sicher.

Die beiden Männer hatten sich inzwischen dicht an das Feuer auf ihre Decken gesetzt. Felix konnte nicht erkennen, ob sie schliefen. Doch das Feuer war deutlich kleiner geworden, und sie regten sich kaum noch. Auch Felix spürte, wie ihn die Müdigkeit übermannte. Seine Augenlider wurden schwer, zwei, drei Mal sackte sein Kinn auf die Brust. Jedes Mal raffte er sich wieder auf. Er musste versuchen, Lena so lange wie möglich schlafen zu lassen.

Irgendwann hielt er es nicht mehr aus. Er drehte sich um und legte Lena seine Hand auf die Schulter. Sie war sofort wach. »Was ist?«

»Es ist alles ruhig. Die Männer sind noch da. Sie rühren sich nicht.«

Lena nickte. »Gut. Ich übernehme. Leg dich hin, die Decke ist noch kuschelig.« Felix ließ sich auf den Boden gleiten. Mit der angenehmen Wärme von Lena und ihrem Geruch in der Nase drehte er sich um und war in Sekundenschnelle eingeschlafen.

Irgendwann spürte er, wie jemand an seinem Arm rüttelte. Er wälzte sich auf die andere Seite und brummelte etwas Unverständliches. Doch die Hand ließ nicht locker. »Wach auf! Du bist dran!«, hörte er Lenas Stimme. Felix hatte Mühe, die Augen aufzubekommen. »Jetzt schon?«, knurrte er schlaftrunken. »Das waren doch nur ein paar Minuten.«

»Ein bisschen mehr war es schon. In zwei Stunden geht die Sonne auf. Ich muss mich noch einmal hinlegen.«

Felix kam nur mühsam zu sich. Was ihm wie nur wenige Minuten vorgekommen war, war die halbe Nacht gewesen. »Was machen die beiden?«, fragte er.

»Unverändert. Einmal hat einer von ihnen Holz nachgelegt. Aber sonst war alles ruhig.« Wieder tauschten sie die Plätze. »Weck mich, wenn es hell wird.« Sie deutete auf den Wald auf der anderen Straßenseite. »Dort drüben wird die Sonne aufgehen. Bis dahin müssen wir weg sein. Achte einfach auf den hellen Glanz im Osten.«

Felix sah nichts. Anscheinend waren in der Zwischenzeit Wolken aufgezogen. Weder Mond noch die Sterne waren zu sehen. Es war so dunkel, dass er kaum die Bäume erkannte. Er versuchte, sich auf den Lichtschimmer des Feuers zu konzentrieren. »Du darfst nicht einschlafen!«, sagte er vor sich hin. »Du darfst nicht einschlafen!«

*

Felix fuhr auf, als es vor seinen Füßen raschelte. Es war eine Maus, die ohne Scheu zwischen seinen Beinen nach etwas Essbarem suchte. »Scheiße!«, entfuhr es ihm. Sofort kroch er zu Lena, die sich bis über den Kopf in Decke und Jacke vergraben hatte. »Lena, steh auf! Es ist schon spät!«

Sofort sprang sie auf. »Es ist schon hell! Warum hast du mich nicht geweckt? Was ist mit den Männern?«

Erschrocken wandte Felix sich um. Er hatte die beiden völlig vergessen. Doch es war zu spät. Ein paar zarte Streifen des Morgennebels zogen über den Parkplatz. Das war alles, was er sah. Die Männer waren verschwunden.

Keine zehn Minuten später brachen sie auf. Felix schlug vor, die Ruine des ehemaligen Gasthauses zu durchsuchen, doch Lena war dagegen. »Du kannst sicher sein, dass wir hier nichts finden. Schon gar nicht etwas zu essen. Da haben sich andere längst bedient. Wenn sie nicht sogar selbst dafür gesorgt haben.«

Felix starrte auf die verkohlten schwarzen Überreste. Raub, Plünderung, Zerstörung. Dazwischen die Leiche des Wirtes, verbrannt oder längst von Tieren gefressen. Es musste schrecklich gewesen sein.

Sie überquerten die ehemalige Bundesstraße, die nach beiden Seiten als breites Band den Bergrücken entlangführte. Sie war nicht so überwachsen wie die, die er bisher gesehen hatte. Doch Lena hielt sich nicht auf. Sie gingen an den Resten eines ehemaligen Skiliftes entlang und durchquerten ein kleines Waldstück, das auf einem Hügel direkt dahinter lag.

Felix war überrascht, als sie am Waldrand wieder ins Freie traten. Vor ihnen öffnete sich eine weite Landschaft, die ganz anders aussah als das, was er in den vergangenen Tagen erlebt hatte. Wiesen, Felder und Waldstücke wechselten sich ab. Nachdem sie tagelang bergauf gegangen waren, sah er mit Erstaunen, dass das Gelände sich absenkte. Ein Stück weit nach links führte ein Bach ins Tal hinunter. Über allem lag weißer Morgendunst. Erst weit am Horizont waren Berge zu sehen. Ein heller Streifen kündigte den bevorstehenden Sonnenaufgang an.

»Gefällt es dir?« Lena deutete nach rechts. »An manchen Tagen kann man sogar im Süden bis zu den Alpen sehen!«

»Ist das hier nicht mehr der Schwarzwald?«

»Oh doch«, lächelte Lena. »Von hier geht es noch weit. Wir sind mehr oder weniger mittendrin.«

»Und die Berge?« Felix kam sich wie ein unwissender Schüler vor.

»Die großen sind alle im Westen. Am Kandel sind wir entlanggekommen. Den Schauinsland hinter Freiburg kennst du sicher, den Belchen auch. Und natürlich den Feldberg.« Sie ließ ihren Blick langsam über das Panorama wandern. »Hier ist es lieblicher. Scheinbar. Im Winter wird es genauso kalt und unwirtlich wie auf der Westseite.«

Felix holte die Karte heraus. »Und wohin gehen wir jetzt?«

Lena tippte mit dem Finger auf einen kleinen Kreis. »Wir sind hier. Das Tal hinunter geht es Richtung Titisee.« Sie schaute nach Süden. »Und mein Weg führt dort entlang. Mehr oder weniger parallel zu der großen Straße. Noch ein, zwei Tage.«

Felix schluckte. Er hatte verstanden, was sie meinte. Es war Zeit, dass er sich entschied. »Wie weit ist es von hier bis zum Titisee?«

»Wenn nichts dazwischenkommt und der Weg einigermaßen begehbar ist, könntest du heute Abend dort sein.« Sie schien zu überlegen. »Es macht dir Angst, nicht wahr?«, sagte sie leise.

»Ich habe keine Angst!« Felix gab sich Mühe, seine Stimme kräftig klingen zu lassen. Doch es half nichts. Lena ahnte, wie ihm zumute war.

»Das ginge mir genauso. Du weißt nicht, was dich erwartet. Unwissenheit macht Angst. Das ist keine Schwäche. Das ist menschlich.«

Felix biss sich auf die Lippen. »Was soll ich tun? Ich würde gerne mit dir gehen. Sehen, wo du lebst. Und die Menschen kennenlernen.« Er schaute auf den Boden. »Aber es bleibt mir nichts anderes übrig. Ich muss meine Eltern finden. Ich muss wenigstens wissen, ob sie überhaupt noch …« Seine Stimme erstickte. Er spürte, wie Tränen in seine Augen schossen.

Lena versuchte ihn zu trösten. »Du bist ein mutiger Junge. Du kannst stolz sein, dass du es schon so weit geschafft hast. Die Entscheidung kann ich dir nicht abnehmen, aber ich habe eine Idee, wie du deine Bedenkzeit noch ein wenig verlängern kannst.«

Felix sah auf. »Sollen wir hier warten, bis ich mich entscheide? Das wird nichts ändern.«

»Brauchen wir auch nicht.« Lena deutete zum Waldrand. »Wir gehen dort entlang. In einer Stunde erreichen wir das Jostal. Von Waldau aus kannst du immer noch absteigen. Wenn ich mich richtig erinnere, ist der Weg von dort sogar kürzer.«

Felix nickte. Ihm war alles recht, solange er noch eine Weile mit Lena zusammen sein konnte.

»Dann komm!«, sagte Lena. »Siehst du das Wegkreuz dort drüben? Dort müssen wir hin. Von dort aus über den Bach, dann immer weiter den Feldweg entlang.«

»Wenn wir wenigstens wüssten, in welche Richtung Jerry und Wagner gegangen sind«, meinte Felix nach einer Weile. Der Gedanke ließ ihn nicht los, dass es seine Schuld war, dass Lena in Gefahr war.

»Ich bin mir ziemlich sicher, dass die beiden nicht allein waren. Vielleicht sind sie ihrer Bande vorausgegangen. Oder sie hatten die ›Kalte Herberge‹ als Treffpunkt verabredet. Sobald sie beisammen sind, werden sie uns verfolgen.«

»Aber was wollen sie? Wir haben doch nichts, was sich lohnt!«

»Hier lohnt sich alles. Und wenn es nur unsere Kleider und Schuhe sind. Oder die Rucksäcke. Und vergiss nicht Wagners Wut. Wenn du Glück hast, kommst du davon. Aber vielleicht kannst du dir vorstellen, was sie mit mir machen werden.«

In Felix' Magengrube rumorte es. Er durfte gar nicht daran denken. »Und alles nur, weil ich es nicht geschafft habe wachzubleiben«, sagte er zerknirscht.

Lena blieb stehen und legte die Hand auf seine Schulter. »Dummkopf«, sagte sie. »Dich trifft keine Schuld. Dafür war ich einen Moment lang unachtsam.«

»Du?«

»Hast du es nicht gemerkt? Die beiden haben es geschickt angestellt. Am Anfang lauter harmlose Fragen …«

»Stimmt. Ich fand das seltsam«, unterbrach sie Felix. »›Was braucht ihr?‹ – ist das nicht merkwürdig?«

»Die übliche Begrüßung im Schwarzwald. Die meisten machen das so. Wenn du irgendwo bist, wo du dich nicht auskennst, oder wenn du tage- und wochenlang keinen Menschen mehr gesehen hast, ist das die wichtigste Information – mit wem man es zu tun hat und ob man etwas braucht. Zum Überleben.«

»Aber was hast du …?«

»Als Jerry nach dem Woher gefragt hat, habe ich auf den Wald gezeigt. Das war falsch.«

»Es hat doch gestimmt! Du warst ehrlich. Und was ist schon dabei, wenn sie es wissen?«

»Es ist gefährlich, von den bekannten Wegen abzuweichen. Lebensgefährlich. Du hast es selbst schon erlebt. Das macht ohne Not niemand. Wir sind aus einer Richtung gekommen, in die normalerweise keiner geht. Die beiden werden vermuten, dass es dort etwas Besonderes gibt. Etwas von Wert zum Beispiel, das man verhökern kann. Ein unbekannter Essensvorrat, ein Waffenversteck. Irgendetwas. Und wenn es nur ein Weg ist, den andere nicht kennen. Die beiden werden alles daransetzen, es herauszubekommen.«

In der Zwischenzeit hatte sich die Sonne über den Horizont geschoben. Sofort wurde es heller, die Farben des Morgens begannen zu leuchten. Auf der Wiese glitzerten die Tautropfen. Am Waldrand oberhalb des Weges traten ein paar Rehe ins Freie und begannen zu äsen. Es war völlig still.

»Es ist so schön hier!«, entfuhr es Felix, der für einen Moment seine Sorgen vergaß. »Und die Rehe sind überhaupt nicht scheu!« Tatsächlich ließen sich die Tiere nicht stören, auch als Felix und Lena näher kamen. »Ob sie sich streicheln lassen?«

»Versuch es doch!« Um Lenas Lippen spielte ein leises Lächeln.

Felix trat langsam auf das Tier zu, das ihm am nächsten war, und streckte die Hand aus. »Komm«, lockte er, »komm! Ich tu dir nichts!« Das Reh hob den Kopf. Felix sah die runden Augen direkt vor sich. Die Nüstern glänzten feucht vom Tau. Ehe er es erreichte, wandte sich das Tier ab und ging ein paar Schritte zur Seite, blieb aber ganz in der Nähe. Felix versuchte es noch einmal. Doch das Reh ließ ihn immer nur auf ein paar Schritte an sich herankommen.

»Seltsam«, meinte er, nachdem er zu Lena aufgeschlossen hatte. »Ob es vielleicht doch Angst hat?«

»Es sind wilde Tiere. Auch wenn es nicht so aussieht. Es liegt in ihrer Natur, immer einen Fluchtabstand zu wahren. Außer ihrem Geweih und den Hufen haben sie keine Waffen, mit denen sie sich verteidigen können. Also bliebt ihnen nur eines: Geschwindigkeit. Wenn sie eingeholt werden, haben sie verloren.«

»So wie wir!«, entfuhr es Felix, dem im selben Moment klar wurde, was er gesagt hatte. »Ich meine ..., wir könnten ...«, stotterte er.

»Du hast völlig recht. Auch wenn es schön ist, sollten wir nicht leichtsinnig werden.« Sie blieb stehen und sah prüfend um sich. »Im Moment ist es gar nicht schlecht, hier draußen zu sein. Wenn jemand kommt, sehen wir ihn schon von Weitem. Allerdings ist es auch umgekehrt so. Wir sollten wieder mehr auf unsere Deckung achten.«

Nachdem sie eine kleine Hügelkuppe hinaufgestiegen waren, sahen sie eine Ansiedlung vor sich. »Das ist Waldau. Siehst du die Straße? Sie kommt vom Kamm herunter und führt zum Titisee.«

»Und das ist das Jostal?«, fragte Felix.

»Nein, noch nicht. Siehst du den Wald auf der anderen Seite des Ortes? Wir müssen dort hinauf. Dann noch etwa eine Stunde. Aber ich denke, wir gehen besser um das Dorf herum. Du weißt, ich gehe nicht gern dorthin, wo Häuser stehen. Außerdem habe ich kein gutes Gefühl. Falls Jerry, Wagner und die anderen doch vor uns sind, wissen sie, dass wir hier vorbeikommen. Der Ort wäre ein ideales Versteck für einen Überfall.«

Felix wäre gerne durch das Dorf gegangen. Seit Waldkirch spürte er die seltsame Faszination, die von diesen von Menschen verlassenen Orten ausging. Doch er sah rasch ein, dass Lena recht hatte.

Ein paar Hundert Meter vor dem ersten Haus am Dorfrand bogen sie nach rechts ab und schlugen einen Bogen den Hang entlang. Eine Viertelstunde später überquerten sie die Landstraße. »Jetzt wieder in den Wald«, sagte Lena. »Siehst du das?« Sie deutete auf einen Wegweiser, der am Rande einer Bushaltebucht mit etlichen Schildern bestückt war. Die Ortsnamen waren alle mit Kilometerangaben versehen. »Das ist ja praktisch!«, meinte Felix, dem die Schilder schon in den Tagen zuvor aufgefallen waren.

»Ja, wenn die Wege begehbar sind, schon. Es gab Zeiten, da konnte man sich im Schwarzwald kaum verlaufen. Manche Wege hatten sogar eigene Namen. Die rote Raute zum Beispiel. Das ist der Westweg. Da konnte man komplett durch den ganzen Schwarzwald laufen, bis Basel oder Pforzheim. Wenn du die rote Raute gesehen hast, wusstest du, dass du richtig warst. Im Großen und Ganzen geht der Rest meines Heimwegs die Raute entlang. Heute Abend bin ich bei der Edelweißhütte.«

Sie waren inzwischen den Hang hinter der Landstraße hochgestiegen und sahen den Ort von der anderen Seite. Ein paar hundert Meter oberhalb auf dem Bergkamm sah Felix das Dach eines ehemaligen großen Bauernhofes.

»Dort ist oben die Bundesstraße«, sagte Lena, die seinem Blick gefolgt war. »Mit dem Holzstück als Wegweiser wären wir ihr gefolgt und wären schon ein gutes Stück weiter als jetzt.«

»Habt ihr noch so einen zu Hause?«, fragte Felix, nachdem sie ein Stück durch den Wald gegangen waren.

Lena nickte. »Ein paar. Wir gebrauchen sie aber nur, wenn es unbedingt sein muss. Es gibt da noch einiges, was keiner bisher versteht.«

»Aber das ist doch praktisch!«, meinte Felix eifrig. »Jeder trägt so ein Ding vor sich her, und du findest den Weg. Ohne Gefahr. Auf meinem Mobiltelefon zu Hause habe ich ein Programm, mit dem …« Er brach ab. »Entschuldige«, sagte er. »Ich wollte dich nicht kränken.«

»Du hast ja recht«, gab Lena zurück. »Es ist praktisch. Trotzdem gehen alle nur vorsichtig damit um. Es ist, als hätten die Flechten ein Eigenleben. Manche sagen sogar, dass sie von ähnlicher Natur sind wie die Kraft.«

»Aber sie sind doch nicht gefährlich, oder?«

»Alles auf der Welt hat zwei Seiten. Manchmal verbirgt sich das Böse hinter dem Guten. Und umgekehrt. Ob die Flechten gefährlich sind, wissen wir nicht. Es fällt nur auf, dass …«

Ohne Vorwarnung kamen sie von allen Seiten. Direkt vor ihnen sprangen ihnen zwei Männer in den Weg. Einer von ihnen hatte ein langes Messer, der andere schwang drohend einen Baseballschläger. Rechts und links krachte es im Unterholz. Felix sah, wie noch mehr Männer auf sie zukamen. Alle trugen Messer und Stöcke in der Hand. Keiner sagte ein Wort.

Felix war starr vor Schreck. Lena hingegen war blitzschnell zur Seite gesprungen und stand vor dem Stamm einer Eiche. Sie hatte die Hände zur Abwehr erhoben. Es gelang ihr, dem ersten Angreifer auszuweichen, den zweiten traf sie mit der Handkante am Hals, sodass er mit einem Stöhnen zu Boden fiel.

Jetzt erwachte Felix aus seiner Lähmung. Er ballte die Fäuste und stürzte vorwärts, doch im selben Moment wurde er mit einem schmerzhaften Ruck herumgerissen und mit harten Fäusten festgehalten. Ein brennender Stich fuhr in seinen Hals. »Ganz ruhig, Kleiner«, hörte er Jerrys Stimme. Sein Atem streifte sein Ohr. Aus den Augenwinkeln sah Felix das Messer an seiner Wange. »Du willst doch nicht den Helden spielen?«

Auch Lena wehrte sich vergeblich. Im Handumdrehen war sie von vier, fünf Gegnern umringt. Sie wand sich wie eine Katze, schlug wild um sich, kratzte und biss. Doch gegen die Übermacht konnte sie nichts ausrichten. Zwei riesige Kerle umklammerten ihre Arme auf dem Rücken, ein anderer hielt ihr die Spitze seines Messers genau vor das Gesicht. Lena atmete schwer, ihre Augen blitzten vor Zorn.

»Die Lady und ihr Kavalier!« Felix hörte eine Stimme, die ihn erschauern ließ. Aus dem Hintergrund trat Wagner hervor. Er grinste höhnisch. »Ist es nicht schön, alte Freunde zu treffen?« Er ging auf Lena zu. »Dann will ich dich mal begrüßen!« Wagners Augen verengten sich. Sekundenlang starrte er sie an. Dann holte er aus und schlug ihr mit einem kräftigen Hieb in den Bauch. Lena stöhnte auf und krümmte sich nach vorn. Felix zuckte zusammen, als sei er selbst getroffen worden. Der Druck der Messerspitze erhöhte sich. Er spürte, wie ihm der Schweiß ausbrach.

Wagner riss Lena an den Haaren herum. »Ich hoffe, du freust dich! Ich habe ein paar Überraschungen für dich!« Ohne Vorwarnung schlug er ihr mit dem Handrücken ins Gesicht. Ihre Lippe platzte auf, ein Blutstreifen quoll herunter. »Fesselt sie!«, befahl er. Wir nehmen sie mit.

»Und was ist mit dem Kleinen?«, hörte Felix Jerrys Stimme an seinem Ohr.

Wagner drehte sich um und spuckte aus. Dann lachte er schallend. »Wir haben genug Kavaliere für die Dame, ist es nicht so?« Von allen Seiten erklang Gelächter. Felix fühlte, wie seine Beine nachgaben.

»Wir brauchen ihn nicht!«

Im nächsten Moment explodierten Tausend Sterne in seinem Schädel. Dann fiel er in bodenloses Schwarz.

*

Felix spürte, wie sich jemand an seinem Fuß zu schaffen machte. Mühsam zwang er die Augenlider auseinander. Erschrocken zuckte er zurück, als der Dachs begann, sein Hosenbein anzuknabbern. Das Tier erschrak noch mehr und war im nächsten Augenblick im Unterholz verschwunden.

Der Schmerz in seinem Schädel ließ Felix wieder auf den Boden sinken. Es tat höllisch weh. Er drehte sich auf die Seite und betastete vorsichtig mit den Fingerspitzen seinen Kopf. Wieder zuckte er zusammen, als er die Wunde spürte. Sie blutete.

Allmählich kehrte die Erinnerung zurück. Sie waren überfallen worden. Jerry hatte ihn von hinten festgehalten und mit dem Messer bedroht. Und Lena …

Mit zusammengebissenen Zähnen zog Felix sich an dem Ast einer Hainbuche empor. Sofort wurde ihm schwindlig. Er konnte sich kaum auf den Füßen halten. So gut er konnte, drehte er den Kopf und sah sich um. Niemand war zu sehen. Und Lena war verschwunden.

Langsam ging Felix ein paar Schritte, bis er zu einem Baumstumpf kam. Er setzte sich vorsichtig nieder. Es dauerte eine Weile, bis er einigermaßen klar denken konnte. Sie hatten Lena mitgenommen und ihn einfach liegen lassen. Wir brauchen ihn nicht, hatte Wagner gesagt. Bestimmt hatten sie damit gerechnet, dass er den Schlag nicht überleben würde.

Außer seinen Kleidern hatten sie ihm nichts gelassen. Der Rucksack war verschwunden. Nur langsam dämmerte ihm, was das bedeutete. Er war allein und hatte nichts mehr. Keine zusätzliche Kleidung, keine Decke. Das Kochgeschirr war ebenso in dem Rucksack gewesen wie die restlichen Dosen aus dem Supermarkt in Simonswald. Und was das Schlimmste war: Er hatte keine Karte mehr. Alle Aufzeichnungen und Kopien, die er von seinem Onkel mitgenommen hatte, waren verschwunden.

Hinter der nächsten Wegbiegung sah er es hell schimmern. Er stolperte vorwärts, bis er zum Waldrand kam. Hinter einer Fichte spähte er vorsichtig hinaus. Vor ihm breitete sich eine

Wiese aus, durch die ein Bach floss. Gleich dahinter begann ein neues Waldstück. Kein Mensch war zu sehen.

Die Wunde auf seinem Kopf begann zu pochen. Felix entschied sich, zu dem Bach hinunterzulaufen und sich zu waschen. Er krempelte die Ärmel seines Pullis hoch und tauchte die Hände ins Wasser. Er wusch Erdkrümel und Tannennadeln ab und fuhr sich anschließend vorsichtig ein paar Mal über das Gesicht. Als das eiskalte Wasser auf seine Wunde traf, nahm ihm der Schmerz die Luft weg. Doch schon kurz danach spürte er, wie der Schmerz nachließ.

Er setzte sich auf einen der Steine am Rand des Baches und rieb sich Arme und Gesicht mit seinem Hemd trocken. Anscheinend war er bis auf den Schlag auf den Kopf nicht verletzt. Jerrys Messer hatte an seinem Hals eine Wunde hinterlassen, die sich aber bereits geschlossen hatte.

Wie viel Zeit mochte seit dem Überfall vergangen sein? Eine Stunde? Zwei? Felix sah zum Himmel. Von dem angenehmen Morgen war nicht viel übrig geblieben. Wolken waren aufgezogen, die Sonne konnte er nur erahnen. Die Wipfel der Bäume bewegten sich.

Warum waren sie nicht vorsichtiger gewesen? Es war seine Schuld. Sie hätten alle Zeit gebraucht, möglichst rasch vorwärtszukommen. Warum wollte er mit Rehen spielen, statt zügig weiterzugehen? Und wenn er sie nicht im Wald mit unsinnigen Fragen genervt hätte, wäre es Lena bestimmt nicht entgangen, dass sich eine ganze Gruppe von Männern anschlich.

Das Bild von Lena in den rohen Griffen der Männer trat vor sein Auge. Warum hatte er nicht wenigstens versucht, ihr zu helfen? Er hätte Jerry einen Tritt versetzen und sich losreißen können. Vielleicht hätten sie zu zweit eine Chance gehabt.

Er hatte versagt. Von Anfang an war er für Lena nichts weiter gewesen als ein unnützes Anhängsel. Ohne ihn wäre sie rascher und beweglicher gewesen und längst zu Hause. Ohne ihn wäre der Überfall nie geschehen.

Felix zog die Jacke fester um sich. Er fror. Gegen Abend würde es noch frischer werden. Er musste etwas tun. Er musste Lena finden und ihr helfen. Irgendwie.

Er stand auf und stolperte zurück auf den Weg. Wieder begann die Wunde heftig zu pochen. Mit jedem Schritt breitete sich der Schmerz mehr in seinem Körper aus. Schwindel überfiel ihn. Ihm wurde schlecht. Schon nach wenigen Schritten musste er wieder innehalten. Mit Mühe stützte er sich auf die Überreste eines Weidezaunes und übergab sich.

Der saure Geruch gab ihm den Rest. Ein paar Schritte wankte er noch vorwärts, dann glitt er völlig entkräftet zu Boden und verlor das Bewusstsein.

Als er zum zweiten Mal erwachte, war es bereits merklich kühler geworden. Die Übelkeit war verschwunden, doch bei der ersten Bewegung spürte er, wie der dumpfe Schmerz in seinem Schädel zurückkam. Seine Lippen waren trocken, der Geschmack in seinem Mund erinnerte ihn an das, was zuvor mit ihm geschehen war.

Doch er durfte jetzt nicht in Resignation verfallen. Er hatte bereits viel Zeit verloren. Vielleicht war Lena schon …

Er durfte gar nicht daran denken. Er hatte keine Ahnung, wie er es mit einer bewaffneten Bande Erwachsener aufnehmen sollte. Aber er musste es versuchen. Er musste seine Schwäche überwinden und ihnen nach, so schnell wie möglich.

Als er aufstand, erkannte er mit einem Mal, dass er das Wichtigste bisher völlig außer Acht gelassen hatte. Woher sollte er wissen, in welche Richtung die Bande mit Lena verschwunden war? Er überlegte fieberhaft. Waren sie vom Ort des Überfalls aus weiter gegangen und folgten dem Weg mit der Raute? Oder waren sie unterwegs zurück zur »Kalten Herberge«? Waren sie von den Männern über die Bundesstraße verfolgt und überholt worden und nutzten sie denselben Weg, um zu verschwinden? Was war, wenn sie zu der Bande gehörten, die in der Gegend vom Titisee und Neustadt hausten? Lena hatte sogar von zwei Wegen gesprochen, die hinunter ins Tal führten. Waren sie auf einem von ihnen längst auf und davon?

Links oder rechts? Nach oben oder nach unten? Es war das reinste Glücksspiel. Wenn er sich falsch entschied, war Lena verloren. Und was sollte aus ihm werden? Ohne Gepäck und ohne Essen waren seine Chancen, jemals seine Eltern zu finden, äußerst gering. Er würde verhungern oder erfrieren. Oder beides.

Der Schmerz in seinem Hinterkopf brachte ihn zurück in die Wirklichkeit. In seiner körperlichen Verfassung war an eine Verfolgung sowieso nicht zu denken. Am dringendsten war, eine Bleibe für die Nacht zu finden.

Er konnte zurück nach Waldau gehen. Vielleicht konnte er es noch schaffen, ehe die Sonne unterging. Dort würde er bestimmt ein Haus finden, in das er einsteigen konnte und vielleicht sogar etwas zu essen fand. Doch es war riskant. Er erinnerte sich, was Lena gesagt hatte, als sie eigens einen Umweg auf sich genommen hatten. Was war, wenn er der Bande genau in die Arme lief? Wenn sie ihn einfingen, war seine letzte Chance, Lena zu helfen, verspielt.

Felix blickte sich um. Von Osten zog bereits die Nacht mit schweren Wolken heran, die nichts Gutes verhießen. Es würde regnen. Die Wiesen unterhalb lagen bereits im Dunkel. Etwa einen Kilometer entfernt sah er einen Bauernhof, ein

Stück weit dahinter einen zweiten. Es war das Beste, wenn er versuchte, dort hinzugelangen. Es blieb ihm nichts als die Hoffnung, dass er am anderen Tag wieder kräftig genug sein würde, sich richtig zu entscheiden.

Felix verließ den Weg mit der Raute und stapfte quer über den Acker. Es ging besser, als er gedacht hatte. Knapp eine Viertelstunde später sah er, wie das Hofgebäude in der Dämmerung vor ihm rasch größer wurde. Der ehemalige Bauernhof bestand aus einem großen Wohngebäude, einem zweiten, niedrigen Bau und einer Scheune, die alle zusammen einen halb offenen Innenhof bildeten.

Auch hier war der größte Teil überwuchert und zugewachsen. Am Rande der Scheune erhob sich ein stattlicher Holunder, dessen Krone schon über das Dach hinausreichte. Darunter hatte sich eine Heckenrose ausgebreitet. Ihre weit ausladenden Ranken trugen frisches Grün und umschlangen das Gebäude wie Dornröschens Rosenhecke. Auch einige der Fahrzeuge waren überwachsen. Felix sah einen Traktor, drei Anhänger und einen Güllewagen, denen zusätzlich der Rost kräftig zugesetzt hatte. Zwischen Gras und Büschen war der Hof übersät mit Holzlatten, alten Reifen und verrosteten Metallteilen. Drei große Milchkannen lagen zwischen den Trümmern eines Handwagens. Ein riesiger, mit Gras und Moos überwachsener Haufen Holzscheite ließ darauf schließen, dass an der Wand des Hauses früher große Stapel aufgeschichtet waren.

Alles sah aus, als hätten die Bewohner des Hofes den Ort mitten während der Arbeit verlassen. Die Eingangstür zum Wohngebäude war abgeschlossen. Anders als bei der Hexenlochmühle fand Felix jedoch rasch ein ungeschütztes Fenster, durch das er einsteigen konnte.

Obwohl er wusste, dass längst niemand mehr hier wohnte, hatte er ein merkwürdiges Gefühl, als er die Scheibe einschlug.

Trotzdem blieb ihm keine Zeit, sich Gedanken zu machen. Die Regeln der Zivilisation waren weit entfernt. Jetzt musste er nach sich selbst sehen.

Es wurde immer kühler. Felix schaute nur kurz in die Zimmer. Mehrere Abstellkammern, ein Wohnzimmer, in dessen Mitte ein Fernseher stand, und eine riesige Küche nahmen das gesamte Stockwerk ein. Beim Anblick von Herd und Kühlschrank machte sich der Hunger in ihm bemerkbar. Doch er fand nichts Essbares. Im Kühlschrank lag nichts außer irgendwelchen undefinierbaren Resten. In den Schränken fand sich lediglich Papier, aufgerissene leere Plastikbehälter und fingerdicker Staub.

Felix hätte gerne weitergesucht, doch draußen wurde es rasch dunkel. Er dachte daran, die Nacht im Wohnzimmer zu verbringen. Doch das ausladende Sofa war vollkommen von Mäusen zerfressen und sah wenig vertrauenerweckend aus. Stattdessen stieg er die Treppe nach oben.

Auch im oberen Stockwerk gab es wie in Schwarzwaldhöfen üblich etliche Räume. In einem von ihnen blieb Felix staunend stehen. Anscheinend hatte hier eines der Kinder gewohnt. Ein schmales Bett, ein Bücherregal, ein CD-Spieler mit Lautsprecherboxen, ein voller Papierkorb. Ein klobiger Monitor und eine graue Tastatur nahmen fast die Hälfte des Schreibtisches ein. An der Wand hingen ein Poster von Jimi Hendrix und ein paar Bands, von deren Namen Felix noch nie gehört hatte und die ihre Karrieren inzwischen längst wieder beendet hatten.

Felix hätte sich gerne weiter umgeschaut. Doch inzwischen konnte er kaum mehr etwas sehen. Im letzten Zimmer fand er endlich, was er suchte. Auf einem Doppelbett lagen zwei Matratzen, die außer dem allgegenwärtigen Staub noch einigermaßen intakt waren. Sogar die Kopfkissen sahen so aus, als ob man sie noch benutzen konnte. Im Schrank lagen mehrere Decken, aus denen sich Felix ein Lager bauen konnte.

Es war höchste Zeit. Draußen war es dunkel, die ersten Tropfen fielen auf das weit ausladende Dach, das sich bis über das Fenster herunterzog. Felix war hundemüde. Er setzte sich auf die Bettkante und zog Schuhe und Jacke aus. Dann betastete er vorsichtig die Wunde am Kopf. Mittlerweile hatte sie sich geschlossen und blutete nicht mehr. Der Schmerz hatte deutlich nachgelassen, doch das unaufhörliche Pochen war fast noch schlimmer. Gerne hätte er sich wie am Bach abgekühlt und ein wenig gewaschen. Doch die Hähne funktionierten nicht, und in der Dunkelheit war es unmöglich, eine Wasserstelle zu finden.

Felix überlegte kurz, ob er sich heute ganz ausziehen sollte. Seinen Klamotten merkte man deutlich an, dass sie alles andere als frisch waren. Doch am nächsten Morgen würde er so oder so wieder hineinschlüpfen müssen. Immerhin vermittelten sie ihm ein klein wenig Vertrautheit. Was er am Leib trug, war das Einzige, was ihm geblieben war.

In der Nacht fand Felix keine Ruhe. Unruhig wälzte er sich hin und her. Zu Hause hätte er das Licht angemacht und ein Buch gelesen oder ein wenig Musik gehört, so lange bis er einschlief. Wie es wohl dem Jungen ging, dessen Zimmer ein paar Meter weiter den Gang entlang lag? Er hatte von einer Stunde auf die andere seine Heimat verlassen müssen, ohne Hoffnung, jemals wiederkommen zu können. Ob er manchmal an die Kammer mit den Postern an der Wand dachte? Er war inzwischen ein erwachsener Mann und hatte vielleicht selbst schon Kinder. Wenn er von seiner Jugend im Haus der Eltern erzählte, hatte er das Bild vor Augen, das Felix vor ein paar Stunden gesehen hatte.

Er drehte sich auf den Rücken und verschränkte die Arme hinter dem Kopf. Ob seine eigenen Eltern manchmal an ihn dachten? Er erinnerte sich an das Bild aus dem Fotoalbum, das ihm seine Tante gezeigt hatte. 16 Jahre waren eine lange Zeit. Wenn er sie fand – würden sie ihn überhaupt erkennen?

Er stand auf und schlang eine der Decken um seine Schultern. Dann trat er ans Fenster und sah hinaus in die Nacht. Irgendwo weit entfernt im Dunkel erhob sich der Feldberg. Dort wollten seine Eltern hin. Dorthin wollte auch er. Ob er es je schaffen würde? Gab es überhaupt noch eine Spur, die ihn von dort weiterführen konnte? Oder würde die geheimnisvolle Kraft, die sich über die Berge ausgebreitet hatte, alle seine Hoffnungen zunichtemachen?

Felix drehte den Griff und öffnete das Fenster. Sofort fuhr ein Schwall kühle, feuchte Luft herein. Der Regen prasselte unaufhörlich. Er war froh, dass er die Nacht nicht im Freien verbringen musste. Was war mit Lena? Wo war sie? Wie ging es ihr? Er fühlte sich immer noch schuldig an dem, was geschehen war.

Die frische Luft half Felix, seine Gedanken einigermaßen zu ordnen. Alleine würde er es nicht schaffen. Doch woher sollte er Hilfe bekommen? Wenn er überhaupt auf Menschen traf – wem konnte er trauen? Wacker hatte von einem Kontakt gesprochen, zu dem Bruno ihn geleiten sollte. Jetzt ärgerte er sich, dass er nicht genauer nachgefragt hatte. Irgendwo am Titisee, mehr wusste er nicht. Bis er ihn ausfindig gemacht hatte, war es längst zu spät.

Aber es gab noch eine andere Möglichkeit. Hatte nicht Lena davon gesprochen, dass sie bald zu Hause sein würde? Ein Tag, vielleicht zwei war ihre Familie entfernt. Wenn es ihm gelang, sie zu finden, gab es Hoffnung. Immer der roten Raute nach, hatte sie gesagt. Die Raute weist den Weg!

Es war die Antwort, die er gesucht hatte. Von allen Möglichkeiten war dies die einzige, die Sinn machte. Gleich morgen früh würde er sich auf den Weg machen. Wenn er sich beeilte, konnte Lena schon bald Hilfe bekommen.

Am liebsten wäre er sofort aufgebrochen. Doch jetzt musste er vernünftig sein. Seine Verletzung brauchte Ruhe, er brauchte Wärme und Schlaf. Felix schloss das Fenster und legte sich wieder aufs Bett. Einen Tag ohne Essen würde er aushalten. Und sobald es hell wurde, würde er nach einem Behälter suchen, in dem er Wasser mitnehmen konnte. Er musste es nur schaffen. Und er würde es schaffen.

Das regelmäßige Plätschern des Regens ließ Felix allmählich zur Ruhe kommen. Er drehte sich auf die Seite und war wenige Minuten später eingeschlafen.

*

Er erwachte, als der Regen aufhörte. Er schlug die Augen auf. Dieses Mal wusste er sofort, wo er sich befand. In dem verlassenen Bauernhof war es so still, dass er sein Herz klopfen hörte. Draußen war es noch dunkel. Gerne hätte er gewusst, wie spät es war.

Felix stand auf, öffnete das Fenster und sah hinaus. Der Himmel war aufgerissen, der Wind trieb die Wolken vor sich her. Dazwischen blinkten Sterne auf. Im Osten zeichnete sich ein heller Saum am Horizont ab. Im Hof vor dem Haus fielen die letzten Regentropfen vom Dach und von den Bäumen.

Plötzlich hörte er es. Irgendwoher aus weiter Entfernung wehte ein Ton herüber, der ihm schon beim ersten Mal in der Nacht an der Wilden Gutach einen Schrecken eingejagt hatte. Er war so leise, dass er ihn kaum hörte. Doch Felix wusste genau, was es war. Die Wölfe waren wieder unterwegs!

Felix schluckte. Das Heulen war so weit entfernt, dass er sich für den Moment keine Sorgen machen musste. Dennoch spürte er, wie ein Zittern durch seinen Körper zog. Gebannt lauschte er. Kurz darauf brach das Heulen ab. Wieder zog die Stille auf, die nur von vereinzelten Tropfen unterbrochen wurde. Felix wollte sich eben abwenden, als ein weiterer Ton durch die Nacht wehte. Ein anderer. Dann noch einer. Tiefer. Näher.

Es war ein anderes Heulen als ein paar Tage zuvor, als Lena ihn beruhigt hatte. Fast kam es Felix so vor, als ob sich die Tiere etwas zuriefen. Ob sie ihn gewittert hatten? Was war, wenn die Jagd dieses Mal einer anderen Beute galt?

Felix wagte kaum zu atmen. Wieder hörte er das Heulen, von weit entfernt kam ein vierter hinzu. Was konnte er tun, wenn sie es auf ihn abgesehen hatten? Hier im Haus war er in Sicherheit. Kein Tier würde es schaffen, durch geschlossene Türen und Fenster zu kommen. Doch er musste aufbrechen. Jede Stunde für die Suche nach Lena zählte. Konnte er es wagen, an ihnen vorbeizugehen? Selbst wenn er sich in Deckung hielt, würden sie ihn wittern.

Das Heulen brach so plötzlich ab, wie es begonnen hatte. Felix lauschte hinaus in die Nacht. Nichts mehr war zu hören außer dem Klopfen seines Herzens.

Felix saß noch eine Weile, doch nichts regte sich. War das, was er eben gehört hatte, überhaupt wirklich geschehen? Hatte er sich alles nur eingebildet? Vor seinen Augen erschienen die Konturen der Hügel und Bäume in der Morgendämmerung. Vom Wald her erhob sich ein munteres Zwitschern unzähliger Vögel. Das Panorama der Schwarzwaldlandschaft entrollte sich, wie es in Bildbänden und auf unzähligen Ansichtskarten verkauft wurde. Der Tag begann, und die Natur zeigte sich in aller Pracht.

Felix beschloss, sich nicht länger aufhalten zu lassen. Es war hell genug, dass er in einem raschen Gang durch das Haus einige Dinge fand, die ihm nützlich sein konnten. Viel wollte er nicht mitnehmen, schließlich rechnete er fest damit, spätestens am nächsten Tag bei Lenas Leuten zu sein. Im Zimmer des Jungen fand er einen Rucksack, der zwar etwas altmodisch war, aber eine ähnliche Größe hatte wie der, den er von zu Hause mitgebracht hatte. Die meisten Anziehsachen im Schrank waren nicht zu gebrauchen, doch in einer der Schubladen fand er eine rote Steppweste gegen die Kälte, die er sofort anzog und die ihm perfekt passte. In der Garderobe im Flur hing eine Art Parka, der wohl dem Bauern gehört hatte. Schließlich entdeckte er nach einigem Suchen eine leere Flasche, deren Schraubverschluss noch intakt war.

Hinterm Haus begrenzte ein vermooster Jägerzaun ein großes, vollkommen zugewuchertes Viereck, das wohl einmal der Garten gewesen war. In der Mitte stand ein Brunnen mit einem großen Sandsteintrog, der zu Felix' Bedauern längst verstopft war. Dafür fand er ganz in der Nähe den Bach, von dem das Wasser abgeleitet worden war. Felix wusch sich Hände und Gesicht und kühlte vorsichtig seine Wunde. Er spürte den Schmerz immer noch, doch hatte die Nacht ihm gutgetan. Schließlich spülte er die Flasche ein paar Mal durch und füllte sie bis zum Rand.

Ehe er den Hof verließ, ging er noch einmal in die Küche. Seine Hoffnung, doch noch etwas Essbares zu finden, wurde enttäuscht. Auch hier waren alle Vorräte verdorben oder weggefressen. Dafür fand er eine Vorratspackung Streichhölzer, die seltsamerweise die Zeit überdauert hatten und noch brauchbar waren. Er steckte drei davon ein und entschied sich, einen kleinen Kochtopf, einen Löffel und einen Plastikbecher mitzunehmen.

Dann zog er los. In den Talsenken hing noch der Morgennebel. Doch der Himmel war inzwischen bis auf ein paar wenige Wolken klar. Die Wiese war noch feucht, der Tau glänzte in der aufgehenden Sonne.

Nach ein paar Minuten erreichte Felix den Weg. Auf dem Hinweisschild erfuhr er, dass er die Nacht auf dem Brennerhof verbracht und sich auf einem Privatgelände befunden hatte. Felix musste schmunzeln. Die Eigentümer würden es verschmerzen.

Unter der roten Raute las er die Entfernungsangaben. Zum Titisee waren es elf Kilometer, nach St. Märgen und Breitnau mehr als sieben. Sogar Basel war als Fernziel angegeben. Und nur 20 Kilometer bis zum Feldberg! Felix spürte, wie die Aufregung in ihm hochstieg. Er hatte nicht geglaubt, dass er seinem Ziel schon so nahe gekommen war. Ein trainierter Wanderer mit guten Schuhen konnte in ein paar Stunden dort sein.

Entschlossen machte sich Felix auf den Weg. Von der Abzweigung zum Brennerhof aus führte der Weg zunächst schräg aufwärts zum Waldrand. Felix hatte sich inzwischen daran gewöhnt, Hindernissen aus dem Weg zu gehen. Auch hier war der Asphalt über die Jahre durch Frost großteils aufgebrochen und mit Gras überwachsen. An Stellen, an denen der Regen das Erdreich den Hang heruntergespült hatte, wuchsen winzige weiße und blaue Blümchen. Die Haselbüsche, die niemand mehr gestutzt hatte, waren zu riesigen Gehölzen geworden, die Felix zum Teil umgehen musste.

Doch jetzt galt es, rasch voranzukommen. Der Weg führte in großen Schleifen den sanft ansteigenden Berghang Richtung Südwesten. Der Brennerhof war bald nicht mehr zu sehen. Dafür tauchten in der Entfernung talwärts in regelmäßigen Abständen weitere Bauernhäuser auf. Bis in die einsamsten Gegenden hatten die Menschen die Natur bewirtschaftet. Felix wunderte sich, dass es so etwas in der heutigen

Zeit noch gab. Trotz moderner Maschinen war es bestimmt nicht einfach, hier sein Auskommen zu finden. Und die Winter waren in dieser Höhe bestimmt lange und anstrengend. Wieder musste er an den Jungen denken, in dessen Zimmer die Poster hingen. Ob er den Hof eines Tages übernommen hätte?

Als die Sonne hoch am Himmel stand, legte er eine Pause ein. Es war inzwischen so warm geworden, dass er seine Jacken ausziehen konnte. Sein Magen begann immer häufiger zu knurren. Er trank ein paar Schlucke an einem Bach, doch das nützte nicht viel. Er pflückte ein paar Sauerampferblätter und kaute darauf herum.

Sein Optimismus, mit dem er am Morgen den Hof verlassen hatte, schwand mit jedem Meter, den er hinter sich brachte. Stattdessen wuchs seine Unzufriedenheit. Er hatte es sich deutlich einfacher vorgestellt. Wiesen, Felder und kleine Waldstücke wechselten sich scheinbar endlos ab. Die Bergkette, in der er den Feldberg vermutete, schien nicht näher zu kommen. An mehreren Stellen war der Weg vollkommen in einer Wiese aufgegangen, sodass er jedes Mal eine Weile brauchte, um die Fortsetzung zu finden. Die meisten der Wegweiser waren umgestürzt oder verbogen, weshalb er sich an Gabelungen ein paar Mal verlief, ehe er merkte, dass die Richtung nicht stimmen konnte.

Die Waldstücke machten ihm besonders zu schaffen. Dort war der Weg kaum noch zu erkennen.

Felix traute sich kaum, vom Weg abzuweichen. Die Vorstellung, in einen der Spinnenarme der Kraft zu geraten, war kaum auszuhalten. Niemand würde ihm helfen. Er würde jämmerlich zugrundegehen. Trotzdem verließ er, wann immer es ihm vertretbar schien, das offene Gelände und suchte am Waldrand Deckung. Er konnte nicht sicher sein, ob Wagner es sich anders überlegt hatte und seine Männer losgeschickt hatte, ihn zu suchen.

Immer öfter musste er eine Pause einlegen. Zum Glück gab es genügend Bäche, an denen Felix trinken und sich erfrischen konnte. Aber das Aufraffen fiel ihm jedes Mal ein wenig schwerer. An den Füßen wuchsen Blasen, die rasch größer wurden und jeden Schritt mühsam machten.

Die Sonne näherte sich bereits den Wipfeln der Tannen und Fichten, die nach Westen hin auf dem Bergkamm die stetige Kulisse bildeten. Wie seit Tagen frischte am späten Nachmittag der Wind auf. Ein paar große schwarze Vögel kreisten über dem Wald.

Felix hatte schon seit einiger Zeit kein Schild mehr gesehen, auf dem er die Entfernung abschätzen konnte. Lediglich die rote Raute tauchte immer wieder auf, meist als kleines Blechschild an einen Baum genagelt. Allmählich kämpfte er mit der Sorge, dass er es an diesem Tag nicht mehr schaffen würde. Ob er überhaupt merken würde, wann er am Ziel war? Immer weiter, hatte Lena gesagt. Doch was war, wenn ihre Leute abseits des Weges wohnten? Was war, wenn sie so gut versteckt hausten, dass er an ihnen vorbeilief?

Die Vögel am Himmel kamen näher. Inzwischen waren ein paar weitere hinzugekommen. Es schienen Krähen zu sein. Ihr Krächzen war jetzt deutlich zu hören. Sie flogen auf und ab und kreisten über einem Waldstück nur wenige Hundert Meter oberhalb des Weges. Felix blieb stehen und beobachtete sie. Die dunklen Silhouetten zeichneten sich am Abendhimmel ab wie Scherenschnitte. Es wurden immer mehr. Er schätzte, dass es inzwischen mindestens 50 Tiere waren. Ob sie sich für den Abend versammelten, um gemeinsam den Schlafplatz aufzusuchen? Zu Hause hatte er das manchmal beobachtet, wenn er mit dem Fahrrad noch spät unterwegs war. Vor allem auf den hochgewachsenen Pappeln hatten sie ihre Nester.

Felix überlegte. Vielleicht gab es aber auch einen ganz anderen Grund. Konnte es sein, dass die Tiere aufgescheucht worden waren? In der Richtung, in der er sie kreisen sah, führte die alte Bundesstraße. Wagner und seine Leute hatten sie schon einmal überrascht.

Er sah sich um. Einen Hof konnte er nirgends entdecken. Erst weit unten im Tal nach Osten glänzten die Dächer von etlichen Häusern, die auf ein Dorf oder eine Stadt hindeuteten. Viel zu weit, um dort Unterschlupf zu suchen. Auf freiem Gelände konnte er nicht bleiben. Die einzige Möglichkeit war der Wald, wenngleich die Chance auch dort gering war, unterzutauchen. Immerhin hatte er einen kleinen Vorsprung, und den musste er nutzen. Vielleicht entdeckte er eine Höhle oder ein anderes Versteck.

Er wollte eben loslaufen, als er plötzlich innehielt. In das Krächzen der Vögel mischte sich ein Laut, den er von allen am meisten fürchtete. Das Heulen stieg rasch empor, verweilte ein paar schreckliche Sekunden lang, fiel dann rasch ab, um kurz darauf wieder neu zu beginnen.

Wölfe!

Für einen Moment war Felix wie erstarrt. Die Angst schoss durch seinen Körper wie eine heiße Flamme. Ohne zu überlegen lief er los.

Felix rannte, so schnell er konnte. Schmerz und Müdigkeit waren wie weggeblasen. Seine Beine liefen wie von selbst. Er sprang, hüpfte, knickte ein, fiel hin, raffte sich wieder auf – nur vorwärts, vorwärts, vorwärts!

Erst am Waldrand kam er zur Besinnung. Er blieb stehen, um zu verschnaufen. Die Vögel waren noch mehr geworden. Wie eine drohende schwarze Wolke hingen sie über den

Bäumen. Und dann sah er es! Ein flüchtiger grauer Schatten huschte in einiger Entfernung aus dem Wald und nahm Witterung auf. Ein zweiter, dritter folgten. Sie setzten sich rasch in Bewegung.

Sie hatten ihn entdeckt. Von nun an würden sie nicht mehr von seiner Fährte weichen.

Felix wandte sich um und stürzte in das Unterholz. Zweige schlugen ihm ins Gesicht, Ranken zerkratzten seine Arme, doch er achtete nicht darauf. Ein einziger Gedanke beherrschte ihn und peitsche ihn vorwärts. Weg, nur weg!

Er rannte, so schnell er konnte. Sein Atem ging schnell, Schweiß brach aus allen Poren. Sein Herz schlug wie eine Trommel. Er musste für einen Moment verschnaufen. Hinter sich hörte er nichts. Ob er sie abgeschüttelt hatte? Das war nicht vorstellbar. Wölfe waren schlau. Vielleicht waren sie nur wenige Meter entfernt.

Felix überfiel Panik. Wo sollte er hin? Eine Hütte war nirgends zu sehen. Weit und breit gab es keinen Fels, auf den er klettern konnte. Ein Baum! Er musste auf einen Baum steigen. Dorthin würden ihm die Tiere nicht folgen können. Während er so schnell wie möglich weiterlief, sah er sich nach einer geeigneten Möglichkeit um. Doch es sah nicht gut aus. Die hohen Fichtenstämme hatten nur wenige hervorstehende Aststummel, an denen er sich festhalten konnte. Die wenigen Tannen waren zu klein und die Wedel zu dünn. Er versuchte, sich am Ast einer Eberesche hochzuziehen, doch auch dieser Baum war zu klein.

Von oben hörte er, wie das Krächzen der Krähen näherkam. Zwischen den Wipfeln tauchten die ersten schwarzen Vögel auf. Jetzt wusste er, warum sie sich versammelt hatten. Die Wölfe waren auf der Jagd, und sie hofften, etwas abzubekommen.

Plötzlich hielt er inne. Rechts von ihm öffnete sich eine Lichtung, durch die die Sonnenstrahlen hereinfielen. Am hinteren Rand stand eine Eiche. Sie musste schon hier gestanden haben, als es das Waldstück noch gar nicht gab. Ihre Äste waren kräftig und knorrig. Die unteren breiteten sich kaum einen Meter über dem Boden aus. Nach oben hin versperrten die frischen Blätter den Blick, doch sie schien hoch genug zu sein, dass Felix sich in Sicherheit bringen konnte.

Über einen Teppich Tausender alter Eicheln lief Felix zu dem Stamm. Er fasste den untersten Ast, schwang ohne viel Mühe den Fuß darüber und zog sich hoch. Es war, wie er von Weitem gesehen hatte. Die Äste standen dicht übereinander, sodass er in wenigen Sekunden ein paar Meter über dem Boden war.

Er wollte eben nach dem nächsten Ast greifen, der schräg über ihm aus dem Stamm ragte, als er plötzlich merkte, dass er nicht alleine war. Ein bedrohliches Knurren kam von oben. Felix war vollkommen verblüfft. Hatte er sich getäuscht? Konnten Wölfe doch klettern?

Das Knurren wurde lauter und wurde von einem wütenden Fauchen abgelöst. Ein scharfer Geruch kam ihm entgegen. Felix klammerte sich instinktiv fest. Vor ihm erschienen zwei zornig funkelnde Augen. Im nächsten Moment sprang die Wildkatze von oben auf ihn zu. Felix spürte das struppige Fell, dann riss der Aufprall beide aus dem Gleichgewicht. Mit lautem Krachen inmitten splitternden Holzes rutschten beide den Stamm entlang und fielen auf den Boden.

Die Katze war in der nächsten Sekunde im Gebüsch verschwunden. Felix rappelte sich auf. Er hatte keine Zeit nachzudenken, denn jetzt erklang wieder das Heulen. Die Wölfe mussten ganz nahe sein!

Er rannte zurück auf den Weg. Fieberhaft sah er sich nach einer Waffe um. Er bückte sich nach einem Knüppel, doch er fühlte sofort, dass das Holz zu trocken und spröde war, und warf ihn beiseite. Auch ein zweiter Stock war ungeeignet. Wieder musste er stehen bleiben, um zu verschnaufen. Er war wie gelähmt. Seine Hände begannen zu zittern. Plötzlich fiel ihm ein, dass er Streichhölzer in der Tasche stecken hatte. Feuer! Alle wilden Tiere fürchteten das Feuer. Es war seine einzige Chance.

Schon ein paar Meter weiter hatte er gefunden, was er brauchte. Ein riesiger Laubhaufen am Fuße einer Buche! Wenn es ihm gelang, ihn in Brand zu setzen, konnte er die Verfolger zumindest aufhalten. Felix riss den Rucksack herunter und kramte die Streichhölzer heraus. Die ersten beiden zerbrach er vor Aufregung, dann sah er, wie die kleine Flamme zwischen seinen Fingern aufleuchtete. Das Laub war nicht so trocken, wie es aussah, doch mit einer Handvoll trockenem Gras, das daneben stand, und ein paar dürren Zweigen gelang es ihm, es anzuzünden. Rasch legte er nach. Schon kurz darauf flammte das Feuer auf.

Es war keine Sekunde zu früh. Mitten auf dem Weg, den Felix gekommen war, erschien der erste Wolf. Er verlangsamte seinen Schritt, als er das Feuer roch, und blieb dann stehen. Es war ein großes Tier mit dichtem grau-weißen Fell. Deutlich sah Felix die aufgestellten Ohren und die schwarze Schnauzenspitze. Ein zweites Tier kam dazu, dann ein drittes. Alle starrten regungslos zu ihm herüber.

Felix war hin- und hergerissen zwischen Angst und Faszination. Er musste sich zwingen, das Feuer im Auge zu behalten. Rasch raffte er so viel Holz wie möglich zusammen und häufte es am Fuß der Buche. Ein paar Meter weiter fand er einen geeigneten Stock, mit dem er sich wehren konnte.

Das Feuer knisterte, die Flammen züngelten gierig in das dürre Holz, Qualm stieg auf. Der Leitwolf schien unschlüssig, was er tun sollte. Felix war wie gebannt von den gelben Augen, die zu ihm herüberstarrten. Wie lange würden sich die Tiere aufhalten lassen?

Der Wolf setzte langsam Fuß für Fuß vorwärts und kam auf das Feuer zu. Unwillkürlich wich Felix einen Schritt zurück. Dennoch bückte er sich und warf ein paar weitere Zweige ins Feuer. Dann packte er seinen Stock und stellte sich breitbeinig auf. Er hielt das vordere Ende in die Flammen, bis es begann zu glühen.

Wenn sie zu dritt angriffen, würde er kaum eine Chance haben. Felix sah sich um, ob es noch irgendeine Möglichkeit gab, sich zu verteidigen. Der Buchenstamm hinter ihm war zu glatt, um daran emporzuklettern. Doch es gab etwas anderes, das sein Herz höherschlagen ließ. Etwa 50 Meter entfernt sah er halb versteckt hinter einem riesigen Haselstrauch einen Hochsitz. Er war fast zugewachsen und nicht besonders hoch. Doch er konnte seine Rettung sein.

Felix schätzte die Entfernung ein. Wenn es ihm gelang, die Wölfe für ein paar Sekunden abzulenken, konnte er es schaffen. Aber wie? Der Leitwolf war inzwischen so nahe herangekommen, dass Felix die Pupille in seinen gelben Augen erkennen konnte. Fieberhaft hielt Felix nach einer Möglichkeit Ausschau. Plötzlich sah er etwas, was ihm das Blut in den Adern gefrieren ließ. Unter den herabhängenden Tannenwedeln bewegten sich graue Schatten. Das Rudel hatte ihn unbemerkt eingekreist! Felix sah sich rasch nach allen Seiten um. Sie waren überall, sogar hinter ihm. Lautlos strichen sie in immer demselben Abstand um ihn und um das Feuer.

Das war das Ende! Gegen die Meute hatte er keine Chance. Felix spürte, wie seine Sinne schwanden. Vor seinem inneren Auge zogen in rascher Folge Bilder seines Lebens vorbei. Seine Tante tauchte auf, Birte lächelte ihm zu, der alte Brändlin schob ihm die azurblaue Maschine entgegen. Seine Mutter. Als er sie sah, regte sich in seinem Inneren ein letzter Hoffnungsfunke. Er riss sich vom Anblick der Wölfe los. Noch stand er hier. Noch war er am Leben. Es gab ein Ziel, das ihn retten konnte. Und er hatte das Feuer!

Die Spitze seines Stockes war gut durchgeglüht. Er trat zwei Schritte nach vorn und fuhr damit durch die Luft. Ein lautes Knurren ertönte. Die Tiere in seiner Nähe wichen zurück. Noch einmal schwang er den Stock, dieses Mal zur anderen Seite. Wieder reagierten die Wölfe. Selbst das Leittier vor ihm blieb stehen.

Felix trat zurück ans Feuer. Ein paar der Zweige, die er zusammengetragen hatte, trugen dürres Laub an den Enden. Er suchte noch ein paar zusammen, bis er ein Bündel hatte, um das er eben noch seine Hand schließen konnte. Während er das Holz in die Flammen hielt, sah er zu dem Hochsitz hinüber. Er hatte nur eine einzige Chance. Wenn es ihm gelang, die Holzleiter zu erreichen und hochzuklettern, war er in Sicherheit. Zumindest für eine Weile. Wenn nicht …

Er zwang sich, nicht daran zu denken. Jetzt hieß es, keine Sekunde zu versäumen. Aus den Ästen in seiner Hand schlugen die Flammen empor, der Stock glühte. Felix bückte sich, griff der Reihe nach ein paar brennende Holzstücke und warf sie so weit er konnte nach vorn in Richtung des Leittieres. Sofort heulten die Tiere auf. Noch einmal schleuderte Felix ein paar brennende Äste in die Luft. In diesem Moment ertönte irgendwoher ein lautes Fauchen, gefolgt von einem durchdringenden Schrei der Wildkatze. Die Wölfe wurden unruhiger. Felix handelte blitzschnell. Er trat mit seinen Beinen ins Feuer und schleuderte die brennenden Stücke mit aller Kraft weit von sich. Dann lief er los.

Felix rannte wie noch nie zuvor in seinem Leben. Er hatte kaum 20 Meter zwischen sich und der Buche gebracht, als die Wölfe reagierten. Aus den Augenwinkeln sah Felix, wie der Leitwolf rasch herangesprungen kam. Das große Tier war schon fast an seiner Seite. Felix sah, wie es zum Sprung ansetzte.

Felix reagierte schnell. Er blieb abrupt stehen, wirbelte herum und schlug mit den brennenden Ästen um sich. Dann lief er erneut los. Der Wolf heulte auf und ließ von ihm ab. In diesen wenigen Sekunden hatte Felix die Leiter erreicht. Er griff nach einer der Sprossen und zog sich im selben Moment hoch, als eines der Tiere ihm nachsprang. Felix hörte das dumpfe Klacken der mächtigen Kiefer, die ins Leere schnappten. Mit einem gewaltigen Satz kam ein zweites Tier auf ihn zu. Felix spürte einen hässlichen Schmerz im Fuß. Der Wolf hatte ihn erwischt. Blindlings trat er zu, so fest er konnte, und stieß gleichzeitig mit den restlichen Feuerbündeln nach unten. Er spürte, wie das Gewicht nachließ. Gleichzeitig bekam er die höhere Sprosse zu fassen und zog sich nach oben.

Die Wölfe rasten vor Wut. Um den Fuß des Hochsitzes drängten sich unzählige graue Leiber. Abwechselnd sprang einer von ihnen nach oben und versuchte Felix zu erreichen. Jeder Aufprall ließ das Holz erzittern. Die morsche Konstruktion wackelte bedrohlich. Felix hielt sich mit einer Hand fest, mit der anderen stieß er immer wieder mit dem glühenden Holzstock nach unten. Es war aussichtslos. Lange würde er nicht standhalten. Der Schmerz und die Anstrengung brachten ihn der Ohnmacht nahe.

Um die Buche hatte sich das Feuer inzwischen ausgebreitet. Felix sah von Weitem, wie zuerst ein Busch, dann ein weiterer Baum zu brennen begannen. Aus dem Laub stiegen gelbe Rauchwolken auf. Einige der Wölfe duckten sich, bereit, vor dem unberechenbaren Feind davonzulaufen. Die übrigen steigerten wütend ihre Anstrengungen. Wieder und wieder sprangen sie an der Leiter empor. Jeden Moment musste der Hochsitz zusammenbrechen. Felix konnte nicht mehr. Er schloss die Augen. »Lass es schnell vorübergehen!«, flüsterte er.

Im nächsten Augenblick stürzte der Hochsitz ein. Felix versuchte sich festzuhalten, doch er fiel in einen Knäuel von Holzsplittern und Wolfsleibern. Eine Stimme rief seinen Namen.

Dann schwanden ihm die Sinne.

KAPITEL 3

Als Felix die Augen aufschlug, war es hell um ihn. Er lag auf einer weichen Matratze, in eine Decke eingewickelt. Unter seinem Kopf lag ein Kissen, das angenehm nach Heu und Blumen duftete.

Langsam drehte er den Kopf nach beiden Seiten. Das Licht fiel durch ein kleines Fenster mit einem dicken hölzernen Rahmen. Auf einem Bord davor standen ein paar Pflanzen. Auf der anderen Seite des Raumes stand ein riesiger Schrank, dessen Türen mit Blumen bemalt waren.

Felix versuchte sich aufzurichten, doch ein stechender Schmerz fuhr in seine Brust. Er holte tief Luft und ließ sich auf die weiche Unterlage zurücksinken.

Wo war er? Was war geschehen?

Er versuchte sich zu erinnern, doch die Bilder blieben bruchstückhaft. Er war auf der Flucht, allein im Wald, dann Augen, die ihn anstarrten, scharfe Zähne, die nach ihm schnappten, Feuer, Schreie. Ein großes schwarzes Loch, in das er hinunterstürzte.

Vor dem Fenster hörte er jemanden rufen, eine zweite Stimme antwortete. Noch einmal versuchte Felix aufzustehen, doch es war nicht möglich. Wieder zwang ihn der Schmerz zwischen seinen Rippen, sich ruhig zu verhalten. Vorsichtig tastete er mit den Fingern über seine Brust. Jetzt erst merkte er, dass er einen Verband trug. Auch die Wunde auf seinem Kopf war mit einer Binde eingewickelt.

Hinter ihm knarrte es leise. Felix hörte zarte Schritte auf dem Holzboden. Kurz darauf sah er in zwei weit aufgerissene Kinderaugen, die ihn neugierig anstarrten.

Der Junge war höchstens drei oder vier Jahre alt. Er trug ein weites helles Hemd aus grobem gewebtem Stoff, seine Haare waren lockig und umgaben sein Gesicht wie eine Krone. Um den Hals trug er ein Lederband, an dem ein glatter bunter Stein baumelte.

»Wie heißt du?«

Felix versuchte zu antworten, doch er brachte kein Wort heraus. Stattdessen verzog er den Mund zu einem Lächeln.

Die Augen des Jungen blitzten auf. Dann lächelte er ebenfalls. Im nächsten Augenblick war er verschwunden.

Kurz darauf hörte Felix, wie erneut die Tür geöffnet wurde. Die Frau, die an sein Bett trat, war ähnlich gekleidet wie der kleine Junge. Zusätzlich trug sie eine bunte gestrickte Jacke und eine Art Kopftuch, das Felix an das Bandana seiner jungen Nachbarin in Freiburg erinnerte. Ihre Haut war braun gebrannt, so als ob sie viel im Freien wäre. In der Hand trug sie einen Teller.

»Du musst etwas essen«, sagte sie. Sie zog einen Holzstuhl heran und setzte sich neben das Bett. Sie legte ein zweites Kissen unter Felix' Kopf, dann tauchte sie einen Löffel in den Teller ein, blies darüber und führte ihn an Felix' Lippen. »Heiße Suppe. Schön langsam essen.«

Aus dem Teller stieg ein verführerischer Duft auf. Die Suppe war mit Kräutern gewürzt und schmeckte ausgezeichnet.

Während Felix aß, stand der Junge am Fußende des Bettes und beobachtete ihn. Was waren das für Leute? Konnte es sein, dass einer der vielen Höfe, die er seit Tagen gesehen hatte, doch bewohnt war?

Die Frau reichte ihm Löffel für Löffel, bis der Teller leer war. Danach stand sie auf und nickte ihm freundlich zu. »Und jetzt schlaf weiter«, sagte sie und strich ihm sanft über die Stirn.

»Danke!«, stieß Felix hervor. Das Sprechen bereitete ihm Mühe. »Wo bin ich hier? Wer sind Sie?«

Sie legte ihm zwei Finger auf die Lippen. »Später. Alles hat seine Zeit.« Kurz darauf hörte er, wie sie hinausging. Eine Weile lag Felix noch wach, dann fielen ihm die Augen zu.

Gegen Abend wachte er auf. Durch das Fenster schien goldenes Licht, winzige Stäubchen tanzten im den Strahlen der Abendsonne. Draußen war es ruhig. Neben dem Bett stand auf einem Tischchen ein Krug, davor ein gefülltes Glas mit einer hellen Flüssigkeit. Felix griff danach, doch der Schmerz in seinen Rippen flammte sofort wieder auf.

»Hallo!« Er räusperte sich, seine Stimme klang krächzig. »Hallo! Hört mich jemand?«

Das leise Trappeln von Füßen klang vor dem Zimmer, dann stand wieder der Junge vor seinem Bett.

»Ich habe Durst!«, sagte Felix. »Willst du mir helfen?«

»Klar!« Der Junge strahlte. Er war sichtlich stolz, dass er sich um den fremden Mann im Bett kümmern durfte. »Da ist Kräutertee drin«, sagte er, während er Felix half, ein paar Schlucke zu nehmen. »Den hat die Oma gemacht!«

»Die Oma – hat die mir auch vorhin die Suppe gegeben?«

»Das war nicht vorhin, das war heute Morgen«, verbesserte ihn der Junge.

»Heute Morgen? Dann habe ich den ganzen Tag geschlafen?«

»Du schläfst immer! Seit du bei uns bist, schläfst du! So wie Onkel Lukas, der schläft auch immer.«

»Und wie lange bin ich schon bei euch?«

»Schon ganz arg lange. Ein paar Jahre.«

Felix musste lächeln. »Ich bin der Felix«, sagte er, während der Junge ein zweites Glas nachschenkte. »Und wer bist du?«

»Benni. Ich heiße Benni.«

»Ein schöner Name. Gehst du schon zur Schule, Benni?«

Der Junge legte den Kopf schräg, als ob er überlegte. »Was ist Schule?«

Wieder musste Felix lachen. »Schule – na ja, das ist ein Haus, wo alle Kinder hingehen müssen und Rechnen, Schreiben und Lesen lernen.«

»Meine Mama kann lesen! Sie liest mir immer vor.«

»Und die anderen Kinder?«

»Hier gibt es nur unser Haus. Und den Stall. Und die Scheune.«

Felix sah ein, dass er so nicht weiterkam. Er musste etwas Einfacheres fragen. »Wie alt bist du denn?«

Benni hielt ihm die Hand vor die Augen. Der Daumen war nach innen eingeklappt. »Schon fast so viel!«

»Schon vier!«, lobte ihn Felix.

»Ja, und nächstes Jahr werde ich fünf! Aber erst werde ich noch vier.« Benni war sichtlich stolz. »Wie alt bist du denn?«

»16.«

Benni riss die Augen auf. »So alt? Fast schon 100!«

»Ja, fast!«, grinste Felix.

»Das ist ja schön!«

Felix' Herz machte einen Sprung, als er die Stimme erkannte. Im nächsten Augenblick trat Lena neben ihn. »Ich freue mich, dass es dir besser geht!«

»Lena! Wo kommst du denn her? Ich dachte, du bist …«

»Es ist alles gut!« Sie setzte sich auf den Bettrand und nahm seine Hand. Sie sah ihn lange an.

»Hast du Schmerzen?«, fragte sie schließlich.

Felix schüttelte tapfer den Kopf. »Nein, fast gar nicht. Ich …« Er versuchte, sich zu ihr umzudrehen, doch er verzog das Gesicht. »Ja, hier«, sagte er leise. »Auf der Brust. Es sticht jedes Mal, wenn ich mich bewegen will.«

»Es war ein schlimmer Sturz. Doktor Ignatius schätzt, du hast dir die Rippen gebrochen. Oder zumindest angeknackst.«

»Doktor Ignatius? Es gibt einen Arzt hier?«

Lena lachte. »Leider nein. Aber Onkel Ignaz kennt sich aus mit solchen Sachen. Er hat früher als Krankenpfleger an der Klinik in Donaueschingen gearbeitet. Er hat sich auch um deine anderen Verletzungen gekümmert.«

»Welche anderen Verletzungen?«

»Auf deinem Kopf ist eine große Platzwunde, die übel ausgesehen hat. Und überall waren blutende Kratzer.«

»Wie lange bin ich schon hier? Und wo bin ich überhaupt?«

Lena strich mit der Hand über sein Haar. »Heute sind es vier Tage, dass du auf unserem Hof bist. Du hattest Fieber und hast ständig fantasiert. Und viel geschlafen. Benni hat auf dich aufgepasst, nicht wahr, Benni?«

Der Junge nickte eifrig. »Mama hat gesagt, ich bin der Aufpasser. Ich soll immer nach dem Mann schauen, was er macht. Aber er schläft immer. Er will nicht mit mir spielen. Spielst du jetzt mit mir?«

»Später«, lachte Lena. »Felix muss sich erst noch ausruhen.« Sie stand auf und nahm Bennis Hand. »Weißt du was, jetzt gehen wir beide zum Abendessen, und morgen spielen wir zusammen!« Sie wandte sich an Felix. »Genug für heute. Morgen bringe ich dir Frühstück. Dann musst du mir erzählen, wie es dir ging.«

»Bin ich jetzt kein Aufpasser mehr?«, hörte Felix Benni im Hinausgehen fragen.

»Nur noch ein bisschen«, antwortete Lena. »Felix wird bald wieder gesund.«

In dieser Nacht schlief Felix zum ersten Mal seit Langem tief und fest. Er wachte erst auf, als er Durst bekam. In dem Fensterviereck dämmerte der Morgen. Es war so still, dass er die Holzbalken des alten Hauses leise knacken hörte.

Er überwand seinen Schmerz und griff nach dem Glas, das wie am Tag zuvor halb gefüllt neben seinem Bett stand. Dann ließ er sich zurückgleiten und genoss die weiche, saubere Decke und das duftende Kopfkissen. Bis auf die Schmerzen fühlte er sich gut. Wenn er nur aufstehen könnte! Er konnte es kaum erwarten, Lenas Heimat zu sehen.

Mit den ersten Sonnenstrahlen kam Lena. »Ich sehe, du bist schon wach! Es gibt Frühstück!«

Wie gestern setzte sie sich auf den Bettrand. Der Brei, den sie ihm Löffel für Löffel zu essen reichte, roch merkwürdig, aber er schmeckte hervorragend. »Sind da Beeren drin?«, fragte Felix, als er den Napf bis auf den letzten Rest aufgegessen hatte.

»Brombeeren, Heidelbeeren, Walderdbeeren. Mutter hat extra für dich ihren Wintervorrat geplündert. Ich hoffe, es schmeckt dir.«

»Und wie! Ich habe lange nicht mehr etwas so Gutes gegessen. Meistens nur Bohnen aus der Dose.«

Felix zog eine Schnute, und beide mussten lachen.

»Es tut noch weh«, sagte Felix. »Bei jedem Huster und bei jedem Lacher. Was hat denn dein Doktor Ignatius gesagt?«

»Deine Rippen. Geprellt oder angeknackst. Vielleicht sogar gebrochen. Es ist nicht schlimm, aber es wird eine Weile dauern.«

»Ich kann mich nicht erinnern, wie das passiert ist. Die Wölfe. Ich bin den Wölfen davongerannt. Und dann weiß ich nichts mehr.«

»Du hattest dich auf einen alten Hochsitz geflüchtet. Wir kamen gerade noch rechtzeitig in dem Moment, als alles zusammenbrach und du heruntergestürzt bist. Dabei bist du wohl so hart aufgeprallt, dass du es jetzt noch spürst.«

»Und die Wölfe?«

»Wir waren zu viert, mein Vater Lorenz, Onkel Julian, Anna und ich. Wir hatten Messer und Pfeile dabei. Aber die Rettung war das Feuer. Das hat sie letztlich vertrieben. Dann haben wir dich hierhergebracht.«

»Woher wusstet ihr eigentlich, wo ich war?« Felix hatte sich wieder auf den Rücken gedreht. »Ich dachte, die Männer hätten dich mitgenommen. Und Wagner …«

»Ich ärgere mich immer noch, dass ich die Kerle nicht bemerkt habe. Ich vermute, sie sind von oberhalb des Hanges von der alten Straße heruntergekommen.«

Felix nickte. »Und haben uns überholt, ohne dass wir es mitbekommen haben. Ich glaube, ich habe einfach zu viel geredet. Es tut mir leid, dass ich dir nicht helfen konnte. Jerry hatte mir das Messer an den Hals gesetzt. Ich war sicher, dass er ohne zu zögern zustechen würde.«

»Ich habe es gesehen. Du hast richtig gehandelt. Aber dann hatte ich Angst um dich. Als sie mit mir weggingen, warst du nicht dabei. Und gesagt haben sie mir nichts. Nur gelacht.«

Felix erzählte, wie Jerry ihn niedergeschlagen hatte und er erst viel später aufgewacht war. »Wahrscheinlich haben sie gedacht, ich sei tot. Oder ich würde die Nacht nicht überleben. Aber was war mit dir? Wie bist du entkommen?«

»Man sagt doch so schön, dass Liebe blind macht. Aber Hass genauso. Wir sind das Jostal hinunter bis zu einem Hof, der der Bande als Unterschlupf diente. Wagner war so wütend auf mich, dass er alle Vorsicht vergaß. Er brachte mich sofort in sein Zimmer und schloss mich ein. Als er später zu mir kam, verhielt ich mich zuerst ruhig und wartete, bis er mich losgebunden hatte. Er war so besoffen, dass ich ihn leicht überwältigen konnte. Ein gezielter Schlag und ein Tritt an die richtige Stelle – er sackte zusammen wie ein nasser Sack. Da es schon dunkel war, gelang es mir, unbemerkt davonzuschleichen.«

»Wagner wird kochen vor Wut. Nimm dich in Acht. Das wird ihm nicht noch einmal passieren.«

»Keine Sorge. Ich lasse mich nicht noch einmal so leicht erwischen.«

»Und dann? Hast du mich dann eingeholt?«

Lena schüttelte den Kopf. »Es gibt noch einen anderen Weg aus dem Jostal. Dadurch konnte ich ein gutes Stück abkürzen. Unterwegs habe ich dann die anderen getroffen.«

»So ein Glück!«

»Meine Leute haben sich große Sorgen gemacht. Es war das erste Mal, dass ich alleine draußen war. Ich hätte längst zurück sein müssen. Also haben sie mich gesucht. Dort, wo die Kerle uns überfallen haben, warst du nicht mehr. Ich vermutete, dass du den Rautenzeichen nachgehen würdest. Wir haben dann schon von Weitem gesehen, dass etwas nicht stimmt.«

»Aber ich war doch im Wald! Habt ihr den Rauch gesehen?«

»Die Vögel. Vor allem Anna kennt sich gut aus. Sie hat sofort vermutet, dass an dem Ort, wo die Vögel kreisten, etwas sein musste. Wir sind dann so rasch wie möglich weiter. Wir kamen gerade in dem Moment, als du auf den Hochsitz gestiegen warst.«

Lena schenkte das Glas voll und führte es Felix an die Lippen. »Wir haben beide viel Glück gehabt. Trink und erhole dich. Du kannst so lange bleiben, wie du magst.«

»Aber was ist mit Wagner und den anderen Kerlen? Das werden sie sich nicht gefallen lassen!«

»Keine Sorge. Ich weiß nicht, ob sie überhaupt wissen, wo wir wohnen. Und selbst wenn. Sie werden den Weg nicht finden.«

»Das kann doch nicht so schwierig sein!«

»Der Zugang ist schwierig. Wer ihn nicht genau kennt, hat keine Chance. Und unsere Wächter sind tödlich«, sagte sie ernst. Sie stand auf und trat hinter das Kopfende. »Genug geredet. Ehe ich dich alleine lasse, will ich dir noch etwas dalassen. Schließe die Augen und versuche dich zu entspannen!«

Sie legte von hinten ihre Hände zuerst auf seinen Kopf, dann auf den Brustkorb. Felix genoss ihre Nähe und den sanften Druck. Er spürte, wie sich von ihren Handflächen aus ein Strom Wärme in seinem Körper ausbreitete.

Irgendwann löste sie ihre Hände und gab ihm einen Kuss auf die Stirn. »Und jetzt schlaf. Alles ist gut.«

Später am Tag kam ein Mann in Felix' Zimmer. Seine Haare waren über der Stirn schon deutlich gelichtet, in seinen Bart mischten sich graue Haare. Am auffälligsten war seine Brille, die am Steg mit Draht geflickt war. Er hatte einen geflochtenen Henkelkorb dabei, aus dem ein paar Flaschen, Dosen und Tücher herausschauten.

»Sie sind der Doktor? Doktor Ignatius?«, fragte Felix.

»Du kannst Ignaz zu mir sagen«, brummte er. Er stellte den Krug und das Glas auf den Boden und schuf Platz für den Korb. Im Gegensatz zu seinen bisherigen Besuchern war er wenig gesprächsfreudig. Er löste die beiden Verbände und betastete nicht besonders sanft Kopf und Rippen. Felix zuckte zusammen.

»Tut's weh?« Statt eine Antwort abzuwarten, griff Ignaz in den Korb. Er schüttelte ein paar Tropfen auf ein Stofftuch und betupfte damit die Wunde auf der Stirn. Die Rippen bekamen eine streng riechende Salbe. Am Ende legte er wieder den Verband an.

Felix wollte sich bedanken, doch Ignaz winkte ab. Er räumte alles ein bis auf eine dunkelbraune Glasflasche. »20 Tropfen am Abend. Dann schläfst du besser. Morgen komme ich wieder.«

Ohne einen Gruß verschwand er, wie er gekommen war.

»Das darfst du nicht persönlich nehmen«, erklärte Lena, als sie am späten Nachmittag kam und Felix etwas zu essen brachte. »Ignaz ist ein bisschen brummig, aber ein gutmütiger Kerl. Ich erinnere mich, dass er früher sogar viel gelacht hat. Da war ich etwa so alt wie Benni.«

»Kann ich mir nicht vorstellen.« Felix kaute mit Genuss auf einem Stück frisch gebackenem Brot herum. Zwischendurch schob er immer wieder ein Stückchen Käse hinterher. »Auf mich wirkt er verbittert.«

»Er hat damals Lisa, seine Frau, verloren. Als wir eine neue Heimstatt suchen mussten, wussten wir noch wenig von den schrecklichen Gefahren durch die Kraft. Ohne Lisa wären wir damals wahrscheinlich alle umgekommen. Nichts hat darauf hingedeutet, dass der Tod so nahe war. Sie hat sich für uns alle geopfert.«

»Das ist ja schrecklich!«

Lena nickte. »Er hat lange gebraucht, bis er darüber hinweggekommen ist. Sie hatten sogar Sorge, dass er ihr freiwillig nachfolgen würde. Doch dann hat er eine Aufgabe gefunden, die seinem Leben neuen Sinn gab.«

»Er kennt sich gut aus mit Medizin, oder?«

»Jede freie Minute beschäftigt er sich damit. Unser Erste-Hilfe-Koffer war schon bald aufgebraucht. Seither hilft uns Ignaz mit seinen Salben, Tropfen und Tees. Er zieht Splitter, versorgt Wunden, lindert Fieber und schient Brüche. Und er hilft, wenn ein Kind geboren wird. Seit du hier bist, war er jeden Tag bei dir. Mehrmals. Er war es, der mich nach Freiburg geschickt hat.«

Felix erschrak. Daran hatte er überhaupt nicht mehr gedacht. »Dein Bruder! Wie geht es ihm? Es war alles umsonst, oder?«

»Nein, das war es nicht. Ich sagte ja, Hass macht blind. Wagner hatte nicht nur mich, sondern alle meine Sachen für sich als Beute beansprucht. Während er mich eingesperrt hatte, habe ich alles gefunden. Den Rucksack musste ich zurücklassen. Aber die Medizin konnte ich retten.«

»Und? Bist du noch rechtzeitig gekommen?«

»Ignaz meint, mit dem Antibiotikum stünden die Chancen gut.«

Durch die offene Tür kam Benni hereingehüpft. »Spielst du jetzt mit mir?«, fragte er.

»Bald, Benni. Du musst noch etwas Geduld haben. Felix ist noch müde. Aber vielleicht liest er dir etwas vor, wenn du freundlich bist.«

Benni klatschte in die Hände. »Au ja! Vorlesen! Der Kleine Wassermann ist mein Freund!«

»Ihr habt Bücher?«, fragte Felix erstaunt.

»Warum nicht«, lächelte Lena. »Wir leben zwar auf einem anderen Planeten, aber nicht hinterm Mond.«

In den nächsten beiden Tagen konnte sich Felix über mangelnde Aufmerksamkeit nicht beklagen. Für die Mitglieder der Gemeinschaft war er eine willkommene Abwechslung. Die meisten redeten nicht viel, sondern betrachteten ihn neugierig. Lena hatte sie anscheinend gebeten, ihn rücksichtsvoll zu behandeln und ihn nicht zu sehr anzustrengen.

»Wie viele seid ihr eigentlich?«, fragte Felix, als Lena ihm wieder einmal das Abendessen brachte.

Lena überlegte kurz. »Mit mir gehören 13 zur Familie. Röschen, die Schwester von Benni, ist die Jüngste, Uropa Franz ist der inzige, der dich noch nicht gesehen hat. Mein Bruder Georg hat dich nur deshalb nicht besucht, weil er schon wieder weg ist. Dann gibt es noch Onkel Julian und seinen Sohn Robin. Sie sind mit meinem Bruder unterwegs, um

Wagners Leute zu beobachten. Eigentlich müssten sie längst zurück sein.« Als sie den letzten Namen aussprach, meinte Felix zu sehen, wie ein zartes Rot über ihr Gesicht huschte.

»Gehören die nicht zur Familie?«

»Julian stand eines Tages bei uns auf dem Hof, mit einem kleinen Jungen an der Hand. Die beiden waren völlig verstört, es hat lange gedauert, bis der Vater überhaupt etwas erzählen konnte. Sie hatten die Evakuierung verpasst und sind dann mit knapper Not dem Tod entkommen. Zufällig sind sie dann auf uns gestoßen. Und seither leben sie bei uns.«

Felix hörte gespannt zu. »Dann ist Robin etwa so alt wie du?«

»Ja«, antwortete Lena knapp. Er spürte, dass sie nicht mehr sagen wollte.

»Du hast mir noch gar nicht erzählt, warum ihr eigentlich damals nicht mit allen anderen geflohen seid?«

»Uropa Franz wollte es nicht. ›Ich gehe hier nicht fort‹, sagte er. ›Ich bin im Schwarzwald geboren und will im Schwarzwald sterben.‹ Nicht einmal seine Frau konnte ihn dazu bewegen. Die Strahlung nach dem Unfall hat ihn nicht interessiert. ›Dummes Gerede‹, hat er gesagt. Die ganze Familie hat sich damals im Wald versteckt, bis kein Soldat mehr kam. Erst als die Kraft sich ausbreitete, und vor allem nach dem Tod von Tante Lisa, musste er einsehen, dass sie auf dem alten Hof nicht bleiben konnten. Zum Glück haben sie damals rasch etwas anderes gefunden. Dieser Hof hier war einer von vielen, die aufgegeben wurden. Es gibt genug Grund außen herum, von dem wir unser Essen bekommen, gutes Wasser hat es auch.«

»Und die Kraft?«

»Im Laufe der ersten Wochen haben wir alles ausgekundschaftet. Es scheint, als sei unser Land wie eine Insel. Wir sind sozusagen eingehüllt.«

»Das ist ja wie ein Gefängnis!«

»Ja und nein. Es gibt einen Zugang. Doch der ist sehr gefährlich. Es wäre purer Zufall, wenn jemand von außen den Weg zu uns finden würde. Wir kennen ihn natürlich und können ihn nutzen. Aber vor unliebsamen Besuchern sind wir bestens geschützt.«

»Leute wie Wagner und seine Bande?«

Lena nickte. »Um die brauchen wir uns nicht zu kümmern. Wahrscheinlich wissen sie noch nicht einmal, dass es unseren Hof gibt.«

Nach dem Essen kam Ignaz und erneuerte die beiden Verbände. »Das wird«, sagte er knapp. »Die Rippen sind anscheinend doch nicht gebrochen. Ein paar Tage wird es noch wehtun, besonders im Liegen. Morgen kannst du raus.«

Felix sah überrascht auf. »Aus dem Bett?«

»Aus dem Bett, auf den Hof, überallhin.« Er verzog den Mund, sodass Felix glaubte, die Andeutung eines Lächelns zu erkennen. »So weit du kommst!«, ergänzte er.

»Dann bin ich also wieder gesund! Endlich!« Felix war etwas verlegen, er wusste nicht, wie er sich ausdrücken sollte. »Vielen Dank, dass Sie … dass du dich so um mich gekümmert hast.«

Ignaz reagierte nicht darauf. »Die Kratzer machen mir noch Sorgen«, sagte er stattdessen. »Tierwunden heilen langsam. Wir müssen aufpassen, dass sie sich nicht entzünden.« Er stand auf und ging zur Kammertür. »Ich werde weiter nach dir sehen.«

Am anderen Morgen war Felix bereits wach, als Lenas Mutter kam. »Wenn du willst, kannst du heute aufstehen«, sagte sie. »Ich habe dir deine Sachen mitgebracht.« Sie legte Felix' Kleider griffbereit auf einen Stuhl. »Anna wird dich ein wenig herumführen.«

Als sie gegangen war, drehte sich Felix vorsichtig auf die Seite. Es zog zwar immer noch in seiner Brust, doch er zwang sich, den Schmerz auszuhalten. Die Kleider waren gewaschen und sorgfältig zusammengelegt. Die zerrissenen Stellen an der Jacke und an den Hosenbeinen waren geflickt.

Kaum war Felix in seine Hose geschlüpft, als Anna, Lenas Cousine, kam. »Bin ich zu früh?«, fragte sie.

Felix schüttelte den Kopf. Nach dem vielen Liegen war er noch ziemlich wackelig auf den Beinen. Doch heute wollte er unbedingt hinaus. Über knarrende Treppen und düstere Flure ging Anna voraus nach unten. »Wir frühstücken draußen. Es ist schönes Wetter! Komm, wir setzen uns dort rüber.« Vor dem Haus standen an einem grob behauenen Tisch eine breite Holzbank und mehrere Stühle. Felix setzte sich und sah sich um.

Auf den ersten Blick unterschied sich der Hof nicht von dem, auf dem er Tage zuvor übernachtet hatte. Mehrere unterschiedlich große Gebäude begrenzten einen Innenhof. Es gab einen Stall, eine Scheune und zwei Schuppen. Hinter ihrem Platz ragte das Wohngebäude auf. Es war im traditionellen Schwarzwälder Stil auf einem steinernen Unterbau ganz aus Holz gebaut. Über zwei Stockwerke wölbte sich das schindelgedeckte Dach wie eine wärmende Mütze, die sich bis über den umlaufenden Balkon herunterzog. An der Seite stand ein langer Brunnen, aus dessen Röhre das Wasser in den Trog plätscherte. Vor dem Abfluss am hinteren Ende saß ein großer Holzkasten auf dem Rand.

Anna bemerkte seinen Blick. »Unser Kühlschrank!«, sagte sie stolz. »Willst du mal sehen?« Sie führte ihn hinüber und schloss die Holztür auf. Innen waren Regalbrettchen und Haltestangen aufgereiht. Dicht an dicht standen tönerne Schalen, Schüsseln und Töpfe.

»Ist ja ganz kühl!«, staunte Felix. »Was ist da drin?«

»Butter, Käse, Reste vom Essen – alles was verderblich ist. Das Brunnenwasser hält es eine Weile frisch.«

»Tolle Idee! So etwas habe ich noch nie gesehen!« Felix war begeistert.

»Wenn man keinen Strom hat, muss man sich etwas einfallen lassen.«

Sie gingen zurück zum Tisch, Anna holte aus dem Haus zwei Schüsseln mit Brei. »Uropa Franz wusste noch einiges aus der Zeit, als er ein Kind war. Die Leute früher waren nicht so rückständig, wie manche sagen.«

Im Laufe der nächsten Stunden kam Felix aus dem Staunen nicht heraus. Das Innenleben des Hofes erinnerte an ein Museum für ausgestorbenes Dorfleben. Die Elektrogeräte waren alle abgebaut, Kühlschrank, Backofen, Mikrowelle, Fernseher, Radio, Computer – alles stand sorgfältig zugedeckt in einer Abstellkammer. »Man kann nie wissen«, meinte Anna, als sie Felix herumführte. »Aber wir müssen leben.«

Sie zeigte ihm die Küche mit einer offenen Feuerstelle und einem altgedienten Holzofen. »Den Kühlschrank hast du ja schon gesehen. Draußen gibt es noch einen Brotbackofen. Und eine Räucherkammer haben wir auch.«

Felix bewunderte ausgiebig einen Webstuhl, Spinnräder, eine Schnitzbank und eine bestens ausgestattete Töpferei. »Anfangs haben wir alles verwendet, was noch da war«, erklärte Anna. »Aber dann wurde rasch klar, dass wir selbständig werden müssen. Ein Rock oder ein T-Shirt halten nicht ewig.«

»Und ihr habt alles, was ihr braucht?«

»Wir versuchen ständig, es uns ein wenig einfacher zu machen. Die Männer tüfteln grade daran, ob sie nicht die alte Wassermühle so verbessern können, dass man außer

Kornmahlen noch anderes damit machen kann, zum Beispiel eine Säge antreiben. Oder zum Schleifen von Messern und Sensen.«

Gegen Ende ihres Rundganges setzten sie sich ins Gras am Ufer des Baches, der vom Hang herab zum Hof plätscherte. Felix konnte nicht glauben, was er sah und was Anna ihm erzählte. Ein Leben ohne Fernseher, Internet, Telefon, Radio, Zeitung, Kino, Musik, Fußball ... Trotzdem strahlten die Menschen, die er hier kennengelernt hatte, eine Zufriedenheit aus, die er zu Hause nur von wenigen kannte.

»Vermisst du etwas?«

Anna lachte. »Seit ich klein war, habe ich keine Schokolade mehr gegessen. Aber du siehst, ich habe es überlebt!« Dann dachte sie einen Moment nach. »Die Frage ist schwierig zu beantworten. Ein bisschen mehr Bequemlichkeit wäre schön. Mutter erzählt manchmal, wie sie früher gelebt haben, als es noch Strom gab. Einfach ein Rädchen an der Heizung drehen und es wird warm! Das wünsche ich mir manchmal, vor allem im Winter.«

Eine Wespe flog heran und setzte sich ein paar Schritte entfernt auf einen Stein im Bach, um zu trinken.

»Du hast recht, Felix. Ein paar Dinge gibt es, die können wir leider nicht ändern. Zum Beispiel würde ich gern öfter andere Menschen kennenlernen. Zu uns kommt nur selten Besuch. Manchmal bringt Georg einen Händler mit. Oder einer der Nachbarn kommt vorbei. Aber die wohnen alle sehr weit weg. Genauer gesagt, es ist einfach zu gefährlich. Die Menschen sind nur unterwegs, wenn sie unbedingt müssen.«

Felix schnippte einen Grashalm ins Wasser. Er drehte sich ein paar Mal, ehe er von der Strömung mitgeschwemmt wurde. »Hast du nie daran gedacht wegzugehen?«

Dieses Mal antwortete Anna nicht gleich. »Schon wegen Vater könnte ich nicht weggehen. Er würde es nicht überleben. Trotzdem stelle ich mir manchmal vor, wie es wäre«, sagte sie langsam. »In der Stadt wohnen, Einkaufen können. Reisen, wohin ich möchte. So wie du.«

Felix spürte, wie sich sein Herz zusammenzog. Anna sah, wie ein Schatten über sein Gesicht huschte. »Ich wollte dich nicht kränken«, sage sie rasch. »Lena hat mir erzählt, warum du hier bist.«

»Es ist schon gut«, sagte Felix.

Seine Eltern. Als er im Bett lag, hatte er wieder öfter an sie gedacht. Er war weit gekommen. Aber was hatte er bisher erreicht? Er wusste überhaupt nicht, wohin er von hier aus gehen sollte. Er wusste nicht einmal, ob sie überhaupt noch lebten.

»Wie lange bist du weg von zu Hause?« Anna versuchte, das Gespräch wieder in Gang zu bringen. »Eine Woche? Zwei?«

»Eine ganze Weile. Es kommt mir vor wie eine Ewigkeit.«

»Und was vermisst du, seit du unterwegs bist?«

Felix hob den Kopf. »Eigentlich …« Er merkte, wie der Tag mit Anna ihn nachdenklich gemacht hatte. Gab es wirklich etwas, was er vermisste? Er staunte, wie rasch die Erinnerung an die Dinge verblasste, die er zurückgelassen hatte. Seine Musik vielleicht. Das Motorrad, auf das er sich so gefreut hatte. Plötzlich kam ihm eine Idee. »Auch wenn ich unterwegs ein paarmal nass geworden bin: Eine Dusche wäre schön! Aber das habt ihr hier sicher nicht.«

Anna grinste. »Eine Dusche? Von wegen. Kannst du haben!«

Eine halbe Stunde später stand Felix nackt und prustend unter einer Holzkonstruktion aus einem Wasserrohr, einem

Stück Gartenschlauch und dem Kopf einer Gießkanne. Das Wasser kam aus einer Ableitung des Baches. Anna stand auf einer Leiter und kippte von oben in unregelmäßigen Abständen heißes Wasser dazu, das sie in Eimern aus der Küche hergeschleppt hatten.

»Na, habe ich dir zu viel versprochen?«

Felix hüpfte umher wie Rumpelstilzchen und schlug heftig mit den Armen um sich. »Wunderbar!«, rief er schnatternd. »Ganz toll! Fehlt nur noch das Shampoo. Und die Quietschente.«

Benni und seine Schwester standen daneben »Schampu, hampu, pampu – schampu, hampu, pampu«, sangen sie. Dazwischen schüttelten sie sich vor Lachen. Felix spritzte mit Wasser nach ihnen. Plötzlich stieß Benni einen lauten Schrei aus. »Papa!«, hörte Felix ihn rufen. »Papa ist wieder da!« Beide Kinder drehten sich um und rannten in Richtung Haus, so schnell sie konnten.

Anna kippte den letzten Eimer in den Hochbehälter und stieg herunter. »Lenas Bruder ist zurück! Er wird dich sehen wollen. Zieh dich an, ich gehe schon mal vor.«

Felix fuhr sich mit einem Tuch über Gesicht und Haare. Seine Haut war krebsrot geworden und prickelte, als sei er in ein Brennnesselgebüsch gefallen. Er schlüpfte in Hose und Schuhe, dann warf er sich die dicke Wolldecke über, die Anna zuvor bereitgelegt hatte, nahm seine übrigen Kleider und folgte den anderen.

*

Um den Tisch, an dem er mit Anna gefrühstückt hatte, hatten sich alle zur Begrüßung eingefunden. Die drei Männer, die erschöpft, aber glücklich reihum geherzt wurden, hatte er noch nicht gesehen. Der Jüngste musste Robin sein, dazu sein Vater Julian und Lenas Bruder Georg. Felix war sich schon von Weitem sicher, dass er es sein musste. Er war ein stattlicher Mann mit langem, dichten Haar, sein Gesicht umrahmte ein blonder Bart. Er trug Jacke und Hose aus festem Stoff, darüber eine Lederjacke. Eben hob er sein Töchterchen hoch in die Luft und drückte ihr einen Kuss auf die Wange. Röschen quietschte vor Vergnügen, während Benni vergeblich versuchte, auf seine Schultern zu klettern.

Felix kam sich etwas fehl am Platz vor. Er überlegte, ob er still vorbei und in seine Kammer gehen sollte, als ein lauter Ruf erklang. »Da ist ja der junge Mann!« Georgs Stimme dröhnte über den Hof. »Komm, setz dich zu uns!«

Etwas verschämt nahm Felix neben Anna am Rande der Bank Platz. »Wie ich sehe, bist du wieder fit! Sehr gut!« Er wandte sich zu seinen Kindern. »Seht, das ist der Mann, der mit den Wölfen gekämpft hat!« Doch die beiden interessierte das wenig. Sie freuten sich riesig, ihren Vater wiederzuhaben.

»Was ist mit der Bande?«, fragte Lenas Mutter. »Habt ihr sie gesehen?«

Robin nickte. »Ja, aber nur ihre Spuren. Es sah so aus, als seien sie wie Felix dem Rudel in die Quere gekommen. Wir haben Blutspuren und die Reste zweier toter Tiere gefunden. Sie sind dann wohl nach Osten abgezogen. Wir haben uns dann noch zwei Tage versteckt gehalten, aber es kam niemand.«

»Sollen wir nicht vorsichtshalber Wachen aufstellen?« Lenas Mutter war die Sorge deutlich anzusehen.

»Wir machen das wie immer«, gab Robins Vater Julian zurück, »das reicht. Unseren Eingang finden sie sowieso nicht.«

Felix saß die ganze Zeit an die Wand gelehnt und folgte dem Gespräch. Allmählich wurde es ihm wieder warm. Er schlug die Decke zurück und ließ die Sonne auf seinen Oberkörper scheinen. Georg warf einen Blick zu ihm herüber. »Da hast du aber ordentlich blaue Flecken abgekriegt. Kein Wunder, bei dem Sturz. Der Jägersitz war ja gut vier Meter hoch!« Plötzlich wurde er aufmerksam. Er stand auf und trat zu Felix.

»Der Anhänger! Kann ich den mal sehen?«

Felix war überrascht, trotzdem löste er den Verschluss und reichte ihn weiter. Georg bewegte die Kette mit dem Schiffchen in seiner Hand hin und her.

»Das Abschiedsgeschenk meiner Tante«, sagte Felix. »Ich wundere mich, dass ich es überhaupt noch habe.«

»Hübsche Kette.« Georg schien sich unschlüssig, doch dann nickte er. »So eine habe ich schon einmal gesehen.«

Felix überfiel es siedend heiß.

»Du hast …? Wo …?« Seine Kehle war wie zugeschnürt. Seine Hände begannen zu zittern. In seinem Inneren dröhnte es, als habe jemand einen riesigen Gong geschlagen.

Georg sah ihn erstaunt an. »Was ist los mit dir? Geht es dir nicht gut? Gebt ihm etwas Wasser«, rief er.

Felix griff nach dem Anhänger. Immer noch rang er nach Worten. »Dieses Schiffchen … ein Segelboot … meine Mutter hat …«

»Hier, trink einen Schluck, das hilft!« Lena reichte ihm ein Glas, doch Felix rührte es nicht an. Sein Herz schlug bis zum Hals.

»Diese Kette hat meiner Mutter gehört!« Er sprang auf. »Es gab zwei davon. Meine Tante und sie haben sie untereinander getauscht. Als Freundinnen. Hier, sieh!« Er drehte den Anhänger um. »N.B.«, las Felix. »Nadja Bühler.«

Allmählich dämmerte es Georg. »Wenn ich das richtig verstehe, ist dies hier die Kette deiner Mutter, die sie deiner Tante gegeben hat. Und umgekehrt. Das hieße ja …«

»Das heißt, dass sie noch lebt!« Felix stieß die Worte heraus. »Meine Mutter! Sie lebt noch!«

Am Tisch wurde es still. Selbst Röschen hörte auf zu reden und saß mit großen Augen an ihren Vater gelehnt.

»Kannst du dich erinnern, wo du die Kette gesehen hast?« Lorenz, Lenas Vater, fragte als Erster.

Georg dachte nach. »Ich meine, es war im letzten Herbst. Lukas war dabei, als er noch nicht krank war. Und Robin. Ich wollte ihnen ein paar Wege zeigen, die sie noch nicht kannten.«

Robin nickte. »Ich erinnere mich. Es war zwischen Hinterzarten und Titisee. Du hast uns die alte Bahnstrecke gezeigt. Dann sind wir bis zu dem kleinen See.«

»Der Mathisleweiher. Dort haben wir den Mann getroffen. Ich habe mich noch gewundert, dass er ganz alleine unterwegs war.«

»Und der hatte den Anhänger?« Felix hatte sich wieder gefangen. »Woher hatte er ihn? Er muss ihn gestohlen haben!«

»Ich glaube nicht«, meinte Georg. Der Mann hat einen ganz vernünftigen Eindruck auf mich gemacht. Die Kette hat er uns von sich aus gezeigt. ›Ein Geschenk für meine Frau‹, hatte er sich gefreut. ›Endlich kann ich ihr einmal etwas Schönes schenken.‹ Ja, genau das hat er gesagt.«

»Habt ihr die Gravur gesehen? V.B. Veronika Bühler. Auf der Rückseite?«

Beide schüttelten den Kopf. »Leider nein.«

»Und woher hatte er ihn?«

Georg und Robin wechselten die Blicke. »Das hat er nicht gesagt. Wir haben auch nicht weiter gefragt.«

Felix senkte den Kopf. »Dann ist alles umsonst. Wie soll ich da ihre Spur finden?«

Lenas Vater stand auf und legte ihm den Arm um die Schultern. »Wir wollen nichts überstürzen. Ich schlage vor, wir sprechen später in aller Ruhe darüber. Lass die Männer zuerst einmal ankommen, sie waren lange genug weg. Bestimmt sind alle erschöpft und hungrig. Und die anderen gehen zurück an ihre Arbeit. Es gibt genug zu tun.«

Felix wollte widersprechen, doch das Wort des Alten hatte Gewicht. Minuten später hatten sich alle zerstreut. Nur Lena saß noch mit Felix am Tisch.

»Kein Grund zur Traurigkeit«, sagte sie. »Ich finde, das ist eine gute Nachricht!«

Felix hatte sich erschöpft an die Hauswand gelehnt. In seine Euphorie mischte sich Enttäuschung. »Eine gute Nachricht? Was soll daran gut sein? Irgendwo im Schwarzwald gibt es einen Mann, der eine Kette mit einem Anhänger hat, der so aussieht wie meiner. Vielleicht gibt es noch Hunderte davon.«

»Vielleicht, vielleicht auch nicht«, antwortete Lena bedächtig. »Ich sehe es als Hoffnung. Der Feldberg ist nicht weit von hier. Dort wollten deine Eltern damals hin. Ich glaube, Georg hat die Kette deiner Mutter gesehen.«

»Aber wie sollte der Mann an sie gekommen sein? Meine Mutter hätte sich nie von ihr getrennt. Zumindest nicht freiwillig.«

»Es kann viele Gründe dafür geben. 16 Jahre sind eine lange Zeit. Vielleicht hat sie sie verloren. Oder verschenkt. Oder sie musste sie eintauschen.«

Felix seufzte. »Wenn ich nur wüsste, ob sie noch lebt. Und was mit meinem Vater ist.« Es war inzwischen warm geworden. Auf der gegenüberliegenden Seite des Hofes rannten die beiden Kinder und spielten. Von irgendwoher ertönte das Meckern einer Ziege. Eine zweite antwortete. »Eines weiß ich trotzdem: Ich werde es weiter versuchen.« Felix ließ seinen Blick über die Dächer der Ställe zu den Bergen am Horizont wandern. »Ich habe keine Ahnung, wie es weitergeht und wie ich es anstellen soll. Aber ich muss es einfach.« Er wandte den Kopf und sah Lena in die Augen. »Verstehst du das? Oder hältst du mich für einen Spinner?«

Lena antwortete nicht gleich. Stattdessen nahm sie sein Gesicht in ihre Hände und küsste ihn auf die Wange. »Wenn du nicht gewesen wärst, hätten mich die Soldaten eingefangen. Wenn du nicht gewesen wärst, würde Lukas jetzt vielleicht sterben. Du bist kein Spinner. Du bist ein mutiger junger Mann. Du wirst nicht aufgeben.«

Eine Stunde später führte Lena Felix in eine Kammer, die auf demselben Stock lag wie die, in der er die ganzen Tage geruht hatte. Sie war ähnlich spartanisch eingerichtet – ein Bett, ein großer Schrank, eine Kommode, auf der eine große Waschschüssel stand, dazu Tisch und Stühle. »Mein Bruder Lukas«, sagte Lena. »Und das hier ist Felix.«

Der Junge im Bett war zugedeckt bis zum Hals. Sein Gesicht war bleich, die Stirn gerötet. Unter der Decke erschien eine schmale Hand. »Hallo, Felix!« Gleich darauf wurde der Junge von einem Hustenanfall geschüttelt. Lena reichte ihm ein Glas, das auf dem Nachttisch stand, und half ihm beim Trinken. Dann trat sie zum Fenster und stieß es weit auf. »Du siehst heute schon besser aus. Doktor Ignatius sagt, du hast das Schlimmste überstanden. Bald wirst du wieder raus können.«

»Hoffentlich«, stieß Lukas hervor. »Es ist so langweilig hier.«

Felix betrachtete das Gesicht des Jungen. Sein Alter war schwer zu schätzen, doch er musste etwas jünger sein als er. Die Wangen waren eingefallen, die Haut fleckig.

»Geduld war noch nie seine Stärke«, meinte Lena zu Felix, während sie gleichzeitig das Glas nachfüllte und aus einem

Holzkistchen eine Handvoll grünes Pulver hineingab. »Doktor Ignatius' Kräuterküche. Lässt die Lahmen wieder sehen und die Blinden wieder gehen.« Lukas lachte und hustete gleichzeitig. Aber seine Augen leuchteten.

Auf der Treppe hörte Felix die Schritte von Stiefeln. Kurz darauf kam Lenas Vater mit Georg und Robin. Georg trat zu Lukas ans Bett und strich ihm liebevoll über die Wange. »Streng dich an, Brüderchen«, brummte er, »ich brauche dich. Bei der nächsten Erkundung will ich dich wieder dabeihaben.«

Lukas lächelte tapfer. »Ich versuche es. Wieso kommt ihr alle zu mir? Ist etwas passiert?«

Mit einem Wink forderte Lorenz die Männer auf, sich mit einem Stuhl um das Bett zu setzen. Dann wandte er sich an Felix: »Willst du Lukas den Anhänger zeigen?«

Felix streifte sich das Kettchen über den Kopf und hielt es so, dass der Junge es sehen konnte.

»Ich verstehe nicht so ganz … Habt ihr mir etwas mitgebracht?« Er ließ den Blick fragend über die Männer gleiten.

»Dieses Schiffchen hat eine besondere Bedeutung.« Mit wenigen Worten erklärte Lorenz, was es mit dem Anhänger auf sich hatte.

»Kannst du dich an den Mann erinnern, den wir am Mathisleweiher getroffen haben?«, fragte Georg. »Er hat uns damals einen Anhänger gezeigt, der genauso aussah wie dieser hier.«

Lukas überlegte, dann nickte er. »Stimmt! Wie hieß er noch mal? Sepp, glaube ich. Genau! Ihr könnt ›Sepp‹ zu mir sagen, hat er gesagt. Ein ulkiger Typ.«

»Woher hatte er ihn?«, fragte Felix dazwischen. »Habt ihr ihn gefragt?«

»Von einem Händler. Er hatte ihn am Tag zuvor bei einem Händler eingetauscht.«

»Hast du gesehen, ob das Schiffchen eine Gravur hatte? So wie diese hier?« Felix drehte das Schiffchen um und hielt es Lukas vor die Augen.

Lukas schüttelte den Kopf. »So genau habe ich nicht hingesehen. Aber vielleicht weiß es Georg. Oder Robin.«

Lorenz ergriff wieder das Wort. »Wir wissen zwar nicht, ob es der Anhänger ist, den Felix sucht. Aber zumindest ist es eine Möglichkeit. Und eine Chance. Wenn wir wüssten, wo der Mann zu finden ist, könnte Felix ihn fragen. Georg! Robin! Versucht einmal euch ganz genau zu erinnern, was ihr noch wisst.«

»Er war auf dem Weg nach Hause«, sagte Robin. »Das weiß ich noch. Er hat sich darauf gefreut, den Schmuck seiner Frau zu schenken.«

Georg dachte nach. »Er kam auf dem Weg, der vom Titisee heraufführte. Als wir uns verabschiedet haben, ist er den Weiher entlang nach Westen weitergegangen.«

»Hat er nicht etwas vom Feldberg gesagt?«, meinte Robin.

»Stimmt! Jetzt fällt es mir wieder ein. Er sagte, er wolle Richtung Feldberg. Ich habe ihn noch gefragt, ob er nicht wisse, dass der Feldberg völlig tabu sei. Niemand könne dort hinauf. Darauf hat er gelacht. ›Wer sagt, dass ich hinauf will?‹«

Georg sah seinen Vater an. »Das kann nur eines bedeuten. Er wohnt dort. Irgendwo am Fuße des Feldbergs. Dabei habe ich immer gedacht, dass dort keiner lebt.«

»Gibt es einen Weg dorthin?« Felix spürte, wie sein Jagdfieber erwachte. »Wisst ihr, wie ich dort hinkommen kann?«

Georg legte die Stirn in Falten. »Ich kenne keinen Weg. Vom Feldberg haben wir uns bisher immer ferngehalten. Er ist tödlich.«

»Aber wenn doch dieser Sepp dort lebt? Sogar mit seiner Frau? Es muss einen Weg geben!«

Alle schwiegen, ehe Lorenz wieder das Wort ergriff. »Fällt euch noch mehr ein?«

»Er hatte einen Rucksack dabei. Und eine Tasche«, sagte Robin.

»Einen Stock«, rief Lukas. »Einen schönen geschnitzten Stock. Mit Mustern darauf. Und einen Hut hatte er auf. Einen uralten, verknautschten Hut. Er sah aus wie aus einer Räubergeschichte. Aber nett war er.«

Die Männer tauschten noch ein paar weitere kleine Erinnerungen aus, ehe Georg resigniert mit den Schultern zuckte. »Ich glaube, das war es«, sagte er zu Felix. »Mehr können wir dir nicht helfen.«

»Ihr habt unserem Gast schon viel geholfen.« Vater Lorenz wandte sich an Felix. »Ob es der Anhänger ist, den deine Mutter getragen hat, wissen wir nicht. Aber du weißt jetzt, dass es einen gibt, der genau so aussieht. Und du weißt, wo der Mann lebt, der ihn besitzt. Jetzt liegt es an dir, was du daraus machst.«

»Da muss ich nicht überlegen!«, rief Felix. »Morgen ziehe ich los! Ich werde diesen Sepp suchen. Und ich werde ihn finden!«

Beim Abendessen versuchte Anna, die Felix sichtlich ungern ziehen ließ, ihn zu überreden, noch ein paar Tage zu bleiben. »Ich will es dir nicht ausreden. Aber was du vorhast, ist riskant. Du solltest warten, bis du wieder völlig gesund bist.«

Felix streute ein paar der ersten Frühlingskräuter auf sein Quarkbrot. »Ich bin fit!«, sagte er. »Und die paar blauen Flecken sind nicht der Rede wert«, winkte er ab.

Lena pflichtete Felix bei. »Vernünftig wäre es, noch ein paar Tage zu bleiben. Aber ich kann es verstehen. Du würdest es hier nicht länger aushalten.«

»Glaubt mir, ich würde gerne bleiben. Ich habe mich schon lange nicht mehr so wohlgefühlt wie bei euch. Aber ich muss los. Je früher, desto besser.«

»Dann werde ich gleich anfangen, dir ein paar Sachen zu richten«, sagte Lenas Mutter, die Felix gegenübersaß. »Für ein, zwei Wochen solltest du schon etwas dabeihaben.« Sie stand auf und ging zur Tür hinaus.

»Das solltest du«, meinte Lena. »Nur mit deinen Kleidern am Leib wirst du nicht weit kommen.«

»Und wenn du am Feldberg warst«, meinte Anna, »wirst du dann wieder hierherkommen?«

»Ich möchte schon. Aber frage mich etwas Leichteres.«

Nach dem Abendessen blieb Felix in der Stube sitzen. Georg breitete auf dem Tisch eine Landkarte aus. »Das ist der Hochschwarzwald«, sagte er. »Die Karte habe ich geschenkt bekommen, als ich in Breitnau in der dritten Klasse war«, schmunzelte er.

Felix versuchte sich zu orientieren. Die Karte sah aus, als ob sie schon oft benutzt worden war. Sie war abgegriffen und knittrig und an mehreren Stellen geklebt. An manchen Faltkanten konnte man den Aufdruck nur noch erahnen. »Wo sind wir?«

Georg fuhr mit dem Finger eine Linie entlang. »Das ist die B500. Daneben St. Märgen, hier unten ist der Titisee.« Er deutete auf eine grüne Fläche westlich von Breitnau. Die Karte war an dieser Stelle so abgenutzt, dass ein kleines Loch ausgefranst war. »Unser Hof.«

»Das ist ja gar nicht weit weg von Freiburg!«

»Allerdings. Vor der Katastrophe sind die Leute von hier aus mit dem Auto in einer Dreiviertelstunde dorthin zur Arbeit gefahren. Zu Fuß könnte man es an einem Tag schaffen.«

»Und ich habe fast zwei Wochen gebraucht!«, staunte Felix. Er beugte sich etwas tiefer über die Karte. »Dann müsste der Feldberg … hier sein!« Sein Finger blieb über einer dunkelbraunen Stelle liegen. »Feldberg, 1.493 Meter. Dann war das die Bergkuppe, die ich vom Waldrand aus gesehen habe.« Er sah Georg an. »Wo habt ihr den Mann getroffen?«

»Der Mathisleweiher ist hier, etwa auf halber Entfernung von unserem Hof.« Die winzige blaue Fläche war von dunklem Grün umgeben. »Ich schätze, du wirst etwa zwei Tage brauchen. Wenn du Glück hast und alles gut geht.«

»Zwei Tage! Aber das sind doch nur ein paar Kilometer von hier!« Felix sah Georg ungläubig an. Dann fuhr er rasch mit dem Finger über die Karte. »Breitnau, die Straße, Hinterzarten und dann bin ich ja schon fast da!«

Georg wurde ernst. »Du wirst einige Umwege gehen müssen. Und es gibt ein paar Stellen, an denen du besonders vorsichtig sein musst. Die Wächter sind dort besonders unruhig.« Er holte aus einer Schublade zwei Bogen Papier und einen Stift. »Ich würde dir ja gerne die Karte geben. Aber es ist die einzige, die wir haben. Ich werde dir das Wichtigste aufzeichnen.« Mit einigen geschickten Strichen skizzierte er das ganze Gebiet. Dann begann er, mit Felix den Weg zu dem See zu besprechen.

Felix betrachtete erstaunt, wie Georg einen Pfeil nach Süden einzeichnete. »Hast du nicht gesagt, es gebe nur im Osten einen Zugang zu eurer Hofinsel? Den einzigen?«

»Das stimmt. Solange sich nichts verändert, ist es so. Aber es gibt einen zweiten Ausgang. Eine Stelle, bei der man hinaus-, aber nicht hineinkann.«

»Wie soll das gehen?«

»Hier im Süden ist die Grenze, das Höllental. Die Felsen sind so steil, dass keiner von unten heraufkommt. Aber umgekehrt ist es möglich. Dadurch sparst du dir einen großen Umweg.«

»Du meinst, ich soll dort hinunterklettern?«

»Oh nein!« Georg lachte. »Selbst das würde kaum einer schaffen. Du wirst abgeseilt.«

Felix wurde mulmig. Er erinnerte sich, als er mit der Klasse einen Tag im Kletterpark war. Er war einer der wenigen, die nicht sehr begeistert waren. Er hatte wie ein Sack in den Seilen gehangen und hatte ängstlich jeden Blick nach unten vermieden.

»Jetzt schau nicht so«, sagte Georg. »Pass lieber auf, wie es weitergeht.«

Es dauerte eine halbe Stunde, ehe Georg endlich zufrieden nickte. Er faltete die Karte sorgfältig zusammen, die Skizze reichte er Felix. »Ich würde ja mitgehen. Aber der Hof braucht mich dringend. Und meine Familie auch.«

Felix wollte sich eben bedanken, als Lena hereinkam. »Wenn ihr fertig seid, kannst du mitkommen. Mutter will dir etwas zeigen.«

Lena führte ihn zu einer der vielen Kammern. Felix hatte schon im Bernerhof gestaunt, wie geräumig die alten Bauernhäuser waren. Das Zimmer, in das sie traten, war so groß wie seine Bude zu Hause und diente offenbar als Handwerksstube. Überall an den Wänden standen Schränke, davor ein paar Spinnräder. Den größten Teil des Raumes nahm ein riesiges Gestell ein, in das unzählige Fäden gespannt waren. »Unser Webstuhl!«, sagte Lenas Mutter, die die beiden empfing. »Lorenz und Georg haben ihn gebaut.«

In der Hand hielt sie einen Rucksack. Er war aus festem Stoff mit dicken Lederbändern und sah genauso aus, wie der, den Lena auf ihrem gemeinsamen Weg dabeihatte. »Den wirst du brauchen.« Felix hatte kaum Zeit, sich zu bedanken, als sie ihn zum Tisch winkte. »Lena wollte alles einpacken, aber ich dachte, du sollst sehen, was du dabeihast.«

Felix traute seinen Augen nicht. Vor ihm lag vom Hemd über Pullover und Hose bis zu den Socken eine komplette Ersatzkleidung. »Richtige Schuhe habe ich leider keine«, sagte sie entschuldigend. »Aber Sandalen sollten reichen. Für nachts wirst du das hier brauchen.« Die bunt gewebte Decke, die sie vor ihm ausbreitete, war an drei Seiten zusammengenäht. »

Ein Schlafsack!«, rief Felix.

»Hier auf diesem Webstuhl entstanden«, freute sie sich. »Echte Ziegenwolle! Und hier ist dein Vorrat.« Lenas Mutter faltete ein Tuch auseinander, das neben den Kleidern lag. »Brot, Hartkäse, gedörrtes Obst. Ein bisschen Rahmkäse habe ich dir für die ersten Tage eingewickelt.« Sie deutete auf ein in Stroh und Blätter fest geschnürtes Päckchen. »Mehr habe ich um diese Jahreszeit leider nicht. Teile es dir gut ein.« Am Ende legte sie einen kleinen Topf, Teller, eine Flasche, Becher und einen Löffel daneben.

»Das … ist …« Felix fand kaum Worte, sich zu bedanken.

»Schon gut. Das ist das Mindeste. Ich hoffe, du wirst alles tragen können. Am besten, du packst es so, wie du möchtest.«

Fast andächtig legte Felix Stück für Stück in den Rucksack. Das Essen packte er obenauf. Am Ende war der Rucksack fast voll. Die Decke rollte er zusammen und zurrte sie auf der Deckklappe fest.

»In die Seitentaschen kannst du das stecken, was du schnell brauchst. Deine Karte zum Beispiel«, sagte Lena. »Ein paar Kienspäne bekommst du noch. Und Streichhölzer.«

»Un des do!« Von der Tür trat ein Mann in das Licht der Lampe.

»Großvater!«, rief Lena. »Hast du gewusst, dass wir hier sind?«

»Ich han mir's denkt.« Er zog ein längliches Päckchen aus der Jacke. »Für di, Felix.«

Felix nahm erstaunt das Geschenk entgegen. Es war eine Hülle aus grauem Filz mit einer Lasche am Ende.

»Guck's dir a!«

Felix bekam große Augen. »Ein Messer!«

»Den Dolch hät mir min Vadder gschenkt, wo ich so alt war wie du. Ich han ihn mi Lebdag bnutzt. D' Großmueder hät gsait, jetzt brücht ich ihn nimme.« Er grinste verschmitzt zu Felix. »Un dem eigene Ehewiib sott ma scho recht gei, oder?«

Felix verstand kaum, was der alte Mann sagte. Doch das spielte keine Rolle. Erstaunt wog er die Waffe in der Hand. Der abgewetzte Griff war aus Holz mit einer geschnitzten Horneinlage. Die Klinge glänzte matt. Sie war etwa 15 Zentimeter lang und vom vielen Schleifen schon etwas dünn geworden.

»Zum Esse, Schniede, Schabe, Bohre, Schtoße … wer weiß, zu wa no alls. Du wirsch' n bruuche kinne.«

»Vielen Dank!« Felix steckte den Dolch verlegen zurück in das Futteral. »Vielen Dank euch allen! Ich weiß gar nicht, was ich sagen soll!«

»Dann seisch niet«, brummte der Alte und schlurfte zurück zur Tür. »Mach ebbis Gschiids drus!«

*

Felix war gerade am Einnicken, als das ersehnte Klopfen an der Tür erklang. Vor dem Fenster der kleinen Kammer war es noch stockdunkel. Er warf die Decke von sich und sprang auf. »Komm rein!«, sagte er, während er seine Hose überzog und in die Schuhe schlüpfte.

Lena erschien in der Tür mit einer brennenden Kerze. »Es geht los!«

»Wie spät ist es?«, fragte er schlaftrunken.

»In einer Stunde geht die Sonne auf.«

Felix zog sich seine Kapuzenjacke über, dann setzte er den Rucksack auf, der die Nacht über fertig gepackt neben seinem Bett gestanden hatte. Das Gewicht drückte ihn, er war deutlich schwerer, als er gedacht hatte.

Das Schlafen hätte er sich sparen können. Nachdem es sich herumgesprochen hatte, dass Felix schon am nächsten Morgen aufbrechen würde, war er am Abend zuvor mit guten Wünschen überschüttet worden. Selbst Röschen schien zu ahnen, dass der fremde junge Mann auf eine Reise gehen wollte, und hatte ihm einen nassen Kuss auf die Backe gedrückt. Bevor er zu Bett ging, musste er jedem versprechen, gut aufzupassen und wenn möglich eines Tages wiederzukommen. Als er endlich im Bett lag, hatte er vor Aufregung keinen Schlaf gefunden. Das Schicksal hatte ihm eine zweite Chance geschenkt. Er musste diesen Sepp finden.

Schlaftrunken stolperte Felix hinter Lena her die Treppe hinunter. Im Haus war alles still. Der Hof lag völlig im Dunkel. Lena griff sich ein zusammengerolltes Seil, das sie bereitgelegt hatte, und streifte es über die Schulter. »Ungefähr eine Stunde müssen wir gehen«, sagte sie. »Am besten, du bleibst dicht hinter mir.«

Felix musste lächeln. »Wie immer«, sagte er.

»Wie immer. Aber nicht mehr lange.«

Zwischen dem Stall und dem hinteren Geräteschuppen verließen sie den Hof. Ein paar Minuten später überquerten sie den Bach, an dem Felix mit Anna gesessen hatte. Dahinter stiegen sie auf eine kleine Anhöhe, die am oberen Rand von einem Schlehengebüsch begrenzt wurde.

Felix blieb stehen und sah ein letztes Mal zurück. Es war ein sternenklarer Himmel, die Umrisse des Hofes waren deutlich zu erkennen. Ob er jemals wieder hierherkommen würde? Schon lange hatte er sich nicht mehr so zu Hause gefühlt wie dort. Was würde aus den Leuten werden? Was würden die Jungen tun – Robin und Lukas? Ob Anna wirklich so zufrieden war, wie sie es behauptet hatte?

»Komm, wir müssen weiter.« Lena winkte ihm. Dann wandte sie sich entlang der Hecke nach Westen.

Felix war inzwischen hellwach. Der Rucksack war schwer. Schon nach wenigen Minuten begann er zu schwitzen. Gleichzeitig kroch die Morgenkühle durch alle Ritzen seiner Kleider. Zum Glück bot der Weg keine Schwierigkeiten. Man merkte, dass die Gegend um den Hof seit Jahren bewirtschaftet wurde. Der Pfad, dem sie folgten, war fest und gut erkennbar.

Felix wusste nicht, wie lange sie gegangen waren, als Lena plötzlich stehen blieb. Sie waren eben aus einem kleinen Waldstück herausgekommen. Der Himmel war dunkelgrau, im Osten zeigte sich der Schimmer des heraufziehenden Morgens. Lena kletterte auf einen der großen Felsbrocken, die überall verstreut lagen. »Du kannst den Rucksack herunternehmen. Wir sind da.«

Mit einem Seufzer der Erleichterung nahm Felix sein Gepäck ab. Als er neben Lena trat, wäre er vor Überraschung fast gestolpert. Direkt vor ihnen brach das Gelände in einer scharfen Felskante ab. Dahinter lag ein breiter Einschnitt, dessen gegenüberliegende Seite Felix im Dunkel nur erahnen konnte.

»Das Höllental«, sagte Lena. »Unser Hinterausgang!« Sie ließ Felix keine Zeit, sondern kletterte wieder herunter und fordert ihn auf mitzukommen. Felix nahm seinen Rucksack auf und folgte ihr mit kurzem Abstand. Hinter dem Fels, auf dem sie gestanden hatten, gab es einen kaum sichtbaren Einstieg.

»Pass gut auf, wo du hintrittst. Es geht steil hinunter.«

Felix setzte vorsichtig einen Schritt vor den anderen. So nah es ging, drückte er sich an die Felswand auf der linken Seite. »Nur noch ein paar Meter!«, ermunterte ihn Lena, als sie in einer scharfen Kehre stehen blieb. »Gleich haben wir die Stelle erreicht.«

Felix wurde übel. Er zwang sich, den Blick auf Lenas Rücken zu richten, um nicht in das konturenlose Dunkel neben sich sehen zu müssen. Der Fels unter seinen Füßen war hart und kantig. Alle paar Schritte lösten sich ein paar kleine Steine und kollerten nach unten.

Endlich blieb Lena stehen. »Wir sind da!«

Felix lehnte sich an die Felswand und schloss die Augen. Sein Herz schlug heftig. Er spürte, wie ihm der Schweiß den Rücken hinunterlief. »Sind wir schon unten?«

»Das wäre zu einfach.« Lena lachte. Sie nahm das Seil von der Schulter und vertäute eines der Enden an den Wurzeln einer uralten Tanne, die sich im Steilhang festgekrallt hatte. »Ich werde es dir um die Schultern binden. Wenn du unten bist, schlüpfst du heraus, und ich schicke dir den Rucksack hinterher.«

Soweit es ihm möglich war, trat Felix an den Rand des Felsens. Unter ihm war kein Boden zu sehen. »Ist es sehr hoch?«

»Acht Meter, vielleicht zehn. Der Fels hängt an dieser Stelle über. Du musst dich festhalten und hinüberziehen. Von dort aus musst du rechts den Hang hinab. Am Anfang ist es sehr steil, aber dann kommen ein paar Bäume. Von dort aus ist es einfacher.«

»Wie habt ihr das gefunden?«

»Vor ein paar Jahren haben wir alles abgesucht. Wir wollten wissen, ob es noch eine Möglichkeit gibt, nach draußen zu kommen. Mein Vater ist damals einer Gämse nachgestiegen und hat diese Stelle entdeckt. Der Letzte, der hinunterkletterte, war Robin vor einem Jahr.«

Felix atmete tief durch. Schwindel erfasste ihn. »Und es gibt keine andere Möglichkeit?«

Lena spürte, dass er Angst hatte. »Wir können zurück und du gehst den anderen Weg. Das kostet dich drei Tage. Wenn alles gut geht.« Sie trat dicht vor ihn und nahm sein Gesicht in beide Hände, wie sie es schon öfter getan hatte. »Erinnere dich an die Brücke! Der Wasserfall! Bist du nicht den Wölfen entkommen? Ich weiß, du schaffst es!«

Ihre Worte lösten den düsteren Schleier, der seine Gedanken zu ersticken drohte. Sein Atem wurde ruhiger. Sie hatte recht. Wieder einmal. Alles war vorbereitet. Jetzt lag es einzig an ihm, ob er die Chance wahrnahm.

»Was muss ich tun?«, fragte er entschlossen.

»Du seilst dich ab wie ein Bergsteiger. Den Blick immer an die Wand. Mit den Füßen stößt du dich ab, bis du unten bist. Ich gebe das Seil nach.« Lena trat einen Schritt zurück. »Ehe wir uns verabschieden, habe ich noch etwas für dich.« Sie griff in ihre Jacke, brachte ein hölzernes Kästchen zum Vorschein und reichte es ihm. »Das Abschiedsgeschenk der Familie.«

»Was ist das?«

»Mach es auf.«

Felix löste den kleinen Riegel und klappte den Deckel auf. Das Innere war mit Filz ausgeschlagen. Darin lag ein Stückchen Rinde. Ein vielfarbiges pulsierendes Leuchten schimmerte ihm entgegen.

»Nutze es nicht leichtfertig. Noch weiß niemand genau,

wie es wirkt. Aber es kann dein Wegweiser sein, wenn es nicht mehr weitergeht.«

Felix war sprachlos. »Das … Das ist ein wunderbares Geschenk. Aber ihr …«

»Es hat Lukas gehört. Wir werden ein anderes für ihn finden. Verwahre es sorgfältig. Und zeige es niemandem. Niemandem!«

Felix schloss sorgsam den Deckel und steckte den kleinen Behälter in eine der Innentaschen seiner Jacke. Lena blickte an ihm vorbei nach links. »Schau, es ist Zeit!«

Der Himmel über dem östlichen Horizont wurde deutlich heller. Ein kaum wahrnehmbares zartes Blau kündigte den bevorstehenden Sonnenaufgang an.

»Es wird ein schöner Tag.« Lena nahm Felix in die Arme und hielt ihn lange fest. Dann küsste sie ihn auf die Stirn. »Du wirst es schaffen. Ich weiß es.«

Felix konnte nicht antworten. Wie in einem Film zogen die Bilder der letzten beiden Wochen an ihm vorbei. Er ließ es geschehen, dass Lena das Seil in einer Schleife um seinen Brustkorb legte und auf seinem Rücken verknotete. Dann spürte er, wie Lena das Seil straff anzog.

»Jetzt umdrehen. Und nicht vergessen: Blick zur Wand und mit den Füßen abstoßen.«

Behutsam schob sie ihn nach vorne. Im nächsten Moment spürte Felix, wie der Boden unter seinen Füßen nachgab. Vor Schreck strampelte er heftig, schlug am Fels an und begann sich zu drehen. Der Schmerz im Arm ließ ihn zu Bewusstsein kommen. Er fasste mit beiden Händen in die Schlaufe, die ihm fast den Atem nahm. Dann konzentrierte er sich auf das, was Lena gesagt hatte. Schon beim ersten Versuch gelang es ihm, in die Senkrechte zu gelangen. Dann merkte er, dass es einfacher war, als er geglaubt hatte. Das Seil gab Stück für

Stück langsam nach. Vor seinen Augen glitt der Fels vorbei. Er musste nichts weiter tun, als mit den Füßen den Abstand von der Felswand zu kontrollieren.

Plötzlich trat er ins Leere. Er schwankte ein wenig, dann merkte er, dass er am Ziel war. Die Wand trat an dieser Stelle zurück und bildete eine Nische. Vorsichtig brachte er das Seil ins Schwingen, bis er die Zweige eines Busches zu fassen bekam. Er zog sich daran nach vorn und stand kurz darauf mit wackligen Knien auf dem Boden. Rasch löste er sich aus der Schlinge und zog dreimal, so wie es ausgemacht war. Das Seil verschwand nach oben. Schon kurz darauf folgte ihm der Rucksack. Felix zog ihn zu sich her, dann gab er erneut das Signal. Zu seiner Überraschung fiel das Seil vor ihm nach unten.

»Du wirst es brauchen!« Lenas vertraute Stimme klang durch die Nacht. »Viel Glück!«

Felix sah sich um. Er konnte nicht viel erkennen, doch es schien, dass alles so war, wie Lena gesagt hatte. Er war am oberen Rand eines steil abfallenden Hanges gelandet. Links versperrte ein vorspringender Fels den Blick, auf der rechten Seite war ein Stück weiter unterhalb ein Waldstück zu erkennen. Felix zog Jacke und Hose zurecht, dann setzte er den Rucksack auf und ging los.

Er stützte sich mit den Händen an der Felswand ab und balancierte auf dem lockeren Geröll vorwärts. Schon nach wenigen Schritten hatte er die ersten einzeln stehenden Bäume erreicht. Sofort wurde es einfacher. Mit beiden Händen hielt er sich an den Wedeln fest. Wenige Minuten später erreichte er eine Stelle, die einigermaßen eben war. Er stand am Fuß einer Geröllhalde, deren Steine im Laufe vieler Jahre von dem Felssturz abgebrochen waren. Ein paar Meter weiter unten lagen einige große Brocken in hohem Gras. Nur wenige Schritte dahinter begann der Wald.

»Alles in Ordnung?«

Felix sah nach oben. Im dämmrigen Licht sah er, wie weit über ihm Lena über der Abrisskante stand. Sie hatte beide Arme erhoben und winkte.

»Alles ist gut!«

Felix winkte zurück. Für einen Moment schlug sein Herz schneller. Dann gab er sich einen Ruck, wandte sich um und bahnte sich den Weg zum Waldrand. Kurz darauf war er zwischen den tief herabhängenden Zweigen der Tannen verschwunden.

DANK

Neben dem Schreiben ist die sorgfältige Recherche für den Autor besonders wichtig. Vor allem habe ich versucht, Orte und Gegebenheiten möglichst authentisch zu gestalten. Dies schließt die dichterische Freiheit nicht aus. Vor allem in Hinblick auf Ereignisse, die in der Zukunft liegen, galt der Grundsatz »Es ist vielleicht nicht so, aber es könnte so sein«.

Es gibt Situationen, in denen sich der Autor wünscht, über seine Grenzen hinausgehen zu können, um das Geschriebene noch besser zu machen. Ich möchte daher meinen Dank aussprechen an alle, die zum Gelingen des Buches beigetragen haben.

Oberforstrat Dr. Gerrit Müller ist seit vielen Jahren dem Schwarzwald beruflich und privat eng verbunden. Seine profunden Ratschläge, vor allem zu Flora und Fauna des Hochschwarzwaldes, waren für die Qualität des Textes unentbehrlich.

Dorothea Moriell hat auf unzähligen Touren den Schwarzwald erwandert. Sie steuerte wesentliche Ausführungen zum Gebiet um den Feldberg bei, insbesondere Hinweise zum Alpinen Pfad.

Birgit Hermann, Autorin mehrerer Romane und Sachbücher, ist gebürtige Schwarzwälderin und lebt in der Gegend von Titisee-Neustadt. Es war ihr eine Freude, die Dialektpassagen am Ende des Buches beizusteuern.

Claudia Senghaas, meiner langjährigen Lektorin, gilt mein besonderer Dank für die stets vertrauensvolle und einfühlsame Zusammenarbeit. Dies gilt in gleichem Maß für ihren Mut, das vorliegende außergewöhnliche Projekt Wirklichkeit werden zu lassen.

THOMAS ERLE
Hochburg

978-3-8392-2110-5 (Paperback)
978-3-8392-5463-9 (pdf)
978-3-8392-5462-2 (epub)

GEHEIMNISVOLL WIE DER SCHWARZWALD

Sommer im Breisgau. In Kaltenbachs Heimatstadt vor den Toren Freiburgs spalten die Pläne für ein Großprojekt am Fuße der Hochburg, Südbadens größter Burganlage, die Bevölkerung. Der Tod des Kirchmattbauern, Besitzer eines der wichtigsten Grundstücke und erklärter Projektgegner, sorgt für weitere Unruhe. Kaltenbach zweifelt an der Unfalltheorie. Kurz darauf bringt ihn ein ominöser Fund auf eine Spur, die bis in die Wirren der Nachkriegszeit zurückführt. War der Kirchmattbauer, der Zeit seines Lebens als Außenseiter galt, eine Gefahr für den Frieden im Dorf?

GMEINER SPANNUNG

WWW.GMEINER-VERLAG.DE
Wir machen's spannend

LIEBLINGSPLÄTZE AUS DER REGION

THOMAS ERLE
Freiburg und die Regio

978-3-8392-1704-7 (Buch)
978-3-8392-4685-6 (pdf)
978-3-8392-4684-9 (epub)

WO DIE SONNE SCHEINT Freiburg ist die Stadt mit dem Krokodil im Kanal, dem Münster am Markt und dem Bertold am Brunnen. Doch wussten Sie, dass in Freiburg eine Pferdeskulptur regelmäßig neu bemalt wird? Dass eine Brücke den magisch realistischen Namen »Wiwilí« trägt? Folgen Sie Thomas Erle an seine Lieblingsplätze in Freiburg und der Umgebung – etwa ins Jesuitenschloss Merzhausen oder in das deutschlandweit einmalige Tagebucharchiv Emmendingen. Und weil Ausflüge in den Schwarzwald locken, zeigt dieser Band außerdem 11 Schwarzwaldhöhepunkte.